TEMPESTADES COMUNS

William Boyd

TEMPESTADES COMUNS

Tradução
Paulo Reis e Sergio Moraes Rego

Rocco

Título original
ORDINARY THUNDERSTORMS

Primeira publicação na Grã-Bretanha
pela Bloomsbury Publishing

EDITORA ROCCO LTDA.
Av. Presidente Wilson, 231 – 8º andar
20030-021 – Rio de Janeiro – RJ
Tel.: (21) 3525-2000 – Fax: (21) 3525-2001
rocco@rocco.com.br
www.rocco.com.br

Printed in Brazil/Impresso no Brasil

CIP-Brasil. Catalogação na fonte.
Sindicato Nacional dos Editores de Livros, RJ.

B784t Boyd, William, 1952-
Tempestades comuns / William Boyd; tradução
de Paulo Reis e Sergio Moraes Rego. – Rio de Janeiro:
Rocco, 2010.

Tradução de: Ordinary thunderstorms

ISBN 978-85-325-2591-8

1. Ficção inglesa. I. Reis, Paulo. II. Rego, Sergio Moraes.
III. Título.

10-3012 CDD-823
CDU-821.111-3

Para
Susan

As tempestades comuns têm a capacidade de se transformar em tempestades multicelulares de complexidade crescente. Essas tempestades multicelulares apresentam um aumento marcante de severidade, e sua duração pode se multiplicar por dez ou mais. A avó de todas as tempestades, porém, é a tempestade que forma uma supercélula. Deve-se notar que até mesmo as tempestades comuns são capazes de se transformar em tempestades supercelulares. Essas tempestades se desfazem muito vagarosamente.

A dinâmica das tempestades e das cascatas de granizo
de L.D. Sax e W.S. Dutton

1

VAMOS COMEÇAR PELO RIO – TUDO COMEÇA COM O RIO, E PROVAVELmente terminaremos nele, sem dúvida – mas vamos esperar e ver como as coisas se desenrolam. Dentro em pouco, um minuto ou dois, um jovem vai chegar e parar à margem do rio, aqui na ponte Chelsea, em Londres.

Ali está ele – vejam – descendo hesitante de um táxi, pagando ao motorista, olhando ao redor, despreocupadamente, relanceando a água brilhante (é maré cheia e o nível da água está inusitadamente alto). É um jovem alto, de rosto pálido, trinta e poucos anos, feições serenas e olhos cansados, o cabelo escuro e curto elegantemente aparado, como se houvesse saído há pouco do barbeiro. Ele é novo na cidade, um estranho, e seu nome é Adam Kindred. Acabou de ser entrevistado para um emprego e sente vontade de ver o rio (a entrevista foi tensa, como sempre, muita coisa em jogo), reagindo a um vago desejo de "pegar um pouco de ar". A entrevista recente explica por que, debaixo do caro impermeável, ele usa um terno cinza-chumbo, uma gravata marrom-avermelhada com uma camisa branca nova; também explica por que carrega consigo uma luzidia maleta preta, com pesados fechos dourados e remates nos cantos. Ele atravessa a rua, sem saber como sua vida está prestes a mudar nas próximas horas – de forma extraordinária e irrevogável – não tem a mínima ideia disso.

Adam caminhou até a alta balaustrada de pedra que fazia uma curva entre a rua e a ponte Chelsea e, debruçando-se ali, baixou o olhar para o Tâmisa. Percebeu que a maré estava alta e ainda avançava, o fluxo normal da água invertido, os detritos deslocando-se rio acima com rapidez, na direção do interior, como se o mar estivesse despejando seu lixo no rio, em vez do costumeiro fluxo contrário. Adam foi caminhando pela larga calçada da ponte em direção ao meio do rio, seu olhar varrendo das quatro chaminés da Usina de Força Battersea (uma delas meio oculta por andaimes) até o oeste, passando pelos remates dourados do Pagode da Paz rumo às duas chaminés da Usina de Força da rua Lots. Os plátanos do parque Battersea, na margem oposta, ainda não estavam totalmente cheios de folhas – só as castanheiras-da-índia estavam precocemente cobertas de densa folhagem verde. Princípio de maio em Londres... Ele se virou e olhou de volta para a margem de Chelsea; mais árvores – esquecera que partes da cidade eram tão arborizadas, praticamente formando bosques. Os telhados dos grandes prédios vitorianos de tijolo vermelho à margem do rio se elevavam acima do nível da avenida de plátanos. Que altura teriam? Vinte metros? Vinte e cinco? Tirando o burburinho do tráfego incessante, a buzina ocasional e o estridente som da sirene, Adam não se sentia como se estivesse no meio de uma enorme cidade, em absoluto; as árvores, a força silenciosa da maré cheia sob seus pés e aquela luminescência especial emanada pela massa d'água o acalmavam – ele acertou ao vir até o rio – era intrigante como tais instintos nos conduzem misteriosamente, pensou.

Fez o percurso de volta, com o olhar preso a um triângulo de terreno baldio, atenuado mas claramente definido, no lado oeste da ponte Chelsea, formado pela ponte propriamente dita, a margem do rio e as quatro pistas da avenida marginal. O terreno estava coberto de vegetação densa, com capim alto, arbustos e árvores carentes de poda. Sem compromisso, pensou que naquele local um pedaço de terra assim deveria valer uma boa fortuna, mesmo sendo um triângulo estreito e comprido de terreno baldio, e, mentalmente, construiu uma fatia com três andares de elegantes apartamentos com varanda. Percebeu, então, que para fazer tal coisa precisaria derrubar uma grande figueira perto da ponte – décadas de idade, ele calculou ao se aproximar dela, grandes folhas brilhantes ainda crescendo, obstinadamente vívidas. Uma venerável figueira às margens do Tâmisa, pensou; estranho – como fora plantada ali, e o que acontecia com seus frutos? Adam invocou a imagem de um prato de presunto de Parma e figos frescos cortados ao meio. Onde teria comido aquilo? Na sua lua de mel em Portofino, com Alexa? Ou antes disso? Numa de suas férias como estudante, talvez... Percebeu que era um erro pensar em Alexa ao ver sua recém-adquirida calma ser substituída imediatamente por sentimentos de tristeza e raiva. Concentrou-se, então, nas repentinas ondas de fome que estava tendo e sentiu, pensando nos figos e no presunto de Parma, uma súbita necessidade de comida italiana; comida italiana de um tipo simples, honesto e básico – *insalata tricolore*, *pasta alle vongole*, *scallopine al limone*, *torta di nonna*. Viria a calhar.

Entrou em Chelsea e, quase imediatamente, nas ruas tranquilas atrás do hospital Royal, encontrou, para seu grande espanto, um restaurante italiano – como se estivesse num conto de fadas. Lá estava o lugar, encravado debaixo de toldos amarelos ornados com o leão de Veneza, numa estreita rua de casas de estuque branco e tijolos bege, com varandas; aquilo parecia uma anomalia, uma fantasia. Não havia lojas, nenhum bar, nem qualquer outro restaurante à vista. Como o restaurante conseguira se estabelecer ali, numa área residencial? Adam olhou para o relógio – 6:20 – um pouco cedo para jantar, mas ele estava mesmo com fome agora e notou que já havia alguns fregueses lá dentro. Nesse momento um homem moreno, sorridente, veio até a porta e a abriu para ele, insistindo: "Entre, senhor, entre, sim, estamos abertos, entre, entre."

O homem pendurou o casaco de Adam num cabide e levou-o até um pequeno bar, atravessando o luminoso recinto em forma de L, gritando instruções amáveis e repreensões para os outros garçons, como se Adam fosse o mais paparicado dos fregueses habituais, sendo perturbado, de certa forma, pela ineficiência do pessoal.

Acomodou Adam numa mesa para dois de costas para a rua. Ofereceu-se para tomar conta da maleta dele, mas Adam decidiu que seria melhor ficar com ela enquanto pegava o menu que lhe era oferecido e dava uma olhada ao seu redor. Oito turistas – quatro homens, quatro mulheres – ocupavam uma grande mesa redonda, comendo em silêncio; todos vestidos de azul, com sacolas azuis idênticas colocadas a seus pés. Havia um outro homem solitário sentado a duas mesas de distância, que tirara os óculos e enxugava o rosto com um lenço de papel. Parecia agitado, de certa forma pouco à vontade, e olhou em volta enquanto recolocava os óculos. Quando os olhos dos dois se cruzaram, o homem fez uma ligeira inclinação de cabeça, o discreto sorriso de reconhecimento – a solidariedade de quem janta sozinho – que diz eu não estou triste ou solitário, isso é algo que escolhi fazer prazerosamente, assim como você. Ele tinha algumas pastas e documentos espalhados na mesa a sua frente. Adam retribuiu o sorriso.

Adam comeu a salada da casa – espinafre, bacon, queijo parmesão fatiado, com um molho cremoso – e estava a meio caminho de terminar seu escalopinho de vitela (com vagens e batatas assadas como acompanhamento) quando o outro freguês solitário se inclinou para ele e perguntou-lhe se sabia a hora exata. O sotaque era americano, o inglês impecável. Adam disse a hora – 6:52 – o sujeito acertou o relógio com cuidado, e eles inevitavelmente começaram a conversar. O homem se apresentou como dr. Philip Wang. Adam também se apresentou e informou que aquela era sua primeira viagem a Londres desde a infância. O dr. Wang confirmou que ele também conhecia muito pouco da cidade. Morava e trabalhava em Oxford – fazendo viagens curtas e pouco frequentes a Londres, um dia ou dois de cada vez, quando precisava visitar pacientes que participavam de um projeto de pesquisa dirigido por ele. Adam disse que viera dos Estados Unidos para Londres, estava candidatando-se a um emprego na cidade, esperando se "recolocar", para voltar para casa, se fosse o caso.

– Um emprego? – perguntou o dr. Wang, olhando para o elegante terno de Adam. – Você trabalha na área financeira? – A especulação parecia ter um tom de desaprovação.

– Não, um emprego universitário, uma bolsa de pesquisa, no Imperial College – acrescentou Adam, imaginando se com isso estaria justificando-se. – Acabei de vir de uma entrevista.

– Uma boa faculdade – disse Wang com ar distante, como se sua mente estivesse em outro lugar. Depois recompôs-se e perguntou educadamente: – Como foi?

Adam deu de ombros e disse que nunca se podiam prever essas coisas. As três pessoas que o haviam entrevistado – dois homens e uma mulher com a cabeça quase raspada – não haviam deixado transparecer coisa alguma, numa atitude quase absurdamente polida e formal, tão diferentes de seus antigos colegas americanos, pensara Adam na hora.

– Imperial College. Então o senhor é cientista – disse Wang. – Eu também sou. Qual é a sua área?

– Climatologia – disse Adam. – E a sua?

Wang pensou por um segundo, como se não estivesse certo da resposta.

– Imunologia, acho eu, sim... Ou se poderia dizer que fui alergista – disse ele e, depois, olhando para o relógio recém-acertado disse que era melhor ele ir, tinha trabalho a fazer, telefonemas a dar. Pagou a conta em dinheiro e reuniu seus papéis desajeitadamente, deixando cair folhas no chão, curvando-se para apanhá-las, murmurando entredentes. Subitamente pareceu novamente estar devaneando, como se, agora que a refeição chegara ao fim, sua vida real houvesse recomeçado, com muitas pressões e ansiedades. Finalmente se levantou e apertou a mão de Adam, desejando-lhe sorte, fazendo votos para que conseguisse o emprego.

– Tenho um bom pressentimento a respeito disso – acrescentou Wang, sem qualquer lógica. – Um pressentimento realmente bom.

Adam estava no meio de seu tiramisu quando percebeu que Wang deixara algo para trás: uma pasta de plástico transparente, com zíper, debaixo da cadeira, entre as mesas dos dois, meio escondida pela ponta pendente da toalha. Estendeu a mão para pegar a pasta e viu que na parte da frente havia um pequeno bolso com o cartão de visitas de Wang. Adam pegou o cartão e leu: DR.PHILIP Y. WANG MD, PhD (Yale), FBSI, MAAI, e abaixo disso "Chefe de Pesquisa & Desenvolvimento CALENTURE-DEUTZ plc". No verso havia dois endereços com números de telefone, um em Cherwell Business Park, Oxford (Bloco 10), e outro em Londres, Edifício Anne Boleyn, avenida Sloane, SW3.

No momento em que pagava a conta, satisfeito por se lembrar da nova senha de seu cartão, teclando os dígitos sem hesitação no dispositivo eletrônico, Adam perguntou se o dr. Wang era um freguês regular, e foi informado de que nunca fora visto no restaurante antes. Decidiu que entregaria a pasta em mãos – parecia uma coisa amável e útil de se fazer, especialmente por Wang ter mostrado tanto entusiasmo pelas perspectivas de sua carreira – e indagou como se chegava à avenida Sloane.

Percorrendo a King's Road, ainda fervilhando com lojistas (quase exclusivamente franceses e espanhóis, ao que parecia), Adam pensou subitamente que talvez Wang houvesse deixado a pasta ali deliberadamente, para que ele a descobrisse. Ficou imaginando se aquilo não seria um meio de encontrá-lo novamente: dois homens solitários na cidade, querendo companhia... Aquilo não seria até mesmo coisa de gay, um disfarce? Às vezes ficava imaginando se havia alguma coisa nele que os gays achavam atraente. Podia se lembrar de três ocasiões em que sofrera cantadas, e uma outra em que um homem o aguardara diante do toalete de um restaurante e o beijara à força. Não achava que Wang fosse gay – não, aquilo era absurdo – mas decidiu que seria mais prudente telefonar antes, então tirou o cartão de visitas de Wang do apertado bolso na pasta de plástico, sentou-se num banco de madeira na porta de um bar, pegou o telefone celular e fez a ligação.

– Philip Wang.

– Dr.Wang, aqui é Adam Kindred. Nós acabamos de nos conhecer no restaurante...

– É claro... E você está com minha pasta. Muito obrigado. Acabei de telefonar para lá e me disseram que estava com você.

– Achei que seria mais rápido se eu mesmo entregasse.

– É muito gentil da sua parte. Por favor, venha até aqui tomar um drinque. Ah, há alguém batendo à porta. Não é você, é?

Adam riu, disse que pensava estar a cinco minutos mais ou menos do apartamento dele e fechou o telefone. Venha tomar um drinque – um tom perfeitamente amável, sem qualquer insinuação sexual, mas talvez fosse o sotaque americano, profissional, sem emoção, sem deixar transparecer coisa alguma, que fazia Adam pensar que Wang quase não se surpreendera quando ouvira que ele estava a caminho...

O edifício Anne Boleyn era imponente, quase parecendo uma fortaleza, um bloco de apartamentos em estilo *art déco* construído na década de 1930, com uma pequena área semicircular para estacionamento de automóveis, e, no saguão, um porteiro uniformizado sentado atrás de um comprido balcão de tampo de mármore. Adam assinou o nome num livro de registros e foi encaminhado para o apartamento G14, no sétimo andar. Depois do telefonema, refletira sobre a necessidade de encontrar de novo com Wang – percebeu que poderia ter deixado a pasta com o porteiro – mas não tinha coisa alguma para fazer, e particularmente não sentia vontade de voltar para seu modesto hotel em Pimlico. Um drinque ou dois com Wang mataria um pouco de tempo, e o doutor parecia ser um homem interessante e educado.

Ao sair do elevador, Adam se viu num longo corredor, inteiramente desprovido de características interessantes – soalho de tacos escuros, paredes verde-pistache, portas de compensado perfeitamente idênticas só diferenciadas pelos respectivos números. Como celas, pensou ele, ou, num filme, aquilo seria a visão que um cenógrafo preguiçoso poderia ter de uma conformidade kafkiana. E havia um cheiro prevalente, irritante para o nariz, de cera de polir misturada com desinfetante usado para limpeza de banheiros. Pequenas luzes embutidas no teto iluminavam o caminho para o apartamento G14, onde o corredor fazia um ângulo reto, revelando uma outra extensão de apartamentos. Na extremidade, brilhava uma luz verde indicando a saída.

Adam viu que Wang deixara a porta entreaberta – um sinal de boas-vindas? – mesmo assim, tocou a campainha, achando que não seria bom ir entrando, simplesmente. Ouviu Wang passar por uma porta, ouviu uma porta se fechando, mas ninguém chamando "Adam? Por favor, entre".

Tocou a campainha novamente.

– Olá? – Adam empurrou a porta de leve. – Dr. Wang? Philip?

Abriu a porta e entrou numa pequena sala quadrada. Duas poltronas junto a uma mesinha de centro, um televisor grande de tela plana, algumas flores secas em vasos de palha. Uma cozinha pequena atrás de duas meias-portas com venezianas. Adam descansou sua maleta perto da mesinha de centro e colocou a pasta de Wang junto de uma pilha de revistas especializadas em golfe, cheias de homens sorridentes em cores pastel, empunhando seus tacos. Então ouviu a voz de Wang, em tom baixo e urgente.

– Adam? Estou aqui...

No aposento contíguo. Não, por favor, não no quarto, certo? pensou Adam, rapidamente se arrependendo de ter subido, enquanto ia até a porta e a abria.

– Só posso ficar cinco minutos...

Philip Wang jazia na cama em meio a uma poça de sangue que se expandia. Estava vivo, bem consciente, e uma das mãos, como uma barbatana, gesticulou para que Adam se aproximasse. O quarto fora revirado, dois pequenos armários de arquivos emborcados e esvaziados, gavetas de uma mesinha de cabeceira puxadas para fora, um guarda-roupa esvaziado com um ou dois golpes, roupas e cabides espalhados.

Wang apontou para o lado esquerdo do corpo. Adam não notara – o cabo de uma faca sobressaía do suéter ensopado do doutor.

– Arranque essa faca – disse Wang. Seu rosto mostrava sinais de espancamento: os óculos distorcidos, mas não quebrados, um fio de sangue escorrendo de uma narina, um lábio partido, um círculo vermelho causado por uma pancada na bochecha.

– Você tem certeza? – perguntou Adam.

– Por favor, já...

Com mãos trêmulas, ele pareceu guiar a mão direita de Adam para o cabo da faca. Adam o agarrou frouxamente.

– Não acho que esse tipo de coisa...

– Um movimento rápido – disse Wang, e tossiu. Um pouco de sangue escorreu de sua boca, descendo pelo queixo.

– Você tem certeza absoluta? – repetiu Adam. – Não sei se é certo...

– *Já!*

Sem pensar mais, Adam agarrou a faca e puxou-a para fora, com tanta facilidade como se aquilo saísse de uma bainha. Ele percebeu que se tratava de uma faca de pão, enquanto uma golfada de sangue solto acompanhava o movimento de retirada, escorrendo pela lâmina e umedecendo as juntas dos seus dedos, numa sensação quente.

– Vou chamar a polícia – disse ele, largando a faca e, inadvertidamente, enxugando na colcha os dedos que pingavam sangue.

– A pasta – disse Wang, os dedos se retorcendo, como que digitando num teclado invisível.

– Está comigo.

– Faça o que fizer, não...

Nesse momento Wang morreu, com um curto arquejo que pareceu ser de exasperação.

Adam recuou, espantado, horrorizado, tropeçando numa pilha de paletós e calças de Wang, e voltou para a sala, procurando um telefone. Viu um aparelho numa prateleira arrumada, construída com esse propósito, perto da porta, e, ao estender a mão para o telefone, reparou que ainda havia um pouco de sangue nela, pingando de um dedo que ele não enxugara na colcha. Algumas gotas caíram no aparelho.

– Merda – disse ele, percebendo que aquela era a primeira expressão oral decorrente do choque. Que porra estava acontecendo?

Nesse momento ele ouviu a janela no quarto de Wang se abrir e alguém entrar pesadamente no aposento. O terror que sentia abandonou-o instantaneamente. Ou pelo menos achava que fosse a janela – talvez o ruído viesse do banheiro – mas ele ouvira o som metálico de um fecho se abrindo, um daqueles fechos dourados que prendiam a armação de aço das muitas janelas de vidro produzidas em massa que davam ao edifício Anne Boleyn seu ar institucional e deprimente.

Adam agarrou sua maleta e a pasta de Wang e saiu rapidamente do apartamento, batendo a porta atrás de si. Olhou na direção dos elevadores e depois decidiu não usar esse meio, dobrando o canto do corredor e andando normalmente, sem correr, sem pressa indevida, na direção da luz verde que indicava a saída e a escada de incêndio.

Desceu sete andares de uma escada de pedra parcamente iluminada sem ver ninguém e saiu numa rua lateral atrás do prédio, ao lado de quatro enormes latas de lixo cinzentas, montadas sobre fortes rodas de borracha. Havia um pungente fedor de alimento em decomposição, que fez Adam engasgar e cuspir, agachando-se para abrir sua maleta e guardar a pasta de Wang. Levantou o olhar e viu dois cozinheiros jovens, com jalecos brancos e calças azuis de xadrez, que acendiam cigarros num vão de porta a poucos metros dali.

– Fede, né? – disse um deles, com um sorriso forçado no rosto.

Adam fez sinal afirmativo com os polegares e seguiu na direção oposta, ainda com o que imaginava ser um andar calmo.

Ficou perambulando pelas ruas do bairro durante algum tempo, desnorteado, tentando organizar os pensamentos para extrair algum sentido do que testemunhara e do que acontecera. A cabeça fervilhava, um mosaico chocante e fragmentado de imagens recentes – o rosto espancado de Wang, o cabo da faca de pão, aquele gesto da mão se retorcendo para digitar num teclado invisível – mas ele não estava tão perturbado a ponto de deixar de perceber o que acabara de fazer e as consequências de suas importunas reações naturais. Percebia agora que *nunca* deveria ter obedecido à instrução de Wang. Nunca deveria ter retirado a faca, nunca – deveria ter simplesmente procurado o telefone e discado 911, ou melhor, 999. Agora tinha vestígios do sangue de Wang nas mãos e debaixo da unhas, e, o que era pior, suas impressões digitais estavam na porra da faca. Mas o que mais alguém poderia ter feito naquela situação? gritava a outra metade do seu cérebro, de raiva e frustração. Você não tinha escolha: era o último pedido de um homem moribundo, em agonia. Wang praticamente colocara seus dedos em torno do cabo da faca, implorando-lhe que puxasse a arma, pedindo-lhe...

Adam parou de caminhar por um instante, tentando se acalmar. Seu rosto estava coberto de suor, o peito arfava como se ele houvesse acabado de correr um quilômetro. Soltou o ar ruidosamente, calma, calma. Pense, reflita... Ele recomeçou a andar. Será que interrompera o assassinato de Wang? Ou aquilo fora apenas um assalto que saíra errado? Adam pensou: a porta que ouvira se fechar quando ele entrara no apartamento devia ser o assassino saindo do quarto – e o som de alguém reentrando devia ser a mesma pessoa, o assassino, de novo. Adam percebeu que o sujeito devia ter vindo da varanda, e se lembrou de ter observado que alguns dos apartamentos mais altos do edifício Anne Boleyn tinham varandas estreitas. Portanto, o homem escapulira ao ouvir Adam entrar, e esperara na varanda. Depois, ao ouvir Adam deixar o quarto para telefonar... Sim, a polícia precisava ser chamada, lembrou-se Adam. Talvez, pensou subitamente, houvesse sido um erro terrível e idiota ter ido embora, ter fugido pela escada... Mas, se aquele homem o houvesse surpreendido, o que teria acontecido, então? Não... era inteiramente compreensível, ele tinha de cair fora, *tinha*, depressa, ou talvez estivesse ele mesmo morto naquele momento, Jesus... Meteu a mão no bolso para pegar o telefone celular e viu o sangue de Wang, já seco, nas juntas dos dedos. Primeiro, lavar aquilo.

Caminhou até um espaço aberto, uma espécie de praça ampla que dava para um campo esportivo e uma galeria de arte, onde, estranhamente, pequenos jorros d'água agrupados saíam de orifícios nas pedras do pavimento, casais sentados em muros baixos e algumas crianças correndo de lá para cá em suas caras patinetes metálicas.

Ele se agachou perto de um chafariz e lavou a mão direita na água fria, a oscilante coluna vertical d'água se projetando para cima, desafiando a gravidade. Agora sua mão direita estava limpa – e ele viu que ela tremia – ele precisava de um drinque, precisava se acalmar, dar uma certa ordem a seus pensamentos, e depois telefonaria para a polícia. Alguma coisa torturava o fundo da sua mente, alguma coisa que ele fizera ou deixara de fazer, e ele só precisava de um pouco de tempo para pensar.

Adam perguntou como se chegava a Pimlico e partiu, depois de saber para onde deveria ir. No caminho para lá encontrou um pub, tranquilizadoramente medíocre – na realidade, como se "médio" resumisse todas as ambições do local: um tapete comum meio manchado, fundo musical de gosto mediano, três máquinas de jogo tintilando não muito alto, uma freguesia de operários malvestidos, uma variedade perfeitamente aceitável de cervejas e comida de pub nada excepcional: tortas, sanduíches e um prato do dia (com o nome borrado). Adam se sentiu estranhamente tranquilizado por aquela decisão de escolher a norma aceitável, de não procurar nada mais alto do que a média tolerável. Ele se lembraria daquele lugar. Pediu um uísque duplo com gelo e um pacotinho de amendoim, levou o drinque para uma mesa no canto e começou a refletir.

Sentia culpa. Por que se sentia culpado, se nada fizera de errado? Seria porque fugira? Mas qualquer um teria fugido naquela situação, disse a si mesmo: o choque, a presença de um assassino no aposento contíguo... Era um medo atávico, uma sensação ilógica de responsabilidade – algo que toda criança inocente conhece quando confrontada por um problema sério. Fora o curso de ação óbvio e natural: fugir com rapidez e segurança, para depois avaliar. Ele precisava de um pouco de tempo, um pouco de espaço...

Deu alguns goles no uísque, apreciando o calor intenso do álcool na garganta. Engoliu os amendoins, lambendo o sal residual da palma da mão e tirando com a unha as casquinhas que haviam ficado nos dentes. O que o estava perturbando? Era o que Wang dissera, suas últimas palavras? "Aconteça o que acontecer, não..." Não o quê? Não *leve* a pasta? Não *deixe* a pasta? E então Adam pensou em Wang morto e o choque retardado assaltou-o de novo, causando-lhe um tremor. Foi até o balcão e pediu mais uísque e outro pacotinho de amendoins.

Adam tomou o uísque e consumiu os amendoins com uma velocidade e uma fome que o surpreenderam, esvaziando o pacotinho na mão em concha e jogando os amendoins atabalhoadamente na boca, de modo quase simiesco (alguns amendoins caindo na mesa a sua frente). O pacotinho se esvaziou em segundos, sendo amassado e colocado na mesa, onde ficou fazendo barulho, tentando se desamassar por mais alguns segundos, enquanto Adam pegava e comia os amendoins isolados que haviam escapado a seu imediato e furioso apetite. Ficou imaginando, enquanto saboreava o gosto salgado e oleoso dos amendoins, se haveria alguma comida mais nutritiva e satisfatória no planeta – às vezes amendoim salgado era tudo de que um homem precisava.

Ele foi até o toalete masculino, descendo uma escada estreita e torta – que outrora parecia haver almejado ser uma escada em espiral, mas desistira do intento no meio da transformação – e chegou a um porão fedorento onde cerveja e urina competiam em nível olfativo. Enquanto lavava novamente as mãos debaixo da impiedosa lâmpada acima das pias, viu que tinha a camisa e a gravata salpicadas de minúsculos pontos escuros – manchas de sangue, presumiu, o sangue do dr. Wang... Adam se sentiu subitamente tonto, lembrando-se da cena no apartamento do médico, lembrando-se da retirada da faca de pão e do afluxo de sangue que se seguira. O choque retardado com o que fizera e testemunhara reapareceu – ele voltaria ao hotel, resolveu de repente, trocaria de camisa (conservando aquela como prova) e depois chamaria a polícia. Ninguém o culparia por ter deixado a cena do crime, com o homem, o assassino na varanda, voltando a entrar. Impossível se manter calmo e lúcido naquelas circunstâncias – não, não, não – ele não tinha qualquer culpa, em absoluto.

Ensaiou a história enquanto caminhava de volta para Pilmico e o Hotel Grafton – seu modesto hotel – parando algumas vezes para se orientar naquelas ruas quase idênticas de casas de alvenaria branca, para depois, uma vez seguro de que ia na direção correta, partir de novo mais confiante e feliz com seu processo decisório, satisfeito por saber que aquela terrível noite – as coisas terríveis que presenciara – teria um desfecho judicial apropriado.

O Hotel Grafton consistia em duas daquelas casas reunidas para formar um pequeno hotel de dezoito quartos. A despeito das evidentes pretensões do nome, os proprietários, Seamus e Donal, tinham um cintilante letreiro de neon cor-de-rosa na janela do andar térreo com a palavra “VAGAS”, no melhor estilo dos filmes B, e a porta de entrada era ornamentada com anúncios de agências de viagem, pacotes turísticos e guias de hotel – uma colagem reluzente de decalques, *transfers* e emblemas de plástico. De Vancouver a Osaka, aparentemente, o Hotel Grafton era um lar longe do lar.

Para ser justo, Adam não podia se queixar do seu quarto, pequeno e limpo, que dava para uma viela nos fundos. Tudo funcionava: a máquina de chá, o chuveiro, o minibar, o televisor com noventa e oito canais. Seamus e Donal eram amáveis e prestativos, e atendiam a todas as suas necessidades, contudo, quando seguiu pela rua na direção do hotel e avistou o cintilante letreiro de VAGAS em neon cor-de-rosa, Adam sentiu um pequeno tremor de medo vibrar dentro de si. Parou e forçou-se a pensar: agora já decorrera mais de uma hora, na verdade quase duas, desde que fugira do edifício Anne Boleyn. Só que ele assinara seu nome, Adam Kindred, no registro de visitantes que o porteiro lhe apresentara, e escrevera Hotel Grafton, SW1, como seu endereço residencial. Esse fora o enorme, catastrófico erro com o qual ele vinha se preocupando, que o vinha afligindo... A última pessoa a visitar Philip Wang antes de sua morte deixara, muito obsequiosamente, seu nome e endereço no registro de visitantes. Adam sentiu uma náusea súbita, pensando nas implicações de sua inocente autoidentificação, enquanto se aproximava do hotel. Tudo parecia bem – através da porta de vidro coberta de decalques, ele viu Seamus no balcão de recepção, conversando com uma das camareiras – Branca, ele achava que era o nome dela – e também avistou algumas pessoas no bar do hotel exclusivo para hóspedes. Do outro lado da rua havia um táxi preto estacionado, com o letreiro "livre" apagado, enquanto o motorista cochilava ao volante – sem dúvida aguardando que um dos empresários que se divertiam no bar do hotel acabasse saindo.

Adam se esforçou para avançar: entre, vá para seu quarto, troque as roupas manchadas de sangue, telefone para a polícia e vá até a delegacia – leve todo esse negócio horrível a uma conclusão apropriada, decente. Aquele parecia ser o único caminho a seguir, o único curso de ação totalmente normal, então ele ficou pensando por que decidira descer a viela no final da rua e tentar ver sua janela dos fundos do prédio. Alguma outra coisa o perturbava, fosse algo que ele fizera ou deixara de fazer, e que, ato ou não ato, era assustador. Se conseguisse recordar o que era e raciocinar sobre o fato, talvez se sentisse mais calmo.

Parou na viela escura nos fundos do Hotel Grafton e procurou a janela de seu quarto, nos fundos do prédio. Viu que tudo parecia bem ali: o quarto estava escuro e as cortinas meio cerradas, como ele as deixara de manhã ao ir para a entrevista no Imperial College. Que mundo era aquele? Pensou. Tudo ainda estava em ordem, nada fora do comum, em absoluto. Era idiotice ficar agindo de maneira tão suspei...

– Adam Kindred?

Mais tarde, Adam achou difícil explicar para si mesmo por que reagira tão violentamente ao ouvir seu nome. Talvez estivesse mais traumatizado do que pensava; talvez os níveis de estresse recente que viera vivenciando o houvessem transformado numa criatura de reflexos, mais do que de raciocínio. Ao ouvir a voz de um homem pronunciando seu nome tão perto, ele agarrara a alça da pesada maleta nova e girara o objeto em arco para trás, com toda a força. O impacto imediato, invisível para ele, repercutira em todo o seu braço e no ombro. O homem fez um ruído, meio suspiro e meio gemido, e Adam o ouviu cair ao chão com um baque e um estrépito.

Adam girou – sentia uma preocupação súbita e absurda: Jesus Cristo, o que ele fizera? – e agachou-se junto ao corpo semiconsciente do sujeito, que mal se movia, sangrando pela boca e pelo nariz. O canto inferior da maleta de Adam, em ângulo reto, pesado e guarnecido de metal, acertara a têmpora direita do homem, e, à escassa iluminação da viela, Adam podia ver um vergão claro, vermelho, em formato de V, já se formando, como se houvessem encostado ali um ferro de marcar gado. O homem gemeu e se mexeu, estendendo as mãos como que procurando algo. Acompanhando o gesto, Adam viu que ele estava tentando pegar uma pistola automática (com silenciador, ele percebera um milissegundo depois) caída nas pedras do calçamento a seu lado.

Adam se levantou, medo e susto agora substituindo seu sentimento de culpa, e depois, quase que imediatamente, ouviu o som estridente de um carro de polícia se aproximando. Ele constatara, no entanto, que aquele homem caído a seus pés não era policial. Pelo que sabia, a polícia não distribuía pistolas automáticas com silenciadores para seus agentes civis. Ele tentou se manter calmo enquanto os processos mentais se faziam claros – agora havia mais alguém atrás dele: aquele sujeito fora enviado para localizá-lo e matá-lo. Adam sentiu um engulho de náusea subir pela garganta. Percebeu que estava vivenciando medo puro, como um animal, como um animal acossado. Olhou para baixo e viu que o homem já se pusera, meio grogue, em posição sentada e tentava se aprumar, sem firmeza, balançando o corpo como um bebê, antes de cuspir fora um dente. Adam afastou a pistola com um chute, e a arma foi deslizando e retinindo pela viela calçada de pedras. Depois ele recuou uns passos. O sujeito não era policial, mas a verdadeira polícia estava se aproximando – ele já ouvia outra sirene algumas ruas adiante, em clamorosa dissonância com a primeira. O homem começou a se arrastar de maneira desengonçada pelas pedras na direção da arma. Muito bem, aquele sujeito estava atrás dele, assim como a polícia; ele ouviu o primeiro carro parar diante do hotel e a batida ruidosa e apressada de portas. A noite evidentemente dera errado, de um jeito que Adam nem conseguia imaginar. Ele olhou em torno e viu que o homem que se arrastava estava quase alcançando a pistola, estendendo a mão vacilante para pegá-la, como se sua visão estivesse prejudicada de maneira crucial e ele quase não conseguisse focalizar as coisas. O sujeito se virou de lado, e, com dificuldade, se aprumou. Adam percebeu que precisava tomar uma decisão imediatamente, em um segundo ou dois, e com essa percepção veio a compreensão indesejada de que aquela seria uma das mais importantes decisões de sua vida. Ele deveria se entregar à polícia – ou não? Mas um medo não especificado dentro dele gritou: NÃO! NÃO! FUJA! Adam sabia que sua vida estava prestes a tomar um rumo que ele nunca conseguiria reverter – não podia se entregar agora, não *iria* se entregar: precisava de um tempo. Percebeu que estava aterrorizado com as perspectivas a sua frente; aterrorizado com o complicado e desastroso problema que as terríveis e funestas implicações da história que ele contaria – a verdadeira história – fariam desabar sobre si mesmo. Portanto, o tempo era crucial, o tempo era seu único possível amigo e aliado naquele momento. Se tivesse um pouco de tempo, as coisas poderiam ser esclarecidas de maneira organizada. Então, ele tomou a decisão, uma das mais importantes decisões de sua vida. Não era uma questão de haver escolhido o curso de ação acertado ou o errado. Simplesmente precisava seguir seus instintos – precisava ser fiel a si mesmo. Então se virou e fugiu, com passo firme, subindo a viela e entrando nas ruas anônimas de Pimlico.

Adam ficou imaginando... O que o trouxera de volta a Chelsea? Fora a figueira e seu devaneio momentâneo sobre apartamentos de luxo na margem do rio que o levaram a pensar que o estreito triângulo de um terreno baldio perto da ponte Chelsea lhe daria um refúgio seguro por vinte e quatro horas até que aquela noite enlouquecedora passasse? Ele esperou até que não houvesse carros visíveis na avenida marginal e rapidamente passou por cima da grade de pontas afiadas, entrando no terreno baldio. Caminhou por entre os arbustos e a vegetação rasteira, afastando-se da ponte e de suas oscilantes fieiras de lâmpadas penduradas nos cabos de sustentação. Encontrou um trecho de terreno entre três arbustos densos e ali estendeu sua capa de chuva. Ficou sentado durante algum tempo, os braços em torno dos joelhos, esvaziando a mente e sendo invadido por uma incontrolável ânsia de dormir. Desligou o telefone celular e se deitou, descansando a cabeça na maleta, à guisa de travesseiro, e dobrando os braços sobre o peito. Para variar, não pensou, não tentou analisar ou compreender coisa alguma; foi simplesmente deixando as imagens do dia e da noite passarem pela sua cabeça, como um show de slides alucinante. Descanse, dizia seu corpo, você está em segurança, você conseguiu ganhar um tempo precioso, mas agora precisa descansar – pare de pensar. Então, ele fez isso e adormeceu.

2

Rita Nashe tentava explicar a Vikram por que ela detestava tanto o críquete, porque aquele jogo, em qualquer modalidade, antiga ou contemporânea, era um anátema para ela, quando veio a chamada. Eles estavam estacionados perto da King's Road, na esquina em que havia uma Starbucks, onde conseguiram pegar dois cafés antes que a loja fechasse. Rita respondeu à chamada – eles deveriam ir para um "coquetel" no edifício Anne Boleyn, na avenida Sloane. Ela anotou os detalhes na agenda e ligou o carro.

– Coquetel – disse para Vikram.

– Não entendi.

– Confusão doméstica. É o apelido disso em Chelsea.

– Legal. Vou me lembrar... "Coquetel".

Ela seguiu facilmente até a avenida Sloane – sem necessidade de luzes ou sirene. Uma mulher telefonara para a delegacia queixando-se de ruidosas pancadas e baques no apartamento de cima, e depois de pequenas manchas surgidas no seu teto. Rita estacionou do outro lado da rua e se encaminhou para o saguão da frente, Vickram a certa distância – ele parecia ter ficado preso ao cinto de segurança – mostrando pouca agilidade para um homem ainda jovem. O telefone dela tocou.

– Rita, não consigo achar meus óculos.

– Papai, estou trabalhando. Onde estão os óculos sobressalentes?

– Eu não tenho essa merda de óculos sobressalentes, esse é o problema. Não estaria ligando para você se tivesse.

Ela parou na porta de entrada para deixar que Vickram a alcançasse.

– Você já procurou no armário da escada onde guardamos as latas?

Podia praticamente ouvir o cérebro dele fervilhando mais depressa.

– Ué – disse ele, raivoso. – Por que estariam naquele armário com as latas?

– Eu lembro que uma vez você deixou os óculos lá.

– Deixei? Ah... Está bem, vou checar.

Rita fechou o telefone celular, sorrindo; ela mesma escondera os óculos do pai lá, para castigá-lo por suas frequentes grosserias e seu comportamento egoísta. Noventa por cento das persistentes irritações da vida do pai eram responsabilidade dela – ele não fazia ideia disso – e ele nunca percebera como a quantidade de coisas irritantes diminuía quando seu humor melhorava. Ele era um homem inteligente, disse Rita para si mesma enquanto ela e Vikram empurravam a porta de vidro e entravam no saguão, e, na verdade, ele já deveria ter percebido isso àquela altura.

No largo balcão de mármore da recepção, o porteiro pareceu surpreso ao se ver diante de dois policiais – uma mulher e um homem – e, quando informado do motivo trivial para a presença deles, o homem não conseguiu entender por que a pessoa que se queixara (uma senhora muito complicada) não preferira simplesmente telefonar para a recepção – era para isso que ele estava ali, afinal de contas. Rita disse que a mulher mencionara manchas surgidas no teto, e então consultou sua agenda. Apartamento F14.

– Qual apartamento fica em cima do F14?

– O G14.

Ela e Vickram subiram pelo elevador.

– Eu não me incomodaria de ter um lugarzinho aqui – disse Vickram. – Apartamentos tipo estúdio, Chelsea, King's Road.

– Ninguém se incomodaria, Vick, nenhum de nós.

A porta do G14 estava entreaberta – Rita achou aquilo estranho. Disse a Vickram que esperasse do lado de fora, e entrou – as luzes estavam acesas e o local fora inteiramente revirado. Ladrões, pensou ela de imediato, embora a bagunça generalizada parecesse indicar que alguém estivera procurando algo específico, e não houvesse encontrado. A TV ainda estava lá, o DVD. Talvez não...

Quando viu o homem morto no quarto, deitado de barriga para cima nos lençóis vermelhos ensopados, ela percebeu a origem das manchas no teto do apartamento de baixo – já vira alguns corpos mortos e feridos em sua carreira na polícia, mas sempre ficava surpresa com a quantidade de sangue que um ser humano podia verter. Segurou o nariz e engoliu, sentindo uma ligeira tonteira. Respirou superficialmente, parada na soleira da porta, deixando que desaparecesse o súbito tremor no seu corpo, e olhou rapidamente ao seu redor – de novo, tudo inteiramente revirado, e a porta almofadada que dava para a pequena varanda estava aberta; ela podia ouvir o ruído do tráfego vindo da avenida Sloane, enquanto as cortinas de musselina se agitavam e inflavam como velas na brisa noturna.

Cuidadosamente, Rita foi recuando pelo apartamento até a porta principal, onde ligou o celular e chamou o policial de plantão em Chelsea.

– Alguma coisa interessante? – perguntou Vickram.

3

Com ou sem cueca? Ingram Fryzer refletiu, olhando para a longa fileira de duas dúzias de ternos pendurados no armário do seu quarto. Estava usando uma camisa creme com uma gravata já atada no pescoço, e as costumeiras meias compridas azul-marinho que chegavam até os joelhos. Ingram tinha horror de mostrar a canela branca peluda entre o alto da meia e a bainha da calça quando sentava de pernas cruzadas – sob certos aspectos, esse era o pecado sartorial inglês habitual e prototípico. Pecado sartorial, sorriu ele para si mesmo, ou deveria ser canela sartorial? Não importa, quando Ingram se sentava em reuniões com homens ricos e poderosos, e os via movimentar as pernas, recruzar as coxas e expor seis centímetros de canelas descoradas, ele imediatamente baixava a consideração que tinha por aquelas pessoas – aquele tipo de lapso dizia algo sobre elas. A questão das cuecas, no entanto, era uma questão irrevogavelmente pessoal – era impensável que qualquer um na empresa dele pudesse achar que seu presidente e principal diretor-executivo estivesse nu debaixo das calças perfeitamente talhadas, pinto e colhões balançando soltos.

Ingram refletiu mais sobre aquele agradável dilema – com cueca ou sem cueca – imaginando os estímulos potenciais que o aguardavam naquele dia. Ele adorava o modo com que a glande de seu pênis roçava no tecido da calça, ou se ajeitava durante um segundo numa costura saliente – naqueles momentos em que você nunca tem certeza se pode acontecer uma semiereção espontânea, e é claro que os riscos dessa possibilidade aumentavam, particularmente se você estava prestes a entrar numa importante reunião. Toda a textura – cada nuance – do dia de trabalho era incomensuravelmente diferente se você estivesse nu debaixo das calças. *Une journée de frottis-frotta*, como um amigo francês denominara aquilo, e Ingram apreciava a sofisticada pretensão que o título conferia a seu pequeno vício. Ele já decidira – iria sem cuecas – e escolheu um terno de xadrez, modelo Príncipe de Gales, vestiu as calças, ajustou os suspensórios vermelhos e envergou o paletó. Escolheu um par de mocassins afivelados em tom marrom-escuro, e desceu para tomar o café da manhã completo que Maria-Rosa lhe servia exatamente às 7:30, de segunda a sexta-feira.

A caminho do escritório, ele pediu a Luigi que parasse o carro na estação do metrô Holborn. Fazia isso com frequência – tomava o metrô até o trabalho por umas poucas paradas, enquanto Luigi seguia com o carro – particularmente nos dias em que não estivesse de cuecas. Gostava de se misturar com o "povão", examinar as variadas classes de seres humanos ali à mostra, imaginando que tipo de vida levavam. Não que tivesse qualquer desprezo por eles ou sentisse qualquer superioridade consoladora – era simplesmente uma questão de curiosidade antropológica, instigada por estes outros membros de sua espécie. Achava que isso o tornava uma pessoa melhor, pois ninguém mais do seu círculo socioeconômico fazia o mesmo. Durante cerca de dez minutos, ele tornava-se mais um passageiro anônimo na linha central do metrô a caminho do trabalho.

Ingram ficou parado no vagão apinhado, olhando inocentemente ao seu redor, cheio de curiosidade. Não muito longe havia duas garotas bonitinhas metidas em terninhos, ouvindo música com pequenos fones nos ouvidos. Roupas elegantes, joias, maquiagem bastante pesada... Uma delas olhou vagamente para ele, como que ciente do seu olhar, e depois desviou os olhos. Ele sentiu seu pinto se agitar e ficou imaginando se aquele seria um dia para

Phyllis, também. Meu Deus, o que havia de errado com ele? Outros homens de cinquenta e nove anos pensavam tão constantemente em sexo? Qual era aquela expressão, aquela palavra? Sim... ele era um "erotômano"? Não era a pior categoria de infração sexual em que se encaixar, mas às vezes ele ficava pensando se havia algo clinicamente errado, ou algo que pudesse ser diagnosticado, sobre suas obsessões... Depois, enquanto subia os degraus da saída da Bank Station e via a torre de vidro que alojava diversos andares de sua empresa – a CALENTURE-DEUTZ plc – onde cerca de 200 empregados se preparavam para um dia de trabalho, ele ponderou novamente que aqueles sentimentos, aqueles impulsos, talvez fossem inteiramente saudáveis e normais.

Percebeu que alguma coisa estava errada logo que viu Burton Keegan e Paul de Freitas esperando por ele no saguão. Enquanto caminhava na direção deles, Ingram conscientemente começou a imaginar os piores cenários possíveis, e a se preparar: sua esposa, os filhos... aleijados, mortos; um acidente industrial nos laboratórios de Oxford, contaminação, praga; alguma reviravolta terrível do mercado de ações; uma conspiração da junta de diretores – ruína...

– Burton, Paul – disse ele, mantendo as feições tão impassíveis quanto as deles. – Bom-dia. Só podem ser más notícias.

Keegan lançou um olhar para Freitas – quem seria o mensageiro? Depois deu um passo à frente, diante do aceno de cabeça de Freitas.

– Philip Wang morreu – murmurou ele em voz baixa. – Assassinado.

4

ADAM ACORDOU AO ALVORECER. GAIVOTAS GORJEAVAM E GRITAVAM no ar acima dele, voando baixo e mergulhando agressivamente, e por um breve momento ele pensou – ah, sim, é claro, estou sonhando, nada disso aconteceu. Mas o frio nas pernas, a sensação generalizada de umidade e a coceira pela falta de higiene o fizeram lembrar-se, à força, das difíceis condições em que se encontrava. Sentou ereto, sentindo-se deprimido e quase chegando às lágrimas enquanto refletia sobre o que acontecera. Olhou para o rio e viu que a maré estava cheia, a água marrom e a correnteza forte. Ele sentia fome, sentia sede, precisava urinar e queria se barbear... A exigência urinária foi facilmente satisfeita, e, enquanto fechava o zíper da calça, lembrou-se com tristeza de que era a primeira vez em toda a sua vida que dormia ao relento. Não era coisa para seu gosto.

Adam vestiu a capa de chuva, pegou a maleta e abriu caminho entre os arbustos molhados de orvalho na direção da avenida marginal, onde ficou observando as primeiras pessoas que se dirigiam para o trabalho passarem velozmente de carro pela rua quase totalmente vazia, ainda antes da hora do rush. Ele passou por cima da cerca, prendendo a capa de chuva nas grades e, depois de desembaraçá-la, saiu andando. Fazia frio logo cedo pela manhã e Adam sentiu a friagem quando deu uma parada e espanou as folhas e o capim da bainha da capa, já cheia de manchas. Precisava comer.

Numa lanchonete da King's Road pediu um "café da manhã inglês completo", que logo devorou. Conferiu a carteira – notas e moedas somavam 118 libras e 38 centavos. Ocorreu-lhe que, caso se entregasse à polícia, ele devia pelo menos ficar apresentável, portanto foi até uma farmácia onde comprou creme e aparelhos de barbear descartáveis – agora, com a fome satisfeita, ele descobriu que queria se barbear mais do que qualquer coisa – e tomou o metrô da praça Sloane até a estação Victoria, onde pagou 2 libras para usar os novos "toaletes executivos". Barbeou-se cuidadosamente, escanhoando bem a barba, e penteou o cabelo, puxando-o para trás a partir da testa, de modo a deixar os fios bem assentados, as marcas do pente visíveis como veludo cotelê – o cabelo já parecia desagradavelmente ensebado depois daquela noite ao relento. No saguão da estação, ele perguntou a um funcionário onde poderia achar a delegacia de polícia mais próxima, e recebeu orientação para chegar a uma que ficava perto da rua do Palácio de Buckingham, a poucos minutos dali, a pé.

Ao encontrá-la, sem maiores dificuldades, parou um instante para reunir força suficiente antes de subir confiantemente os degraus do que parecia uma delegacia bem nova – toda de blocos de tijolos angulares cor de caramelo e corrimões pintados de azul brilhante. Deliberadamente, não pensara no que estava prestes a acontecer – ou quais seriam as consequências imediatas de seu inevitável indiciamento. Havia demasiadas provas, prejudiciais e contundentes, contra ele, isso era óbvio, e era na verdade o motivo pelo qual ele fugira na noite anterior. Considerou com pesar que seria preso e mantido em uma cela, antes que lhe fosse designado um advogado. Sabia que parecia convenientemente demais ser o assassino – eles não iriam simplesmente ouvir sua versão dos acontecimentos e deixá-lo voltar ao hotel e ficar esperando que lhe telefonassem. Então, pensando num telefonema, ele subitamente se lembrou do emprego, a bolsa de pesquisa sênior, para o qual fora entrevistado na tarde do dia anterior. Eles haviam prometido que lhe telefonariam... Não houvera nenhuma chamada para seu celular depois da entrevista. Adam deu uma rápida conferida no aparelho e viu que não havia mensagens de texto, a não ser algumas mensagens "spam" da operadora. Sua vida de "torpedos" quase já não existia mais desde que partira dos Estados Unidos – nada de brincadeiras ou bate-papo com amigos, colegas ou alunos seus – o silêncio da culpa... Ainda assim, ele tinha curiosidade acerca do Imperial College. Será que fora selecionado, pensou, será que o queriam no emprego? Sentia-se triste, esgotado; qualquer coisa que lhe acontecesse em seguida dificilmente acrescentaria algo de bom a seu currículo.

Passou por portas automáticas e entrou num pequeno saguão com um balcão de recepção deserto à sua frente. Acima do balcão, um letreiro móvel, iluminado de vermelho, informava que "o policial de plantão voltará logo em seguida". Um homem e uma mulher também esperavam, sentados, olhando em silêncio para o chão. Adam continuou de pé e se virou para conferir seu reflexo num dos quadros de aviso envidraçados – cheios de alertas, instruções sobre queixas de violência doméstica, oportunidades de emprego na Polícia Metropolitana, notificações legais e retratos falados de diversos transgressores da lei. Instantaneamente, sem querer, seu olhar girou para ver o seu próprio nome apresentado ali: "ADAM KINDRED – PROCURADO. SUSPEITO DE ASSASSINATO". Ainda mais alarmante do que ver seu nome foi ver seu rosto, uma imagem familiar de si mesmo, extraída de uma outra fotografia (havia um ombro de um estranho no canto direito ao fundo). Adam imediatamente percebeu onde a fotografia fora tirada, enquanto contemplava seu próprio eu, sorridente e mais jovem – na cerimônia de casamento com Alexa. Também sabia que estava usando casaca, colete cinza e gravata de seda cor de prata, dentro da tradição inglesa, embora a cerimônia tivesse sido realizada em Phoenix, Arizona, e todos os outros homens presentes trajassem smokings e gravatas-borboleta. Houvera uma sutil gozação. Ele ficou olhando para si próprio, mais moço: o sorriso largo, o cabelo consideravelmente mais comprido e uma espessa mecha, deslocada por rajadas do vento do deserto, caída sobre a testa, emprestando-lhe um ar brincalhão. Constrangido, alisou para trás o cabelo mais curto e ensebado. Ele parecia diferente agora – mais magro e preocupado. Depois pensou: onde, em nome de Deus, eles haviam encontrado uma foto sua tão rapidamente? Seu pai? Ele estava na Austrália, com sua irmã. Não... Adam recuou, chocado – a foto só podia ter vindo de Alexa, sua ex-esposa. Ele examinou mentalmente, de novo e com amargura, a sucessão de acontecimentos. Não era de admirar que houvessem chegado a ele tão depressa – o nome e o endereço no registro do edifício Anne Boleyn levaram a polícia diretamente ao Hotel Grafton (Seamus e Donal sabiam tudo sobre a entrevista no Imperial College); em seguida, e-mails e telefonemas para seu antigo empregador, membros da família. Uma fotografia fornecida pela ex-esposa ("Adam? Vocês têm certeza?" – ele podia ouvir a voz dela, sem grandes protestos), depois escaneada e enviada eletronicamente a Londres numa fração de segundo. Talvez também houvessem feito contato com seu pai? Adam começou a se sentir enjoado. Podia ver a coisa do ponto de vista da polícia – estavam só procurando um homem, o homem que assinara o nome no edifício Anne Boleyn, o último homem a ver Philip Wang vivo, o homem cujas digitais estavam na arma do crime – um caso óbvio e encerrado. Encontrem Adam Kindred e vocês terão o assassino.

Adam sentiu o peito apertar e travar ao delinear e depois reunir mais uma vez as irresistíveis provas circunstanciais contra ele. Podia ser colocado no quarto do crime na hora da morte – no momento exato da morte. Suas digitais estariam por toda parte. Suas roupas estavam salpicadas do sangue da vítima. Ele era o suspeito óbvio – qualquer um pensaria, todos achariam que ele matara Philip Wang. Mas onde estava o motivo? Por que ele quereria matar aquele eminente imunologista? Por quê? Crime passional era a explicação que infelizmente vinha à mente. Mais tarde, ele raciocinaria que fora a visão de seu rosto jovem e ingênuo que o fizera agir como agiu. Algo sobre sua evidente inocência estava incrustado naquela fotografia, e ele não podia voluntariamente estragar aquela aparência. Disse a si mesmo para parar de pensar e virou as costas para a imagem daquele Adam feliz, sorridente, despreocupado, mais jovem. Atravessou as portas automáticas, desceu os degraus (passando por três policiais uniformizados que subiam, conversando animadamente entre si) e seguiu para oeste, dobrando à direita ao longo da rua Pimlico, na direção da segurança imaginária que Chelsea lhe oferecia.

Ao se afastar da delegacia – maleta na mão, capa de chuva adejando, sentindo-se acalorado, quase febril de susto – Adam percebeu que chegara a uma encruzilhada. Não, não uma encruzilhada – metáfora errada – era uma bifurcação e, além do mais, a bifurcação mais dramática possível que uma pessoa poderia encontrar na vida. Ele poderia: (a) entregar-se à polícia e se submeter aos devidos rigores da lei – ser indiciado, mantido sob custódia, ter a fiança recusada, sua prisão preventiva decretada, passar por julgamento e veredicto – ou então (b) não se entregar. Por natureza, ele era um cidadão obediente às leis – tinha confiança imponderada nas instituições legais dos países onde vivera – mas agora, de repente, tudo mudara. Não era mais o "respeito à lei" que lhe parecia primordial e fundamental. Não, era a liberdade que governava essa escolha instintiva: a sua liberdade pessoal. Precisava continuar livre a todo custo, se, de alguma forma, quisesse se salvar. Permanecer livre parecia o único curso de ação que ele poderia e deveria tomar. Era estranha, essa epifania filosófica, mas Adam percebeu imediatamente que a liberdade individual que possuía no momento lhe era inacreditavelmente preciosa – preciosa porque ele agora sabia como aquela liberdade era tênue e vulnerável – e ele não estava disposto a entregá-la a quem quer que fosse, nem mesmo temporariamente.

Além disso, disse Adam a si mesmo enquanto seguia adiante, sentindo-se mais febril a cada passo, ele era inocente, pelo amor de Deus. Era um homem inocente e não queria ser acusado de um assassinato que não cometera. Como a situação era simples, como era clara a escolha que fizera – que fora obrigado a fazer – a única escolha que lhe era possível. Ele não se sentia num dilema, nem em dúvida; qualquer um na sua situação odiosa e desgraçada teria feito o mesmo. E ainda havia aquele outro fator, o fator "X", que precisava ser levado em conta. Quem era o homem na viela que sabia o nome dele e que portava uma pistola com silenciador? Só podia ser o assassino, certo? O homem na varanda que ficara assustado ao ouvir Adam entrar no apartamento de Wang...

Ao passar por um bar a sua esquerda, ele ficou tentado a entrar e beber alguma coisa, mas, juntamente com sua nova crença na liberdade pessoal, estava ciente de que tudo era caro naquela cidade. Tinha de economizar seus fundos restantes enquanto planejava o que fazer em seguida, esperando que o verdadeiro culpado fosse identificado e preso.

Sentou num banco numa pequena praça arborizada e lançou o olhar vazio para a estátua de Mozart menino. O que Mozart tinha a ver com aquela parte de Londres? Adam se forçou a se concentrar: talvez a melhor linha de ação fosse sumir durante algum tempo – alguns dias, uma semana – a fim de ver como o caso se desenvolvia. Qual era mesmo aquela expressão? "Mergulhar no submundo." Sim, que tal se ele mergulhasse no submundo durante alguns dias e deixasse que outras pistas do caso fossem adequadamente buscadas? Poderia acompanhar os acontecimentos pelos jornais, pela TV ou pelo rádio, e então o pensamento lhe veio abruptamente: e se Wang *fosse* gay? O doutor e ele se conheceram num restaurante, começaram a conversar e foram vistos lá. Adam foi ao apartamento de Wang, que lhe deu uma cantada, eles discutiram, lutaram... Tudo ficando chocantemente, terrivelmente fora de controle. Sentiu-se de novo assaltado por uma fraqueza; olhou para o Mozart menino e tentou lembrar uma ária do compositor, qualquer toada musical que o distraísse, mas as palavras que lhe vieram à cabeça foram de uma canção de rock, lembrança de sua juventude: "Going underground, going underground / Well the brass bands play and feet start to pound..."

Aqueles versos eram prescientes, concluiu Adam: ele mergulharia no submundo em vez de covardemente se entregar numa delegacia e ser acusado de um crime que não cometera. Decorridos alguns dias, disse para si mesmo, surgiriam outras pistas, a polícia consideraria outros cenários e outros suspeitos. O Mozart finalmente lhe veio à mente, a abertura de *Così Fan Tutte* – ela sempre lhe erguia o ânimo. Adam levantou-se, cantarolando baixo a abertura; hora de comprar provisões essenciais para sua nova vida.

Mais tarde naquele dia, na hora do crepúsculo, Adam atirou suas três sacolas de pertences por sobre a balaustrada do triângulo em Chelsea e rapidamente as acompanhou. Procurou a área onde dormira na noite anterior e examinou o local mais atentamente; havia três grandes arbustos e algumas árvores de porte médio, um plátano e uma espécie de azevinho, perto do ângulo mais estreito do triângulo – a extremidade oeste, mais afastada da ponte Chelsea – formando uma pequena clareira, e um dos arbustos parecia quase oco na base. Ele podia facilmente rastejar para debaixo dos ramos inferiores. Agachou-se e viu que, sim, caso se metesse ali poderia ficar realmente invisível ao tráfego da avenida marginal, da ponte Chelsea e de qualquer embarcação que passasse pelo rio.

Esvaziou suas sacolas de compras e examinou o que adquirira: um saco de dormir, uma lona plástica, uma pá dobrável, um fogareiro a gás com bujões de reserva, uma lanterna, uma pequena caixa de metal para guardar dinheiro, um conjunto faca-garfo-colher, duas garrafas de água, uma pequena frigideira e meia dúzia de latas de feijão cozido. Fora parcimonioso nas compras, adquirindo apenas os itens mais baratos e em promoção – haviam sobrado 72 libras e mais uns trocados. Podia ficar escondido ali no triângulo durante o dia e se aventurar a sair à noite, se preciso, para fuçar o lixo – poderia viver, passavelmente.

Adam construiu um abrigo no arbusto oco, quebrando alguns ramos para abrir um espaço maior em torno de si e estendendo a lona plástica por cima dos ramos, num V invertido, criando, assim, uma espécie de barraca baixa e rústica. Desenrolou o saco de dormir e estendeu-o debaixo do impermeável – sim, ali ficaria seco, protegido de tudo exceto de uma chuva muito forte. De repente, olhou em torno, ao ouvir o silvo agudo de uma sirene da polícia passando pela avenida marginal. A sirene uivava, e então Adam sorriu para si mesmo – toda a polícia de Londres estaria à procura dele, as tomadas das câmeras de vigilância estariam sendo examinadas, novos telefonemas seriam feitos para sua ex-mulher e para sua família em Sydney, Austrália, parentes distantes e antigos conhecidos seriam procurados. Alguém tinha alguma pista de Adam Kindred? Como eles ririam dessa aventura depois que tudo terminasse! Ele era um homem procurado, mas não podia ser encontrado em lugar algum. Depois da cama feita, ele acendeu o fogareiro e esquentou os feijões cozidos. Às colheradas, os enfiou na boca, direto da frigideira, quentes e suculentos – deliciosos. Um dia de cada vez, Adam, disse ele para si mesmo: esvazie a cabeça ao máximo. Ele mergulhara no submundo.

5

Óleo de cravo-da-índia, pensou Jonjo Case; quem teria pensado, quem descobrira aquilo? Pegando o pequeno frasco, ele verteu algumas gotas do óleo no dedo indicador e massageou a zona em torno do dente machucado. Quase instantaneamente, sentiu a forte dor amortecer. A grande obturação se soltara quando aquele babaca, Kindred, batera no lado da sua cabeça com a maleta.

O outro dente saltara fora, como que extraído por um dentista. Quando recobrou inteiramente os sentidos, viu o dente ali caído nos paralelepípedos, apanhou-o e colocou-o no bolso – uma prova.

Jonjo olhou para seu rosto no espelho. Nunca gostara da aparência que tinha, mas a maleta de Kindred só piorara as coisas. O nariz não estava quebrado, pelo menos, mas inchara e ele teria contusões da orelha à têmpora. O que mais o aborrecia, porém, era o vergão causado pela dobradiça ou reforço de metal da maleta que atingira, no curso da trajetória, sua têmpora direita. Ele se virou para achar um ângulo melhor no espelho. Lá estava o troço, na forma evidente de um V, um feroz vergão vermelho-sangue. V de vencido, pensou ele. Aquilo iria criar uma crosta e provavelmente deixaria uma cicatriz branca no local. Não, não, aquilo não daria certo, era inaceitável; mais tarde ele mexeria no troço com a ponta de uma faca – disfarçando tudo. Não iria passar o resto de sua vida andando com uma cicatriz em forma de V na testa – de jeito nenhum, porra.

Jonjo foi até a mesa de drinques, afastando suavemente o Cachorro com o pé. O Cachorro olhou para ele com expressão melancólica, enquanto Jonjo procurava seu uísque de malte favorito entre as garrafas. O que o levara a receber da irmã um filhote de basset, perguntou-se – tomando um trago de uísque direto da garrafa – aqueles olhos castanhos enormes, cheios de acusação? Aquela cara com uma expressão de permanente ansiedade, as orelhas aveludadas absurdamente compridas... Aquilo não era um animal, era um brinquedo, algo para se pôr em cima da colcha, ou vedar a passagem de corrente de ar por debaixo da porta. Jonjo fez uma careta quando o uísque se misturou desagradavelmente com o forte gosto do cravo-da-índia na boca. Horrível.

Suspirou e olhou em torno da pequena casa; a dor estava definitivamente diminuindo. Ele precisava arrumar aquele lugar – uma semana de louça por lavar na pia e quatro anos de revistas de iatismo empilhadas atrás da televisão. Ficou imaginando o que o sargento-ajudante Snell diria se pudesse ver a residência de Jonjo Case. Eu era o soldado mais esperto do regimento, lembrou Jonjo. O que dera errado?

Afastou algumas roupas de uma poltrona e sentou. O Cachorro se aproximou e parou, olhando para ele. Está com fome, é claro, percebeu Jonjo: devido à confusão da noite anterior, fazia vinte e quatro horas que ele não alimentava o pobre coitado. Procurou e encontrou, debaixo de uma almofada do sofá, meio pacote de biscoitos digestivos que espalhou pelo carpete. O bicho começou a mastigar os biscoitos, que punha para dentro da boca com a enorme língua rosada.

Jonjo pensou na noite anterior, o pensamento recuando e avançando aleatoriamente na cabeça. Graças a Deus ele encontrara o dente e a arma rapidamente, a polícia por toda parte. Depois pensou em Wang, como ele o espancara um pouco, depois o levou para a cama, estrangulando-o com a mão esquerda até deixá-lo arroxeado, a faca de pão na mão direita mergulhando fundo. Não devia ter atingido o coração, por alguma razão. Snell o teria torturado quase até a morte por aquele erro. Depois aquele merda *entrando*. Um pulo até a varanda, mas, ainda assim, sabendo que Wang não estava morto... Mau, mau, mau. O que teria acontecido enquanto ele ficara lá fora? pensou Jonjo com tristeza. Tristeza porque sabia que estava perdendo a forma – dois anos antes, ele teria simplesmente apagado o outro cara. Brutal, mas fácil – um modo mais eficiente. Agora o tal de Kindred estava vivo, não fora preso, e continuava em algum lugar de Londres, de acordo com o jornal. Jonjo deu ao Cachorro uma barrinha de cereal. Depois serviu-se de uma dose de uísque e algumas gotas mais de óleo de cravo-da-índia.

Mate o Wang, revire o local todo e traga todas as pastas que encontrar, disseram. Jonjo fizera isso, acabando com Wang e seu apartamento, e tinha todas as pastas num saco plástico de lixo, na mala do seu táxi. Logo eles saberiam que as coisas haviam dado errado – muito errado – ele só precisava esperar pelo telefonema.

Jonjo continuou refletindo, esforçadamente: Kindred saíra pela escada de emergência nos fundos do prédio. Ele fora atrás, logo depois de meter no saco de lixo todas as pastas que conseguira encontrar, e os dois cozinheiros que fumavam haviam confirmado que um jovem metido numa capa de chuva, carregando uma maleta, acabara de sair poucos minutos antes. Já vai longe, pensou Jonjo, indo para o táxi e colocando o saco de lixo na mala. Em seguida, ele pensou melhor durante um minuto, antes de voltar à entrada do edifício Anne Boleyn. Tirou uma cartela de fósforos do bolso – sempre carregava meia dúzia com ele por diferentes razões – pegou um fósforo que acendeu com o isqueiro e deixou cair toda a cartela na lata de lixo meio cheia perto da entrada. Ouviu um sibilo fraco quando os fósforos se acenderam, e, quando os primeiros tufos de fumaça apareceram, entrou de maneira despreocupada no saguão. O porteiro levantou o olhar com um sorriso falso.

-- Desculpe causar preocupação, amigo – disse Jonjo. – Mas uns garotos acabaram de tocar fogo na sua lata de lixo.

– Safados!

Depois que o porteiro correu para fora, Jonjo girou o livro-registro de visitantes. Lá estava: G14, visitado por Adam Kindred, Hotel Grafton, SW1.

Lá fora, o porteiro já emborcara a lata com o lixo incendiado, jogando tudo na rua e tentando apagar o fogo com os pés.

– Alô! – disse Jonjo, saindo. – São uns molecotes, não é?

– Eu caparia todos.

– E a câmara de gás?

– Obrigado, parceiro.

Jonjo foi com o táxi até o Hotel Grafton, em Pimlico, e estacionou do outro lado da rua, bem defronte do hotel. Um jovem vestindo uma capa de chuva, com uma maleta... Era uma noite agradável, e havia poucos homens de capa de chuva andando por ali. Entretanto, ele precisou esperar mais tempo do que pensava – algumas horas – antes que a pessoa que ele supunha ser Kindred aparecesse. Jovem alto, com cabelo escuro, de gravata, capa de chuva e maleta – mas o sujeito não entrou no hotel, e isso surpreendeu Jonjo. O Kindred real, autêntico, teria entrado direto no hotel, certo? Mas aquele sujeito pegou a rua estreita que levava aos fundos do hotel. Jonjo saiu do táxi e seguiu-o discretamente, dobrando a esquina até entrar na viela e ver o homem olhando para cima, para as janelas nos fundos do prédio. Será que estava perdido? Ou era corretor de imóveis? Seria mesmo Kindred, afinal de contas? Só havia um meio de descobrir, e Jonjo, então, fez a pergunta óbvia.

Seu dente latejava novamente. Com a ponta do indicador, ele acompanhou o vergão em V na testa. Esperava que eles lhe pedissem para matar Kindred. Seria um prazer, cavalheiros. O telefone tocou – três vezes. Depois ficou mudo e tocou novamente. Jonjo pegou o fone – eram eles.

6

Ingram abriu o jornal na mesa enquanto Maria-Rosa se aproximava com a cafeteira.

– Só um pouquinho – disse ele, sem afastar o olhar da página. Estava lendo sobre o homem que matara Philip Wang, ficando ao mesmo tempo muito intrigado e um tanto espantado.

"Adam Kindred, 31 anos (foto ao lado), cursou a Escola Catedral de Bristol, onde era vice-líder dos estudantes. Ganhou uma bolsa para frequentar a Universidade de Bristol, onde estudou engenharia. A mãe morreu quando ele tinha catorze anos, uma irmã mais velha, Emma-Jane; o pai, Francis Kindred, trabalhou muito tempo como engenheiro aeronáutico sênior no projeto Concorde... "

Ingram olhou de novo para a foto daquele rapaz sorridente. Uma foto de casamento. Como alguém como ele virava um assassino? O tal Kindred ganhara depois outra bolsa nos Estados Unidos, a bolsa Clifton-Garth, para estudar na Cal-Tech, onde fizera doutorado em engenharia aplicada. Isso seria uma pista?, pensou Ingram, subitamente desconfiado. Os Estados Unidos da América... Na Cal-Tech, Kindred participara de uma equipe que desenvolvia projetos de minúsculos giroscópios para a NASA. Nada havia ali sobre drogas ou produtos farmacêuticos, nenhum envolvimento aparente no mundo da medicina, raciocinou Ingram, nada que sugerisse algum interesse na Calenture-Deutz e nos negócios da empresa, mas ele continuou a ler.

Depois o tal Kindred terminara o doutorado e assumira o cargo de professor-assistente na Universidade Marshall McVay, em Phoenix, Arizona, onde ajudara a projetar e construir a maior câmara de nuvens do mundo, em Painted Rock, o campus oeste daquela universidade, nas montanhas Mohawk, perto de Yuma. (Que diabos era uma câmara de nuvens? pensou Ingram. Ah, alguma coisa a ver com climatologia.) Kindred fora nomeado professor-assistente e assumira o cargo na Faculdade de Climatologia e Ecologia daquela universidade... Ingram pulou umas linhas. A universidade era uma instituição privada, com 2 mil alunos ricos, mais da metade deles com diploma de graduação, uma proporção aluno-professor de 6:1, fundada e mantida por um multibilionário que fizera fortuna explorando bauxita no mundo todo. Ingram deu um gole no café que Maria-Rosa lhe servira, calculando. Então Kindred ficara fora do país, morando e trabalhando nos Estados Unidos, oito ou nove anos: tempo suficiente para que alguém o subornasse. Ingram listou mentalmente os quatro ou cinco rivais: as grandes empresas farmacêuticas, aquelas com enormes somas de dinheiro, tempo e, acima de tudo, paciência. Ele deveria checar se qualquer uma delas estivera envolvida com a tal Universidade Marshall McVay – uma concessão de bolsas de estudo para professores, um programa de pesquisa. Mas a coisa não fazia sentido: por que escolher um engenheiro/climatologista? Eles deveriam querer um médico, alguém do mundo da medicina. Por que iriam recrutar um engenheiro especializado em climatologia para matar Philip Wang, e assim tentar destruir a Calenture-Deutz? Ingram continuou a ler.

"Kindred se casou – uma tal de Alexa Maybury, 34 anos (foto à esquerda), corretora de imóveis que trabalhava na firma Maybury-Weiss, em Phoenix, Arizona. O casamento terminou em divórcio há alguns meses. Kindred renunciou a seu cargo na universidade e retornou a Londres, onde, no mesmo dia em que cometeu o assassinato, lhe foi oferecido o cargo de pesquisador sênior em climatologia no Imperial College, oferta essa aparentemente retirada às pressas."

Ingram afastou o café de Maria-Rosa, que já esfriava. Aquilo não fazia sentido algum – só podia ter sido puro acaso. Por que um jovem e bem-sucedido acadêmico mataria Philip Wang e reviraria seu apartamento? Seria algo sexual, talvez? Ou causado por drogas? (Ingram ainda estava vagamente impressionado com a quantidade de drogas que os jovens consumiam atualmente, com muito mais variedade e potência do que aquelas de sua juventude.) Que pistas do lado sombrio e mórbido da personalidade de Adam Kindred jaziam enterradas naquele currículo laudatório, sem defeitos?

Ele ergueu o olhar. Maria-Rosa estava parada ali perto.

– Sim, Maria-Rosa?

– Luigi, ele aqui. Com carro.

A caminho da Calenture-Deutz, Ingram telefonou para Pippa Deere, chefe de relações públicas, e pediu que o perfil de Adam Kindred publicado no jornal fosse copiado e distribuído a todos os diretores antes da reunião extraordinária da diretoria. Todos precisavam saber com quem estavam lidando – claramente, aquela conspiração toda tinha ramificações vastas e complexas.

Então subiu de elevador até os andares da torre de vidro onde funcionava a empresa, sentindo-se inusitadamente importante e forte, e contente por reconhecer esses sentimentos. Convocara todos os membros da diretoria para essa reunião extraordinária porque formulara um plano e queria fazer uma declaração importante, que causaria impacto na reputação da empresa. Passou um tempo no escritório pedindo informações a sua assistente pessoal, sra. Prendergast, sobre o paradeiro e a presença dos outros membros da diretoria. A assistente era uma cinquentona de poucos sorrisos, inteiramente profissional. Depois de alguns anos, Ingram percebera que mal conseguia funcionar – no sentido empresarial – sem aquela ajuda, e, por consequência, ela era magnificamente recompensada com férias remuneradas, opções para compra de ações e aumentos de salário espontâneos. Ele sabia que o primeiro nome dela era Edith, e achava que tinha dois filhos homens já crescidos (pelas fotografias na mesa), mas isso era praticamente tudo – e os dois tratavam-se invariavelmente de sr. Fryzer e sra. Prendergast.

Quando ela finalmente lhe disse que todos estavam presentes na sala de reunião da diretoria, Ingram desceu pela escada dos fundos até a "sala de jantar do presidente", como ele caprichosamente chamava a saleta contígua à sala de reunião. Ele mesmo providenciara a compra da mobília: uma mesa de carvalho e dez cadeiras de ótima qualidade, um comprido aparador de nogueira e alguns bons quadros – um Craxton, um Sutherland, um grande e vistoso Hoyland. Ali ele pretendia tomar escondido um rápido conhaque antes de iniciar a reunião, apenas para entrar no pique. Sentia uma estranha tensão, como se houvesse alguma premonição maligna sobre o que estava acontecendo, o que estava no ar. Isso era algo inusitado para ele – buscar um pouco de coragem em uma talagada – embora simultaneamente se desculpasse sob a alegação de que não era todo dia que um de seus mais chegados colegas era perfidamente assassinado.

Assim, ele ficou mais do que aborrecido ao encontrar seu cunhado já na "sala de jantar do presidente", servindo-se despreocupadamente de uma farta dose de uísque das garrafas agrupadas numa bandeja de prata sobre o aparador de nogueira, abaixo do vibrante Hoyland.

– Ivo – disse Ingram com um largo sorriso falso. – Um pouco cedo, não é?

Ivo Redcastle se virou.

– Não, na realidade não. Passei a noite inteira acordado, num estúdio de gravação. Recebi sua mensagem às três da madrugada. Obrigado, Ingram. – Deu um bom gole no uísque e encheu o copo de novo. – Se você quiser que eu fique acordado, vai ter de ser com isso.

Agora ficava impossível para Ingram preparar um drinque adequado para si mesmo, então, desapontado, ele se serviu de suco de maçã. Deu uma olhadela para o cunhado – já emborcando o segundo uísque – e notou pela milésima vez que Ivo, apesar de todas as suas atitudes e pretensões tolas e debochadas, ainda era um homem incrivelmente bonito. De fato, pensou Ingram, havia algo ligeiramente sinistro na beleza do cunhado: o cabelo preto longo e abundante penteado sempre caindo para um dos lados, o nariz aquilino, os lábios grossos, sua altura, sua elegância. Era quase a caricatura de um homem bonito. Graças a Deus ele não era inteligente, pensou Ingram, agradecido. E pelo menos se barbeara, e estava usando terno e gravata. Todas as empresas tinham que ter um "Lorde na Diretoria" – assim Ingram fora aconselhado ao iniciar o negócio – e arranjar um cunhado que se encaixasse naquela categoria parecia ser tanto ideal quanto simples, mas tudo com Ivo, lorde Redcastle, envolvia complicações intermináveis. Ingram olhou para o relógio enquanto Ivo terminava seu uísque – ainda não eram 9:30 da manhã.

– Vejo que o tinturista esteve em ação – disse Ingram.

– Não entendi.

– Esse novo brilho azul-escuro na sua vasta cabeleira, Ivo.

– Você está dando a entender, está insinuando, que eu tinjo o cabelo?

– Não estou "dando a entender" ou "insinuando" coisa alguma – disse Ingram com voz calma –, estou declarando. Você bem que podia pendurar um letreiro em torno do pescoço dizendo EU TINJO O CABELO. Homens que tingem o cabelo podem ser percebidos a cem metros de distância. Você, principalmente, deveria saber disso.

Ivo fez o que Ingram só podia descrever como um breve muxoxo.

– Se você não fosse da família, eu lhe daria um soco na cara – disse Ivo com voz trêmula. – Essa é a cor natural do meu cabelo.

– Você tem quarenta e sete anos de idade e está ficando grisalho, exatamente como eu. Assuma.

– Vá se foder, Ingram.

A sra. Prendergast abriu a porta da saleta.

– Todos estão prontos, sr. Fryzer.

Inicialmente a reunião transcorreu bem. Toda a diretoria estava ali, membros executivos e não executivos: Keegan, Freitas, Vintage, Beastone, Pippa Deere, os três professores de Oxbridge, o ex-ministro do gabinete Conservador, o alto funcionário civil aposentado, um ex-diretor do Banco da Inglaterra. Ficaram sentados, a expressão sóbria e séria, enquanto Ingram fazia um rápido discurso sobre a trágica morte de Philip Wang e a dívida que todos da Calenture-Deutz tinham para com o doutor. Foi somente quando ele passou a especular sobre o futuro e a nova droga na qual Philip Wang vinha trabalhando que aconteceu a primeira interrupção.

– A Zembla-4 não foi afetada, Ingram – disse Burton Keegan, levantando a mão como que numa reflexão tardia. – Acho que todos devem saber: nada do trabalho de Philip será desperdiçado. O programa continua. Com força total.

Ingram fez uma pausa, irritado: Keegan deveria ter percebido que ele não terminara.

– Bom, fico encantado de ouvir isso, é claro. Ainda assim, a contribuição de Philip Wang para o sucesso...

– Na realidade, Philip já tinha meio que encerrado a fase três, não é, Paul?

Freitas se adiantou, aproveitando a deixa de Keegan.

– É... Efetivamente. Eu falei com Philip dois dias antes da tragédia. Estávamos no final do terceiro estágio dos testes clínicos, e ele parecia extremamente contente com tudo. "Vamos em frente a todo vapor" foram precisamente as suas palavras, se bem me recordo. Era um homem feliz.

– Mas, pelo que eu sei, ele não tinha encerrado totalmente esse terceiro estágio – disse Ingram.

Um dos professores entrou na discussão (Ingram não conseguia se lembrar do nome dele).

– Philip estava mais do que contente, os resultados eram realmente extraordinários. Ele mesmo me disse isso na semana passada: extraordinários.

Agora que Ingram já fora interrompido de maneira tão generalizada, um burburinho se formou em torno da longa mesa polida. Ingram se inclinou na direção da sra. Prendergast.

– Me lembre o nome daquele homem, sra. P.

– Professor Goodforth, do Green College, Oxford. – Ela olhou para a lista que tinha nas mãos. – Professor Sam M. Goodforth.

Ingram se lembrou dele então, mais um novo membro nomeado para a diretoria, simultaneamente à chegada de Keegan e Freitas. Ele pigarreou ruidosamente.

– Boas notícias, excelentes notícias – disse, consciente da insipidez de suas palavras. – Pelo menos o trabalho do Philip vai sobreviver.

Dessa vez Keegan fez a gentileza de levantar a mão.

– Por favor, vá em frente, Burton.

– Obrigado – disse Keegan, sorrindo educadamente. – Eu gostaria que a diretoria soubesse que estamos trazendo de avião o professor Costas Zaphonopolous para assumir a supervisão no dia a dia do estágio final dos testes, antes de submetermos nossa RND à AAD. Nossa Requisição de Nova Droga à FDA – acrescentou ele polidamente para os diretores não executivos que poderiam não entender. Depois voltou-se para Ingram. – Costas é professor emérito de imunologia na Baker-Field.

Murmúrios de respeitosa aprovação por parte dos outros professores em torno da mesa. Ingram sentiu uma pontada de desconforto: quem era esse homem que eles estavam trazendo de avião, e a que custo? Por que ele não fora consultado? Viu Ivo limpando as unhas com a ponta fina do lápis que fora colocado no mata-borrão a sua frente.

– Tanto melhor – disse Ingram, sentindo que precisava reafirmar sua autoridade. Ainda não tivera oportunidade de revelar sua *pièce de résistance*. – Bom, agora... – Ele se calou ao ver que Freitas levantara a mão.

– Paul?

– Preciso declarar, para que fique registrado, que há alguns dados ausentes nos arquivos de Philip.

Ingram manteve a expressão impassível, autoritariamente impassível.

– Dados ausentes?

– Nós achamos que Kindred pode estar com eles. – Freitas mostrou para todos uma cópia do perfil de Kindred.

Os professores arquejaram de espanto. Ingram sentiu aquela premonição doentia de novo. Alguma coisa ruim ia acontecer, ele ainda não sabia o que era, mas aquela morte terrível era apenas o início.

– Que tipo de dados? – perguntou ele em voz baixa.

Keegan interrompeu de novo.

– Dados que são incompreensíveis para alguém não inteiramente familiarizado com o programa da Zembla-4. Achamos que Kindred está com isso, mas ele não sabe do que se trata.

Os instintos de Ingram estavam muito aguçados, e ele já sentia uma enorme ansiedade. A despreocupação de Keegan e Freitas não o enganava, em absoluto... Aquilo era muito sério. De repente ele ficou contente por ter tomado um suco de maçã, e não o conhaque.

– Como você sabe que esses dados estão ausentes, Burton? – perguntou ele cautelosamente.

Keegan deu um sorriso falso.

– Quando examinamos o material recuperado no apartamento de Londres, nós percebemos inconsistências. Coisas que esperávamos ver não estavam lá.

Ingram recostou o corpo na cadeira e cruzou as pernas.

– Eu pensava que o apartamento de Londres fosse uma cena de crime.

– Correto. Mas os policiais foram muito compreensivos quando informados da importância do programa Zembla-4, e nos permitiram acesso irrestrito.

– Eu não entendo – disse Ingram. – A polícia sabe que há dados ausentes? Isso não fornece o motivo do crime?

– Eles saberão, quando chegar a hora. – Keegan fez uma pausa enquanto Freitas lhe sussurrava algo ao ouvido. Olhou para Ingram com seus olhos escuros e intensos, que depois percorreram a mesa. – Em benefício do programa Zembla-4, é melhor que essa informação seja mantida nesta sala.

– Absolutamente – disse Ingram. – Discrição absoluta.

Houve murmúrios de concordância em torno da mesa. Então Ingram disse “Bom” três vezes, pigarreou, pediu à sra. Prendergast outra xícara de café e anunciou que decidira que a Calenture-Deutz deveria oferecer uma recompensa de 100 mil libras a qualquer pessoa que ajudasse a polícia a capturar e prender Adam Kindred. Submeteu a proposta ao voto da diretoria, confiante de que haveria unanimidade.

– Eu não poderia discordar de modo mais veemente – disse em voz alta Ivo, lorde Redcastle, jogando o lápis sobre o mata-borrão, onde o objeto quicou duas vezes, de forma impressionante, e depois rolou da mesa para o chão com um pequeno ruído de madeira, de forma menos impressionante.

– Ivo, por favor – disse Ingram, conseguindo dar um sorriso condescendente, mas mesmo assim sentindo uma ânsia de refluxo gástrico quente subindo pelo esôfago.

– Simplesmente deixe a polícia trabalhar – disse Ivo, em tom de protesto. – Isso aí só atrapalha as coisas. Se oferecermos esse tipo de recompensa, todo fracassado ávido por dinheiro estará inundando a polícia com informações espúrias. É um erro terrível.

Ingram manteve seu sorriso, refletindo que era muito engraçado ver um fracassado ávido por dinheiro denegrindo assim sua tribo.

– Sua objeção fica registrada, Ivo. Você tomou nota, Pippa? – disse ele para Pippa Deere, que redigia a ata. – Lorde Redcastle discorda da proposta do presidente... Bom, está registrado. Vamos votar? Todos a favor da recompensa...

Onze mãos se levantaram, inclusive as de Keegan e Freitas, observou Ingram.

– Contra?

Ivo levantou a mão vagarosamente, com uma expressão de desgosto no rosto.

– Aprovado. – Ingram regozijou-se com seu insignificante triunfo durante alguns instantes, sabendo muito bem que essa pequena revolução por parte de Ivo era um ato de vingança contra a acusação de tingimento do cabelo. Claramente aquilo ainda doía. Ingram encerrou a reunião e todos se dispersaram.

– Nada pessoal – disse Ivo, enquanto eles deixavam a sala. – Eu só acho que a recompensa é iníqua, corruptora. Por que não contratar um caçador de foragidos?

Ingram parou e tentou encarar Ivo, mas o cunhado era alto demais.

– Um dos seus colegas mais íntimos foi horrivelmente assassinado. Você acabou de votar contra a única coisa que nós, como empresa e como amigos dele, podemos fazer para ajudar a levar o assassino à cadeia. Que vergonha, Ivo. – Ele se virou e entrou na saleta de jantar, pronto para seu conhaque. – Tenha um bom dia.

Depois fechou a porta.

7

O SARGENTO DUKE SE APROXIMOU PARA LHE DAR UM BEIJO DE DESpedida, mas no último segundo Rita fez um movimento para evitar que os lábios do colega encontrassem os dela. Deixou apenas que ele a beijasse no rosto, como fizeram todos os outros na delegacia.

– Vamos sentir sua falta, Nashe – disse ele. – Onde vamos achar glamour agora?

Rita sabia que ele tinha uma queda por ela – Duke era um homem casado com três filhos – e sabia muito bem que ela e Gary haviam terminado o namoro: suas demonstrações de pena vinham tanto do coração quanto do desejo. Ela teria que vigiá-lo mais tarde, na festa de despedida. O sargento Duke, fora do serviço, com bebidas... Ela sentiu o coração pesado, de repente; não gostava de despedidas.

Duke continuou a falar.

– Mas você vai voltar para o inquérito, é claro. E para o julgamento.

– Que inquérito, sargento?

– O assassinato de Wang. Os holofotes ficaram sobre você, Rita. Chelsea, morte brutal, eminente médico estrangeiro. A linda patrulheira Nashe presta depoimento no prédio da Justiça. A imprensa vai ficar doida.

– É. Bom, que tal pegarmos Kindred antes? – disse ela, secamente. – Ou não haverá julgamento nenhum. Vejo você mais tarde.

– Vou estar lá, Rita – disse ele, com a voz cheia de implicações lascivas. – Não perderia isso, amor, por nada no mundo.

Merda, pensou ela, enquanto pegava a bolsa e saía da delegacia, já se arrependendo da ideia da festa. Vikram esperava na porta principal, fingindo ser por coincidência.

– Vou sentir sua falta, Nashy.

– Não me chame de Nashy, Vik.

Ele deu um beijinho no rosto dela.

– Desculpe. De qualquer maneira, obrigado por tudo. Não teria conseguido sem você – Vikram acabara de ser efetivado como patrulheiro de tempo integral, encerrando, assim, os seus dias de trabalho em tempo parcial.

– Vejo você às oito horas.

– De jeito algum eu ia perder essa.

Rita saiu da delegacia de polícia de Chelsea pela última vez e decidiu tomar um táxi para casa. Aquela transferência fora um triunfo, mesmo que de pequena importância – talvez não coubesse na categoria "um sonho-que-se-tornou-realidade", mas seria uma mudança radical em sua vida, e para melhor, esperava ela – portanto exigia e justificava um pequeno luxo.

O táxi a deixou no ancoradouro e ela desceu a escada para o *Bellerophon* com o coração alegre. A maré estava subindo, e lá em cima o sol brilhava através das limeiras na margem do rio, fazendo com que as folhas ficassem incrivelmente verdes e frescas. Subitamente Rita teve a sensação de que a mudança em sua vida seria bem-sucedida. Para sua vaga surpresa, reconheceu o que sentia: estava feliz.

Então viu o pai no deque da proa, apoiado nas muletas, e subiu os degraus para se juntar a ele.

– Oi, papai.

– Eu detesto que você venha para casa de uniforme, você sabe disso.

– Que pena.

– Me dá arrepios.

– Que pena. – Ela parou e apoiou a bolsa. – O que há de errado com você, afinal?

– Eu levei um tombo, e distendi as costas de novo. Não consegui achar minhas muletas, então precisei telefonar para o Ernesto.

– Você deveria ter me mandado uma mensagem de texto. Eu sei onde está tudo... Não havia necessidade de envolver o Ernesto.

Quando desceram, ela notou que o pai conseguia encarar a escadaria íngreme com pouco estardalhaço ou esforço. Ele relaxou na poltrona diante da televisão, dizendo quão enfraquecido sentia-se, achando que um disco lombar estava deslocado. Em seguida jogou o rabo de cavalo por cima do ombro e começou a remexer numa pequena cômoda ao lado da poltrona, onde guardava suas coisas.

– Você não pode puxar fumo, papai – preveniu Rita, seguindo pelo corredor para seu quarto. – Vou prender você.

– Safada! – gritou ele para a filha, quando ela fechou a porta.

Rita trocou o uniforme por um jeans e uma camiseta. Quando voltou, ficou contente de ver que o pai não estava fumando um baseado, embora tivesse uma cerveja extraforte Speyhawk na mão.

– É medicinal – disse ele.

– Aproveite.

– Então, o que está acontecendo com você? – perguntou ele. – Virou detetive?

– Você sabe.

– Isso não significa nada para mim.

– Eu contei a você. Estou sendo transferida... para a UMA.

– UMA, UAM, MUA, USA, FAQ, AOL...

– Unidade Marítima de Apoio. Vamos fazer uma festa de despedida hoje. Por que não vem comigo?

– A um bar cheio de policiais? Você só pode estar brincando.

– Como quiser. Só não vale dizer que não foi convidado.

Ela começou a subir a escada para o deque superior.

– Eu não quero saber da sua vida policial – disse ele. – Isso me deprime. O que essa Unidade Marítima de Apoio faz?

– Nós subimos e descemos o rio. Vou buzinar quando passar por aqui – disse ela, sorrindo ao ver sua expressão de desagrado. – Vou ficar de olho em você, paizinho.

Rita subiu ao deque. O *Bellerophon* era um navio varredor de minas da Segunda Guerra Mundial, da classe Bangor, antes pertencente à Marinha Britânica. Fora reformado na década de 1960 e aliviado de todos os seus aparatos bélicos – canhões, cargas de profundidade, varredores de minas – transformando-se numa embarcação simples e sólida, uma habitação espaçosa, permanentemente atracada na margem Battersea do Tâmisa, no píer Nine Elms.

Rita criara um jardim de tamanho razoável no deque da proa – onde antes ficavam os canhões Bofors principais – fixara a mangueira d'água à chaminé e, cuidadosamente, regava suas plantas – palmeiras, hortências, angélicas, dentilárias, espirradeiras. Sentiu o *Bellerophon* se mover, mesmo atracado debaixo dos seus pés, enquanto a maré subia, levantando a proa da lama. Sentia-se calma depois da agitação provocada por sua saída e os intermináveis adeuses. Olhou em torno apreciando o brilho prateado da luz que vinha do rio naquele fim de tarde. Mais abaixo, podia ver os blocos de vidro verde do conjunto M16 e os tetos asa de gaivota das docas St.George. Por sobre seu ombro esquerdo, ficavam as quatro chaminés da Usina de Força Battersea, uma delas cercada de andaimes. Lançando o olhar rio acima, viu um trem cruzando a ponte ferroviária Grosvenor, e, além daquele ponto, as torres gêmeas que sustentavam os cabos da ponte Chelsea.

Avistar a ponte Chelsea fez com que ela pensasse no parque Battersea, em Gary e no dia em que o vira ali. Uma velhinha fora atropelada por um ciclista no parque, um rapaz circulando com a bicicleta ilegalmente pela avenida marginal. O cachorro da velhinha se machucara com a colisão e a polícia fora chamada. Depois de supervisionar a partida das duas vítimas na ambulância e o indiciamento do ciclista, Rita fora em busca de um sorvete. Era um dia quente no início de maio e o sol brilhava com uma nova força, clara e vigorosa. Ela cruzou o estacionamento na direção das quadras de tênis, onde sabia que, às tardes, havia uma van com sorvetes estacionada e, quando saiu de debaixo das árvores, avistou Gary – o seu Gary, Gary Boland, detetive-patrulheiro Gary Boland – deitado na grama com uma outra garota.

Eles estavam deitados com as cabeças e os pés se tocando, a garota – loura, de cabelo curto – tinha as costas apoiadas nos joelhos levantados de Gary. Rita se escondeu atrás do tronco de um plátano e ficou observando os dois conversarem. Ela não conhecia a garota, não a reconheceu, mas tudo sobre a familiaridade dos dois indicava a história e a natureza daquele relacionamento até então, e sua evidente intimidade. Nem mesmo o mais plausível, inventivo e persuasivo Gary teria sido capaz de convencê-la de sua inocência. O que mais a perturbou, no entanto, foi o modo com que Gary descansava a mão no joelho da garota. Rita viu o polegar dele, suave e conscientemente, marcando um ritmo contra o osso do joelho dela; o ritmo de uma canção que ele tinha na cabeça. Isso era uma coisa que Gary fazia, no tampo das mesas, na lateral das canecas de café, nos braços das cadeiras, como se fosse um baterista frustrado de uma banda de rock. Um sinal de sua energia nervosa reprimida, supunha Rita. Era o que Gary costumava fazer com ela quando os dois ficavam deitados na cama pela manhã; ele ficava marcando um ritmo de leve, com o polegar, no joelho nu, no ombro dela. Inconscientemente, ela arquivara aquilo na mente, sob o nome dele: era o que Gary fazia com ela. A intimidade banal daquele gesto era um dos fatores que tornavam seu relacionamento algo unicamente individual. Ela olhou para a garota e a imaginou colocada no seu arquivo mental também; Gary Boland sempre marcando um ritmo, qualquer joelho servia. E agora que a coisa com ela perdera a exclusividade, Rita viu subitamente que aquilo era um hábito irritante, e seu coração ficou frio e desapaixonado. Então viu Gary parar de marcar o ritmo, mudar de posição e beijar a garota bem nos lábios.

Naquela noite ela confrontou-o com o que vira, e cinco minutos depois rompeu o namoro – de maneira madura, resignada e triste, pensou ela. Eles continuaram a se ver todo o tempo, pois a atividade policial fazia seus caminhos se cruzarem inevitavelmente, de modo que não havia razão para ficar histérica ou adotar uma atitude acusatória. Talvez fosse aquilo que estivesse lhe propiciando o prazer adicional em relação à sua transferência para a UMA; ela não mais veria Gary e pararia de pensar continuadamente sobre aquela tarde no parque Battersea, como na verdade estava fazendo agora... Com raiva, ela se forçou a mudar a direção de seus pensamentos e tentou imaginar-se, dentro de um ou dois dias, subindo o rio numa lancha Targa da UMA, olhando para o *Bellerophon* atracado enquanto passava por ali. Como aquilo seria estranho –

mas ela gostava da ideia de patrulhar o rio, e não as ruas, de Londres, e, na verdade, a ideia lhe parecia milagrosa, de certa forma, já que ela morara quase que toda a sua vida naquele barco, naquele rio. Ouviu o pai chamando por ela, e ignorou o chamado – não queria estragar seu humor. Sentiu-se subitamente abençoada; ninguém poderia ser mais afortunado. Então pensou na festa, apenas a cem metros de distância. Gary iria? Rita o convidara – eles eram adultos – sem ressentimentos e tudo mais. O que ela usaria? Algo para fazer com que ele percebesse o que ele...

– RITA! Pelo amor de Deus, eu preciso de você!

Ela continuou regando as plantas.

8

"100 MIL LIBRAS DE RECOMPENSA POR INFORMAÇÕES QUE LEVEM À PRISÃO de Adam Kindred". Adam olhou para o anúncio de página inteira no jornal com enorme espanto e um obscuro, embora passageiro, sentimento de orgulho. Nunca vira seu nome estampado em letras tão grandes, nem valendo uma recompensa de 100 mil libras. Quem teria pensado naquilo? Havia seu retrato, também, e detalhes sobre sua altura, seu peso e a cor de sua pele. Adam Kindred, 31 anos, homem branco, inglês, cabelo preto. Também estavam descritas sua capa de chuva e a maleta, como se ele nunca usasse ou carregasse nada além dessas duas coisas. Depois a realidade da situação o abateu, e Adam sentiu a vergonha se apossar dele, imaginando sua família vendo aquilo, imaginando as pessoas que o conheciam, especulando... Adam Kindred, um assassino?

Ele estava sentado na sua pequena clareira, na ponta mais aguda do triângulo da ponte Chelsea. A relva já estava bem assentada e os três arbustos espessos que o protegiam do olhar dos transeuntes eram como paredes familiares do seu quarto secreto. Fazia cinco dias desde o seu encontro rápido e grotesco com o dr. Philip Wang no edifício Anne Boleyn – cinco dias que permitiram que sua barba crescesse, densa e escura, e, esperava ele, constituindo um disfarce perfeito. Adam nunca deixara crescer a barba, mas estava contente pela rapidez com que seus pelos faciais brotavam, por mais que coçassem. O importante era que ele não se parecia em nada com a foto favorita dos jornais.

A coceira em torno da mandíbula, da garganta e dos lábios era apenas uma entre as muitas coceiras que dominavam a vida de Adam quando acordado. Ele não entrava debaixo de um chuveiro ou numa banheira desde que se preparara para a entrevista no Imperial College. E essa era outra mistura de orgulho e arrependimento: saber pelos jornais que haviam decidido oferecer-lhe o cargo de pesquisador sênior fora algo gratificante (ele era um candidato perfeito, bem-qualificado), mas também vira a oferta ser retirada horas depois, uma vez anunciado que ele era suspeito de um assassinato. Fora um golpe, embora previsível. Ele mantivera o telefone desligado, mas ficara imaginando se alguém lhe telefonara: o Imperial College, oferecendo o emprego e depois retirando a oferta? A polícia, esperando que ele se entregasse? Adam não desejava usar o celular ali no triângulo – por não saber se aquilo poderia revelar sua localização, mas também porque queria conservar a carga da bateria que restava, e que já estava abaixo de uma barrinha. Só que tudo estivera calmo nas últimas quarenta e oito horas. Mas ele percebeu que não se importava tanto quanto pensava que se importaria com o tal emprego, tais eram as complexidades e desastres crescentes de sua nova vida no submundo. Atualmente, ele preferiria um banho de trinta minutos numa banheira quente a um cargo de pesquisador sênior no Imperial College – sendo isso uma dimensão do pesadelo acordado em que sua vida se transformara.

Adam lavava-se o melhor que podia nos toaletes públicos – conseguia até limpar as mãos, o rosto e o pescoço – mas seu cabelo estava pesado e ensebado (em sua outra vida, ele costumava lavá-lo todo dia; que luxo absurdo aquilo parecia agora, pensou ele) e suas roupas estavam adquirindo aquela aparência incrustada e amarrotada dos sem-teto, aderindo frouxamente ao formato do corpo como se fossem um revestimento de pano, uma outra pele.

Ele dormia e vivia com a mesma camisa, a mesma cueca e a mesma calça, e sabia que estava começando a feder à proporção que ia inexoravelmente adquirindo aquela inconfundível aparência de pobreza e desleixo.

Ao percorrer seu triângulo durante a noite – evitando facilmente os drogados ocasionais e os amantes que se aproveitavam das moitas escuras para ter uns momentos de privacidade – ele percebera que, durante a maré vazante, surgia uma faixa de areia comprida e estreita, coberta de seixos, abaixo da íngreme amurada do rio. Três fileiras de correntes com elos haviam sido fixadas à amurada, uma sobre a outra, como ponto de apoio, supôs Adam; algo para uma pessoa se agarrar se estivesse sendo levada rio acima ou rio abaixo, dependendo da forte correnteza. Aquelas correntes também permitiam que ele descesse facilmente até a praia, uma coisa que já fizera duas vezes até então. Na primeira vez em que descera, por volta de duas da madrugada, sentira a enorme tentação de se despir, mergulhar o corpo no rio e se lavar. Mas a maré ainda estava baixando, e Adam sentira o tremendo fluxo e a força da água; percebera que ainda não conhecia bem o rio. Talvez os únicos minutos em que poderia entrar na água com segurança fossem quando a maré estivesse virando, pois a correnteza então ficava mais lenta e fraca durante um curto espaço de tempo. Ao subir de volta para o triângulo, apoiando-se nas correntes, ele ficou satisfeito em pensar que agora teria uma praia, duas vezes a cada vinte e quatro horas – o rio tornara-se um elemento de seu pequeno mundo triangular.

Adam ficava escondido durante o dia, esticado na sua lona plástica à sombra do arbusto, ouvindo o ruído do tráfego nas quatro pistas de asfalto a poucos metros de distância, pensando incessantemente no que lhe acontecera e fazendo plano após plano para um número infinito de futuros potenciais. Observava as nuvens passando por sobre o Tâmisa, notando preguiçosamente seus tipos e formatos. Um dia viu o céu ser encoberto inteiramente por uma fina camada de altos-estratos translúcidos; o sol se tornou um disco encoberto, nacarado, e quando a camada de nuvens inevitavelmente se espessou, virando altos-estratos opacos, Adam sentiu a crescente umidade se acumulando diante de uma frente quente; duas horas antes que começasse a inevitável chuva, ele preparou e impermeabilizou o local onde dormia o melhor que pôde, debaixo do arbusto. Ficou deitado naquela barraca improvisada ouvindo o chapinhar da chuva e, em vez de orgulho, sentiu tristeza por seu conhecimento de especialista e capacidade de previsão. As nuvens eram o seu negócio – ele era um homem-nuvem que fazia nuvens em seu gigantesco laboratório e as estimulava a precipitar sua umidade sob a forma de gotas de chuva ou granizo... Então, o que estava fazendo deitado, sujo e solitário, naquele pequeno triângulo de terreno na margem do Tâmisa? Não pela primeira vez, a vida que ele levava havia tão pouco tempo pareceu se tornar uma sarcástica quimera – os contrastes entre as suas duas existências, antes e depois, pareciam-lhe por demais gritantes para ser reais – como se o Adam Kindred que ele fora houvesse se tornado uma figura de fantasia, um sonho caprichoso, os devaneios acalentados de um derrotado desesperado.

Esses estados de ânimo passavam e, quando isso acontecia, tarde da noite, na escuridão e com a maré baixa, ele descia para sua pequena praia pelas correntes da amurada e recolhia os tesouros que o rio lhe trazia: três pneus de borracha que empilhou um em cima do outro e usava como assento; um caixote de frutas muito usado, no qual guardou seus utensílios de cozinha e um cone de sinalização de tráfego, que achou melhor não deixar na praia, pois poderia chamar atenção. Quando estava com fome, ele saía e, com sua poupança que minguava, comprava sanduíches e bebidas quentes em cafés e lanchonetes baratas, onde sua aparência desleixada e suja não atraía olhares surpresos. Com auxílio de um pequeno guia de ruas, foi se familiarizando com os arredores da zona sudoeste de Londres. Seguia o progresso da investigação do assassinato de Wang em jornais descartados, e depois de alguns dias percebeu que o assunto deixou de ter coberturas extensas. O aparecimento súbito do anúncio com a recompensa mudara tudo, entretanto, provocando uma nova onda de interesse nele e uma desenfreada especulação sobre o estranho "desaparecimento" do principal suspeito: será que cometera suicídio, fugira para o exterior, recebera abrigo de algum amigo mal-avisado ou de um membro da família?

Adam lera os apelos emocionados do pai na televisão, pedindo que se entregasse à polícia, mas ficou enormemente grato por não ter visto o programa na tela. "Entregue-se, meu filho, você só está piorando as coisas. Sabemos que você é inocente. Vamos esclarecer esse engano terrível." Leu também que sua ex-esposa Alexa Maybury Kindred declinara de fazer qualquer comentário, embora os detalhes de seu divórcio (e seu catalisador adúltero) fossem extremamente precisos. Enquanto lia, e conforme os dias transcorressem, Adam ficou alarmado ao notar que nenhum outro suspeito fora mencionado, nem fora montado qualquer outro cenário relativo à morte de Wang; e então começou a se perguntar se, ao decidir penetrar no submundo, ele teria tomado não só a mais importante decisão de sua vida, mas também cometido o seu maior erro – uma vida definida, pensou ele deprimido, por uma série de erros que o levaram, inexoravelmente, a cometer mais aquele. Percebeu que apenas ele sabia da existência do homem na varanda; apenas ele poderia prestar testemunho sobre o fato de Philip Wang já ter uma faca de pão enfiada no peito quando Adam abriu a porta do quarto; apenas ele se confrontara com o homem da pistola nos fundos do Hotel Grafton...

Precisava fazer alguma coisa, pensou Adam abatido, olhando para o relógio. Agachado, foi para debaixo do arbusto contíguo ao seu e levantou um retângulo de relva. Era onde escondera seu "cofre", um esconderijo seco e seguro; um lugar onde podia deixar seus parcos e preciosos pertences – sua carteira, os cartões de crédito, seu guia de ruas de A a Z, o telefone celular e a pasta que tentara devolver a Wang. Era esse dossiê que o interessava agora – um interesse desencadeado e estimulado pelo anúncio da recompensa. Ele já o examinara algumas vezes, tentando em vão decifrar qual era a sua importância, mas, agora que o anúncio aparecera, o dossiê aparentava ser, de alguma maneira, ainda mais crucial. Que firma era aquela Calenture-Deutz, e por que Wang era tão importante para eles? Por que se dispunham a pagar tanto dinheiro para encontrar Adam Kindred?

Adam sentou-se e folheou as poucas páginas do dossiê, tentando descobrir algum objetivo real nele, forense ou analítico. Era uma simples lista de nomes e idades (todos de crianças pequenas, evidentemente), e ao lado de cada nome, numa caligrafia bonita e pequena – de Wang? – havia alguma forma de taquigrafia que parecia algum tipo de registro de uma espécie de dose: "25ml i/v x 4 – 75ml b/m x 6." Ao lado de cada nome havia o nome de um hospital: um em Aberdeen, um em Manchester, um em Southampton e um em Londres – o St Botolph's, em Rotherhithe. Wang lhe dissera que era "imunologista", portanto talvez alguma espécie de pista pudesse ser encontrada no hospital St Botolph's.

Agora Adam já pulava a cerca do triângulo para a calçada da avenida marginal como se fosse a coisa mais natural e despreocupada do mundo. Ciente dos novos anúncios sobre a recompensa, ele não estava usando a capa de chuva nem carregando a maleta. Entretanto, usava a gravata – num esforço para parecer apresentável – e também levava com ele a carteira, os cartões de crédito e o telefone celular. Sua barba espessa, que continuava crescendo, tornava sua aparência um tanto marginal, mas ele esperava que o terno e a gravata contrabalançassem isso. Tinha uma estranha confiança na sua invisibilidade na cidade – já estava bem distante do homem descrito na fotografia do casamento, tão largamente disseminada: ninguém ligaria a nova versão de Adam Kindred àquela. Também estava consciente de que tinha 18,78 libras; era todo o seu numerário.

Pensara em usar o cartão de crédito para arranjar mais dinheiro vivo nos muitos caixas eletrônicos pelos quais passava, mas sentia instintivamente que a única maneira de evitar ser localizado numa moderna cidade do século XXI era não se aproveitar dos serviços que esta oferecia – telefônicos, financeiros, sociais, de transporte, outros ligados ao bem-estar, e assim por diante. Se você não desse telefonemas, não pagasse contas, não tivesse endereço, nunca votasse, andasse por todo lugar, não fizesse transações com cartão de crédito ou usasse caixas eletrônicos, nunca ficasse doente ou solicitasse os serviços públicos, não seria reconhecido pelo mundo moderno. Você se tornava invisível, ou pelo menos transparente; o seu anonimato era tão seguro que você podia se deslocar pela cidade – desconfortavelmente, sim, invejosa e prudentemente, sim – feito um fantasma urbano. Adam reconhecia que a cidade estava cheia de pessoas como ele. Eram vistas enrodilhadas nas soleiras das portas ou desmaiadas nos parques públicos, esmolando na porta das lojas, sentadas derreadas ou mudas nos bancos das praças. Ele lera em algum lugar que na Inglaterra, a cada semana, cerca de 600 pessoas são dadas como desaparecidas – quase 100 por dia – e que havia uma população de mais de 200 mil pessoas desaparecidas no país, o bastante para encher uma cidade interiorana razoavelmente grande. Essa população da Grã-Bretanha perdida, desaparecida, acabara de ganhar um novo membro. Ninguém parecia capaz de encontrar essas pessoas desaparecidas, a menos que elas mesmas quisessem ser encontradas, se entregassem ou voltassem para casa. Pareciam simplesmente desaparecer, sendo engolidas, e Adam pensou que não deveria ser muito difícil se juntar a elas, desde que não cometesse algum erro idiota. Tentou não imaginar como sobreviveria quando seu dinheiro acabasse, amanhã ou no dia seguinte.

Ele foi de metrô até Rotherhithe, e, ao sair da estação, perguntou a uma mãe com dois filhos pequenos onde ficava o hospital St Botolph.

– St Bot? – Ela apontou. – Logo ali adiante, junto ao rio. Não dá para errar.

E na verdade era impossível não achar o hospital, ancorado como um grande transatlântico luminoso – entre diversos transatlânticos luminosos – na margem Bermondsey/Rotherhithe do rio, diante de Wapping. No centro desse conglomerado de prédios modernistas estava o pequeno hospital estilo vitoriano, de tijolos vermelhos – o brasão de Hospital para Mulheres e Crianças St Botolph orgulhosamente estampado em azulejos azuis e creme na fachada ornamentada. De ambos os lados, os andares empilhados de vidro e aço dos prédios do hospital Foundation Trust do Sistema Nacional de Saúde espalhavam-se por entre os pátios de estacionamento e terrenos recentemente ajardinados; alguns dos blocos estavam ligados por passarelas aéreas transparentes iluminadas por luzes vermelhas e verdes – parecendo artérias e veias, pensou Adam. – Com certeza essa "engenhosidade" conquistara para o arquiteto responsável uma medalha de ouro ou um título de cavaleiro.

Adam seguiu os letreiros até o saguão de recepção e entrou num espaço que lembrava mais um grande hotel de convenções em Miami ou um terminal aéreo. Grandes estandartes abstratos em cores vivas pendiam do teto de vidro com armação de metal, vinte metros acima de sua cabeça, enquanto árvores adultas – bambus, figueiras choronas, palmeiras – cresciam em pequenas ilhas muradas aqui e ali. Ele ouviu o ruído de água chapinhando, mas não sabia se era algo natural ou artificialmente produzido.

As pessoas andavam de lá para cá naquele vasto saguão – transitando da saúde para a falta de saúde, supôs Adam, ou vice-versa. Algumas, em batas hospitalares, eram claramente pacientes; outras, com macacões cheios de zíperes em diferentes tons pastel, crachás de identificação no peito, ou com suas fotos penduradas nos pescoços, eram auxiliares de enfermagem ou administradores de vários tipos. Havia também pessoas como ele, sem uniforme, que deveriam ser visitantes ou possíveis pacientes sendo admitidos naquela cidade-da-saúde autossuficiente. O ambiente era calmo, sem pressa – como uma antecâmara do céu, pensou Adam, enquanto seguia mais para o fundo do saguão, já ouvindo um inofensivo jazz de elevador. Ninguém perguntou quem ele era ou o que estava fazendo ali; Adam imaginou que poderia morar naquele prédio durante dias, sem ser notado, desde que não chamasse atenção. Mas então ele viu por toda parte as câmeras de vigilância – pequenas e discretas, girando de um lado para o outro – nada era tão simples assim.

Ele foi até uma mesa localizada debaixo de um letreiro em neon azul, com o número 1 nele superposto, onde uma moça de macacão cor de damasco lhe deu um sorriso de boas-vindas. No crachá de identificação, em seu peito, lia-se o nome "Fatima".

– Estou procurando o dr. Philip Wang – disse Adam, e a moça digitou o nome de Wang no computador. Ele ficou vigiando cuidadosamente para ver se surgia algum sinal de alarme ou curiosidade no rosto dela, mas isso não aconteceu. Era como se ele houvesse perguntado pelo dr. John Smith.

– Ala Felicity de Vere, piso seis – disse ela.

– Obrigado, Fatima.

Seguindo as orientações de Fatima, Adam caminhou na direção de um aglomerado de colunas de vidro e aço onde se encontravam os elevadores panorâmicos que serviam os nove andares do hospital St Botolph. Enquanto subia, sentiu que estava numa espécie de colmeia humana, uma colmeia dominada por sinais e siglas: por toda parte havia sinais, sinais que faziam sentido e outros que não faziam. Sinais que eram bem-vindos e vagamente inspiravam confiança, outros que provocavam súbitos medos sinistros – A&E, Radiologia, Patologia, Lanchonete, GUM (que era isso?), Centro de Neurociência, Clínica de Gravidez de Adolescentes, Dpto. de Sigmoidoscopia, estacionamento 7, clínica IBD, Serviços de Administração Médica, ENT e Audiologia – sinais que orientavam para segmentos de prédios onde cada necessidade potencial de saúde poderia ser tratada – ao que parecia – em cada parte funcional do corpo humano e seu glossário de doenças, do nascimento à morte.

Ao saltar do elevador no sexto andar, Adam olhou por sobre a balaustrada para a vida fervilhante no saguão, lá embaixo, e ficou maravilhado, estonteado. Sentia-se como um Dante moderno num inferno antisséptico – ele só precisava de um guia.

E esse guia realmente apareceu, sob a forma de um homem de macacão e turbante cor de pistache, que perguntou se ele precisava de ajuda. Adam disse "Ala Felicity de Vere", e foi orientado a seguir um largo corredor ligado a um dos vertiginosos tubos aéreos que levavam a um outro dos muitos módulos do hospital. Caminhando ao longo do tubo, Adam viu à esquerda, através do vidro de segurança manchado, o rio curvando-se suavemente em torno de Wapping. As primeiras luzes começavam a se acender na cidade, enquanto o crepúsculo avançava, mas Adam tinha a sensação de que ali no hospital St Botolph era permanentemente um dia fluorescente de vinte e quatro horas, 365 dias por ano. Ali nada parava: escuridão e luz, solstícios de verão e inverno, calor e frio, ou a precessão das estações nada significavam. As pessoas chegavam, eram internadas, curavam-se e recebiam alta – ou não eram curadas e morriam.

Ao chegar à ala Felicity de Vere – um letreiro em letras fortes sobre portas duplas e uma espécie de placa ornamental cortinada na parede – Adam encontrou uma bancada de recepção reconhecível como tal, ocupada por uma enfermeira impecavelmente uniformizada, sem aquele macacão de uso generalizado. Viu um médico com um estetoscópio pendurado no pescoço e maqueiros com uma espécie de carrinho – tudo familiar. A atmosfera era de pressa, como se as pessoas estivessem sussurrando, "doença", "doença" – e pela primeira vez ele sentiu que estava num hospital, reconhecendo a necessidade de tomar um certo cuidado. Não era uma boa ideia mencionar o nome do recém-falecido Dr. Wang ali, concluiu ele.

– Alô – disse ele para a enfermeira, improvisando. – Estou procurando o dr. Femi Olundemi.

Ela franziu as sobrancelhas.

– Olundemi?

– Olundemi. Femi Olundemi.

– Não há nenhum dr. Olundemi nesta ala – disse ela, levantando e perguntando à outra enfermeira. Ambas voltaram sacudindo a cabeça.

– Devem ter me passado a informação errada – disse Adam. – Aqui é o departamento de imunologia, não é?

– Não, não – disse a primeira enfermeira, já sorrindo ao ver que o erro fora confirmado como sendo dele. Adam notou que o nome dela era Seorcha. – A imunologia fica no terceiro andar, acho eu. Esta ala aqui é para crianças com asma crônica. Só para crianças.

– Foi engano meu – disse Adam. – Obrigado pela ajuda.

Adam saiu do hospital se perguntando se descobrira algo – se aquela viagem e o gasto de algumas libras valiosas tinham valido a pena. Concluiu que sim: o nome de Wang estava no computador central, mas sua morte ainda não fora registrada, e a ala com que o nome estava associado lidava exclusivamente com crianças afetadas por asma crônica. Que a morte de Wang ainda não houvesse sido anotada naquela enorme fábrica de doenças parecia indicar que ele não era uma presença familiar ou regular. Mas asma crônica? Qual era o nome da empresa para a qual Wang trabalhava, a tal ansiosa por oferecer uma recompensa? Calenture-Deutz, sim. Adam repetiu o nome, enquanto se afastava das camadas luminescentes dos prédios do hospital: Calenture-Deutz, crianças com asma crônica... Como Wang se descrevera? Um "alergista"... Talvez houvesse alguma coisa ali...

Adam saíra por um elevador diferente e por uma porta também diferente; deixando a área do hospital, ele virou e caminhou por uma rua, pensando onde seria a estação do metrô de Rotherhithe. Diante de uma kebaberia, pediu orientação a um jovem sentado numa bicicleta de rodas pequenas, que comia uma das especialidades vendidas ali.

– Você o quê?

– A estação do metrô – repetiu Adam. – Rotherhithe.

– Aqui é Canada Water, cara. Perto. Vá por aqui, e depois por ali.

– O quê? Direto então, depois à direita?

O rapaz ficou impassível.

– É. Como quiser.

Adam partiu pensando que talvez houvesse provado sua teoria, que talvez *fosse* hora de se entregar. Estava sujo, barbado, quase sem nenhum tostão, dormindo debaixo de um arbusto num terreno baldio à noite, vivendo de feijões cozidos e sanduíches baratos, defecando e se lavando em banheiros públicos. Ainda assim, algo dentro da sua cabeça continuava dizendo insistentemente – não, não, continue livre a todo custo. Só dessa forma você pode conservar algum vestígio de controle sobre sua vida. No minuto em que reingressar na sociedade, todas as suas liberdades ficarão tolhidas. Quem era o homem com a pistola na viela dos fundos do Hotel Grafton? E quem diria que ele, Adam, estaria mais seguro sob a custódia da polícia do que sozinho no submundo londrino? Aquele homem fora matá-lo, e sem dúvida assassinara Wang. Adam só estaria em segurança enquanto permanecesse livre, e sem ser descoberto – assim que fosse encurralado e preso, qualquer um poderia encontrá-lo. Algo muito grande estava em jogo ali, algo que ele atrapalhara – algo no momento incognoscível, inimaginável. Caso ficasse em pé num tribunal, protestando que era inocente, testemunhando sobre um homem armado numa varanda, Adam Kindred poderia atrair outros perigos fatais. E o que, se é que algo, aquilo tinha a ver com a ala Felicity de Vere do hospital Botolph e a asma infantil crônica? Tudo era odiosamente complexo e preocupante – talvez alguns dias a mais no triângulo não fizessem mais qualquer diferença agora. Adam parou...

Estava perdido. Não vinha prestando atenção.

Olhou em torno. Prédios de apartamentos rústicos, escadas de concreto, passarelas. Umas poucas luzes acesas. Ele andou até um letreiro maltratado por pichadores: "CONJUNTO SHAFTESBURY – BLOCOS 14-20." Olhou ao seu redor de novo: unidades habitacionais da década de 1950 – poucas árvores, algumas luminárias públicas funcionando, alguns carros em más condições e, a uns cinquenta metros de distância, um grupo de crianças sentadas num muro baixo em torno de um playground; um escorrega aprumado, uns pneus pendurados em correntes, um carrossel. Quando olhou para cima, Adam viu algumas pessoas apoiadas nos cotovelos, olhando para fora, nas escadas em zigue-zague que davam acesso aos andares superiores.

Ele se virou e voltou pelo caminho por onde viera, deliberadamente, mas não sem certo sentimento de pânico. De repente, seus três arbustos no triângulo perto da ponte Chelsea lhe pareciam um verdadeiro lar – ele queria estar lá, metido no seu saco de dormir debaixo do V invertido da lona – e sentiu que lágrimas lhe vinham aos olhos ao perceber como aquele desejo era patético e abjeto. Não, aquilo estava se tornando impossível: ele precisava ir à polícia, precisava enfrentar qualquer provação que o esperasse, não havia altern...

Tudo que Adam sentiu foi um tremendo golpe nas costas – como se houvesse sido atingido por uma marreta ou um carro silencioso – fazendo com que caísse apoiado nas mãos e joelhos, e então, quase imediatamente, recebeu um outro golpe, desta vez na cabeça, que provocou uma supernova de luz espiralada. E então tudo se apagou.

9

Ele era um cliente costumeiro, aquele cara; é, pelo menos ele dissera que era, lembrou ela. Depois ficou pensando, talvez não: gordo, branco, um bigodinho... Um daqueles caras que só querem uma punheta, mas não trazem lenço, nem de pano nem de papel, nada, pouco se importam com a sujeira. Mhouse resmungava essas coisas, forçando a memória relutante enquanto caminhava ao longo do rio depois da sua "ronda" habitual. Ela não conseguia se lembrar: todos eles se misturavam num só freguês genérico – homem. Ele é que ficava dizendo que era cliente costumeiro, continuou ela para si mesmo. O que ele queria, desconto? Puta que pariu.

Ela respirou fundo, inalando o estranho cheiro do rio. Gostava de trabalhar junto ao rio, cheio de cantos escuros, muito poucos transeuntes à noite. Não gostava de entrar em carros; não depois daquela última noite, nunca mais, porra. Junto ao rio era cheio de lugares quietos, e sempre havia o quarto de Margo – mais cinco pratas para ela – sem problema. Se você entra num carro, eles podem trancar a porta, como aconteceu naquela última vez. Puta que pariu. Ela parou e acendeu um cigarro, olhando para Wapping do outro lado do rio. Uma embarcação passara e as luzes dançavam na marola que diminuía. Luzes eram uma coisa bacana, pensou ela: era como se alguém as tivesse puxando com elásticos, sempre quicando de volta... Mhouse abriu o zíper da bota, meteu o dinheiro sobre o peito do pé, fechou novamente o zíper, e seguiu pela rua do Parque Southwark na direção do Shaftesbury.

Quando ela o viu, primeiro pensou que fosse um drogado ou um bêbado, deitado debaixo da escada junto ao estacionamento, sem metade das roupas. Então se aproximou com cautela. O homem estava de camisa, cueca e meias – e tinha uma grande mancha de sangue na testa. Ele gemia, tentando se sentar. Ela chegou um pouco mais perto.

– Ei. Tu tá bem?

– Por favor, me ajude...

A voz dele era diferente... como as da televisão, e não como as do Shaftesbury, certo? Ela tirou o isqueiro da bolsa e acendeu a chama. O homem tinha barba e gotas de sangue caindo de uma espécie de vergão na testa. Como a marca da grelha num hambúrguer, ela pensou. Mas sabia agora que fora feita pelo bico reforçado de um sapato esportivo: três barras e a indentação meio apagada de um logotipo. Ele fora assaltado, aquele cara.

– Tu foi assaltado. Levaram tua roupa?

– Eu suponho que sim.

Mhouse não entendeu.

– Tu o quê?

Então ele disse:

– É, fui assaltado.

– Onde tu mora? – perguntou ela. – Qual bloco?

– Eu não moro aqui. Moro em Chelsea.

Chelsea, pensou Mhouse... Minha hora de sorte, minha noite de sorte.

– Espera aqui, sem se mexer. Vou te ajudar a voltar para casa.

Ela fez um gesto para o homem, mandando que ele recuasse, encorajando-o a entrar ainda mais debaixo da escada, e ficou observando-o encolher-se no escuro, abraçando os joelhos nus com os braços. Depois atravessou rapidamente o gramado esturricado do largo quadrilátero formado pelo severo retângulo dos muitos blocos do Shaftesbury, na direção do seu bloco, e subiu correndo dois lances de escada até seu apartamento. Deu uma olhadela em Ly-on, mas ele ainda dormia a sono solto, completamente apagado, e depois remexeu numa caixa de papelão procurando uma calça que servisse no cara que fora assaltado. Cara alto, um homem grande.

Enquanto voltava, ligou do celular para Mohammed. Peguei um, Mo. Vá para o portão sul de Bermondsey, cinco minutos. Depois ela se apressou, correndo para encontrar o cara, rezando para que não tivesse ido embora. Ele ainda estava lá, exatamente na mesma posição, e levantou o olhar quando ela assobiou. Mhouse entregou a ele a calça cargo de algodão e um par de sandálias de dedo.

– Melhor que tinha – disse ela.

Depois lhe ofereceu um cigarro, mas ele não aceitou. Então acendeu um para si mesma, olhando enquanto ele vestia a calça vagarosamente, fazendo caretas. Ele tirou as meias, meteu-as nos bolsos das pernas da calça cargo e calçou as sandálias de dedo.

– Tu vem comigo, eu te levo pra Chelsea.

Mhouse conduziu o homem pela lateral do Shaftesbury – não se via ninguém por perto –, na direção do portão sul de Bermondsey, onde Mohammed estava esperando lá com o carro.

– Tu tem dinheiro? – perguntou ela ao homem. – Dinheiro vivo?

– Eles levaram tudo, celular, sapatos, cartões de crédito, paletó, calça, até mesmo minha gravata...

– Não tem problema... A gente resolve isso.

Ela abriu a porta traseira do carro e ajudou-o a entrar – o corpo dele estava rígido depois do espancamento, ela sabia como era aquilo – depois sentou no banco de frente com Mohammed, que tentava conter um sorriso largo, sem sucesso. Ofereceu a ele um cigarro, que Mohammed colocou no bolso da camisa.

– Aonde a gente vai? – indagou ele.

– Chelsea. Onde tu mora em Chelsea? – perguntou ela ao homem.

– Pode me deixar na avenida Chelsea, bem perto da ponte, ali na margem. Basta isso.

– Eu te levo até a praça do Parlamento – disse Mohammed. – Depois tu fala pra onde.

Eles foram atravessando a cidade escura; de vez em quando Mhouse olhava o homem ali atrás, para ver como ele estava se portando. Ele ficava passando os dedos pelos cortes rasos marcados na testa, olhando para a mancha de sangue nas pontas dos dedos.

– O que aconteceu? – perguntou ela. – Tu lembra de alguma coisa?

– Eu vinha descendo a rua... estava perdido. Procurava o metrô e então senti um golpe incrível nas costas. Não ouvi nada.

– Golpe?

– Como se eu tivesse sido atingido por um carro nas costas. Caí no chão, e depois alguma coisa me atingiu na cabeça. Não sei, talvez eu tenha batido a cabeça no chão.

– Não. Eles te dão um chute voador nas costas, saca? Com os dois pés. Bum. Depois outro cara chuta tua cabeça quando tu cai. Ninguém nunca ouve nada.

– É muita bondade sua me levar de volta – disse o homem. – Fico muito agradecido.

– Tu é inglês?

– Sou, por quê?

– Pensei que tu podia vir do estrangeiro, um asilado.

– Não, sou inglês... Nasci e fui criado em Bristol.

– Onde é isso... Londres?

– Não, é para oeste, a uns 180 quilômetros daqui.

– Certo – Mhouse sorriu. -- Qual é seu nome?

– Adam. E o seu?

– Mhouse.

Ela mostrou a parte interna do braço direito: tatuadas ali, de maneira tosca, sem profissionalismo, havia as palavras “MHOUSE LY-ON”.

– Vou ser eternamente grato a você, Mhouse, minha boa samaritana.

– Samaritana. Eu saco isso. Não viro a cara. Faço pelo Senhor.

Mhouse olhou para ele: Adam, um cara jovem, bem-apanhado. O modo como falava... feito um livro, feito o bispo Yemi. Ele falava assim. O que esse Adam fazia ali no Shaftesbury à noite? Procurando encrenca, e encontrou. Ela se virou e olhou pela janela para a paisagem da cidade que se desenrolava. Ficaram todos quietos no carro durante algum tempo.

– Tu dirige bem, Mo – disse ela.

– Eu guio bem, cara – disse Mohammed.

Quando chegaram à praça do Parlamento, Adam orientou Mohammed na direção da ponte Lambeth e da avenida marginal. Mhouse olhava pela janela para o rio – achava difícil imaginar que aquele era o mesmo rio ao lado do qual trabalhava, em Rotherhithe; ali ele parecia diferente. Ela fechou os olhos, cansada. Talvez deixasse Ly-on dormir até de manhã; ela poderia fumar um pouco de *chagga*... é, telefone para o sr. Qualidade-Ele-Comparece, fume um pouco de *chagga*, durma bem, e tome o café da manhã com Ly-on.

– Essa é a ponte Chelsea -– disse Mohammed.

– É só passar pelo sinal – disse o Adam-homem. – Aqui já está perto o suficiente.

Mohammed encostou e ligou o pisca-alerta. Alguns carros passaram depressa: estava ficando tarde, mais silencioso. Mhouse olhou para fora pela janela. Apenas algumas árvores atrás da cerca pontiaguda em ambos os lados. Então abriu a porta e saltou na calçada. O homem-Adam a seguiu desajeitadamente, o corpo ainda rígido. Mohammed ficou atrás do volante, com o motor ligado.

– Foi imensamente bondoso da sua parte... – Adam começou a dizer.

– Onde tu mora? – interrompeu ela, subitamente cautelosa. – Onde é a tua casa, onde é o teu apartamento?

Ela olhou para o sorriso triste dele, alheia às ironias que se acumulavam em torno daquela pergunta inocente. Adam fez um gesto para trás, mostrando o pedaço triangular de terreno baldio entre a avenida e o rio.

– Na verdade, eu moro aqui – disse ele, ainda apontando. – No momento eu não tenho casa.

– Tá de sacanagem comigo.

– Meu Deus, não.

Tudo quanto é suspeita despertou nela, e brotou bem viva.

– Tu tá dormindo aqui – disse ela. – Tá malocado.

– Eu... eu estou meio que encrencado. Estou me escondendo. Para ficar fora de vista.

Aquilo já fazia sentido – ele estava mentindo.

– Eu não acredito, porra – disse ela. – Tu tá me fazendo pirar.

– É sério. Olhe, eu mostro se você quiser.

Ele ajudou-a a pular a cerca e foi atrás dela. Depois Mhouse deixou que ele fosse na frente, passando pelos arbustos e se curvando sob os galhos, enquanto seus olhos se acostumavam à estranha escuridão elétrica, cheia do brilho frio das luzes da rua que vinham da avenida marginal. Eles chegaram a uma pequena clareira entre três grandes arbustos e o homem – Adam – mostrou a ela seus pertences: o saco de dormir, a barraca de lona, a capa de chuva, a maleta, o fogareiro. Mhouse andava atrás dele, seu cérebro dizendo "pois é, típico... a porra da minha noite de sorte, né?".

Adam se virou para ela, estendendo as mãos, e disse:

– Ouça, acredite em mim, se eu tivesse dinheiro, você teria...

Ela deu-lhe dois socos na barriga, e depois uma joelhada na virilha. Ele caiu com um suspiro esganiçado feito uma menina. Ela deu-lhe um chute.

– Tu tá me passando a porra da perna, cara. Tá me devendo, porra.

Adam ficou ali gemendo e segurando a virilha, enquanto ela examinava os pertences dele: saco de dormir, frigideira, fogareiro a gás, pá dobrável. Nada... merdas de sem-teto. Pegou a capa de chuva e a maleta, parando diante dele com a pá na mão direita.

– Tu me passa a porra da perna, cara, é isso que tu recebe. – Ela levantou a pá sobre ele.

Adam parou de gemer e encolheu o corpo. Ela pensou em bater nele com a pá, machucá-lo de verdade, mas ele a chamara de sua samaritana. E havia alguma coisa nele – alguma coisa bacana – que ela percebera. Era um animal e precisava de ajuda.

– Tu precisa de ajuda.

– É, é, preciso mesmo. Você me ajudou. Por favor, me ajude.

– Eu te ajudo mais uma vez. Sou tua samaritana, cara, mas não consigo parar de pensar por que, porra, depois do que tu fez, como tu me deixa pirada.

– Obrigado, obrigado.

– Vai à Igreja do John Christ, em Southwark. Eles vão te ajudar.

O homem disse:

– Você quer dizer "Jesus" Cristo.

Ela golpeou-o na perna com a pá, e ele soltou um grito.

– John Christ, babaca! *John* Christ. Pode dizer que a Mhouse te mandou.

Ela jogou a pá na cabeça dele, mas Adam conseguiu se desviar e a pá bateu com força no seu ombro. Depois cuspiu nele, e foi abrindo caminho pelos arbustos até a avenida, passando por cima da cerca e se jogando no carro ao lado de Mohammed, que partiu velozmente.

– Uma capa Bumberry bacana pra tu, Mo. Maleta de couro e cromo dourado pra mim.

– Tranquilo. Supertranquilo, Mhouse – disse Mohammed. – Obrigado.

– É. Que seja. Ele era um babaca, não tinha dinheiro. Um babaca sem-teto. Vamos voltar pro Shaft.

10

EMBORA DIRIGISSE UM TÁXI PRETO LONDRINO, SEU VEÍCULO PREferido – ubíquo, não chamava atenção, e não infringia qualquer lei –, Jonjo gostava de ficar longe de outros taxistas, particularmente quando estes estavam reunidos num número significativo. Ele não queria solidariedade imprevista, nem perguntas embaraçosas. Portanto, estacionou a certa distância do Aeroporto Municipal e da longa fila de táxis à espera dos fregueses, caminhando quase um quilômetro até o pequeno e elegante terminal aéreo.

Lá dentro ele deu uma volta pelo ambiente, verificando as saídas disponíveis. Estava uma hora adiantado para o encontro – sempre fazia isso por precaução, pois nunca se sabia. Subiu pela escada rolante para o primeiro andar e escolheu uma mesa no canto da lanchonete, com vista para a escada e o pequeno saguão, acomodando-se ali com seu café, o croissant e o jornal, feliz por poder fazer palavras cruzadas durante meia hora antes de decidir que já havia chegado a hora de apertar um pouco a vigilância.

Quinze minutos antes da hora marcada para o encontro, 10:00 horas, ele viu seu contato entrar. Podia avistar outros soldados a um quilômetro de distância. Podia entrar num bar lotado e em segundos identificar homens que eram Tags ou Blades, quem era paraquedista ou comando, soldado comum, piloto de caça, reco, seja por que nomes eles se chamavam uns aos outros. Engraçado isso, pensou ele: parecia um instinto, como se deixássemos atrás de nós um rastro, um cheiro. Somos como judeus ou escoceses, católicos romanos ou maçons, ex-presidiários ou gays. Eles percebem a presença uns dos outros, se reconhecem em segundos, fração de segundos. Engraçado isso: é como se nós carregássemos algum sinal conosco, visível apenas para a nossa tribo.

Ele notou aquele rapaz – trinta e poucos anos, cabelo louro cortado rente, corpulento – entrar e examinar o terminal, como ele próprio fizera; depois o sujeito subiu pela escada rolante até a lanchonete, entrou e varreu as mesas com o olhar. Jonjo imediatamente percebeu que fora notado por ele, mas continuou curvado sobre as palavras cruzadas: quantas palavras de quatro letras pode se fazer com as letras R,S,A,I? Sair, iras...

– Com licença. Você é o Bernard Montgomery?

Jonjo levantou o olhar.

– Não.

– Minhas desculpas.

– Muitas vezes me confundem com ele.

O rapaz sentou-se.

– Temos notícias – disse ele.

– Dos nossos amigos na Metropolitana?

– É.

– Já era mais do que tempo, porra.

O rapaz parecia nervoso, tenso.

– O telefone do Kindred foi usado – disse ele. – Alguns segundos.

– Mas não pelo Kindred, obviamente. Ele não é bobo assim – disse Jonjo, inclinando-se para trás e descansando a caneta enquanto a palavra RISA lhe vinha à cabeça. Precisava não se esquecer dela.

– Não... Foi usado uma única vez, em Rotherhithe, por alguém daquele conjunto habitacional, o Shaftesbury. Depois eles devem ter mudado o chip.

– Algum imbecil, então – pensou Jonjo por um instante. – Então esse telefone foi roubado ou ele vendeu o aparelho. Provavelmente não sabemos quem fez a ligação.

– Não.

– Joia. Vou verificar o troço. – Jonjo sorriu. – Por falar nisso, preciso receber. Pelo meu último trabalho.

O rapaz empurrou por cima da mesa um envelope recheado. Jonjo pegou-o rapidamente e enfiou-o no bolso interno do paletó de couro. O rapaz ficou olhando para ele atentamente.

– Você é o Jonjo Case, não é?

Jonjo suspirou.

– Você está quebrando todas as regras, parceiro.

– Eu sabia que era você – persistiu o rapaz. – Você era amigo de Terry Eltherington.

– Tel, o terrível – refletiu Jonjo com amargura. – Uma pena. Porra de uma pena...

– É... Meu cunhado. Eu vi você nas fotos dele.

– Essas merdas de bombas caseiras colocadas nas estradas. Como vai a Jenny?

– Ela se matou. Não conseguiu aguentar a barra. Três dias depois do enterro.

Jonjo recebeu a notícia com tristeza e sagacidade. Ele se lembrava de Jenny Eltherington, uma loura grandalhona e alegre. Depois balançou a cabeça em silêncio: mulher de soldado, a pior sorte do mundo.

– Você deve ser o Darren, então – disse ele, estendendo a mão por sobre a mesa.

– Sou eu. – Eles se apertaram as mãos.

– Eu e o Tel servimos no Regimento... lutamos em Hereford juntos. Um porra-louca, o Tel.

– Eu sei. É, ele falava muito em você... o Jonjo isso, o Jonjo aquilo...

Os dois ficaram em silêncio por alguns instantes, pensando sobre Terry Eltherington e sua súbita e violenta morte no Iraque, vítima de uma incomumente poderosa bomba na margem da estrada. Jonjo sentiu o pescoço endurecer, mas aliviou a tensão mexendo a cabeça para um lado e para o outro.

– Que aconteceu com você? – perguntou Darren, apontando para o vergão, agora em forma de estrela, mas ainda bem vivo na testa de Jonjo.

– Você devia ver o outro cara. – Jonjo deu uma pequena risada e depois disse: – Você quer me contar alguma coisa, Darren? Na moita? Por baixo dos panos?

Darren fez um ar soturno por um momento.

– Isso é a coisa mais quente que eu já vi, Jonjo... Pode acreditar em mim. Terrivelmente quente. Não faço ideia do porquê, mas eles estão dispostos a tudo.

– Não há pressão, então?

– Achar o Kindred é a prioridade A. Telefone a qualquer momento, e você terá todos os recursos: dados policiais, apoio, ferramentas, inteligência, tanques Centurion. Qualquer coisa que precisar.

– É bom saber – disse Jonjo, sentindo as entranhas se contorcerem, e de repente ficando ligeiramente preocupado, coisa que não era comum nele. – O que acontece quando eu encontrar o Kindred?

– Primeiro eles precisam saber o que ele sabe. Depois irão lhe dizer o que fazer com ele.

– Legal.

– É melhor eu ir. – Darren fez menção de levantar, mas Jonjo fez sinal para que ele voltasse a sentar.

– Foi bacana encontrar você, Darren. Pode me fazer um favor?

– É claro.

– Me mantenha informado. Uma coisa só entre nós dois. – Ele fez uma pausa para Darren entender todas as implicações do que estava pedindo. – Fiquei triste por ouvir a notícia sobre Jenny... Meus pêsames.

Darren balançou a cabeça.

– É melhor eu lhe dar meu telefone. Como dizem por aí: qualquer coisa que você precisar, é só ligar, vinte-quatro-sete.

– Escreva o número no jornal. Acho que não vou precisar de você. Só como último recurso, está bem?

– Qualquer coisa. – Darren escreveu o número.

– É claro que você já tem o meu. Ligue se precisar de mim. Terry Eltherington, um em um milhão... caso seu primo em décimo sexto grau me telefonasse, eu estaria lá, e também se o parceiro do parceiro do filho da filha do padrasto dele me chamasse. Percebe o que eu quero dizer?

Darren assentiu, visivelmente comovido. É bom conhecer alguém na cadeia de comando, pensou Jonjo: ele poderia ganhar um pouco de tempo, se fosse necessário. Darren não sabia mais acerca daquele negócio de Wang do que ele, Jonjo, sabia, mas um aliado era um aliado, e tudo ajudava.

Jonjo se levantou.

– Vou sair primeiro. Você espera aqui dez minutos – disse ele, pegando o jornal. – Foi um prazer, Darren.

– Pode acreditar.

Jonjo caminhou de volta para seu táxi com a mente fervilhando. Aqueles serviços free-lance eram geralmente tão diretos: mandavam você "apagar" alguém, você cumpria a missão e recebia o pagamento. Não ficava sabendo de nada além disso. Ele tirou o envelope do bolso do paletó e deu uma olhada rápida no conteúdo: um maço com 200 notas novas de 50 libras. Dez mil pratas no total. Pelo menos eles não o estavam punindo pela merda que fizera, embora, por direito, ele devesse receber mais 10 mil adiantados pelo novo serviço que seria apagar Kindred. Ainda assim, aquela bela soma de 20 mil, no total, seria mais do que bem-vinda quando tudo estivesse terminado. Wang estava morto, ele recebera o pagamento, e agora precisava partir para o seguinte. Um mês cheio, lucrativo.

Jonjo continuou em frente, por um momento pensando em Wang, o último homem que matara. Estranho, aquilo, pensou ele: não fazia ideia exatamente de quantas pessoas já matara na vida – de trinta e cinco a quarenta, talvez? – Tudo começara na guerra das Malvinas em 1982, quando ele explodira aquela casamata no monte Longdon. Era apenas um paraquedista de dezoito anos disparando um míssil dirigido, modelo Milan, e acertando em cheio uma posição na encosta, protegida por sacos de areia. Quando foi lá depois da batalha, ele viu todos os mortos enfileirados, como numa parada. Procurou todos os cadáveres queimados e destroçados, contando cinco.

Depois ele matara um extremista do IRA dentro de um carro nos arredores de Derry, mas três outros companheiros seus paraquedistas também dispararam tiros naquela noite, e ele tivera de compartilhar a morte do sujeito. Mas fora só depois que ele entrara para as Forças Especiais e combatera em Hereford que a conta começara a crescer. Na Primeira Guerra do Golfo, depois do tiroteiro em Victor Dois, quando os prisioneiros fugiram, ele encaçapara três. Em seguida no Afeganistão, em 2001 – sua última operação – no forte Qala-I-Jangi. Ele perdera a conta ali em Qala, com todos aqueles prisioneiros talibãs se revoltando lá embaixo e nossos caras no parapeito acima. Terry Eltherington também estivera lá. Fora como matar peixes a tiros numa barrica, dissera ele. Jonjo visualizou aquele grande rosto idiota lhe passando munição. Os prisioneiros corriam pelo grande pátio, enquanto todos os caras no parapeito mandavam bala; era gente das Forças Especiais, Forças Especiais Embarcadas, os americanos, os afegãos. Incrível. Eles juncaram o pátio, deram uma lavada. Jonjo devia ter apagado mais ou menos uma dúzia; era só mandar bala enquanto os caras corriam de um lado para outro.

Ele abriu a porta do táxi e sentou-se ao volante, ainda contando. Cristo, ainda havia todos os trabalhos depois que ele largara o serviço militar e entrara para o Grupo Risk Averse, uma das maiores companhias de segurança privada. Só Deus sabia quantos bandidaços ele apagara na sua estada em Jordânia-Bagdá, quando estava naquela empresa... Seis? Dez? Depois os cinco serviços como free-lancer. Então começara a contar de novo, direito – e sempre havia o dinheiro no banco para confirmar o número. Ele não fazia ideia de quem o encontrara, ou quem telefonava para ele. Não sabia quem lhe enviava os detalhes, quem lhe pagava, quem eram as vítimas e também por que aquelas pessoas eram as vítimas. Firme, profissional, eficiente, discreto – ele era muito bom mesmo, porra. Wang fora o número seis, e a coisa teria sido perfeita se o escroto do Kindred não houvesse estragado tudo com sua maleta... A mão de Jonjo subiu pensativamente até o novo vergão em formato de estrela. Ele se livrara do V de "vencido" – ficara puto da vida e derramara um pouco de vodca no ferimento... Depois a ponta de uma faca quente fizera o resto. Kindred bagunçara um trabalho tranquilo; portanto, agora ele encontraria Kindred, o entregaria para ser interrogado, e depois garantiria que os últimos instantes dele no planeta Terra fossem muito memoráveis.

O celular tocou.

– Alô?

– Jonjo, é a Candy.

Candy era sua vizinha. Divorciada, uma mulher grandona, gerente de uma daquelas lojas que vendem móveis desmontados em Newham. Bastante legal e amistosa, ela tomava conta do Cachorro quando Jonjo estava ocupado.

– Oi, Candy, o que há? Estou trabalhando, meu amor.

– Acho que o Cachorro não está muito bem. Vomitou no seu carpete todo.

Jonjo sentiu o peito se encher de ar.

– Acho que precisamos levar ele ao veterinário... Jonjo? Alô?

– Chego aí em vinte minutos – disse Jonjo com a boca seca, já ligando o motor.

11

ADAM VOAVA ACIMA DE UM DENSO COLCHÃO DE NUVENS FORMADO por cúmulos super-resfriados, bem acima do Arizona, com as espessas nuvens cinzentas se estendendo até o horizonte. Um deserto de nuvens. Por alguma razão, ele estava pilotando o avião e ao mesmo tempo supervisionando os borrifadores de gelo seco na parte traseira da aeronave. Montados debaixo das asas do avião havia tubos plásticos com pequenos orifícios anelados dispostos a intervalos regulares. O avião mergulhou para um lado e desceu até a superfície arredondada do colchão de nuvens, voando poucos metros acima da massa que se movia suavemente. Que hora do dia era aquela? No fundo do avião, Adam acionou o interruptor da bomba de alta pressão e minúsculos grânulos sólidos de iodeto de prata congelado, como areia fina, começaram a ser borrifados

dos bicos de plástico sobre as nuvens lá embaixo. O avião descreveu um longo percurso oval, dezoito quilômetros de comprimento por três e meio de largura, como uma gigantesca pista de corridas de cavalos, a trajetória de sua passagem e a borrifação do iodeto de prata revelados por uma larga trincheira que se aprofundava e aparecia quase que imediatamente na superfície da nuvem, enquanto os cristais de gelo seco coalesciam em gotículas d'água. Por baixo das nuvens, de pé num riacho seco do deserto do Arizona, Adam ergueu o rosto para o céu quando as primeiras gotas grossas da chuva que ele provocara alcançaram sua testa e as maçãs do rosto.

Adam acordou. Estava com frio, embora o sol brilhasse, e sentia um enjoo horrível. Saiu do saco de dormir, arrastou-se uns poucos metros e vomitou. Concussão, pensou ele, enxugando a boca e cuspindo: Preciso ficar imóvel, quieto, beber muita água.

Arrastou o corpo de novo para dentro do saco de dormir e ficou ali deitado, tremendo, agora tomando consciência das dores que sentia pelo corpo. Curiosamente, a cabeça não doía, o que, no entanto, acontecia com os colhões e também com as costas, e, pior de tudo, a coxa e o ombro esquerdos competiam para ver quem tirava o primeiro lugar nas pontadas de dor. Ele se lembrou vividamente do sonho, era um dos seus sonhos recorrentes, mas que já não o visitava havia meses. Por que sonhava com sua antiga vida, quando a nova estava tão imediata e dolorosamente presente? Saiu de novo do saco de dormir e examinou o corpo. Tinha na coxa um machucado longo e estreito – de um roxo-azulado sinistro – a pele apenas ligeiramente rompida, e no ombro esquerdo havia um corte visível: ali a camisa suja e ensebada estava um pouco rasgada, e, o entorno do rasgão, manchado de sangue seco. Adam lembrou – ambos os ferimentos haviam sido causados pela mulher-Mhouse brandindo a pá de trincheira dele. Tocou de leve a testa, sentindo a rede de crostas duras debaixo das pontas exploratórias dos dedos. Ficou imaginando sua aparência – uma vítima de bomba terrorista? Um sobrevivente de um acidente automobilístico? Ou um sem-teto desvalido, vítima de um brutal espancamento?

Ao voltar para debaixo do seu arbusto, ele se viu relembrando o sonho. Nunca espargira nuvens a bordo de um avião – era para isso que eles haviam construído a câmara de nuvens. Os testes e experimentos com aviões eram por demais erráticos, desacreditados com demasiada facilidade – fora por isso que a própria Marshall McVay financiara a construção da Câmara de Nuvens de Yuma. Eles faziam suas próprias nuvens, resfriavam-nas até a temperatura exigida, depois as borrifavam com gelo seco ou iodeto de prata, sal ou gotículas d'água, e mediam a precipitação lá embaixo. Tudo muito direto e controlado.

Adam se forçou a mudar o rumo dos seus pensamentos – precisava parar de pensar no passado, no seu antigo emprego. Aquilo estava fazendo com que ele ficasse ainda mais deprimido; em vez disso, deveria se concentrar nos acontecimentos da noite anterior. Lembrou-se da pessoa-Mhouse lhe trazendo roupas. Ainda envergava a calça cargo de camuflagem bege-acinzentada, que lhe batia no meio da canela, e podia ver as sandálias de dedo chutadas a uns metros de distância. E então a jornada de Shaftesbury até Chelsea se tornou fragmentada, algo como um vago e perturbado sonho: edifícios passando, faróis e luzes traseiras de carros brilhando, ele conversando com Mhouse, sua pequena cara de gata olhando de volta para ele, o corpo dela torcido no banco do carona... Quem estava dirigindo? Adam lembrou que ela mostrara seu próprio nome, tatuado na parte interna do antebraço: MHOUSE LY-ON. Que espécie de nome era aquele? "Mhouse" era pronunciado como "mouse", é lógico. Depois ele a ajudara a transpor a cerca do triângulo... aquela coisinha magra, com um rosto bonitinho, nariz arrebitado, olhos estreitos. Sim... E então ela o atacara.

Por que ela o atacara com uma violência tão súbita? Ela lhe dera um soco e depois uma joelhada nos colhões – Adam fez uma careta ao recordar a dor – em seguida partira para cima dele com a pá. Por que, pelo amor de Cristo? Cristo – John Christ, é claro, foi a resposta improvável que veio à mente de Adam. Vá até a Igreja de John Christ em Southwark, dissera aquela samaritana demoníaca, eles ajudarão você.

De algum modo, ele conseguiu dar uma risada que soou dissonante e estranha a seus ouvidos, depois saiu do saco de dormir pela terceira vez naquela manhã, para ver o que restara de seu acampamento. O inventário não levou muito tempo: ela roubara a capa de chuva e a maleta. Os assaltantes já tinham tirado tudo dele, deixando-o com bens terrenos que totalizavam três latas de feijão cozido, um fogareiro a gás, uma frigideira, um conjunto faca-garfo-colher, uma pá e meia garrafa de água mineral – sem gás. Adam se sentiu invadido por autocomiseração, os olhos aquecidos por lágrimas. Sim, sentia pena de si mesmo – certamente esse sentimento não era pecado naquelas circunstâncias. Tinha uma camisa suja e rasgada, uma cueca, um par de meias, uma calça de camuflagem barata e curta, e sandálias de dedos. Ativos magros. Pensou na sua nova casa com três dormitórios em Phoenix, Arizona (agora propriedade da ex-esposa, é claro) – podia ver os gramados verdes bem regados, a caprichada cerca de loureiros, a garagem para dois carros... Aquilo lhe parecia um universo paralelo, ou algo que existira há séculos. Além do mais, ele tinha dinheiro em contas bancárias no Arizona e em Londres – milhares e milhares de dólares e libras – e, no entanto, ali estava ele, agachado, escondido, espancado, fedendo, um fugitivo se ocultando entre arbustos e árvores de um pedaço de terreno baldio à margem do rio, em Londres.

Pensar no Arizona e na sua vida no Arizona trouxe a câmara de nuvens de volta a sua mente. Havia apenas alguns dias ele estivera apresentando à junta de entrevistadores no Imperial College o resumo de sua monografia parcialmente completada: "Supressão do granizo em tempestades multicelulares." Um dos membros da junta (uma mulher) estivera na conferência sobre glaciação em Austin, Texas, e o ouvira ler seu trabalho sobre "Borrifação de iodeto de prata e produção de núcleos secundários de gelo biogênico". Adam descrevera para a plateia sua última experiência na câmara de nuvens de Yuma, antes de renunciar ao cargo. Conseguira provocar uma redução altamente bem-sucedida de rajadas de granizo numa nuvem cúmulos-nimbos lindamente formada, a cabeça de bigorna apenas roçando o teto de segurança de vidro da câmara, com nove andares de altura. Ele ficara parado na passarela de observação, vendo a poeira de gelo dos cristais borrifados se dispersar, e testemunhara a quase mágica geração de uma encapelada corrente de ar quente ascendente. Quase não caíra granizo nas enormes bandejas coletoras lá embaixo. Seus colegas irromperam num aplauso espontâneo.

Adam sentiu na boca a amargura da frustração e do desapontamento, enquanto acendia o fogareiro a gás para esquentar a lata de feijões cozidos. O cheiro do gás e o aroma que saía dos feijões frios despejados na frigideira lhe provocaram nojo, mas ele sabia que precisava comer alguma coisa.

Pare! Murmurou, de repente, ao sentir um grito de rancor e raiva crescendo na sua alma. Aqueles dias já haviam passado, não existia mais câmara de nuvens. Agora tudo aquilo era história. Adam Kindred, borrifador de nuvens, supressor de granizo, fazedor de chuva era tão real e tangível quanto um super-herói de histórias em quadrinhos. Ele se acocorou e concentrou-se no aqui-e-agora, levando à boca uma colherada de feijões cozidos já quentes, tentando não pensar na vida que levara outrora.

Dois dias mais tarde, Adam ficou imaginando se realmente já estava começando a passar fome: sentia a cabeça leve e, quando se levantava, ficava tonto e inseguro. Fazia vinte e quatro horas desde que terminara sua última lata de feijão, e agora já enchia a garrafa plástica com água do próprio Tâmisa – uma água amarronzada com algum sedimento, mas de gosto aceitável, e ele precisava pôr alguma coisa no estômago vazio. Sentia um estranho medo desde que fora atacado e roubado: medo de se aventurar fora da segurança do triângulo – seu pequeno e conhecido reino – no cruel e vasto mundo da cidade além. Para começar, não tinha dinheiro, nem um centavo, e seu cabelo e sua barba estavam desgrenhados. As roupas – a camisa rasgada, a calça grotesca e as sandálias de dedo – atrairiam olhares curiosos, ele tinha certeza, e a última coisa que queria era ver pessoas olhando para ele. Sentia-se seguro no seu triângulo: o barulho do tráfego quase contínuo trazia-lhe segurança; a maré do rio subia e descia; navios e barcaças passavam.

Ninguém entrava no triângulo, e à noite as fileiras de lâmpadas brilhando na ponte Chelsea pareciam festivas, quase natalinas, e lhe traziam ânimo.

Na manhã do dia seguinte, à primeira luz da madrugada, ele desceu até a pequena praia para encher a garrafa d'água. Havia um outro pneu enterrado pela metade na lama, numerosas garrafas de plástico quebradas, alguns pedaços de madeira e um enovelado de cordão de nylon azul. Adam pegou o cordão – pensando vagamente que aquele era o tipo de material descartado útil que um náufrago poderia usar – e calculou que tivesse pelo menos sete metros de comprimento. Que desperdício. Que barqueiro ou marinheiro irresponsável atirara aquilo por sobre a amurada? Pássaros marinhos poderiam ficar presos nele, hélices enroscadas. Ele olhou ao redor; a luz estava linda, cor de pêssego e cinza, e o ar meio frio. Os pássaros do rio já começavam a voar e a pairar: gaivotas, corvos, patos, cormorões. Adam viu uma garça passar, batendo as asas sem elegância, na direção do parque Battersea e suas árvores altas. Sabia que no rio também havia gansos canadenses, e de repente a expressão "cozinhar o ganso" lhe veio à cabeça. Ele olhou para a praia – a maré estava virando – talvez em meia hora já estivesse claro demais e ele corresse o risco de ser observado. Então subiu de volta pelas correntes até o triângulo.

Não levou muito tempo – raspando suas latas vazias, ele reuniu um punhado de feijões frios. Pegou o caixote de madeira e, num instante, desceu para a praia. A armadilha que construiu era muito rudimentar, mas ele tinha fé de que a coisa funcionaria: levantou uma das extremidades do caixote e calçou-a com um pedaço de madeira que viera com a correnteza, atando ali sua nova aquisição, o cordão azul de nylon. Arrumou sobre uma pedra lisa um pequeno cone de feijões cozidos frios e colocou esta pilha debaixo do caixote já levantado. Depois subiu de volta pelas correntes, com a ponta do cordão presa nos dentes, e sentou-se para esperar atrás de um arbusto. Não estava levando muita fé que um ganso fosse cair na armadilha, mas esperava um pato – um pequeno pato gordo viria a calhar – e ficaria feliz se apanhasse um reles pombo londrino. Ficou esperando, dizendo a si mesmo para ser paciente, reunir a calma do caçador à paciência inabalável, se conseguisse. Esperou e esperou. Cormorões seguiam rio abaixo com a maré vazante, e depois mergulhavam. Dois corvos voaram até a praia e ficaram bicando as pedrinhas da beira d'água, sem mostrar qualquer interesse pelos feijões. Então Adam ouviu um zunir seco de asas, como se fosse um anjo acima de sua cabeça, e uma grande gaivota branca e cinzenta passou perto, fez uma curva brusca, pairou no ar e pousou, imaculada e delicadamente, com um cuidado quase ostensivo. Os corvos ignoraram a ave, revirando as pedrinhas meticulosamente e bicando os pedaços de alga. A gaivota seguiu direto para os feijões cozidos, curvando-se para dentro da extremidade levantada do caixote... Adam puxou o cordão, o suporte saltou fora e o caixote caiu.

– Mais fácil dizer do que fazer – comentou Adam em voz alta, enquanto contemplava o caixote, já mexendo para lá e para cá agitadamente na praia lodosa, enquanto a gaivota apavorada batia as asas e andava dentro da armadilha. Mais fácil planejar do que executar. Mas ele estava faminto; apanhara sua presa, tinha combustível, uma faca, e carne assada era aquilo pelo qual ansiava. Não havia segredo – ele meteu a mão rapidamente debaixo do caixote e agarrou a gaivota por uma perna. O duro bico amarelo da ave atingiu violentamente seu antebraço, tirando sangue, até que Adam nocauteou a gaivota com a madeira de apoio do caixote. Depois lavou o braço no rio – mais ferimentos, quem se importava? – e voltou para pegar a gaivota amolecida e morta, as largas asas brancas abertas. Ao fazê-lo, viu uma grande barcaça carregada aparecer debaixo da ponte Chelsea, seguindo rio acima. Havia um homem de pé na proa, olhando para ele. Adam colocou a gaivota atrás do corpo e acenou, despreocupadamente. O homem não acenou de volta.

Adam pegou a gaivota e, com a faca do conjunto faca-garfo-e-colher, conseguiu retirar as entranhas, que lançou no rio. Em seguida, cortou fatias da carne gordurosa do corpo surpreendentemente ossudo da ave e, espetando-as no garfo, levou-as à chama azul do fogareiro, até que ficassem escuras. A carne quente era fedorenta, mas inofensiva, e, embora cheia de nervos e exigindo muita mastigação, era empurrada com goles de água do Tâmisa. Ele comeu o mais que pôde e atirou a carcaça no rio, onde a maré já começava a subir. Depois sentou-se nos três pneus e chorou.

Foi bom chorar, ele disse a si mesmo mais tarde: era uma liberação saudável de emoções, muito necessária depois de tudo por que passara – a agressão, o trauma do primeiro ataque surpresa, o alívio do resgate, depois o trauma do segundo ataque. Na hora mais escura da noite, ele deixou o triângulo pela primeira vez em dias e percorreu o bairro de Chelsea para fuçar o lixo. Sentia-se melhor, mais calmo e mais determinado, enquanto revirava as latas de lixo e percorria cautelosamente ruas desertas, espiando dentro dos poços dos porões. Era espantoso o que as pessoas jogavam fora. De madrugada, ele já conseguira uma jaqueta de brim branco quase nova (um dos bolsos do peito manchado de tinta preta, como que de uma caneta esferográfica), um par de sapatos de golfe que haviam sido abandonados numa escada – um pouco apertados, mas um calçado mais tolerável do que as sandálias de dedo. Também pegara comida nas latas de lixo das franquias de fast-food: batatas fritas frias, o final de um kebab, alguns mililitros de Coca-Cola e outros refrigerantes que permaneciam no fundo das latas. Voltou ao seu triângulo com o estômago cheio e com roupas novas – quase parecendo normal, pensou ele. Mas o que o animava era a percepção de que agora poderia sobreviver. Era como se, de certa forma, a carne assada da gaivota o tivesse fortalecido e encorajado, dando-lhe nova determinação e coragem. Ele tinha um pouco da petulância loquaz e da arrogância do andar de uma grande gaivota branca. Depois que a crosta na sua testa sarasse e desaparecesse, ele iria se aventurar com mais confiança e num raio de ação mais amplo. Pensou que isso talvez fosse uma dimensão de seu novo estado de espírito: ele poderia até mesmo acatar o conselho de Mhouse e ir até Southwark, para ver que ajuda a Igreja de John Christ poderia lhe oferecer.

12

IVO, LORDE REDCASTLE, ESTAVA PARADO DIANTE DA PORTA ABERTA, usando uma camiseta com os dizeres: INSTRUTOR DE SEXO PLENAMENTE QUALIFICADO – PRIMEIRA AULA GRÁTIS. Ingram ficou calado, fingindo não perceber qualquer coisa fora do comum.

– Ingram, gatão, você veio.

– A Meredith está aqui?

– Está sim... *mi casa*, *tu casa*.

Ivo não se afastou, continuando parado na soleira da porta, claramente esperando que eu, pensou Ingram, comentasse aquela camiseta idiota. Podia esperar em vão.

– Vou ter que empurrar você para entrar? É essa a ideia? – disse Ingram. – Atacar com o ombro? Derrubar você no chão?

– Piadista. Entre, seu velho babaca.

Ingram entrou no amplo hall da casa de Ivo, em Nottingham Hill: assoalho de tábuas de pinho, um enorme urso cinzento empalhado num canto com um chapéu de copa lisa e abas reviradas para cima e, na parede, alguns desenhos eróticos feitos com caneta de pena de feltro pela última esposa de Ivo, Smika. Ingram deu uma olhada naquilo, observando seios, vaginas e diversos tipos de pênis, flácidos e eretos. Subindo a escada na direção da sala de visitas, passou por uma série de fotografias em preto e branco – eram os suspeitos de sempre, pensou Ingram: Bill Brandt, Cartier Bresson, Mapplethorpe, Avedon. Era espantoso como eles ainda conseguiam conservar, em mentes como a de Ivo, a ideia de que aquelas imagens de alta qualidade, mas supercomuns, ainda eram o último grito em matéria de fotografia. Ao continuar subindo, ele ficou ainda mais deprimido ao ouvir o volume do burburinho que vinha dos aposentos ligados por arcos, no primeiro andar. Seis era o número ideal para um jantar; oito no máximo. Qualquer coisa além disso era um completo desperdício do tempo de todo mundo. Uma jovem numa túnica de seda iridescente em estilo Nehru estava parada na porta, segurando diversos drinques coloridos numa bandeja.

– Alguma chance de uma taça de vinho branco? – perguntou Ingram.

– Não – respondeu Ivo. – Escolha uma cor: vermelho, amarelo, azul, verde, roxo.

– O que há nesses drinques? Sou alérgico.

– Isso eu vou saber e as suas alergias vão descobrir.

Ingram escolheu um drinque roxo e acompanhou Ivo ao aposento que reverberava. Avistou sua esposa Meredith, e imediatamente rumou em sua direção. De certa forma, ficou absurda e ridiculamente feliz em vê-la – já estava odiando aquela noite com uma intensidade incomum – mas, ao se aproximar, percebeu um brilho rosado no rosto dela, sempre uma indicação da quantidade de álcool que a mulher consumira.

– Oi, meu bem – disse ele, beijando Meredith. – Não podemos demorar muito, você se lembra?

– Não seja bobo, é aniversário do Ivo. – Ela deu-lhe um beliscão na bunda e piscou para ele, e Ingram ficou pensando, um pouco desanimado: graças a Deus existe o PRO-Vyril, uma das drogas mais bem-sucedidas da Calenture-Deutz. Usada no tratamento da disfunção erétil – seu slogan era "incomparável duração do ato" – não chegava a ser um Cialis, Viagra ou Foldynon, mas, mesmo assim, era uma boa fonte de renda para a firma dele. Além disso, funcionava muito bem com Ingram, reconheceu ele, supondo que fosse por causa de algum tipo de compatibilidade individual metabólica com os elementos químicos presentes na droga. Depois de tomar dois PRO-Vyrils, ele sentia que podia enfrentar qualquer uma, ou na verdade qualquer coisa, durante uma hora mais ou menos. Ele e Meredith transavam com bastante regularidade para um casal que convivia junto havia muito tempo, com filhos já crescidos, relembrou ele, embora fosse sempre por iniciativa dela. Ele nunca descobrira o que a deixava excitada – não havia nenhum sinal discernível, mas ela sempre encontrava um jeito de lhe dar umas horas de aviso prévio, quando tinha vontade. Era como as fases da lua, pensou ele: alguma coisa, algum lugar, desencadeava o desejo sexual nela. Os dois dormiam em quartos separados, divididos pelos quartos de vestir e pelos banheiros, mas tudo com portas conectando os ambientes. Na verdade, Ingram bem que gostava das sessões – embora fosse mais uma questão de mecânica, graças ao PRO-Vyril, do que de paixão, e ficava a um mundo de distância de seus encontros com Phyllis.

Ele segurou a mão de Meredith por alguns instantes, tranquilizado. Era uma mulher pequena e esbelta, com cabelo louro-claro bem cortado e uma cabeça ligeiramente grande para o corpo. Isso, o nariz arrebitado e os olhos muito afastados um do outro faziam com que parecesse, vista de alguns ângulos, uma boneca. Como se tivesse essa percepção, ela tendia, junto a outras pessoas, a assumir um jeito efervescente, nada-me-derruba, escalo-qualquer-montanha. Ingram sabia, no entanto, que Meredith era uma pessoa mais dura e esperta do que a imagem que projetava ao mundo. Em momentos como aquele, no burburinho infernal da festa de Ivo, ele se sentia muito contente por ser casado com ela.

– Foi um dia comprido e difícil, minha querida – disse ele em voz baixa. – Então, quanto mais cedo formos embora, mais cedo poderemos...

– Mensagem recebida, desligo e encerro a comunicação – disse ela, sorrindo calorosamente.

– Lady Meredith Fryzer! – berrou para ela um homem de camiseta preta (com os mesmos dizeres idiotas que a camiseta de Ivo), tomando-a nos braços. Ingram deu meia-volta, descansou numa mesa o drinque roxo que nem provara e procurou a jovem garçonete parada na porta, pedindo outra vez uma taça de vinho branco, se fosse possível, muitíssimo obrigado.

Ele inspecionou a sala – ninguém estava interessado nele, um homem que logo faria cinquenta e nove anos, com cabelo grisalho, metido num terno escuro e engravatado – e ficou imaginando quem seriam todos aqueles amigos de Ivo. Alguns dos homens eram evidentemente mais velhos que ele (grisalhos, carecas, de barbicha), mas estavam vestidos feito garotos adolescentes, com camisetas desbotadas, rasgadas ou folgadas no corpo, calças com bolsos nas pernas e tênis desamarrados – ele não ficaria surpreso se estivessem carregando skates debaixo do braço. Enquanto seu olhar ia de cá para lá, viu, no entanto, que também havia na sala um número bem grande de lindas mulheres esbeltas, mas todas com rostos tristonhos e abatidos, ou então com expressão atenta e cautelosa, como se estivessem esperando que uma piada cruel fosse feita à custa delas, e que fossem alvo de algum tipo de caçoada.

O vinho branco que pedira chegou, e Ingram sorveu a bebida com gratidão incomum, encostado numa parede perto da porta, sentindo que a fadiga se esvaíra um pouco. Enquanto as pessoas iam e vinham, ele achou que reconhecera um ator e alguém mais que aparecia na TV, além de um estilista de moda. Sim? Não?... Não fazia ideia. Atualmente quase não assistia a televisão ou lia revistas. Sem nada para fazer, pegou uma pequena maquete de bronze numa mesa, pensando que poderia ser um Henry Moore – muito feliz por ter se lembrado do nome – e ficou imaginando como Ivo conseguia viver tão bem, para alguém que não tinha meios de sustento, a não ser as 80 mil libras por ano que Ingram lhe pagava como membro não executivo da diretoria da Calenture-Deutz. O pai de Ivo e Meredith, o conde de Concannon, não tinha mais dinheiro e morava em um grande e moderno chalé nos arredores de Dublin. A casa da família, o castelo de Cloonlaghan, estava abandonada, e seriam necessários milhões de libras para torná-la habitável novamente. Ingram suspeitava que Meredith desse dinheiro a Ivo às escondidas, pensando que ele não sabia – por alguma razão, ela gostava muito do irmão mais moço, perdoando todas as suas trapalhadas e humilhações. Smika, a esposa número três de Ivo, também não tinha dinheiro, a menos que ganhasse algum com a venda dos quadros eróticos. O que acontecera com a francesa Ludovine, a segunda esposa de Ivo? Pequena, charmosa, com cabelo espetado amarelo-alaranjado. – Sim, Ludovine, Ingram gostara dela (ele pagara o dispendioso divórcio do cunhado, feito na França, lembrou ele). Ah, ali vinha Ivo.

Ivo apareceu, e Ingram conscienciosamente registrou a beleza absurda do cunhado. O cabelo negro-azulado estava ligeiramente gelatinado, e a camiseta idiota era suficientemente justa para evidenciar como era enxuto aquele tórax de quarenta e poucos anos.

– Está se divertindo? – perguntou Ivo. – Maneiro?

– Sensacional – disse Ingram. – Vão servir algum petisco? Estou esfaimado.

– O que você acha da minha camiseta?

– Acho hilariante. Você deveria usar essa camiseta todo o tempo. As pessoas iam morrer de rir.

– Você não sacou, meu velho.

– Ela é tão *velha* quanto eu, seu idiota. Eu vi uma dessas no festival da ilha de Wight, em 1968. É tão *passé*.

– Mentiroso.

– De qualquer forma, por que está usando isso? – perguntou Ingram. – Você não é um pouco velho para essas coisas?

– Eu mandei fazer 100 mil delas. Vamos vender na porta de toda boate do Mediterrâneo nesse verão. De Lisboa a Tel-Aviv. Dez euros cada.

– Nunca deixe alguém fazer você parar de sonhar, Ivo.

O olhar de Ivo foi de puro ódio durante um segundo; depois, soltou uma risada falsa e vazia, pensou Ingram, deu um tapinha no ombro do cunhado e se afastou. Ingram achou uns biscoitos salgados duros, brilhantes e quebradiços numa tigela; ficou mastigando alguns até que o chef, de touca e vestimenta branca tradicional, anunciou que o jantar estava servido.

Havia vinte e quatro pessoas em torno da grande mesa de jantar na entrada da casa, no andar térreo. Muito apertado, pensou Ingram, mas àquela altura ele já não ligava, tendo consumido rapidamente quatro taças de vinho branco enquanto esperava interminavelmente pelo prato principal. Aquela noite abominável era finita, ele falou para si mesmo, terminaria logo, ele iria embora e nunca mais na vida aceitaria um convite para jantar de Ivo. Esse pensamento o consolou e o fez aguentar enquanto esperava pela comida com o restante dos convidados, observando que estava o mais longe possível de Ivo (Meredith ao lado do irmão), colocado entre uma mulher que quase não falava inglês e uma das beldades soturnas. Ela fumara três cigarros desde que sentara, e eles só haviam sido servidos de um gazpacho, pouco gelado e com excessivo gosto de alho. Ingram deu uma olhada no relógio – onze e dez – devia ter acontecido uma crise séria na cozinha. Percebeu que era o único homem na mesa que usava gravata. Depois, observou espantado que o celular de Ivo estava na mesa, ao lado do seu maço de cigarros. Na sua própria casa, pensou Ingram, isso é *triste*. Trágico. Ele se voltou para a beldade soturna, que já acendia o quarto cigarro.

– Você é amiga da Smika? – perguntou.

– Não.

– Ah, então é amiga do Ivo.

– Eu e o Ivo namoramos durante algum tempo...

Ingram viu que ela estava ficando aborrecida por ele não estar reconhecendo-a.

– Eu e o Ivo ficamos hospedados com você e a Meredith na sua casa em Deya.

– É mesmo? Certo... Sim...

– Sou a Gill John.

– É claro que é. Gill John, sim, sim, sim.

– Nós nos encontramos... Umas dez vezes?

Ingram pediu mil desculpas a ela, culpando a idade, o início do mal de Alzheimer, a fadiga e crises de trabalho horrorosas. Lembrava-se dela agora, vagamente: Gill John, é claro, uma das antigas namoradas de Ivo, entre Ludovine e Smika. Ele sempre namorava garotas bonitas, lembrou Ingram, percebendo que era um dos benefícios automáticos e característicos de um homem absurdamente bonito. E Gill John era mesmo bonita, embora sua expressão, postura e comportamento parecessem, de certa forma, exalar amargura, como se a vida tivesse constantemente a posto para baixo e ela não esperasse que algo mudasse.

– Ah, sim, o velho Ivo – disse Ingram, sem ter ideia do que dizer àquela jovem, que ardia de raiva e amargura. – Grande cara, rapaz maravilhoso, esse Ivo.

– O Ivo é um babaca – disse ela. – Não é um "grande cara", nem um "rapaz maravilhoso". Você sabe disso tão bem quanto eu.

Ingram queria perguntar: então por que você está aqui na festa de aniversário dele? Contentou-se, no entanto, em dizer:

– Bem, ele não é um babaca de primeira classe. Terceira classe, talvez. Embora como cunhado eu possa ser parcial.

Ela se virou e olhou para ele diretamente. Olhos sem brilho, testa alta, lábios um pouco finos, talvez.

– Você acaba de provar o que eu penso – disse ela.

– Não entendo.

– Sobre aquilo que une todos os homens. – Ela riu consigo mesma, cinicamente, um ar astucioso.

– Posso até imaginar alguns fatores comuns – disse Ingram, sem saber como a conversa abruptamente se desviara. – Mas suspeito que não aquele em que você está pensando.

– Pornografia na Internet.

– Não entendi.

– A pornografia na Internet une todos os homens.

Ingram aceitou outra taça de vinho de um garçom que circulava.

– Acho que um selvagem do deserto do Kalahari poderia discordar – disse ele.

– Está bem. Todos os homens ocidentais com computador.

– Mas se você não tiver um computador? Sua afirmação de "une todos os homens" já perdeu um pouco da força universal. Você poderia muito bem dizer... – ele pensou durante um segundo, e continuou: – O que une todos os homens que possuem tacos de golfe? Eles amam o golfe? Acho que não. Alguns homens que possuem tacos de golfe acham esse esporte uma coisa maçante.

Gill John acendeu o quinto cigarro, e disse:

– Sai dessa, cara. Vai arranjar o que fazer!

Muito satisfeito com sua analogia, Ingram prosseguiu:

– Ou você poderia dizer: o que une todos os homens com guarda-chuvas, medo da chuva?

– Vá se foder – disse Gill John.

– Na realidade, a pornografia *é* maçante, esse seu problema, de origem. As mulheres deveriam se confortar com isso.

Gill John deu-lhe um tapa – não muito forte – apenas um tapinha com os dedos que atingiram o queixo e o lábio inferior dele. Depois se virou. Ingram ficou sentado parado por um momento, o lábio doendo. Espantosamente, ninguém parecia ter notado. Ivo acabara de se levantar da mesa para ver o que acontecia na cozinha, e todos os olhares famintos estavam sobre ele. Ingram voltou-se para a mulher do outro lado, que lhe deu um largo sorriso. Ingram pensou: o que poderia dar errado aqui?

– O *Rio de Janeiro me encanta* – disse ele, hesitante. Então o celular de Ivo começou a tocar, com uma aborrecida música que devia ter sido baixada de alguma guitarra de heavy-metal, e nesse momento ele reapareceu.

– Desculpe, gente – disse ele para todos os convidados. – Mas a panela de barro da *tagine* rachou. Vamos esperar mais uns dez minutos. – Ele pegou o telefone. – Ivo Redcastle. – Ficou escutando, e olhou para Ingram com irritação. – É para você.

Ingram saiu de seu lugar e deu a volta à mesa pensando: quem, porra, está telefonando para mim no aparelho de Ivo? Meredith olhou para ele com uma expressão de surpresa atordoada, meio ébria. Todos os outros conversavam, indiferentes.

Ivo entregou o telefone a Ingram.

– Não faça disso um hábito, certo, Ingram?

Ingram levou o aparelho ao ouvido.

– Ingram Fryzer falando.

– Ingram. Aqui é Alfredo Rilke.

De repente Ingram se sentiu gelar. Saiu rapidamente da sala de jantar e foi para o hall.

– Alfredo. Como você conseguiu esse número?

– Eu telefonei para o seu celular. O homem que atendeu disse que você estava com seu cunhado.

– É claro. – O telefone de Ingram estava na maleta no carro, com Luigi.

– Estou indo para Londres – disse Rilke.

– Excelente. Bom. Nós...

– Não, não está nada bom. Nós temos um problema sério, Ingram.

– Eu sei. A morte do Philip Wang nos deixou...

– Vocês já encontraram o tal Adam Kindred?

– Não. Ainda não. A polícia não conseguiu...

– Precisamos encontrar esse homem. Eu telefono quando chegar.

Eles se despediram e Ingram fechou o telefone. Subitamente sentiu-se pequeno e preocupado como costumava sentir-se quando era criança, quando os acontecimentos eram grandes demais e adultos demais para ele compreender. Que Alfredo Rilke houvesse telefonado para ele na festa de Ivo só podia significar problemas sérios. Que Alfredo Rilke viesse até Londres só podia acentuar a gravidade desses problemas. Seu cérebro trabalhava furiosamente, mas nenhuma explicação surgiu, somente preocupações, coagulando. Pela primeira vez, ele sentiu que não estava mais no controle total de sua vida; era como se os acontecimentos estivessem sendo comandados por uma força exterior que ele não podia controlar. Bobagem, coragem, disse ele para si mesmo. A vida é cheia de crises, é normal, essa é apenas mais uma. Olhou através da porta aberta para a cozinha e, como que confirmando sua análise, pensou na atual crise de Ivo, enquanto o chef passava com uma concha o conteúdo da *tagine* rachada para uma caçarola alaranjada. Depois voltou para a sala de jantar e devolveu o telefone a Ivo.

– Quando quiser, parceiro – disse Ivo deselegantemente.

– Meredith, temos de ir – disse Ingram em voz baixa, e Meredith levantou-se prontamente.

– Ah, o desmancha-prazeres – disse Ivo com um sotaque americano ruim.

– Não diga mais uma palavra, Ivo – disse Ingram, apertando com força o ombro do cunhado. – Só continue aí aproveitando sua adorável noite.

13

O "NOVO ANEXO" DA UNIDADE MARÍTIMA DE APOIO EM WAPPING, como era chamado com bastante exagero, consistia de quatro grandes construções modulares desmontáveis, num terreno baldio na altura de rua Wapping High, na Escada Phoenix, onde recentemente fora construído um reluzente píer de aço. O píer da Escada Phoenix ficava uns cem metros rio abaixo da delegacia da UMA na Nova Escada de Wapping, quase equidistante dos dois pubs existentes na rua Wapping High, o Captain Kidd e o Prospect of Whitby. Recentemente a UMA adquirira quatro novas lanchas Targa, 50s, ligeiramente menores e mais velozes do que as Targas antigas da atual frota, mas com a mesma espaçosa casa do leme feita sob encomenda. Vinha daí a expansão para nova sede e o novo píer, e também, pensou Rita, sua transferência rápida para a divisão. Não havia por que ter um orçamento maior e aumentar a frota com quatro novas embarcações se não houvesse ninguém para guarnecê-las.

Ela ainda se sentia uma garota nova na escola – a UMA era pequena e muito unida, pois quase não havia rotatividade de pessoal (o normal era que, uma vez chegando à unidade, você ficasse lá até se aposentar) – e também havia poucas mulheres patrulheiras. Até agora, nos poucos dias depois da transferência, ela só conhecera duas outras colegas.

Ela estava parada na extremidade do novo píer, fazendo uma pausa antes de seguir para a passagem da Escada Phoenix, e lançou o olhar rio abaixo, para o conglomerado de torres de Canary Wharf, observando um jato que decolava do Aeroporto Municipal. Depois olhou para o outro lado do rio – sobre a maré alta – para os modernos blocos do hospital Botolph. Aquilo parecia uma pequena cidade completa, pensou ela, tudo que você precisava – aquecimento, alimentação, transporte, serviço de esgoto, sistemas de apoio à vida, necrotério, funerária – estava lá. Não havia necessidade de sair...

Ideias mórbidas, pensou Rita... fora com aquilo. Ela sabia que não estava no melhor dos humores. No café da manhã, comendo cereal, o pai fora agressivo, e ela lhe dera o troco no mesmo tom. Então ele contra-atacara, acusando-a de rabugenta... Eles estavam começando a discutir como duas pessoas casadas havia muito tempo, e Rita percebera que não estava feliz solitária. Sempre tivera namorados ou amantes, e ficar sozinha não fazia seu gênero. Também não gostara de sua festa; seu humor azedara quando, ao retocar a maquiagem no toalete feminino, ouvira dois homens conversando sobre ela no corredor do lado de fora. Reconhecera a voz de Gary, mas não conseguira identificar o outro, pois a música que vinha do bar enchia o ambiente, meio que obscurecendo as palavras.

Ela ouvira Gary dizer:

– Não, não. Nós, você sabe, terminamos.

Depois o outro homem:

– Que pena, é... (alguma coisa inaudível) garota bacana, Rita. Exatamente o meu tipo.

– Ah, é? Que tipo é esse? – dissera Gary.

Agora Rita já estava na porta, o ouvido no batente.

– Peitos grandes, corpo magro – dissera o homem. – É o máximo. Que idiota você é, Roland.

Eles riram, e Rita ouviu os dois se afastarem. Saiu direto do toalete e foi até o bar, onde viu Gary parado sozinho. Olhou em torno: o lugar estava cheio. Será que fora Duke? Ela simplesmente não podia ter certeza. Mas a coisa a aborrecera, e lançara uma nuvem sobre sua despedida. Todo homem que ela cumprimentava, com quem conversava, que lhe pagava drinques, a quem dizia adeus, que jurava que manteria contato ou que a beijava no rosto poderia ter sido o interlocutor de Gary. Aquilo a deixara cautelosa, e embaraçosamente autoconsciente de que escolhera uma camiseta muito justa. Ela bebera demais, com muito pouco efeito, e acordara arrasada, com uma fortíssima ressaca que durara o dia inteiro.

Qual é, dissera Rita para si mesma, desgostosa com sua autocomiseração: não chega a ser o fim do mundo, garota. Pelo amor de Deus, são apenas uns babacas conversando, nada de novo. Ainda assim, nunca era bom ficar entreouvindo uma conversa sobre você mesma. Sorte que não conseguira ver os rostos deles ou os gestos que estariam fazendo...

Seguindo a rotina, ela verificou se estavam bem amarradas as cordas de atracação da lancha, uma Targa 50 nova em folha; reapertou uma das cordas, virou as costas para o rio e seguiu a passos rápidos ao longo do píer. Atravessou a passagem, cruzou a rua estreita calçada de pedras e entrou na construção modular que abrigava o setor de operações. Joey Raymouth já estava lá, redigindo diligentemente o resumo da reunião de preparação naquela manhã, e os dois se cumprimentaram, de maneira superficial mas calorosa; ela gostava do colega. Ele fora uma espécie de "mentor" dela durante o primeiro mês no rio. Seu pai era pescador em Fowey, na Cornualha, e ele tinha um resquício de sotaque da região oeste do país.

– Você está bem, Rita? Parece um pouco abatida.

Ela forçou um sorriso largo no rosto.

– Não, está tudo bem..

Ele se levantou, e os dois foram receber as instruções do sargento Denton Rollins – um ex-oficial da Marinha, como constantemente lembrava a seus subordinados – fortemente convictos de que ele ainda não conseguira entender como descera tanto no mundo.

Os deveres dos dois naquele turno eram todos muito simples: conferir as licenças de atracação em Westminster e Battersea, além de investigar um incêndio numa embarcação em Chiswick e alguns furtos em iates de cruzeiro na marina de Chelsea.

Raymouth fez mais anotações, enquanto Rollins lia os detalhes. Rita olhou em torno, vendo mais colegas entrarem e o burburinho aumentar.

– Ah, sim – disse Rollins. – Uma para você, Nashe. Há relatos de que um homem matou um cisne durante a maré baixa perto da ponte Chelsea ontem de manhã. É bem no seu território.

– Um cisne?

– É ilegal. Não morra de excitação.

– Só estou aqui em busca de glamour, sargento.

Ela e Joey voltaram para a lancha e colocaram os coletes salva-vidas. Joey conferiu a relação de itens de segurança para a operação e deu a partida nos motores, enquanto Rita soltava as amarras, jogava-as a bordo e embarcava, a Targa se afastando e alcançando o meio do rio.

Como a maré estava alta, o Tâmisa parecia mesmo um rio de cidade grande – como o Sena ou o Danúbio – largo e cheio, perfeitamente adequado e proporcional às amuradas das margens e aos prédios de cada lado, e também às pontes que o atravessavam. Na maré baixa, tudo mudava; o nível da água diminuía de quatro a sete metros, as amuradas ficavam expostas, plantas pendiam dos pilares das pontes agora visíveis, praias e espraiados de lama apareciam, e o rio tomava a aparência do Zambezi ou Limpopo em épocas de seca. Correspondentemente, a cidade sofria, sob o ponto de vista estético, mas naquela manhã o rio transbordava, e Rita sentiu seu mau humor começar a desaparecer e o coração acelerar de prazer. Era por isso que se transferira para a UMA, percebeu ela, puxando para bordo as grossas defensas de borracha, enquanto Joey acelerava a embarcação, os dois grandes motores Volvo a diesel produzindo um rosnar surdo. Seguiram rio acima, Bermondsey a bombordo, a ponte da Torre de Londres à frente, a luz clara da manhã fazendo com que as janelas dos prédios de escritórios da City refulgissem, a brisa esvoaçando o cabelo de Rita. Passaram pela belonave *Belfast*, depois pela Torre de Londres, o museu Tate Modern, o teatro Globe. Que modo de ganhar a vida, disse para si mesma, afastando um pouco as pernas no tombadilho, agarrando a balaustrada com ambas as mãos enquanto Joey acelerava, a espuma da marola da proa branquíssima, gotas de água do rio salpicando-lhe o rosto levantado. Manteve-se nessa postura por um segundo ou dois, respirando fundo, sentindo a cabeça rodar antes de descer à cozinha da proa, a fim de preparar duas canecas de chá quente.

O incêndio em Chiswick fora intrigante. Um churrasco no tombadilho de um iate Bayliner fora deixado sem vigilância, e fagulhas esvoaçantes haviam desencadeado pequenos incêndios em embarcações atracadas ao lado. Já estavam em curso ações para ressarcimento de danos. Joey e Rita entrevistaram os irritados proprietários das embarcações e anotaram detalhes – mas não havia sinal do cozinheiro descuidado. Seu iate Bayliner era agora uma ruína semiqueimada, afundado até a balaustrada com o peso da água lançada pelas mangueiras das brigadas de incêndio. Reunindo os diversos relatos fornecidos pelas testemunhas, aparentemente o dono do iate acendera a churrasqueira e tivera uma violenta briga com a namorada, que saíra correndo. Ele a seguira, esquecendo o almoço de domingo a ser grelhado na brasa. Joey tinha certeza de que era ilegal fazer churrasco numa embarcação atracada: nada de chamas desnudas. De qualquer forma, já tinham os detalhes sobre o homem – a polícia de Chiswick poderia localizá-lo, enquanto eles enviavam a notificação para retirada do iate queimado dentro de sete dias, sob pena de mais multas.

Ainda subindo o rio para Chiswick, eles passaram pelo *Bellerophon* e Rita buzinara, mas não havia sinal de vida no tombadilho. Na verdade, nas dez ou doze vezes em que passara por sua casa desde que começara a trabalhar na UMA, ela nunca vira o pai. Sabia que ele se enfurnava mal-humorado lá embaixo. De alguma forma, seu novo trabalho com a polícia fluvial o irritava mais do que a patrulha pelas ruas de Chelsea e outros lugares. Ela não se importava; estava feliz, gostando demais do novo emprego. Algum dia ele se conformaria, ou não. Problema dele.

Ao passarem sob a ponte Albert, quase pegando carona na correnteza da maré vazante, Rita se lembrou do que Rollins lhe contara sobre um homem que matara um cisne. Ela contou a Joey, que levou a lancha para a Escada Grosvenor College, na margem de Chelsea.

– Vá lá ver isso, Rita – disse ele. – Vou redigir o relatório sobre o grande incêndio no churrasco em Chiswick.

Ela foi andando pela avenida marginal, de volta a território familiar, passou pelo hospital Royal (onde os estandes do Festival de Flores já haviam sido quase todos desmontados) e parou no portão de um terreno baldio em forma triangular no lado oeste da ponte Chelsea. Quantas vezes passara por ali, pensou, sem nunca notar aquele lugar? O sujeito que telefonara dando queixa passara sob a ponte Chelsea antes de avistar o homem com o cisne, de modo que a tal praia só podia ser daquele lado. Como o portão estava trancado, Rita pulou a cerca e desceu alguns degraus na direção do rio. Na base da ponte, viu as costumeiras pichações, além de uma profusão de camisinhas, agulhas, latas de cerveja e garrafas. Ao lançar o olhar por sobre a borda da amurada da avenida, avistou uma pequena praia de lama exposta pela maré vazante. Olhou rio abaixo: se descesse até a praia, quase conseguiria ver o *Bellerophon* daquele ponto. Por que alguém mataria um cisne? Um viciado doidão? Algum bêbado que acordara querendo se mostrar para seus parceiros também bêbados? Rita se afastou da ponte, abrindo caminho através dos arbustos e galhos baixos na direção do vértice do triângulo. Notou como a vegetação era densa naquela pequena fatia de um exuberante terreno baldio no sossego de Chelsea. Mergulhou por debaixo dos galhos de plátano, passou cuidadosamente por um azevinho e se esgueirou numa brecha entre dois rododendros. Então parou.

Uma pequena clareira. Relva pisada, relva achatada. Três pneus empilhados, formando um assento. Ela tirou um saco de dormir sujo e uma lona de debaixo de um arbusto, e, sob um outro arbusto, encontrou um caixote de madeira alaranjado e um fogareiro com uma frigideira por cima. Colocou todas as coisas nos lugares onde as encontrara. Ajoelhando, achou penas e indícios de queimaduras em alguns talos de relva mais longos. Penas de gaivota, não de cisne: para algumas pessoas, todas as aves brancas e grandes pareciam iguais. Rita se levantou; alguém matara, depenara, e, sem dúvida, comera uma gaivota ali nos últimos dias. Depois olhou em torno – ela estava perfeitamente escondida da avenida marginal e de qualquer pessoa que cruzasse a ponte Chelsea. Era possível ver o rio entre dois dos arbustos, mas ninguém que olhasse para ali de uma embarcação que passasse veria qualquer coisa. Ela procurou um pouco mais, mas só encontrou lixo soprado pelo vento – era evidente que ninguém vinha até aquele pequeno triângulo. Quem quer que estivesse vivendo ali estaria perfeitamente oculto de olhos curiosos.

Ela voltou para a avenida pensando, "estivesse vivendo"? Talvez, "ainda esteja vivendo"? O local não sugeria um sem-teto que houvesse passado uma ou duas noites ali – aquilo parecia mais um esconderijo. Alguém estava se escondendo naquele terreno baldio triangular perto da ponte Chelsea; alguém desesperado o bastante para pegar e comer uma gaivota ao alvorecer de certo dia. Talvez valesse a pena voltar à noite e revistar o lugar, para ver o que ou quem apareceria. Ela passaria a ideia para o sargento Rollins. Era um assunto deles, afinal de contas: matar um "cisne" no rio era assunto da UMA.

14

A LUZ SOBRE O SETOR OESTE DO CONJUNTO SHAFTESBURY ERA DE UM azul leitoso, o sol da manhã iluminando os tijolos do andar mais alto – o sexto – e começando seu lento rastejar pelas fachadas dos outros cinco, lançando vivas sombras geométricas ao se mover, realçando a rigidez dos blocos de apartamentos, mas ao mesmo tempo tornando-os austeramente esculturais – exatamente o fim e propósito que o arquiteto responsável, Gerald Golupin (1898-1969) tinha em mente ao conceber seu visionário projeto para esse conjunto de unidades habitacionais na década de 1950, até que outra pessoa, para seu permanente pesar, rebatizara a construção de Shaftesbury (em vão, Golupin propusera algo mais bauhausiano: MODULAR 9, como referência aos nove blocos de apartamentos e três largos quadriláteros). O Shaftesbury, sob certos ângulos de luz, ainda parecia severamente impressionante: bordas abruptas, imponência volumétrica, uma mistura triunfante de forma e função – desde que você não observasse muito de perto.

É claro que Mhouse não se entretinha com nenhum desses pensamentos enquanto subia as escadas para sua casa – apartamento L, terceiro andar, bloco 14. Ela estava cansada; tinha bebido muito e cheirado muitas fileiras de cocaína nas últimas seis horas, enquanto desempenhava uma variedade de atos sexuais com dois homens – quais eram os nomes deles? Mas ela tinha 200 libras dobradas debaixo da sola da bota branca de PVC. Fora um dos "especiais" de Margo. Ela e Margo chegaram ao hotel na rua Baker à meia-noite, onde eram aguardadas por dois homens numa suíte de camas duplas, com um bom banheiro – Ramzan e Suleiman, eram esses os nomes – e assim a longa noite começara. Ramzan e Suleiman, eram eles, sim, uns caras velhos, mas limpos. Mas qual era qual?

Por sorte, Margo telefonara na hora do almoço, então ela pudera deixar Ly-on com a vizinha de porta, a sra. Darling. Ela sempre gostava de tomar conta de Ly-on (Mhouse lhe dava cinco libras), só que a coisa não podia ser feita assim de repente; ela precisava de algumas horas de aviso prévio, pelo menos.

Mhouse tocou a campainha e, depois de dois minutos, a sra. Darling abriu a porta. Ela era uma sessentona de corpo malfeito, meio gordo, com uma rala cabeleira tingida de castanho-avermelhado. Não tinha os dentes da frente.

– Oi, como vai, Mhousey, meu amor – disse ela. – Cansada, né?

– Esses turnos da noite matam a gente.

– Você tem mesmo do que se queixar, do jeito que essa fábrica trata as pessoas. Por que eles não empacotam as hortaliças numa hora apropriada?

– São os mercados que abrem cedo, entende?

– Ainda assim, é um modo de ganhar a vida, acho eu, nesses dias tristes em que vivemos. Aqui está o seu garotinho.

Mhouse se agachou e beijou o filho no rosto – que continuou impassível e sem mostrar emoção, fatigado por ser tirado da cama tão cedo.

– Oi, meu amor – disse Mhouse. – Você se comportou bem?

– Não deu um pio. Dormiu feito uma pedra, o carneirinho.

Mhouse entregou à sra. Darling as cinco libras.

– Sempre que quiser, querida... um rapazinho tão quieto, tão bem-comportado. – disse a sra. Darling. Fez uma pausa, agitou o cabelo de Ly-on, e depois olhou sugestivamente para Mhouse. – Não tenho visto você na igreja recentemente.

– Eu sei, eu sei. Preciso ir. Talvez amanhã.

– Deus ama você, Mhousey, nunca se esqueça. Ele não ama todos nós, mas ama você e eu.

Mhouse conduziu Ly-on pelo corredor para o apartamento deles e destrancou a porta. Lá dentro, encheu uma chaleira para fazer chá, e depois apagou o fogo. Sentia uma necessidade de dormir se apossando dela como a noite que avança rápido, um cansaço tão agudo que quase não se aguentava nos pés.

Ly-on ligara a televisão e zapeava pelos canais, procurando um desenho animado.

– Quer aquele cereal-alegrinho, meu amor? – perguntou ela, pensando: por favor diga que sim.

– Sim, mamãe.

– Sim, mamãe, o quê?

– Por favor, cereal-alegrinho para mim.

Mhouse encheu uma tigela com um tipo de cereal açucarado, adicionou um pouco de leite e umas gotas de rum. Depois esmagou um Diazepam com a lâmina de uma faca e jogou os fragmentos sobre o cereal. Deu a tigela para Ly-on, que já estava enrodilhado num ninho de almofadas no chão defronte da TV. Sentou-se ao lado dele e ficou vendo o filho comer o cereal-alegrinho. Quando Ly-on terminou, ela tirou a tigela da mão dele e meteu-a na pia com os outros pratos. Enfiou suas 200 libras no esconderijo debaixo das tábuas do assoalho no banheiro, e quando saiu de lá viu que Ly-on já dormia a sono solto. Abaixou o volume da TV e ajeitou o filho mais confortavelmente nas almofadas. Depois foi para seu quarto, tomou dois barbitúricos e fumou um baseado; queria apagar por doze horas, no mínimo.

Quando acordou já eram quatro horas da tarde. Ly-on ainda dormia, mas urinara nas calças.

O sr. Qualidade-Ele-Comparece bateu à porta por volta de oito horas da noite.

– Quem é? – perguntou Mhouse através do postigo.

– Qualidade chegando – foi a resposta.

– Oi, sr. Q, entre – disse ela, destrancando a porta. O sr. Qualidade era talvez o homem mais importante para ela no Shaftesbury, por todos os tipos de motivo, nenhum deles particularmente violento. Ninguém que lidava com o sr. Qualidade queria vê-lo zangado, portanto só muito raramente ele recorria à força bruta. Era um homem muito alto e magro, e Mhouse sabia que seu nome verdadeiro era Abdul-latif. Ele entrou na sala, parecendo ter o dobro da altura de Mhouse, e qualquer um poderia pensar que estava prestes a dar uma corrida, pois usava um agasalho de ginástica marrom-escuro e tênis muito novos, recém-saídos da caixa. Apenas o fato de usar anéis de prata em oito dedos além dos polegares tornava essa suposição menos que provável.

O sr. Qualidade encostou-se na parede da cozinha, lançando ao redor um olhar de proprietário – era o dono do apartamento, afinal das contas. Ele estava sempre se encostando, pensou Mhouse, como se achasse que isso o deixaria menos constrangedoramente alto.

– Oi, Ly-on... como vai indo, cara?

Ly-on levantou os olhos da TV, e disse:

– Bem. Me sinto como carro novo.

O sr. Qualidade deu uma risadinha.

– Bonitinho-bonitinho. Continua arrebentando, cara.

Mhouse fez sinal para que se afastasse de Ly-on e indagou:

– Como estamos nós?

– TV por satélite, aluguel, gás, água, elétrica... 285 libras, calculo – avaliou ele, sorrindo para ela com dentes perfeitamente brancos e pequenos nas gengivas matizadas de rosa e marrom. – Vocês tão com pobremas?

– Não, não – respondeu Mhouse, agradecendo ao bom Deus por Ramzam e Suleiman. – Tudo funcionando. Às vezes a luz apaga, mas sei que não é culpa sua.

– A elétrica tá difícil. Temos muito pobrema. – Ele fez uma careta reveladora. – Gás fácil, água fácil, mas a elétrica... nós temos pobrema... Eles nos caçam... ha, ha.

– Pois é. Escrotos.

Ela entrou no banheiro para pegar a grana malocada, depois fingiu estar remexendo na caixa de papelão ao lado da cama, abrindo e fechando as portas do armário antes de sair com as 285 libras. Aquilo a deixava com cerca de 30 libras – e ela ainda devia a Margo... teria que "trabalhar" de novo esta noite. Ainda assim, a coisa boa com o sr. Qualidade era que ele lhe fornecia qualquer coisa – qualquer coisa – desde que você tivesse o dinheiro. No apartamento de Mhouse, o gás, a água e a eletricidade haviam sido cortados meses antes, mas o sr. Qualidade religara tudo em poucas horas. De vez em quando ele pagava para fazer sexo com Mhouse, ou melhor, "pagava" no sentido de sempre lhe oferecer dinheiro que ela sempre recusava.

Mhouse entregou as 285 libras e o sr. Qualidade ficou andando pelo apartamento, examinando tudo como se fosse um comprador em perspectiva. Ela mantinha o lugar o mais limpo que podia; tinha muito poucos móveis, mas tinha uma vassoura e sempre conservava o chão varrido.

– Você tem quarto sobrando aqui – disse o sr. Qualidade, abrindo a porta do segundo dormitório. Havia um colchão no chão e umas poucas caixas de papelão com roupas e brinquedos velhos. – Eu consigo hóspede para você, 20 libras por semana. Sem preocupação, boa pessoa limpa. Asilado, sem falar inglês.

– Não, no momento estou bem. Mantendo ocupada, negócio é bom – disse ela, tentando aparentar displicência. – Tudo está legal, indo bem. É, bem.

– Você me avisar então.

– É, claro. Obrigada, sr. Q.

Depois que o sr. Qualidade saiu, ela deu o jantar para Ly-on: banana amassada e leite condensado com uma talagada de rum. Esmagou um barbitúrico na mistura e amassou tudo ainda mais com um garfo.

– Mamãe precisa sair hoje para trabalhar – disse ela, entregando a tigela a ele.

– Mamãe trabalhando demais – disse Ly-on, metendo na boca uma colherada de mingau de banana.

– Você ir banheiro se quiser fazer xixi – disse ela. – Não na calça.

– Mamãe... não dizendo isso. – Os olhos dele já estavam na tela.

Mhouse beijou a testa do filho e foi vestir sua roupa de trabalho. Não adiantava ficar esperando, pensou ela, precisava conseguir dinheiro o mais rápido possível. Vestiu uma camiseta com um coração vermelho no peito, esgueirou-se para dentro de uma saia curta, enfiou as botas brancas com zíper, pegou o guarda-chuva, conferiu a bolsa para ver se tinha camisinhas e prendeu as chaves no cinto com uma corrente comprida. Trancou a porta com Ly-on já adormecido – estaria de volta em mais ou menos duas horas, calculava, portanto não era necessário avisar a sra. Darling, e ela seguiu pelo corredor para pegar a escada.

Quando estava saindo do Shaftesbury, na direção da orla de Rotherhithe e de sua ronda costumeira, Mhouse viu um táxi preto encostar com os faróis apagados. Ninguém saltou enquanto ele ficou ali parado um minuto ou dois, encostado ao meio-fio. Quem estaria pedindo um táxi preto no Shaftesbury? pensou Mhouse, enquanto seguia adiante. Só um idiota corajoso.

O motorista saltou quando ela passou pelo veículo: um grandalhão de rosto feio, com um queixo fraco e dividido. Ela olhou de volta para ver aonde ele estava indo, e o viu trancar o táxi e entrar no conjunto.

15

O VETERINÁRIO DEMONSTRARA – QUAL ERA A PALAVRA? – DESPREZO, sim, quase desprezo quando Jonjo lhe contara qual era a dieta do Cachorro. Era um rapazola com uma barbicha quadrada debaixo do lábio inferior e um pingente numa das orelhas, algo que Jonjo não esperava ver em um cirurgião-veterinário de Newham.

– Ele come mais ou menos o que eu como – dissera Jonjo, ponderadamente. – Eu cozinho para dois: ovos mexidos com bacon, curry, rolinhos de salsicha, torta de porco, ele gosta muito de torta de porco, biscoitos, batatas fritas, e uma ou outra barra de chocolate.

– Isto é um basset hound com pedigree – disse o veterinário. – Qualquer um pensaria que você está tentando matar o bicho.

Jonjo ficou sentado em silêncio, enquanto o veterinário o repreendia por sua negligência. Depois o rapazola falou que tipo de alimentação deveria e precisava ser dada ao Cachorro, escrevendo uma lista num pedaço de papel que entregou a ele. Babaca presunçoso, pensou Jonjo.

Ele apalpou o bolso superior do paletó e sentiu a dobra da lista do veterinário. A traseira do táxi estava cheia de latas de ração especial para cachorros e sacos de papel com biscoitos de cachorro e aditivos fibrosos. Havia pílulas, supositórios e outros tipos de medicamentos se os sintomas aparecessem ou ocorressem complicações. Tudo muito caro, além disso. De manhã ele entregaria tudo aquilo a Candy. Ficou pensando se deveria devolver o Cachorro à irmã...

Saiu do táxi e trancou a porta, contemplando os altos blocos do Shaftesbury. Conferiu as armas: a pequena Beretta Tomcat entre as omoplatas, metida num suporte que ele mesmo projetara; uma ACP 1911.45 maior, na parte inferior das costas, junto à cintura, já com um cartucho na câmara, engatilhada e travada; e uma faca amarrada logo acima do tornozelo esquerdo. Ele usava um blusão de couro extralargo que escondia perfeitamente os pequenos volumes das armas. A calça era uma folgada jeans azul-clara, e, nos pés, Jonjo trazia botas de operário amarelas, com biqueiras de metal. Ele relaxou os ombros e girou a cabeça, lembrando-se da última vez em que experimentara aquela onda de adrenalina: batendo à porta do dr. Philip Wang no edifício Anne Boleyn.

Jonjo entrou no Conjunto Shaftesbury sem medo algum, calmo e pronto para qualquer coisa.

Podia até escutar a voz do sargento Snell no ouvido. "*Os três ESSES, seus putos!*" Superarmado, super-reação, supermorte. Número um: você nunca carrega armas demais. Número dois: alguém xinga você, você derruba o cara e sai chutando até o sujeito desmaiar. Número três: você nunca fere o cara simplesmente, você incapacita o cara permanentemente. Alguém tenta atingir você, você mata o cara. Alguém tenta matar você, você destrói a família dele, a casa dele, o vilarejo dele. Snell sempre se certificava se você tinha aprendido a lição. É verdade, aquelas instruções eram dadas para serem usadas em zonas de combate violentas, mas Jonjo sempre as encarara como conselhos bastante acertados para a vida em geral, e, no conjunto, a aderência aos Três Esses lhe servira bastante: só algumas ações exageradas lhe haviam trazido problemas com a polícia. Mas a polícia tendia a compreender a posição dele, assim que era posta a par da vida pregressa de Jonjo.

Olhando em torno, Jonjo cruzou um pátio central sem grama, coberto de lama seca e rachada. Era um quadrilátero largo, de quase cem metros de lado, cercado por quatro dos blocos de apartamentos do Conjunto Shaftesbury. Ele viu alguns arbustos cortados, uma lavadora de roupas com os mecanismos arrancados e a tampa aberta, paredes e portas grafitadas. Umas poucas pessoas olhavam para ele dos corredores superiores, fumando com os cotovelos apoiados nos corrimões de concreto.

Lugares assim deveriam ser demolidos inteiramente, pensou Jonjo, e no lugar deles construídas casas para gente decente. Era preciso pegar toda aquela gentalha que morava ali, eliminar todo mundo de um jeito humanitário, como se fazia com gado, incinerar os corpos e jogar as cinzas em aterros. A taxa de crimes na área cairia em 99 por cento, as famílias relaxariam, as crianças poderiam brincar de amarelinha nas ruas, flores cresceriam de novo nos jardins diante das casas.

Três garotas pequenas estavam sentadas em um banco, dividindo um cigarro. Ao se aproximar, Jonjo viu que não eram tão pequenas assim, eram só baixas. Olhou para elas... onze? Ou dezoito?

– Oi, mocinhas – disse ele sorrindo. – Será que vocês podem me ajudar?

– Vá se foder, seu pidófilo.

– Como se chamam os mandachuvas aqui? Quem controla o pedaço, vocês sabem? O bandido número um. Eu dou cinco pratas a vocês, se me contarem.

Uma das garotas, com muita acne no rosto, disse:

– Por dez, eu toco uma punheta em você.

Uma outra, gorda, falou:

– Por dez, eu faço o melhor boquete da sua vida.

Todas caíram na risada com isso: davam risadinhas idiotas, cutucando umas às outras. Jonjo permaneceu impassível.

– Quem é o dono do pedaço aqui no Shaft, hein? Eu tenho um serviço para ele, que vai ficar muito zangado se vocês não me contarem.

As garotas sussurraram entre si, e então Acne disse:

– Nós não sabemos.

Jonjo tirou uma nota de vinte libras do bolso e deixou-a cair no chão. Depois virou-se de lado para elas e pôs o pé em cima da nota.

– Vamos colocar a coisa do seguinte modo – disse ele. – Eu não dei isso a vocês. Foram vocês que acharam a nota. Eu só preciso de um nome... depois vou embora sem saber quem me contou. Ninguém vai saber. Basta vocês me contarem, sem bancar as espertas comigo, porque eu volto e pego vocês.

Ele cruzou os braços e ficou esperando. Depois de uns vinte segundos, umas das garotas disse:

– Bozzy, apartamento B I, bloco 17.

Jonjo foi se afastando sem olhar em torno.

Ele seguiu os letreiros até o bloco 17 e encontrou o apartamento B I, em mau estado, no andar térreo, com as janelas barradas por tábuas. Durante um ou dois segundos, ficou pensando se aquelas putinhas não lhe haviam passado a perna, mas então viu que não havia cadeado na porta e, olhando por uma fenda na borda de uma das janelas bloqueadas, percebeu que havia luz lá dentro.

Tirou a 1911 do coldre nas costas, na altura da cintura, e segurou-a frouxamente na mão, com a coronha para a frente. Depois bateu na porta.

– Bozzy? – disse ele, num tom de voz ansioso. Depois bateu de novo. – Preciso ver o Bozzy. Trouxe dinheiro para ele. Trouxe dinheiro para o Bozzy.

Depois de um instante, ouviu os ferrolhos serem puxados, e a porta se abriu alguns centímetros. Um rosto remeloso, de drogado, apareceu.

– Me dar o dinheiro. Eu entregar pro Bozzy.

Jonjo bateu com a parte achatada da arma na cara do sujeito, que caiu no chão com um gemido. Jonjo passou pela porta num segundo, com a arma nas duas mãos, e pôs a enorme bota de operário de construção na garganta do homem. O nariz dele estava quebrado, meio torto, e ele cuspia sangue debilmente.

– Relaxe. Eu não sou da polícia, como você provavelmente já percebeu – disse Jonjo num tom de voz normal. – Só quero dar uma palavrinha com o Bozzy.

A sala estava cheia de fumaça, e o estranho cheiro de corda queimada chegou às narinas de Jonjo. Ele viu um par de poltronas maltratadas e sujas, três colchões manchados, algumas garrafas vazias e um amontoado de embalagens de comida ou quentinhas. Para sua ligeira surpresa, também havia limões cortados pela metade, já espremidos. Três outros jovens, chapados, estavam se levantando vagarosamente.

– Fiquem deitados no chão – disse Jonjo, apontando a pistola para cada um deles. – Com a cara para baixo. Coloquem as mãos na nuca. Só quero ter uma conversinha com o Bozzy, e depois eu me mando. – Ele sorriu enquanto os jovens se deitavam no chão. Levantou a bota do rosto do primeiro homem e, com alguns movimentos do pé, encorajou o sujeito a se virar também. Depois perguntou – Então... Qual de vocês é o Bozzy?

– Sou eu – disse um gorducho com rosto quente e vermelho.

– É bom você ser o Bozzy, parceiro – disse Jonjo. – Se não for, sua vida vai virar uma merda.

– Eu sou o Bozzy. E você é um homem morto, porra. Já conheço a sua cara. Você está morto.

Então Jonjo chutou, depressa e com força, as costelas dos outros três jovens, usando as botas de operário com biqueira de aço, sentindo as costelas afundarem, quebrarem, racharem e cederem. Os homens gritaram e saíram rolando com dores excruciantes. Cada vez que tossissem ou espirrassem nos próximos três meses, eles se lembrariam daquele encontro; cada vez que se arrastassem para fora da cama ou estendessem a mão para pegar algo, eles pensariam em mim, reconheceu Jonjo com satisfação.

– Fora daqui – disse Jonjo. – Já.

Eles saíram devagar, curvados, cuidadosamente, com as mãos nos lados do corpo feito velhos, enquanto Jonjo os cobria com a pistola. Depois ele aferrolhou a porta e voltou-se para Bozzy. Do bolso da calça jeans, tirou duas algemas de plástico: primeiro atou os tornozelos e depois ligou o pulso esquerdo de Bozzy aos tornozelos, antes de colocar o homem numa posição sentada.

– É muito simples, Boz, meu velho parceiro – disse Jonjo, tirando a faca da bainha no tornozelo. Pegou a mão livre de Bozzy e rapidamente cortou a membrana entre os dedos médio e indicador da mão dele. Na realidade foi apenas um pequeno corte, com cerca de um centímetro de profundidade.

– *Porra!* – gritou Bozzy.

Jonjo descansou a faca, agarrou os dois dedos do lado do corte e segurou-os com força com ambos os punhos. O sangue já pingava, surgindo do pequeno corte.

– Nós fazíamos isso muito no Afeganistão. Os caras da Al-Qaeda dizem que nunca falam, mas sempre falam – disse Jonjo, vendo a expressão impassível de Bozzy. – Você já ouviu falar na Al-Qaeda?

– Não. Quem eles?

– Tá legal. São uns putos durões. Mil vezes por cento mais durões do que você. Nós fazíamos isso para forçar os putos a falar: cortávamos entre os dedos deles, depois rasgávamos a mão ao meio, até o pulso. – Jonjo deu um puxão, fazendo Bozzy gritar. – É como rasgar um pedaço de pano ou um lençol. Só para no osso do pulso, mas aí você não tem mais mão, ficou com uma *barbatana*. E ninguém consegue consertar isso, nenhum médico consegue. Se você não me contar o que eu quero saber, vou rasgar sua mão ao meio. E, se ainda assim você não me contar, vou rasgar sua outra mão ao meio. Aí você vai passar o resto da vida bebendo cerveja de canudinho e alguém vai ter que ajudar você a mijar.

– O que tu quer saber?

Jonjo sorriu.

– Estou apostando. Aposto comigo mesmo que você assaltou um cara semana passada aqui no Shaft. O nome dele era Adam Kindred. Você roubou o telefone dele, e alguém usou o aparelho.

– Eu roubei dez telefones semana passada, parceiro.

– Esse era diferente. Você deve lembrar dele.

– A gente pega um monte de otários. Não consigo lembrar qual otário igual a outro.

– Você deve lembrar desse. Não era um otário comum. O que aconteceu? – Jonjo puxou os dedos de Bozzy com suavidade.

– É... *aiii*! A gente assalta o cara. Dar chutes nele, levar tudo. Deixar cara debaixo da escada. Eu achei que ele estava fodido. Mas quando voltar meia hora depois, ele desaparecido.

– Desaparecido? Foi embora andando?

– A gente deixa o cara apagado, parceiro. Mortinho.

– Alguém deve ter ajudado ele.

– Provável.

– Onde está o telefone?

– Vendi.

– Pegue o troço de volta. Quem poderia ter ajudado o cara?

– Deve ter sido alguém do Shaft. Já era meio tarde. Só turma do Shaft por aqui. É por isso que eu lembro do otário. Ele tava perdido.

– Descubra quem ajudou o cara – disse Jonjo, largando a mão de Bozzy, pegando a faca e cortando as algemas de plástico que prendiam o pulso e os tornozelos do homem. Depois entregou a ele um pedaço de papel com seu telefone celular escrito nele. – E telefone para mim dentro de uma semana. Eu lhe dou mil pratas se você descobrir a pessoa que ajudou o cara. Mil pratas, mil libras. Se não telefonar para mim, eu volto aqui e pego você. Corto sua cabeça e mando ela para a puta de sua mãe. Captou?

Ele jogou algumas notas de 20 libras no chão.

– Perfeitamente, brodi. Perfeitamente.

Jonjo abriu o ferrolho da porta e saiu andando noite afora.

16

ADAM CAMINHOU DE CHELSEA ATÉ SOUTHWARK, ATRAVESSANDO A ponte Chelsea para Battersea, e depois contornou os fundos da usina de força, acompanhando o rio na maior parte do caminho. Ele levava o livreto com o mapa das ruas, mas ainda assim parou pessoas – gente pobre como ele – para pedir orientação. Mandaram que ele passasse o castelo Lambeth e o Teatro Nacional, seguindo pela marginal do rio sob a ponte de Londres até Southwark. Alguma coisa o estava levando para lá, algum impulso inconsciente; ele não sabia se aquilo era acertado, mas de alguma forma se sentia obrigado a ir. Talvez porque fosse sugestão de Mhouse, sua salvadora e carrasca. Adam sentia que ela soltara o nome daquele santuário em potencial, mesmo enquanto o atacava, porque reconhecera que ele estava necessitado e desesperado. A crosta na sua testa finalmente caíra, deixando apenas uma leve impressão rosada da sola do sapato esportivo que o golpeara ali. A hora era aquela; ele sabia que precisava fazer aquilo.

Na rua Southwark, ele perguntou a algumas pessoas se tinham ouvido falar da Igreja de John Christ. Foi corrigido algumas vezes – "Você quer dizer Jesus Cristo" – e por duas vezes orientado a ir à Catedral Southwark. Por fim, alguém lhe disse que havia um estranho tipo de salão paroquial perto da rua Tooley, descendo o rio junto à Passagem Unicorn, e então ele rumou para lá, percebendo que estava saindo de Southwark e entrando em Bermondsey.

Na rua Tooley havia plaquetas com setas penduradas nas calhas de água da chuva e sinais de tráfego – "Igreja de John Christ, em frente" – e Adam seguiu ainda mais para leste, ao longo da rua Jamaica, dobrou à esquerda e depois à direita, seguindo as plaquetas e setas, antes de finalmente chegar a seu destino, que só viu na margem do rio.

A construção parecia um armazém de tijolos do século XIX, com grandes portas corrediças de madeira, sem janelas na fachada. Atrás da igreja dava para ver o rio marrom deslizando. Acima das portas estava escrito em letras de plástico brilhante, azuis e brancas: "IGREJA DE JOHN CHRIST. Fundada em 1998". Abaixo disso, vinha: "Arcebispo reverendo YEMI THOMPSON-GBEHO. Pastor e Fundador". E mais abaixo, de novo, as promessas: "NENHUM PECADO PERSISTE" e "TODOS OS PECADOS PERDOADOS".

Havia uma porta menor encaixada na grande porta corrediça, e Adam bateu ali. Esperou um minuto, bateu de novo, esperou outro minuto e já ia embora quando uma voz de mulher exclamou:

– É você, querido?

Adam se virou. Uma velha, com cabelo ralo acobreado feito uma cenoura e sem os dentes da frente, estava parada na pequena porta, sorrindo com uma caneca de chá fumegante na mão.

– Falaram que eu poderia conseguir ajuda aqui – disse Adam.

– Deus ajudará, querido. O serviço começa às seis, vejo você mais tarde – disse ela, fechando a porta.

Adam voltou para a rua Tooley e perguntou a alguém as horas: quatro e meia. Ele bem que poderia esperar, pensou. Estava faminto, seus pés doíam por causa dos sapatos de golfe apertados e, depois de fazer todo aquele percurso, seria melhor ver o que eles tinham a oferecer. Ele encontrou um vão de porta fechado por tábuas perto de uma banca de jornais, e sentou-se no degrau, acomodando-se para esperar até que a igreja abrisse. Fechou os olhos, esperando dar um cochilo durante alguns minutos, contente por ter confiado em John Christ, fosse ele quem fosse.

Mas não conseguiu cochilar. Do outro lado da rua havia uma imobiliária, e Adam observou uma garota gorducha de tailleur cinza claro e saltos muito altos sair porta afora e acender um cigarro. Ela soprava a fumaça para o ar por cima do ombro, como que afastando aquilo de alguém invisível, um não fumante invisível, supôs Adam. Exatamente como Fairfield Springer, percebeu ele com certo choque – era assim que Fairfield fumava. E ele se viu engolfado por uma culpa fria, junto com outro sentimento que resolveu chamar de remorso, mais do que autocomiseração. Com os olhos da mente, viu Fairfield: cabeleira amarela cor de palha e óculos de lentes grossas com aros pretos. Ela tinha um rosto bonito, mas de alguma forma a massa de cabelo e os óculos impediam que você notasse isso por cerca de um minuto.

Nos dois encontros íntimos que eles haviam tido – um ato sexual e um jantar três dias mais tarde – ela fumara um cigarro exatamente como aquela garota parada diante de uma imobiliária em Bermondsey, soprando a fumaça para longe sobre o ombro direito, em consideração ao não fumante com quem estava...

Enquanto pensava em Fairfield, as memórias de Adam inexoravelmente o levaram de volta àquela noite na câmara de nuvens. Na verdade, era um fim de tarde/início da noite, mas eles estavam fazendo uma simulação noturna de semeadura de nuvens, portanto também podia ser noite. As luzes da câmara de nuvens haviam sido diminuídas, e um tênue luar artificial brilhava. Fairfield era uma das suas alunas de pós-graduação, uma garota promissora, brilhante, séria, atenta, um pouco acima do peso e míope (daí aqueles óculos). Ela perguntara se poderia acompanhá-lo até o ponto mais alto da câmara, que equivalia a nove andares, e ele respondera que sim, é claro, alguém mais queria ir? Mas nenhum dos outros alunos quis ir – estavam mais interessados em ver a chuva caindo. Agora, com a amarga sabedoria da visão retrospectiva, Adam concluiu que ela planejara tudo. Ele e Fairfield haviam parado e se debruçado na passarela de observação, vendo a massa de ondulantes nuvens cinzentas, cobrindo uma área do tamanho de duas quadras de tênis, banhada pela luz azul-esbranquiçada de uma lua fictícia. Estavam ali parados, ombro a ombro, com os cotovelos apoiados no corrimão de segurança, observando as nuvens se acumular suavemente debaixo do telhado de acrílico da câmara de nuvens. Adam comprimiu o botão para acionar os enormes braços alimentadores, que giraram para fora, no sentido horário, por sobre as nuvens, liberando os minúsculos grânulos de iodeto de prata congelado.

– É bonito pra caralho – sussurrou Fairfield. – Adam, é como se você estivesse brincando de Deus.

Ele virou para encarar Fairfield a fim de corrigi-la – aquilo era um experimento científico, e não uma protossagrada viagem do ego – mas quase que imediatamente os dois estavam se beijando, os óculos dela comprimindo muito as maçãs do rosto e o supercílio dele.

– Eu amo você, Adam – disse ela, respirando forte e recuando para tirar a roupa. – Amo você desde o primeiro dia em que nos vimos.

Os dois transaram ali na passarela de observação, no topo da câmara de nuvens, sobre as nuvens, com uma rapidez e urgência que em nada inibiram o orgasmo dele. Adam gozou com um arquejo de surpresa ante a sensação de liberação inusitada, animalesca (só no dia seguinte percebeu que seus joelhos estavam arranhados, os cotovelos e pernas machucados). Quando tudo terminou, eles vestiram as roupas que haviam retirado e ficaram sentados um ao lado do outro no piso metálico da passarela, em silêncio, recuperando o fôlego e pondo em ordem os pensamentos. Ignorando alegremente os avisos para não fumar, Fairfield acendeu um cigarro e ficou soprando a fumaça para cima e para longe, por sobre o ombro direito, em consideração a ele.

Idiota, disse Adam para si mesmo com amargura – aquilo fora algo tremendamente arriscado; qualquer dos outros alunos poderia ter tomado o elevador até a passarela de observação e surpreendido os dois. Será que aquele momento com Fairfield fora o catalisador fatal que o conduzira até aquela soleira em Bermondsey – o lance de dados do destino que o deixaria sentado com a bunda no portal de uma loja abandonada, procurado por assassinato, sem um centavo, barbado, faminto, com roupas descartadas? Mas não, raciocinou ele, caia na real, Adam – você podia seguir para trás o encadeamento causal de eventos até o dia em que nasceu, se tivesse cabeça para tanto. Aquele caminho levava à loucura. Mas então, por que ou como um homem bem-casado, com emprego respeitado e uma crescente reputação acadêmica, teria decidido transar com Fairfield Springer, uma de suas alunas de pós-graduação? O que se apossara dele? Por que simplesmente não dissera "Não, Fairfield, isso não pode acontecer, por favor", afastando a garota com delicadeza? Aquela transa, caso essa fosse a expressão correta para algo tão instintivo e pouco refinado, mal deveria ter durado alguns minutos, antes que ele desabasse arquejando, e rolasse o corpo de cima dela. Os dois haviam ajeitado as roupas e ficado sentados em silêncio por algum tempo; depois Fairfield o beijara, com uma língua que tinha sabor de tabaco profundamente enfiada na boca dele, e descera de elevador até o laboratório para se juntar aos colegas. Fora aquilo e nada mais: o ato, o ato sexual, nunca mais se repetira.

Contenção de danos, pensara Adam na manhã seguinte ao tomar café sentado diante de sua linda e inteligente esposa, enquanto ambos se preparavam para ir trabalhar. Sim, contenção de danos, era isso que se fazia necessário: encontrar com Fairfield, pedir desculpas sinceras, reconhecer um momento de loucura inteiramente por culpa dele, Adam, expressar afeição, fazer um comentário arrependido sobre aquela inconveniente ruptura das relações professor-aluna. Aquilo nunca, nunca aconteceria outra vez. Mas já então as primeiras mensagens de texto – explícitas, mas não obscenas, apaixonadas mas não alucinadas – haviam começado a chegar ao celular dele.

– Puta que pariu! – disse Adam para si mesmo, abrindo os olhos e vendo um homem olhando para ele a poucos metros de distância. Um cinquentão corpulento, com estatura de atacante de rúgbi, de rosto quadrado e maltratado, cabelo longo, meio careca, com um blazer e calça de flanela, carregando no ombro uma pequena bolsa de couro.

– Você está se sentindo bem? – indagou o homem.

– Sim, estou bem, obrigado – respondeu Adam, esboçando um vago sorriso. O sujeito sorriu de volta e entrou na porta contígua à banca de jornais. Saiu poucos minutos mais tarde com uma braçada de jornais e revistas, inclinando-se para Adam com algo na mão.

– Boa sorte, parceiro – disse ele.

Deu a Adam uma moeda de uma libra.

Adam ficou observando o desconhecido ir embora, pensando: o que está acontecendo aqui? Olhou um pouco espantado para a pequena moeda pesada na palma da mão, vivenciando uma espécie de revelação. Agora ele tinha dinheiro – e esse dinheiro lhe fora *dado*. Percebeu que não precisava roubar; podia esmolar.

Quando a Igreja de John Christ abriu as portas às seis horas, Adam era o único paroquiano em potencial esperando. A pequena porta estava meio aberta, então ele entrou num vestíbulo, onde a mulher desdentada estava sentada atrás de uma mesa.

– Oi, querido – disse ela. – Bem-vindo ao restante dos dias de sua vida.

Adam notou que ela usava na lapela um distintivo de plástico que dizia JOHN 17. A mulher rabiscou algo com uma caneta de ponta de feltro num pequeno cartão que entregou a Adam. Na realidade, era um distintivo de identificação de papelão, com um alfinete de segurança no verso. Na frente estava escrito JOHN 1603.

– Você receberá um distintivo de plástico decente como o meu na próxima vez que vier – disse ela. Adam prendeu o distintivo na jaqueta de brim branco. – Pegue um lugar bem na frente, John – disse a mulher, indicando uma porta atrás dela.

Adam atravessou a porta conforme indicado, entrando numa ampla sala, quase um salão, com paredes de tijolo e o teto com claraboias sustentado por uma armação de ferro. No recinto estavam arrumadas fileiras de bancos de madeira simples, com apoios acolchoados para se ajoelhar, diante de um tablado com um pódio no centro. O pódio tinha um microfone e fios que levavam a um par de alto-falantes, um de cada lado. Na parede atrás do pódio, um brilhante estandarte ricamente bordado a ouro mostrava um sol estilizado com compridos raios cursivos. Em nenhuma parte se viam cruzes. Adam pegou um lugar na fileira da frente, conforme fora orientado, e ficou lá sentado pacientemente, com a mente vazia e as mãos cruzadas defronte dos joelhos.

Nos minutos que se seguiram, mais ou menos uma dúzia de outras pessoas – a maioria homens, e homens sem-teto, pelo que Adam podia calcular – entraram em silêncio e tomaram seus lugares. Todos usavam distintivos onde se lia "John". Adam percebeu que as poucas mulheres, também com distintivos semelhantes, sentavam bem atrás. Já sentia e ouvia seu estômago roncar: a fome retornara. Pelo menos tudo aquilo era notavelmente anônimo e discreto; não se faziam quaisquer perguntas, não se exigiam nomes ou informações sobre a vida pregressa, nada. Simplesmente vire um membro da Igreja de John Christ e...

Um homem se esgueirou para o lugar ao lado dele. Adam viu que o sujeito usava um distintivo com os dizeres JOHN 1604. Tinha cabelo ralo encrespado – um quarentão baixo de cabeça grande, sofrendo de uma doença reconhecida por Adam, chamada, entre outros nomes, de acropaquidermia. A pele do rosto do homem era inusitadamente áspera e grossa, formando vincos pesados, exagerados, como a pele de elefante – daí o nome da doença. Também era conhecida como síndrome de Audry, síndrome de Roy, e, de forma mais exótica, de síndrome Touraine-Solent-Golé. Adam sabia disso tudo porque seu sogro, ou ex-sogro, Brookman Maybury, também sofria de acropaquidermia. Aquilo não tinha cura, mas não era fatal, apenas dava ao portador uma aparência ruim. O mais famoso acropaquidérmico fora o poeta W. H. Auden. O homem sentado ao lado de Adam, John 1604, não parecia tão mal quanto Auden, mas estava perto, e um dia chegaria à mesma condição. Suas fendas nasolabiais pareciam ter uns três centímetros de profundidade; quatro estrias, tão pronunciadas que pareciam cicatrizes tribais, corriam ao longo da testa, mesmo com o rosto em repouso; sulcos estranhos que pareciam não guardar relação com qualquer expressão facial em potencial desciam verticalmente a partir da carne frouxa pendente debaixo dos olhos, e o queixo deformado parecia ter sido mutilado por algum acidente de infância. O sujeito se virou e sorriu, mostrando dentes longos e escuros, com grandes falhas entre cada um. Então estendeu a mão.

– Oi, parceiro. Turpin. Vincent Turpin.

– Adam.

Os dois se cumprimentaram.

– Falaram que aqui tem uma refeição decente, Adam.

– Que bom.

– Só é preciso sentar e assistir a todo o serviço, mais nada.

Adam ia dizer que aquilo não parecia ser um preço muito grande a pagar, mas foi interrompido por um rock estrondoso nos dois alto-falantes: um rock com trompetes agudos e outros metais, além de muitos tambores de tipos variados, num ritmo de dança estridente e hipnótico. Um homem com vestes roxas e douradas desceu dançando o corredor central entre os bancos, e alguns Johns começaram a acompanhar o ritmo batendo palmas. O homem passou defronte do tablado e continuou dançando durante algum tempo, a cabeça oscilando e os olhos fechados. Ele dançava bem, pensou Adam; era um homem bonito, de pescoço grosso, traços marcados e um nariz quebrado de boxeador. Devia ser o arcebispo Yemi Thompson-Gbeho, patrono e fundador, calculou ele.

Com um aceno de mão, o bispo Yemi fez parar a música e tomou posição atrás do pódio.

– Vamos rezar – disse ele em tom grave, e todos se ajoelharam nas almofadadas defronte dos assentos.

Pelos cálculos aproximados de Adam, a oração durou quase trinta minutos. Ele parou de prestar atenção depois das frases de abertura, deixando a mente devanear, voltando de vez em quando, e ficando cada vez mais consciente da respiração ofegante de Turpin a seu lado – uma espécie de chiado e assobio, como se as cavidades nasais estivessem entupidas por densa vegetação, sarça e relva grossa. O que Adam ouviu da prece abrangia um leque imenso que ia de acontecimentos geopolíticos mundiais, passando por muitos continentes, até o desejo de felizes desenlaces para várias crises globais. Na hora em que o bispo Yemi disse "Em nome de Nosso Senhor, John Christ, amém", Adam ficou imaginando se o barulho que seu estômago fazia podia ser ouvido no fundo do salão.

Finalmente o bispo Yemi pediu que todos sentassem.

– Bem-vindos, irmãos, à Igreja de John Christ – disse ele. Depois lançou um olhar para sua pequena congregação. – Quem, entre vocês, pecou?

Olhando em torno, Adam viu que todos haviam levantado as mãos. Apesar de um pouco constrangidos, ele e Turpin prontamente fizeram o mesmo.

– Em nome de John Christ, seus pecados estão perdoados. Nossa lição desta noite vem do Grande Livro de John, o Livro das Revelações, capítulo 13, versículo 17 – disse o bispo, abrindo o que parecia ser uma Bíblia. Fez uma pausa e depois sua voz ficou teatralmente grave. – Nenhum homem deverá comprar ou vender, salvo se tiver a marca do nome da besta, ou o número de seu nome.

Depois da leitura, o bispo Yemi usou o texto para começar um sermão de livre associação de ideias, aparentemente improvisado. Adam já sentia a exaustão subir pelo seu corpo, lutando para permanecer acordado. Enquanto concentrava-se e desconcentrava-se, certas frases e certos argumentos conseguiram ficar gravados na sua mente.

– Você apedrejaria seu pai? – bradou o bispo Yemi para eles. – Vocês dizem que não. Mas eu digo sim, apedrejem seu pai...

Só minutos mais tarde Adam retomou o foco.

– Vocês sentem desespero, sentem que sua vida não tem valor. Gritem, GRITEM! John, John Christ, John, o verdadeiro Cristo, me socorra. Ele virá, meus irmãos...

Mais adiante...

– John Christ abençoaria a União Europeia... mas não abençoaria a Cúpula do G8...

E então...

– Vocês comem galinha no jantar, uma bela galinha assada, e limpam os dentes. De manhã encontram um pedacinho de galinha metido entre dois molares, e, com a língua ou um palito, tiram o pedacinho. Vocês cospem o pedacinho de galinha? Não, é a galinha que mastigaram e engoliram na noite passada. Por que cuspiriam isso? Não. Vocês engolem o pedacinho. Essas são as pequenas bênçãos que caem sobre nós, os irmãos de John Christ, como fiapos de carne presos entre seus dentes, pequenas dádivas de nutrição, nutrição espiritual...

Em seguida tudo ficou nebuloso.

– Mao Tse-tung... Grace Kelly... Xangô, Deus do Relâmpago... Oliver Cromwell... – As palavras se tornaram meros sons, sem qualquer significado.

O sermão durou duas horas. A escuridão enevoou, e depois ocultou, as claraboias no teto com armação de ferro. Adam ficou sentado com o corpo ereto e os olhos meio fechados, num estado de semiconsciência e incapaz de pensar claramente, ouvindo o ruído da sonora voz de barítono do bispo Yemi, mas sem entender coisa alguma. De repente, percebeu que o sermão acabara. Fez-se silêncio, e seu cérebro se conectou novamente com o mundo. O bispo olhava para ele e Turpin.

– Por favor, levantem-se, John 1603 e John 1604.

Adam e Turpin puseram-se de pé, enquanto o bispo descia da plataforma e se aproximava deles. Ele colocou as mãos nas testas de ambos.

– Vocês agora fazem parte de nós... e nunca afastaremos vocês. Bem-vindos à Igreja de John Christ.

Aplausos esporádicos partiram do restante da congregação, antes que o tal rock recomeçasse a ribombar e o bispo Yemi saísse da capela dançando entusiasticamente.

John 17, a mulher sem dentes dianteiros, levou Adam para uma sala cheia de pilhas de roupas, limpas mas não passadas a ferro, e pediu-lhe que se servisse. Ele escolheu uma camisa azul-centáurea e um terno azul-marinho de listas finas que não combinava muito bem: as listas da calça eram mais largas do que as do paletó. Perguntou se podia trocar os sapatos de golfe por um outro tipo de calçado, mas John 17 disse pesarosamente:

– Nós não temos sapatos, querido.

Ainda assim, ele ficou feliz por abandonar a camisa imunda, manchada com o sangue de Philip Wang e o seu próprio, a jaqueta de brim branco e a calça cargo cortada de camuflagem bege arranjada por Mhouse. John 17 virou de costas enquanto ele se trocava – o conjunto era perfeitamente aceitável.

– Você deve estar com fome – disse John 17, enquanto Adam recolocava o distintivo John 1603 na lapela do terno de listas.

– Estou, bastante – confessou ele, sendo conduzido por um corredor até um pequeno refeitório comunitário onde pegou um prato e entrou no final da fila formada pelos outros membros da congregação. Estavam sendo servidos de arroz e ensopado de carne em panelas que borbulhavam acima de jatos de gás. Adam encheu seu prato com arroz e apresentou-o para que derramassem o ensopado em cima. Levantou os olhos para agradecer a quem o servia e viu que era Mhouse, usando um distintivo com o nome John 627.

– Oi – disse Adam.

– Sim?

– Você é a Mhouse.

– Sim.

– Nós nos conhecemos. Sou o Adam. Fui assaltado, você me levou até Chelsea... – Ele ia acrescentar, *e você me bateu com uma pá*, mas pensou melhor.

– Tem certeza?

– Você me emprestou umas roupas depois que me encontrou no Conjunto Shaftesbury. Lembra? Foi você que me mandou vir aqui.

– Eu fiz isso? Esta é minha igreja... – Ela olhou para ele com a cabeça inclinada, como que tentando localizá-lo, de alguma forma. – Ah, sim... eu lembro. Você terminar com roupas?

– John 17 ficou com a calça, mas eu ainda estou com as sandálias de dedo.

– Sem problema. Eu não me importar de receber de volta sandálias.

– Vou trazer para você.

– Legal.

Adam sorriu para Mhouse, serviu-se de diversas fatias de pão branco e foi procurar um lugar para sentar. A sala tinha meia dúzia de mesas de fórmica com quatro lugares em torno de cada uma, como se fosse uma pequena lanchonete de operários. Turpin estava sentado a uma mesa com dois outros homens; o lugar ao lado dele estava vazio, portanto parecia lógico que Adam se reunisse a seu companheiro convertido.

– Ha, ha, gente fina – disse Turpin, admirando as roupas novas, enquanto Adam tomava o lugar ao lado dele. Depois disse para os outros dois homens: – Esse é o Adam.

– Oi, sou o Vladimir – disse o primeiro homem se apresentando. Ele tinha a cabeça raspada à navalha – um reluzente domo untado – e um pequeno cavanhaque bem cuidado. Seus olhos eram profundamente sombreados, e parecia exausto até a alma. Estendeu a mão, que Adam apertou.

– Gavin Thrale – disse o outro sujeito, com sotaque de classe média, levantando a mão, mas sem oferecê-la para ser apertada por Adam. Era um homem mais velho, talvez na casa dos cinquenta anos, também de barba, mas muito mais espessa. Tinha uma cabeleira grisalha de velho marujo, com um cacho comprido do cabelo cruzado sobre a testa e enfiado atrás da orelha feito um estudante. Ele dissera "Gavin Thrale" com uma sutil inflexão na voz, dando a entender que era um nome que Adam talvez reconhecesse, embora ele preferisse permanecer incógnito.

Os quatro homens comeram o ensopado em silêncio, concentrados. Turpin comia como um porco no chiqueiro, roncando, mastigando com a boca aberta e soltando grunhidos de prazer quando engolia.

Se não estivesse tão faminto, Adam teria achado aquilo nauseante, mas fechou os ouvidos e se concentrou, enchendo a barriga com sua primeira refeição decente em duas semanas.

Turpin terminou de comer, primeiro, e empurrou o prato para o lado, soltando um suave arroto no ar.

– O que você está fazendo num lugar assim, Adam? – perguntou ele, palitando os dentes largamente espaçados com a unha.

Adam já se preparara para essa pergunta.

– Eu tive uma série de colapsos nervosos – disse ele, sem emoção. – Minha vida meio que se despedaçou. Estou tentando reunir os cacos de novo.

– Minha mulher me expulsou – disse Turpin, sem que alguém perguntasse. – A coisa ficou feia. Preciso sumir por uns tempos, sabem. Uma mulher muito raivosa e infeliz. Quer meu sangue, lamento dizer.

– No inferno não há fúria igual – disse Gavin Thrale.

– Não entendi – disse Turpin.

– O que você fez com ela? – perguntou Vladimir.

– Não foi bem com *ela*, exatamente – disse Turpin, sem se perturbar com a pergunta. – Foi mais uma questão de "família", muito delicada... outros membros da família estavam envolvidos.

E mais não disse.

– Eu vir para a Inglaterra, vir para Londres para cirurgia no coração. No meu vilarejo eles coletar dinheiro durante um ano, e me mandar a Londres para dar jeito em coração – disse Vladimir, sem ninguém perguntar. Deu um sorriso simpático. – Nunca estar em cidade grande como essa. Tentativas demais.

– Tentações – corrigiu Thrale.

– O que aconteceu? – indagou Turpin.

– Eu vir para cá. Ir ao hospital. De repente eu sentindo legal, sabe? Então sair. – Vladimir deu de ombros. – Eu ter problema com válvula cardíaca... tudo se ajeitar sozinho, acho eu.

– E você, Gavin? – perguntou Turpin.

– Não é da sua conta – disse Thrale, levantando e saindo.

Ficou evidente, uma vez que a congregação da Igreja de John Christ terminara a refeição, que seus membros não deveriam permanecer ali. Mhouse e John 17 começaram a pôr as cadeiras sobre as mesas e um outro John começou a passar o rodo no piso de linóleo.

Ao sair da igreja, Adam, Turpin e Vladimir foram cumprimentados pelo próprio bispo Yemi. Ele apertou as mãos deles, e depois deu-lhes um abraço.

– Vejo vocês amanhã, gente – disse ele. – Contem para os amigos... seis horas, sete dias por semana.

Vladimir puxou Adam para o lado.

– Você gostar de crack?

– Crack? O que é isso?

– "Pó". Talvez você chamar de "neve"? Nós chamar de crack.

– Nunca experimentei.

– Você vir comigo e dar fumadinha. Ter dinheiro?

– Não.

Vladimir deu de ombros e sorriu, claramente desapontado. Ele parecia ser uma alma quase inocente.

– Eu gostar tanto de crack – disse ele e se afastou, deixando Adam com Turpin.

– Para onde você vai, Adam?

– Chelsea.

– Ótimo. Eu vou para Wandsworth. Tenho uma esposa lá que não vejo há um ano ou dois. Talvez eu possa dormir com ela hoje.

Turpin tinha algum dinheiro e se ofereceu para emprestar a Adam o custo de uma passagem de ônibus até Chelsea.

– Agora que somos irmãos em John Christ, hein?

Uma oferta que Adam aceitou, prometendo reembolsá-lo assim que pudesse.

No ônibus, Turpin, ainda soltando arrotos que cheiravam a carne e socando o peito como se algo tivesse empacado ali, disse:

– Então, o que é que você acha dessa história de John Christ?

– Pura mistificação – respondeu Adam. – Nada faz sentido... esse deus, aquele deus. Só bobagem.

– Não, não. Espere aí – disse Turpin, contraindo o cenho, enquanto os grandes sulcos paquidérmicos da testa dobravam-se num inusitado efeito ondulatório. – Você precisa dar crédito a...

Ele parou, interrompido pela chegada ao ônibus de uma gorda enervada, com uma criança gorducha e plácida, uma garota, que carregava um balão e comia uma barra de chocolate. Turpin cutucou Adam com o cotovelo.

– Oba, oba. Que bela frangota – disse ele com admiração. – Uma gracinha. Você é casado, Adam?

– Eu era. Sou divorciado.

– Filhos?

– Não.

– Eu adoro criancinhas – disse Turpin. – Você sabe... " prova que o céu existe", como dizem... Eu mesmo já tive um monte, nove ou dez. Onze. Gosto de garotinhos, menininhos, mas no fundo sou um homem de garotinhas. Pequenas doçuras. E você, Adam? Garotos ou garotas?

– Eu realmente nunca pensei sobre isso.

– Garotinhas para mim, sempre. Mas, depois da idade de dez anos tudo muda – disse Turpin pesaroso, quase amargamente. – Ficam safadas. Já não são as mesmas. Neca.

Adam olhou para a rua lá fora, quando o ônibus parou num sinal de tráfego. Um policial estava parado ali, olhando diretamente para ele. Adam deu um sorriso vago, confiante no anonimato.

– É, é, mas ouça aqui... John Christ – disse Turpin, voltando à discussão original. – E se o bispo Yemi estiver certo e John, o discípulo John, fosse o Cristo verdadeiro e Jesus fosse o otário... o bode expiatório. Como se aquilo fosse um disfarce.

– Acho que devo ter perdido essa parte.

– A questão é que os romanos acham que pegaram o cara verdadeiro, Jesus, mas John, o Cristo real, caiu fora ileso. Fugiu para Patmos, viveu até cem anos e escreveu o Livro das Revelações. Na sua própria ilha grega.

– Isso tudo é bobagem, já falei, uma enorme bobagem.

– Espere, espere. Eles eram guerreiros pela liberdade, uma célula. O cara que eles crucificaram, Jesus, não era o líder verdadeiro. Era John.

– Por que não sacrificar um bode ao deus-sol Ra?

– Como é? Não. Eu quero dizer... acho que o bispo Yemi descobriu algo importante aqui. Faz bastante sentido.

Turpin ainda estava divagando sobre as possibilidades daquele inteligente embuste, quando ambos desceram do ônibus na praça Sloane e foram andando junto ao rio. Passaram pela ponte Chelsea, e ficaram debruçados no parapeito, observando a maré vazante: a água negra corria iluminada pelas centenas de lâmpadas colocadas na superestrutura da ponte e nos cabos de sustentação.

– Tem um cigarro? – perguntou Turpin.

– Desculpe, não tenho.

– Vou filar de alguém. Vá para cama, Adam. Vejo você amanhã, parceiro.

Adam deu boa-noite e foi se afastando. Não queria que Turpin visse onde ele dormia, portanto cruzou para o outro lado da avenida marginal, oposto ao triângulo, e seguiu bem devagar acompanhando a balaustrada do hospital Royal, olhando para trás a fim de ver se Turpin abordava os transeuntes. Quando, por fim, Turpin filou e acendeu um cigarro, e começou a cruzar a ponte na direção da orla Battersea, Adam atravessou rapidamente a avenida e pulou a cerca, seguro de que ele não o vira.

Na pequena clareira, Adam pendurou cuidadosamente seu terno novo num galho e tirou a camisa limpa, não passada, antes de se enfiar no saco de dormir. Ficou deitado ali, escondido debaixo do arbusto, sentindo-se estranhamente confiante. Não sentia uma sensação igual, de calma e satisfação, comum mas genuína, desde o assassinato. Percebeu que não estava com fome, e era isso que fazia a diferença. Agora ele tinha um lugar onde poderia encontrar alimentação saudável e suculenta, onde ninguém ficava curioso a respeito dele, e onde não se faziam perguntas. Tudo iria mudar, ele tinha certeza: ele vira o caminho a seguir. Sua vida de pedinte estava prestes a começar.

17

A BANHEIRA ESTAVA IDEALMENTE QUENTE E COM ÁGUA SUFICIENTE para que as bolhas chegassem ao seu queixo. Ingram chafurdava na água, correndo as mãos pelo corpo nu, com uma sensação tanto de relaxamento quanto de expectativa. Hoje era seu aniversário – ele fazia cinquenta e nove anos – e estava prestes a desfrutar o presente que dera a si mesmo: uma maneira muito agradável, pensou, de entrar no sexagésimo ano.

– Aonde você vai? – perguntara Meredith espantada, vendo o marido de terno e gravata numa manhã de sábado. – Pensei que fôssemos almoçar juntos.

– Há uma crise, meu bem – respondera ele. – Reuniões de crise. Um daqueles dias horríveis. Prometo voltar às seis. Ah, e eu preciso ver papai, também.

– Não se atrase – dissera ela. – Todo mundo estará aqui às sete.

Ingram pegou uma esponja flutuante e espremeu água quente sobre a cabeça. Era disso que precisava, depois do penoso acontecimento que fora o enterro de Philip Wang na semana anterior. O crematório de Putney Vale, até mesmo num dia de verão, resumia tudo nas palavras "sem alegria", pensou Ingram. A mãe de Philip, uma mulher pequena, de aparência frágil, chorosa, ainda sem entender o que acontecera, fora trazida de avião, de Hong-Kong, com a irmã do morto. Houvera um comparecimento extraordinário dos rapazes e moças que trabalhavam no laboratório da Calenture, em Oxford. Já a cúpula da empresa não se fizera tão presente, mas Philip não era realmente conhecido por lá, senão por seu nome e reputação. O próprio Ingram redigira e lera o panegírico, enfatizando, o que era bastante natural, seu relacionamento com Philip. E contara como, nos primeiros dias da Calenture-Deutz, Philip, praticamente sozinho, desenvolvera a primeira droga contra a febre do feno: Bynogol, sob forma de pílula e inalador nasal. Aquele fora o primeiro produto da Calenture-Deutz que realmente trouxera grandes lucros para a empresa. Ingram nunca entendera direito a química da Bynogol, mas as descobertas inovadoras feitas durante o processo haviam levado Philip diretamente ao desenvolvimento da Zembla-I, e seus subsequentes derivativos, culminando no que deveria ser a primeira droga de fato eficaz contra a asma em âmbito mundial. Como fora mesmo que ele se referira àquilo no enterro? "A morte do Philip foi brutal e sem sentido, mas na sua vida tudo foi exatamente o oposto. Nós perdemos o Philip, mas, para o mundo, o ganho será incalculável." Muito bem escrito, pensou ele, quase aforisticamente equilibrado: morte e vida, perda e ganho.

Ingram se inclinou à frente e fez jorrar mais água quente dentro da banheira. Lembrou-se do dia em que Philip entrara no seu escritório, vindo de Oxford para Londres quase sem avisar, dizendo que queria falar sobre a asma. Estava visivelmente excitado, obrigando Ingram a pedir várias vezes que se acalmasse e repetisse o que tinha a dizer. Então contara que testara alguns antígenos, pequenos esporos que provocam a reação alérgica que é a febre do feno, com vistas à melhoria da Bynogol. Num dos testes ele usara certo pólen de um tipo de magnólia que coletara na última visita a sua mãe em Hong-Kong. Para seu espanto, esse antígeno, destinado a provocar um ataque de febre do feno – inchaço, muco, irritação etc. – produzira, em vez disso, o efeito oposto. Em vez de gerar a secreção de células tóxicas Th2, de um ataque alérgico clássico, gerara a secreção de células ThI benignas. A essa altura Wang começara a falar muito rapidamente sobre histaminas, leucotrienos e anticorpos IgE, até ser interrompido por Ingram.

– Palavras de uma sílaba, por favor, Philip – dissera ele. – Não sou cientista. O que isso tudo tem a ver com a asma?

Philip respirara fundo e começara a explicar. Ninguém realmente sabia por que há uma epidemia de asma em âmbito mundial, dissera ele. Há 20 milhões de doentes nos Estados Unidos, 5 milhões na Grã-Bretanha, dezenas de milhões de outros nos países em desenvolvimento (Ingram ficara impressionado com esses números). Havia uma linha de pensamento que via a asma, uma inflamação estimulada por uma alergia, como uma espécie de mau funcionamento do nosso sistema imunológico pré-histórico. No homem primitivo, as defesas deste sistema eram desencadeadas por organismos antigos que já não existem (organismos que floresciam na lama primordial), mas atualmente estavam sendo ativadas por pólens, ácaros, poeira de felinos, ar-condicionado, brilho da luz solar, jornais, aerossóis, fumaça de cigarro, perfumes etc. Em outras palavras, os asmáticos eram vítimas do mau funcionamento das nossas defesas imunológicas pré-históricas.

Com a voz subindo uma oitava, Philip continuara:

– O mais intrigante é que o angiosperma...

– Angiosperma?

– Plantas com flores. A planta que usei, a flor Zembla...

– Flor Zembla?

– A magnólia de Hong-Kong. Localmente ela é conhecida como a flor Zembla. Afinal, esses esporos do pólen da magnólia estão presentes nos registros fósseis da era cretácea. – Philip estendera as palmas das mãos... era tão óbvio.

– Isso significa o quê? – Ingram fez sua terceira pergunta.

– Significa que essa magnólia foi uma das mais antigas angiospermas. Se você quiser, que ela parece produzir uma reação de "memória" no nosso sistema imunológico. O sistema imunológico "recorda" esse gatilho do passado cretáceo, e reage adequadamente. As células ThI boas não são as células Th2 más. – Wang fizera uma pausa e quando voltara a falar sua voz tremia. – Eu acho que é bem possível que tenhamos descoberto um meio de controlar a asma brônquica.

– Então o que você quer? – perguntou Ingram cautelosamente.

– Dinheiro – disse Philip, quase que pedindo desculpas. – Para ver se há algum meio de replicar o efeito dessa flor Zembla, de Hong-Kong, nos asmáticos. Fazer testes, começando com animais. Em outras palavras, partir para a fase um.

Ingram pensou: todos aqueles milhões e milhões de asmáticos... Se a Calenture-Deutz conseguisse fabricar uma droga que eles ficassem felizes em usar... Valia a pena tentar descobrir algo que a empresa pudesse fazer para aliviar o sofrimento dessas pessoas. Assim, ele garantira a Philip a verba inicial necessária, e o desenvolvimento do projeto Zembla começara para valer. Solicitaram à FDA uma Licença Inaugural de Droga Nova, que fora concedida. Para seu imenso espanto, cerca de três meses depois Ingram recebera um telefonema de Alfredo Rilke, propondo-lhe a compra de 20 por cento do capital da Calenture-Deutz e injetar dinheiro graúdo no desenvolvimento da Zembla. Ingram nunca perguntara a Alfredo como ele soubera da existência da Zembla, mas a ideia parecia tanto prudente quanto lucrativa. Portanto, a Calenture-Deutz e a Rilke Pharmaceutical haviam se tornado parceiras.

Houve uma batida cortês na porta do banheiro, e Phyllis entrou. Usava um suéter amarelo-limão e calça marrom-chocolate.

– Como está indo aí, Jack? – perguntou ela. Phyllis era uma mulher pequena e gorducha, com seios fartos e um grande tufo de cabelo louro avermelhado preso numa permanente ondulação em torno do rosto bonito. – Pule fora, se não quiser virar uma água-viva. – A voz dela era grave, provavelmente de ex-fumante, para uma mulher tão pequena, pensou Ingram. De certa forma, achava que aquele tom tornava seu sotaque da zona leste de Londres mais rouco e agradavelmente sensual.

Docilmente, ele saiu da banheira e ela avançou com uma toalha e começou a enxugá-lo.

– Alguém está deixando crescer uma pancinha, meu Jack – disse ela, batendo de leve no estômago dele. – Olá, olá, o que nós temos aqui?

Ingram contou as quatro notas de 50 libras e deixou-as discretamente sobre a cômoda de Phyllis. Aquilo parecia indescritivelmente barato para os cerca de trinta minutos de intenso prazer sexual que ele gozara com ela. Depois observou o cabelo no espelho; seu rosto ainda parecia um pouco afogueado, e ele ajeitou o nó da gravata.

– Foi maravilhoso, Phyllis – disse Ingram, acrescentando outra nota de 50. – Bárbaro.

– Você pode me comer qualquer dia que quiser, querido – disse ela, saindo nua da cama. Deu um beijo em Ingram e apertou-lhe os colhões, fazendo-o encolher-se e depois rir. Depois pegou o dinheiro, e disse: – Feche a porta quando sair, querido... você é um amor. Pode bater um fio a qualquer momento, mas não esqueça... com antecedência de vinte e quatro horas. – E guardou o dinheiro numa carteira grande.

No metrô de volta para a estação Victoria, Ingram pensou, com prazer nostálgico, nos diversos atos sexuais que realizara com Phyllis naquela manhã, admirando-se, como sempre fazia quando a deixava, por tê-la descoberto. Antes de Phyllis, ele passara cinco anos usando os serviços profissionais de Nerys, uma galesa com forte sotaque cantante que tinha dois aposentos no Soho. Quando ela contara que ia voltar para Swansea a fim de tomar conta dos netos, Ingram sentira que um elemento-chave de sua vida ia desaparecer.

– Não se preocupe, meu amor – dissera ela. – Vou encontrar para você uma substituta perfeita.

E fora Nerys que o apresentara a Phyllis. Era uma rede profissional, supunha ele... todo o mundo fazia aquilo. Ingram mantivera o nome que usava com Nerys – Jack – e o relacionamento florescera e durara, talvez até mesmo melhor do que com Nerys.

Como aquilo era possível? pensou ele. Não queria mergulhar muito fundo nas razões que o levavam a achar as Neryses e Phillies desse mundo tão sexualmente atraentes. Ele não era bobo: tinha absoluta certeza de que, num certo nível, aquilo dizia respeito à classe social. Era porque aquelas mulheres eram da classe operária – porque eram "gentinha" – que ele ficava excitado com elas: a horrorosa decoração daqueles quartos, seus nomes engraçados, a cultura, seus sotaques, a gramática, seu modo de falar. Ele também suspeitava de que aquilo tivesse algo a ver com seus tempos de estudante no ensino fundamental, o despertar da puberdade e todo o resto, mas não queria mergulhar mais fundo... Alguém já não dissera que aquilo que atraísse você sexualmente aos treze anos de idade assombraria o resto da sua vida adulta? A mãe de um amigo, uma tia, a babá de uma irmã, uma criada estrangeira, uma camareira, uma garçonete na cantina da escola... O que armava essas bombas-relógio na sua psiquê sexual? Como você poderia saber quando e como elas detonariam?

Ele saltou do trem para a plataforma. Sempre tomava cuidadosas precauções nas suas idas à casa de Phyllis – Shoreditch não era um lugar que normalmente frequentasse. Luigi estacionava numa praça perto da estação. Ingram dizia que tinha uma reunião que duraria algumas horas, e que não queria ser interrompido. Andava até a estação do metrô seguindo um itinerário sinuoso, e sempre voltava para o carro por um caminho diferente.

Parou no saguão da estação por um instante e fechou os olhos momentaneamente, recordando o corpo generoso e bem acolchoado de Phyllis, suas inocentes brincadeiras. Sexo ali era divertido, quase uma travessura, grandemente descomplicado – sem necessidade da ajuda furtiva e química do PRO-Vyril. Ingram saiu da estação imaginando se ela alguma vez pensava nele – seu "Jack" – depois da despedida, e se às vezes especulava sobre quem ele realmente era (ele nunca levava sua carteira de identidade para aqueles encontros, outra precaução, somente dinheiro vivo). Não, pensou ele, essa era a típica fantasia triste do "cliente" de prostitutas; tudo que Phyllis queria eram as 200 libras dele, porque um outro "Jack" já estava para chegar. Ele não era tão vaidoso, tão ingênuo, mas ainda assim às vezes ficava imaginando...

Ingram sabia o nome do marido de Phyllis, Wesley; despachante em uma empresa de minitáxis, o sujeito ficava ausente doze horas por dia, e sua esposa decidira fazer o lar da família em Shoreditch produzir alguma renda enquanto ele estivesse no trabalho. E apenas uma vez ele encontrara um outro cliente, que chegara à casa de Phyllis quando ele ainda saía. Era um homem da mesma idade que ele, grisalho, na casa dos cinquenta anos, toda a sua aparência cheirava a classe média alta: terno escuro, gravata listrada, sobretudo, maleta. Um advogado proeminente? Funcionário público graduado? Político? Banqueiro? Médico da rua Harley? Os dois se ignoraram solenemente, como se ambos fossem invisíveis – fantasmas. Mas foi um susto, um lembrete tangível de que Phyllis vendia seu tempo e seu corpo para outros. Como nós encontramos nossas Phyllies, pensou ele? O que nos leva a essas convenientes profissionais?

Luigi estava esperando com o carro na praça Eccleston.

– O senhor tem uma chamada, signore – disse ele, entregando a Ingram o telefone celular. – Signor Rilke.

Ingram retornou o telefonema.

– Alfredo, você já chegou, maravilha. Eu estava esperando você na segunda-feira.

– Onde você estava?

– Tive uma reunião – improvisou Ingram rapidamente. Depois tentou tirar o seu da reta, acrescentando: – Precisava ver um médico. A respeito do meu filho...

– É aquele seu filho homossexual?

– É... meu filho gay. Muito complicado e complexado – disse Ingram, já arrependido de ter embarcado naquela mentira.

– Ele está com AIDS?
– Não, não, nada disso. De qualquer maneira, vamos...
– Estou no Firststopotel, na rua Cromwell.
– Chego aí em meia hora.

Alfredo Rilke só se hospedava em hotéis pertencentes a cadeias – Marriott, Hilton, Schooner Inns, Novotel – mas sempre ocupava um andar inteiro e quantos fossem os quartos daquele andar. Ao chegar, Ingram foi levado ao quinto andar e um dos jovens sócios de Alfredo – um rapaz de calça jeans com um fone no ouvido e um minúsculo microfone na boca – levou-o por um corredor comum até a porta de um dos quartos, onde deu um sorriso, fez uma pequena reverência, e foi embora.

O próprio Alfredo Rilke abriu a porta, antes que Ingram pudesse bater. Eles se abraçaram cerimoniosamente, segurando a parte superior dos braços e se inclinando à frente, sem encostar os rostos. Rilke deu-lhe umas palmadas tranquilizadoras na omoplata, e fez com que Ingram entrasse no aposento escuro, com as cortinas cerradas.

Rilke era um homem alto e corpulento, de sessenta e poucos anos, usava óculos e tinha um sorriso condescendente. Era calvo, com uma mecha de cabelo semicircular, esquisitamente preto e penteado, que começava acima de uma orelha e circunavegava pela parte de trás da cabeça até a outra. Movia-se devagar e deliberadamente, como se estivesse à beira da fragilidade. Isso era ilusório: Ingram já o vira jogando tênis com energia na ilha Grand Cayman e nas ilhas Virgens, batendo na bola com muita força. Fora das quadras, porém, ele fingia essa quase senilidade – um modo de tranquilizar e desarmar seus colegas, rivais e competidores, supunha Ingram. Alfredo Rilke parecia um homem em rápido processo de envelhecimento – exatamente o que ele queria que as pessoas pensassem.

– Sente, Ingram, sente.

Ingram obedeceu, notando que o quarto de dormir fora convertido, um tanto improvisadamente, em uma sala de estar – a cama empurrada para uma parede lateral, um acréscimo de algumas cadeiras e uma mesa de centro.

– Sirva-se de um drinque, Ingram – disse Rilke, abrindo a porta do minibar. – Preciso dar um telefonema. Volto em dois minutos.

Rilke entrou no quarto contíguo e Ingram serviu-se de água tônica antes de sentar para esperar. Ele sabia algumas coisas a respeito de Alfredo Rilke, mas sempre achava que sabia apenas metade do que realmente deveria saber. Tentara descobrir mais, e mandara outras pessoas tentarem também; para sua frustração, porém, a história permanecia a mesma, fundamentalmente inalterável, cheia de falhas e perguntas não respondidas. No decorrer dos anos, muito poucos detalhes haviam sido adicionados à biografia de Rilke.

O pai de Alfredo, Gunther Rilke, fora da Suíça para o Uruguai em 1946, ao que tudo constava, embora tudo isso também fosse vago. Quase que imediatamente casara-se com uma uruguaia, Asuncion Salgueiro, filha única do dono de uma pequena empresa que produzia fungicidas e fertilizantes, e que abastecia a indústria cafeeira latino-americana. Alfredo nascera em 1947, e seu irmão Cesario em 1950. Alfredo Rilke assumira o comando da empresa do sogro em 1970 (Cesario morrera em um desastre de avião em 1969) e mudara o nome da firma para Rilke Farmacéutico S.A.

Ele fizera sua primeira fortuna na década seguinte, com uma pílula contraceptiva barata e um poderoso sedativo, enquanto enfrentava uma série de processos por violação de patentes levantados por Roche, Searle, Syntex e outros.

Rilke deixara o Uruguai e tornara-se permanentemente um homem sem endereço fixo em 1982, preferindo viver, daí em diante, a bordo de vários grandes iates, de que mudava regularmente, e que estavam sempre cruzando as águas do golfo do México e do Caribe. Assim podia facilmente, em menos de duas horas, alcançar uma dúzia de aeroportos e o jato da empresa. A Rilke Pharmaceutical nascera nessa época, adquirindo progressivamente uma série de companhias farmacêuticas menores nos Estados Unidos, França e Itália. No final da década de 1990, a Rilke Pharma estava relacionada como uma das dez maiores empresas farmacêuticas do mundo.

E isso era realmente tudo que ele ou qualquer outra pessoa sabia, pensou Ingram, insatisfeito. Talvez fosse isso que acontecia quando você vivia em "lugar nenhum" durante um quarto de século: você ficava difícil de ser localizado, em todos os sentidos da expressão. Mas o mundo farmacêutico sabia que as patentes das grandes drogas da Rilke Pharma, as campeãs de vendagem que forneciam o fluxo de caixa para as continuadas aquisições (o contraceptivo oral, um inibidor ACE, um retroviral, e uma nova série de antidepressivos "eu-também") estavam todas chegando ao final de seus períodos de licença. A Rilke Pharma precisava de uma nova droga campeã de vendagem, e fora nessa época que eles haviam abordado a Calenture-Deutz, propondo investir pesadamente nos testes clínicos e no desenvolvimento da Zembla-4...

Ingram levantou os olhos quando Rilke voltou, desculpando-se copiosamente enquanto atravessava a porta, com uma pasta cheia de documentos que espalhou na mesa de centro. Eram modelos de anúncios multicoloridos, de duas páginas. Cada página continha, em negrito, a mensagem: UM FIM PARA A ASMA? Ingram correu os olhos pelos anúncios redigidos naquela costumeira linguagem amena: "Renomados cientistas nos nossos laboratórios de pesquisa", e "A luta para livrar o mundo dessa doença debilitante". Havia fotografias de homens de jaleco branco, com expressão séria, examinando microscópios ou erguendo tubos de ensaio, e de gente sadia gozando invejáveis estilos de vida em fazendas ou praias. As páginas continham uma convicção sincera da continuação da luta contra doenças crônicas que ameaçavam a vida agradável (dinheiro não era problema). Tudo estava no subtexto. Aqui e ali brotava o nome "Zembla-4". Não havia afirmações, mas a promessa era vagamente implícita: simplesmente nos dê tempo; nós e nossos nobres cientistas vestidos de branco estamos trabalhando nisso.

– Impressionante – disse Ingram. – Mas um pouco prematuro, não é? – Não escapara do seu exame que cada anúncio trazia um logotipo familiar: o R em azul, rodeado de vermelho, da Rilke Pharmaceuticals. Pelo que Ingram sabia, a Calenture-Deutz ainda era dona do nome Zembla e de todos os produtos derivados, de um a quatro. Mas ele preferiu ficar calado.

– Talvez você tenha razão – disse Rilke do habitual modo humilde, evitando o confronto. – Mas o Burton me contou que a Zembla-4 estava quase pronta. Com os testes clínicos da terceira etapa já completados. A documentação pronta para ser enviada à FDA, em Rockville...

Ele apontou para uma nota de rodapé compacta, com três centímetros de extensão no final de cada página de anúncio, e continuou:

– Nós descobrimos que uma campanha publicitária precoce e vaga, muito vaga, pode fazer uma diferença significativa. Descobrimos que tudo parece ganhar velocidade.

– O Burton contou isso para você, então? – disse Ingram, um pouco obstinado. – Na realidade, eu queria falar com você sobre ele e o Freitas. Gostaria que eles deixassem a diretoria.

– Receio que isso não seja possível, Ingram – disse Rilke, com um ingênuo sorriso de desculpas.

Era em momentos assim que Ingram achava útil recordar que Alfredo Rilke enriquecera a família Fryzer com algo em torno de 100 milhões de libras. Isso tornava as pílulas amargas muito fáceis de engolir. Ele mudou de tom.

– O problema é só que o Keegan e o Freitas estão assumindo responsabilidades que ninguém lhes atribuiu. Não é papel deles...

Rilke levantou a mão como quem diz:pare, por favor.

– Eu pedi que eles assumissem essas responsabilidades depois da morte de Phillip Wang. Você sabe que o Burton Keegan já supervisionou quatro, não, cinco, aplicações bem-sucedidas de novas drogas para a Rilke Pharma. Ele é o melhor: sabe exatamente o que está fazendo. Há coisa demais em jogo aqui, Ingram.

– Bom, isso já é diferente. Se eu soubesse...

– A propósito, como anda a investigação? O Kindred já foi encontrado?

– Ah, não. Ainda não. Ele parece ter desaparecido da face da Terra. A polícia perdeu todas as pistas dele. É desconcertante.

– Nós não precisamos depender exclusivamente da polícia, graças a Deus – disse Rilke.

O que ele queria dizer com isso? pensou Ingram. Depois suspirou e disse:

– Passamos duas semanas publicando anúncios que ofereciam uma recompensa. A polícia acha que ele pode ter se suicidado.

– O que você acha?

– Eu, bom... realmente não tenho opinião formada.

– Um estado de espírito perigoso, Ingram. Quem não tem opinião não consegue funcionar. – Rilke sorriu.

Ingram retribuiu o sorriso; era mais seguro ficar calado nesses momentos.

– Vai acontecer o seguinte – disse Rilke, levantando e puxando a calça acima da cintura, sobre a barriga. – Nós submetemos a Zembla-4 às autoridades licenciadoras dos Estados Unidos e depois às do Reino Unido. Os anúncios começarão a aparecer, primeiro em revistas médicas especializadas, depois na mídia mundial orientada para a classe alta selecionada: *New Yorker*, *Time*, *Economist*, *El Pais*, *Wall Street Jounal*, *Le Figaro* etc. Quem pode reclamar se uma empresa farmacêutica declara que está tentando erradicar a asma? Quem pode questionar o anúncio de uma missão? Então a Rilke Pharmaceuticals proporá a compra da Calenture-Deutz, no momento que eu decidir. Mas tudo isso só acontecerá, repito, depois que Adam Kindred estiver preso e convenientemente anulado.

– Siiimmm – disse Ingram vagarosamente, expelindo a palavra como se fosse um pedaço de goma de mascar e sentindo sua mente rodar feito um brinquedo de mola defeituoso. – Qual é, bom... o seu cronograma? Quando tudo isso acontecerá?

– Talvez no próximo mês, se tudo correr bem – disse Rilke. – Você será um homem ainda mais rico, Ingram. E o mundo terá sua primeira droga antiasma em pleno funcionamento. É uma situação em que todos saem ganhando.

Ingram foi informado de que o coronel Fryzer poderia ser encontrado no jardim das rosas, então saiu andando pelos terrenos bem cuidados de Trelawny Gables em busca do pai. Percorreu as sinuosas trilhas daquela residência elegante, particular e selecionada, passando por enfermeiras uniformizadas e assistentes de jaleco branco empurrando carrinhos carregados de refeições, roupa lavada a seco, ou vasos de flores. Ficou pensando vagamente se aquele era o tipo de lugar em que terminaria seus dias – uma antecâmara de cinco estrelas para o esquecimento, com serviço de primeiríssima classe. Também ficou pensando vagamente sobre seu encontro com Rilke, e qual seria a verdadeira importância daquilo, sua gravidade. Keegan e Freitas continuariam, isso estava claro, mas parecia-lhe que havia uma pressa inconveniente em obter a licença da Zembla-4. Wang sempre defendera o caminho devagar-mas-firme, que fora a maneira suave com que a licença da Bynogol fora conseguida... Ingram parou para cheirar uma flor: tinha quase certeza de que alguma coisa estava acontecendo às suas costas. O fato de que não estava mais no controle total da Calenture-Deutz era claro e muito perturbador.

Ingram sabia que o pai não gostava de Trelawny Gables com uma intensidade calma mas feroz, porém suportava os costumes e rituais do lugar com um pragmatismo divertido. Não culpava o filho por ter terminado ali; pelo menos Ingram rezou para isso, ao ver o pai à distância, espargindo inseticida nas roseiras num pequeno jardim perto do muro externo. Era um homem alto, magro e grisalho, que usava um suéter de lã verde oliva sem mangas, camisa, gravata e calça jeans bem passada. Ingram abandonara as calças jeans ao fazer quarenta anos; nem morto um homem maduro ou de meia-idade deveria ser visto com aquele tipo de calça, raciocinava ele, mas precisava admitir que a calça caía bem no pai, agora com oitenta e sete anos. Talvez devesse voltar a usar aquilo ao fazer oitenta...

– Oi, papai – disse ele, beijando o pai nos dois lados do rosto. – Você está com boa aparência.

O coronel Gregor Fryzer observou o filho de perto – ele está me inspecionando, pensou Ingram, como se eu estivesse numa parada. Sorriu diante daquela tolice de velho, mas depois ficou com medo (que sabia absurdo) de que um vestígio do perfume de Phyllis pudesse estar emanando do seu corpo; algum aroma sexual que apenas octogenários pudessem farejar.

– Você parece um pouco nervoso, Ingram. Um pouco tenso.

– Nem um pouco.

– Eu sempre achei que havia algo meio *fourbe* em você.

– O que significa *fourbe*?

– Procure quando chegar em casa.

Eles foram andando de volta para o pequeno apartamento do pai no andar térreo – um quarto, uma sala, um banheiro e uma pequena copa-cozinha. As paredes estavam cobertas de aquarelas pintadas pelo coronel, na maioria naturezas-mortas. Os passatempos do pai eram a pintura e fazer iscas artificiais para pescaria, que ele vendia.

O coronel entrou na cozinha e voltou com dois gins-tônicas, um cubo de gelo em cada copo, sem rodela de limão. Entregou um dos copos a Ingram, sentou-se, colocou um cigarro numa piteira e acendeu-o.

– O que eu posso fazer por você, Ingram?

– Eu só passei para dizer "oi", e ver como você estava indo. Você sabe que eu apareço de repente aos sábados.

– Você não vem aqui há dois meses. Graças a Deus eu tenho o Forty.

– O Forty veio aqui?

– Ele vem duas vezes por semana. Tem uma espécie de contrato para cuidar dos jardins.

– Ah, é mesmo, claro. – Aquilo era novidade para Ingram, embora Forty fosse seu filho mais moço.

– Nós temos andado muito ocupados – ele disse, mudando de assunto. – Você pode vir ao jantar desta noite? Toda a família estará lá. Eu achei que você poderia...

– Não, obrigado.

– Eu mando um carro, para levar e trazer você de volta.

– Não, obrigado... no Canal 4 há um documentário que quero assistir.

Ingram balançou a cabeça; ao menos ele convidara. Meredith teria tido um ataque se o coronel aceitasse. Ele sentia o costumeiro coquetel de emoções quando confrontado com o pai: admiração, irritação, afeição, frustração, orgulho, desamor. Com muita frequência, ainda se espantava ao pensar que fora gerado por aquele filho da mãe velho e difícil. Mas às vezes tudo que ele queria do pai era um sinal de afeição: um aperto no ombro, um sorriso verdadeiro. Os dois ficaram sentados ali sorvendo as bebidas meio quentes, feito desconhecidos numa sala de espera, ligados apenas por laços de sangue. Ingram pensou na mãe, morta havia tanto tempo: o tempo a transformara – uma mulher insegura e neurótica – em algo perto de um mito, uma santa doméstica. Como ele sentia falta dela.

– Na verdade, eu queria pedir o seu plano.

– Pedir meu plano?

– Desculpe... conselho.

– Ah, sim? – O coronel parecia surpreso.

– É, eu acho que talvez... – Ingram fez uma pausa; subitamente, precisar articular aquela intuição fazia tudo parecer ainda mais real. – Acho que talvez eu esteja prestes a ser vítima de um golpe na diretoria. Acho que vai parecer que estou no comando, mas não estarei.

– Eu não entendo o seu mundinho detestável, Ingram... finanças, operações bancárias, indústria farmacêutica. Quem são essas pessoas que estão conspirando contra você? Livre-se delas. Corte fora o câncer.

– Infelizmente não posso fazer isso.

– Então seja mais inteligente do que elas: descubra suas segundas intenções, antecipe-se a elas, frustre os planos delas. – O coronel retirou o cigarro fumado da piteira e acendeu outro. – Vá para cima delas, Ingram. Descubra como fazer mal a elas. Arranje alguma munição.

Não era uma má ideia, pensou Ingram, imaginando se isso seria possível, se ele tinha tempo bastante... Talvez *houvesse* coisas que ele pudesse fazer...

– Obrigado, papai. É melhor eu ir.

– Termine seu gim antes de ir.

Ingram engoliu o resto da bebida. Às vezes ele não gostava de gim... achava que o deixava deprimido.

* * *

Quando chegou em casa, Ingram pegou o dicionário de francês na estante da biblioteca e procurou a palavra *fourbe*. Dissimulado, manhoso e ardiloso eram os sinônimos propostos. Sentiu-se um pouco magoado, durante um ou dois segundos: quem o pai achava que arcava com Trelawny Gables? A aposentadoria do Exército? Depois concluiu que aquilo só podia ser efeito retardado do seu encontro com Rilke, que o fizera parecer preocupado e pensativo. Era verdade que naquela hora seu cérebro estava trabalhando muito, as palavras de afeição ditas para o pai haviam sido superficiais, insinceras. Quaisquer quantidades de astúcia que ele possuísse estavam sendo chamadas a entrar em ação, como tropas de reserva convocadas, afastando sua costumeira cortesia culta e focada. Era típico do coronel ter percebido isso.

Ingram se serviu de uma generosa dose de uísque no quarto de vestir e bebeu-a antes de descer para sua festa de aniversário. Seus três filhos já estavam presentes – Guy, Araminta e Fortunatus – além de um desconhecido, observou ele, rapidamente apresentado como namorado de Forty, Rodinaldo.

– Você já tinha encontrado esse sujeito? – sussurrou ele para Meredith, assim que conseguiu um momento discreto.

– Algumas vezes.

– Ele parece incrivelmente jovem.

– Tem a mesma idade que o Forty. Eles trabalham juntos.

Maria-Rosa serviu seu jantar favorito: suflê de queijo, perna de carneiro com batatas daufinoises e morangos com sorbet champanhe. A conversa na mesa era banal, alegre e facilmente esquecível. Ingram olhou atentamente para seus filhos, quase como seu pai olhara para ele. Guy, trinta anos de idade, bonito, sem talento; Araminta, incrivelmente magra e, aos olhos dele, quase se contorcendo de nervosa. Talvez a implacável objetividade do pai o tivesse infectado, mas Ingram percebera recentemente, sem qualquer choque ou culpa, que não gostava muito de Guy e Minty. Preocupava-se com eles, mas não gostava muito deles, para ser honesto, nem se interessava muito por eles. Apenas Fortunatus o interessava: o atarracado e musculoso Forty, já bastante careca aos vinte e poucos anos. Ele era gay, a coisa mais improvável do mundo, e o único de seus filhos que nunca lhe pedira coisa alguma, o único que ele amava e o único que nunca lhe retribuiria esse amor.

– Fui ver seu avô hoje – disse-lhe Ingram. – Ele falou que você está trabalhando na Trelawny Gables. Que coincidência.

– Foi ele que nos arranjou o emprego – disse Forty.

– É mesmo? – Aquilo exigia mais reflexão. – Então, Forty, como vão os negócios?

– Papai, por favor, meu nome é Nate.

– Eu não posso chamar um filho meu de "Nate", lamento dizer.

– Então não deveria ter me dado o nome de Fortunatus.

– "Fortunatus Fryzer" – disse Meredith. – É um nome maravilhoso.

– Parece um alquimista medieval – disse Forty/Nate.

– Você *sabe* por que nós pusemos esse nome em você, meu amor – continuou Meredith, em voz baixa.

– Sim. Por que ser? – quis saber Rodinaldo. Ingram percebeu que eram as primeiras palavras dele na noite.

– Ele quase morreu ao nascer – disse Ingram recordando. Sua garganta se estreitou, como que por reflexo. – Nós achamos que tínhamos perdido o Forty.

– E eu quase morri também – lembrou-lhe Meredith, com certa veemência. – Nós dois tivemos muita sorte.

Depois do jantar, Ingram foi puxado para o lado por Guy, que lhe pediu para investir 50 mil libras em um negócio de carros clássicos que ele estava começando.

– O que você quer dizer com "carros clássicos"?

– Nós compramos os carros, depois reformamos e vendemos com lucro. Você sabe... Citroën DS, Triumph Stag, Ford Mustang, Jensen Interceptor... clássicos modernos, sem idade.

– O que você entende de carros clássicos?

– Um pouco... bom, não muito. O Alisdair é o verdadeiro especialista. Há um mercado enorme para esses carros... enorme.

– Vocês não vão precisar de uma garagem, um galpão?

– O Alisdair está cuidando disso. Nós só precisamos de algum capital inicial para dar andamento ao negócio.

– Já foram a algum banco? Eles emprestam dinheiro às pessoas, sabia?

– Eles foram muito pouco prestativos, realmente negativos.

Ingram afirmou que pensaria no caso e pediu licença, indo até o quarto de vestir para tomar seu uísque; por alguma razão, queria ficar bêbado naquela noite, perder parcialmente o controle. Quando ia descendo a escada de volta, viu Minty esperando por ele no patamar. Ela disse que precisava de duas mil libras em dinheiro vivo.

– Não, meu amor, isso é impossível.

– Então vou para King's Cross tentar me vender para alguém.

– Não seja idiota, nem faça drama, você sabe que eu odeio isso.

Ela começou a chorar.

– Eu devo dinheiro a uma pessoa. Preciso pagar hoje à noite.

Ingram subiu a escada novamente até seu quarto, abriu o cofre e voltou com oitocentas libras e quase dois mil dólares. Subitamente Minty pareceu ficar mais calma.

– Obrigada, papai. Agora preciso ir. Feliz aniversário. – Ela lhe deu um beijo rápido no rosto. – Não conte para a mamãe, por favor... nem uma palavra.

– Tente me pagar quando puder – disse Ingram, com mais amargura na voz do que desejava, enquanto ela descia apressadamente a escada.

Ele seguiu a filha devagar até o hall, onde Forty e Rodinaldo vestiam suas jaquetas e mochilas, também já partindo.

– Feliz aniversário, papai – disse Forty, dando-lhe um abraço.

Ingram manteve os braços enlaçados no filho por um segundo, antes que ele se afastasse.

– Vai tudo bem com a jardinagem? – perguntou Ingram.

– Tudo ótimo.

– Eu gostaria de investir no seu negócio. Sabe, ajudar você a crescer. Ha, ha. – Ingram percebeu que finalmente ficara um pouco bêbado, com os uísques e todo aquele vinho.

– Nós estamos muito contentes do jeito que estamos. É lindo ser pequeno.

Rodinaldo assentiu.

— Eu e Nate, nós poder ser tudo que quiser.

– Sorte de vocês. Lembrem que a oferta continua de pé. Novas pás, nova van, nova... – Por alguma razão ele não conseguiu se lembrar de mais nada que um jardineiro precisasse. – De qualquer forma, eu estou aqui. – Sentiu lágrimas de bêbado se formarem nos olhos, enquanto observava seu filho mais moço vestir uma espécie de jaqueta camuflada. Queria abraçá-lo de novo, beijá-lo, mas Forty se afastou e levantou a mão num adeus informal. Meredith pôs o braço em torno da cintura de Ingram e apertou discretamente. Ah, pensou ele, ainda dá tempo de tomar um PRO-Vyril.

Quando subiram para os quartos, o telefone tocou.

– É melhor eu atender – disse Ingram.

Era Burton Keegan.

– Já está muito tarde, Burton – disse Ingram, mantendo a voz grave e calma.

– Precisamos nos encontrar... amanhã.

– Amanhã é domingo.

– O mundo continua a girar, Ingram.

18

BOZZY ENTREGOU O TELEFONE CELULAR E A CARTEIRA DE ADAM Kindred com os cartões de crédito.

Jonjo examinou os cartões.

– São todos americanos, menos um.

– É. A gente ia voltar pra pegar as senhas com ele. O Zaz chutou o cara com força demais, então a gente ficou um pouco, sabe, com pena. Foi por isso que deixamos o cara ali. Quando voltamos, ele tava sumido.

– Pare de se mexer dessa maneira. Está me dando nos nervos.

– Desculpe, mermão. Tá certo. – Bozzy tentou ficar parado.

– E não me chame de "mermão". Não sou seu irmão, em nenhum sentido da palavra.

– Tá safo. Pode crer, chefia.

Jonjo pôs os cartões e o telefone no bolso, dando a Bozzy mais duas notas de vinte libras. De outro bolso, tirou um rolo de cópias impressas do anúncio que oferecia uma recompensa por Kindred, e entregou-as a ele.

– Ande aí pelo Shaft. Mostre isso às pessoas e pergunte se elas viram o cara naquela noite.

Bozzy olhou para o retrato de Kindred.

– É o otário que a gente assaltou, né?

– É. Ele é procurado por assassinato. Matou um médico.

– *Puto*.

– Pergunte por aí – disse Jonjo. Depois olhou para as solas das botas; pisara em alguma coisa úmida e pegajosa. Limpou a porcaria em um dos colchões. – É melhor queimar este lugar. Não vou encontrar você aqui de novo, sacou?

– Saquei, chefia.

– Encontre o Kindred – disse Jonjo. – Alguém aqui no Shaft sabe onde ele está.

19

QUANDO VOCÊ NÃO TEM NADA, PENSOU ADAM, ENTÃO TUDO, A COIsa mais insignificante, vira um problema. A fim de começar sua vida de pedinte, ele fora obrigado a roubar – roubar uma caneta de ponta de feltro numa papelaria. Depois, num retângulo de papelão arrancado de uma caixa de vinho vazia diante de uma loja de bebidas, escrevera com a caneta roubada: FAMINTO E SEM-TETO. DÊ UM CENTAVO. SÓ MOEDAS PEQUENAS.

No primeiro dia, ele se postou diante de um supermercado na King's Road. Sentou-se de pernas cruzadas no chão diante da entrada principal e colocou o cartaz sobre os joelhos. Quase que imediatamente as pessoas começaram a lhe dar suas moedas de cobre, como que aliviadas de se livrarem daquele troco inconveniente, de pouco valor, as quase inúteis moedas de um e dois centavos que só serviam para encher as bolsas. Adam ficou satisfeito ao ver como seu raciocínio fora lógico: não há nada mais irritante do que bolsas e bolsos pesados, cheios de moedas de pequeno valor. "Amigo, pode me dar dez centavos?" fora sua inspiração. Ele tirou o paletó e estendeu-o diante dos joelhos, de modo que os doadores em potencial pudessem jogar suas moedas no pano, em vez de arriscarem um contato com sua mão encardida, de unhas sujas. Em trinta minutos ele arrecadou 3,27 libras. Encheu os bolsos com as moedas de um e dois centavos – havia uma única moeda de cinco centavos também – e alguém lhe dera uma libra, impressionado pela modéstia de suas necessidades e a polidez do pedido.

Vinte minutos mais tarde, quando ultrapassara a margem de 5 libras, um homem se aproximou e se agachou junto dele. Era jovem, muito magro, com uma barba grande feito a de Adam, e tão sujo quanto ele.

– *Mshkin n gsadnka* – disse ele, ou algo assim.

– Não entendi – disse Adam. – Só falo inglês.

– Vá se fodendo – disse o sujeito, e mostrou a Adam a lâmina de uma faca Stanley na palma da mão. – Eu aqui. Isso pertencer mim. Eu cortar você.

Adam saiu dali prontamente e caminhou até a estação Victoria, onde encontrou um pedaço de calçada entre um caixa eletrônico e uma loja de suvenires. Conseguiu cerca de uma libra, até o dono da loja de suvenires sair e jogar inseticida em cima dele.

– Caia fora, seu asilado vagabundo – disse o homem. E então Adam foi embora, com os olhos ardendo.

Nesse primeiro dia, ele ganhara 6,13 libras; no segundo, 6,90. Agora, meio da tarde do seu terceiro dia de pedinte – instalado entre uma banca de jornais e um pequeno supermercado que funcionava 24 horas, chamado PROXI-MATE – já faturara mais 5 libras. Naquele passo, calculou ele, digamos 5 libras por dia, ganharia 35 por semana, quase 2 mil por ano. Sentia-se tanto aliviado quanto deprimido com o que estava fazendo. Aquilo significava que ele não passaria fome; já podia se dar ao luxo de comprar alimentos baratos, sem grande valor nutritivo, de vez em quando ir até a Igreja de John Christ em busca de uma refeição adequada, e, é lógico, dormir sem conforto no triângulo da ponte Chelsea. Mas ainda era o começo do verão – o que faria quando estivesse no inverno? Já se sentia preso numa armadilha, uma armadilha particularmente pobre. Via-se entalado num quase intolerável círculo do inferno; estava clandestino, sim, sem ter sido descoberto, sim... mas algo precisava mudar. Como ele recobraria sua antiga vida, sua antiga persona? Antes ele tinha uma esposa, uma casa bonita, espaçosa, moderna, com ar-condicionado, um carro, um emprego, um título, um futuro. A existência que levava agora era tão marginal que ele não podia realmente descrever como humana. Parecia aqueles pombos londrinos que via em torno de si, bicando migalhas na sarjeta. Até mesmo as raposas da cidade viviam melhor do que ele, em suas tocas quentes e com suas famílias.

Adam ia a bancos e casas de câmbio para trocar seus punhados de moedas de cobre por libras de bronze. Os caixas não ficavam contentes, mas atendiam mesmo de má vontade. Adam aumentava cada vez mais seu raio de ação, tentando não revisitar bancos e casas de câmbio com muita frequência, para não virar um estorvo e ser lembrado por isso.

Pagou para tomar banho de chuveiro na suíte executiva da estação Victoria, e lavou o cabelo pela primeira vez em quase um mês. Olhou para aquele estranho macilento e barbado que olhava para ele no espelho, enquanto penteava o cabelo caído sobre a testa, e ficou espantado com a força de suas emoções conflitantes: um orgulho feroz por sua resistência e inventividade, bem como autocomiseração amarga por ter chegado àquela situação. Sim, eu estou livre, pensou, mas em que me transformei?

Limpo, metido naquele terno de listas em que paletó não combinava com calça, com razoavelmente lustrosos sapatos pretos de cadarço (uma libra em uma loja de bricabraque), ele voltou para o triângulo e pegou as sandálias de dedo de Mhouse. Queria um contato comum e educado com um outro ser humano, preferivelmente mulher. Nos últimos dias, centenas de pessoas lhe haviam dado pequenas somas de dinheiro, algumas tinham até trocado palavras bondosas com ele, mas Adam estava cada vez mais agradecido a Mhouse pela sugestão que ela fizera quanto à Igreja de John Christ. A igreja se tornara sua salvação, literalmente. Até mesmo enfurecida, Mhouse de alguma forma estivera lembrando dele, pensou Adam, e ele queria agradecer, mantendo a promessa de devolver as sandálias. Ela ficaria surpresa, calculou ele, e talvez até mesmo emocionada, ao ver que ele cumprira a promessa.

Adam tomou um ônibus para Rotherhithe – mais um pequeno degrau na escada da civilização – e saltou no Shaftesbury. Ficou perambulando pelos três quadriláteros do conjunto até reconhecer a área onde fora assaltado (as pichações serviram de lembrete). Viu o playground cheio de lixo e a escada debaixo da qual ficara desacordado. Uma velha puxando um carrinho de compras com uma roda bamba se aproximou dele lentamente e, quando chegou perto, Adam perguntou se ela conhecia alguém chamada Mhouse.

– Qual bloco?

– Não sei.

– Então não posso ajudar você, meu querido – disse ela se afastando com passo arrastado.

Ele foi caminhando mais para o interior do conjunto. Sentia que atraía pouca atenção: uma figura desleixada e barbada, em roupas descartadas, como a maioria dos residentes masculinos do Shaftesbury. Duas abordagens depois, ele conseguiu saber o endereço de Mhouse – apartamento I, 3° andar, bloco 14 – e subiu a escada até o corredor, sentindo-se um pouco nervoso e apreensivo, quase como se estivesse indo a um encontro amoroso com uma mulher.

Bateu à porta, e depois de um instante ouviu a voz dela dizer:

– Sim? Quem é?

– John 1603 – respondeu ele, e é claro que ela abriu a porta. Adam mostrou as sandálias.

– Trouxe isso de volta – disse ele.

No apartamento de Mhouse havia dois quartos, um banheiro, uma copa-cozinha e uma sala de estar. Não havia carpetes nem cortinas, e muito pouca mobília: duas poltronas que não combinavam, algumas almofadas e uma TV na sala de estar, dois colchões no chão do quarto que ela dividia com Ly-on. A cozinha tinha um fogão, mas não geladeira. No outro quarto havia algumas caixas de papelão cheias de roupas e outras coisas variadas. O mais estranho, pensou Adam, eram os dutos de borracha e fios elétricos que entravam por uma vidraça quebrada no caixilho da janela da cozinha. Isso fornecia água fria para a cozinha, mas não para o banheiro. Havia eletricidade em todos os aposentos, porém, com fios serpenteando a partir de uma estrutura em forma de cubo formada por adaptadores empilhados no chão da cozinha. Mhouse trouxe uma xícara de chá bem adocicado para Adam, sem perguntar se ele queria que pusesse açúcar na bebida.

– Ly-on, você senta no chão – disse ela para o garotinho que assistia TV. Obedientemente, ele saiu da poltrona e sentou-se em uma almofada murcha diante da tela. Andava devagar, letargicamente, como se tivesse acabado de acordar. Adam sentou na poltrona que o garoto deixara, e Mhouse na outra.

– É meu filho – disse ela. – Ly-on.

– Leon?

– Não, Ly-on. Como na selva. Como leões e tigres.

– Certo. – Adam lembrou-se então da tatuagem: "Mhouse" e "Ly-on", na parte interna do braço direito dela. – Bom nome para um garoto.

Ly-on era um garoto pequeno, quase franzino, cabeça grande, cabelo encaracolado e grandes olhos castanhos.

– Diga oi para John.

– Oi, John. Você veio pra mamãe buscar?

– Nós vamos passear amanhã, meu amor.

Adam notou que, embora pequeno e de modo algum gordo, Ly-on tinha uma pança bem pronunciada, como um bebedor de cerveja.

– Você ainda em Chelsea, então? – perguntou Mhouse.

– Tenho andado por aí um pouco – disse Adam cautelosamente. Mhouse fora a única pessoa que visitara o triângulo, pelo que ele sabia.

– O que você acha igreja?

– Acho que é... maravilhosa – disse Adam, com sinceridade. – Vou lá na maioria das noites. Há algum tempo que não vejo você.

– É. Tento ir, mas, sabe, é difícil, com o Ly-on. – Inconscientemente, ela coçou o seio direito. Estava usando uma camiseta branca com capuz, com a palavra SUPERMAMÃE! escrita na frente, e calça jeans azul-claro esfiapada nas bainhas. Enroscou-se na poltrona e meteu os pés debaixo do corpo. Ela também era pequena, percebeu Adam: uma mulher-criança mignon, e talvez por isso Ly-on fosse tão pequeno.

Adam baixou os olhos para o garoto e viu que ele estava estendido no chão, como que prestes a pegar no sono.

– Você ir para cama, amorzinho – disse Mhouse. O garoto levantou-se vagarosamente e seguiu para o quarto. – Ele acabou de jantar. Está cansado. E eu preciso levantar a bunda e ir para o trabalho. Não, não, você fica aqui. Termine seu chá. Eu vou ali me trocar.

Adam ficou bebericando o chá açucarado e zapeando com o controle remoto. Mhouse parecia ter um número interminável de canais na TV. Quando saiu, estava usando botas brancas de plástico brilhante, com zíper, uma minissaia e um apertado bustier de cetim vermelho e preto que levantava seus seios pequenos, como duas bolas redondas, por sobre o arremate rendado da blusa. A maquiagem era gritante: lábios vermelhos e olhos com sombra preta.

– Vou a uma festa – disse ela. – Num barco lá no rio.

– Sensacional – disse Adam. – Você está maravilhosa.

Ela olhou para ele de soslaio, intrigada.

– Está gozando de mim?

– Não, falo sério. Você está maravilhosa.

– Agradecendo você, gentil senhor – disse Mhouse, remexendo na bolsa à procura das chaves. Adam olhou para aquele decote profundo e farejou os fortes produtos químicos do perfume dela, sentindo de repente uma forte atração sexual por ela, reconhecendo a eficiência simples daqueles trajes e das mensagens que deveriam enviar aos homens. Havia alguma coisa maliciosa e travessa nela, caso se pudesse imaginar um diabrete sexualmente atraente, pensou Adam: aqueles olhos estreitos e sombreados davam um toque adicional àquele efeito sobrenatural.

Ela parou na porta.

– Você já arrumar emprego?

– Ah, ainda não – disse Adam. – Mas ganhei algum dinheiro nesses últimos dias.

– Trepando?

– O quê?

– Na vida. Vendendo a bunda?

– Não, pedindo esmola.

Ela pensou, franzindo as sobrancelhas.

– Tenho um quarto sobrando aqui, sabia? Se você quiser, são vinte por semana. Já que a gente frequenta a mesma igreja.

– Obrigado, mas estou bem no momento. É um pouco puxado para mim, para dizer a verdade.

– Você pode ficar me devendo.

– Melhor não. Obrigado mesmo assim.

– Como quiser. – Ela abriu a porta para os dois. – Obrigada por ter trazido a sandália. Foi gentil, isso é, foi bastante bacana.

– Foi muito gentil e bacana da sua parte ter me emprestado isso. E por ter me falado da igreja. Não sei o que eu teria feito se não fosse isso.

– É, bem... Para que servir uma samaritana, né? – Os dois saíram para o corredor externo, enquanto Mhouse fechava e trancava a porta.

– O Ly-on vai ficar bem? – perguntou Adam, procurando aparentar displicência.

– Vai. Ele vai dormir até amanhã na hora do almoço, se eu deixar.

Eles atravessaram o Conjunto Shaftesbury e depois seguiram para a estação do metrô de Canada Water.

– Até logo, John... Deus abençoar – disse ela quando os dois se separaram, e partiu para sua plataforma. Adam ficou observando os homens se virarem para ver Mhouse passar, revirando os olhos e dilatando as narinas. Pensou em dar um pulo na Igreja de John Christ; estava com fome.

* * *

– Logo eu conseguindo passaporte – disse Vladimir. – Quando conseguindo passaporte, eu conseguindo emprego. Quando conseguindo emprego então eu conseguindo apartamento. Eu conseguindo conta no banco. Eu conseguindo cartão de crédito, eu conseguindo cheque especial. Não mais problema para mim.

Adam escutava, quase como se Vladimir fosse um viajante que voltasse de uma terra distante e fabulosa, um Marco Polo de segunda classe, falando de maravilhas inimagináveis, de estilos de vida e possibilidades que pareciam fantásticas, para sempre além de seu alcance. Que ele próprio já fora proprietário de um imóvel parecia algo risível; que já tivera uma carteira cheia de cartões de crédito e diversas contas gordas em bancos, um sonho inebriante. Curvou a cabeça e meteu uma colherada de chilli com carne na boca; depois ficou mastigando pensativamente, pensando no passado. Ele estava sentado a sua mesa costumeira, com Gavin Thrale também presente, mas não havia sinal de Turpin.

– Onde você "conseguindo" esse passaporte? – indagou Thrale displicentemente.

Vladimir começou uma história complicada sobre viciados e antros de viciados nos países da Comunidade Europeia – Espanha, Itália, Alemanha, Holanda – onde, se um viciado parecia próximo da morte, nos seus últimos estertores, ele ou ela eram encorajados pelo "pessoal gângster" a pedir um passaporte. Quando por fim o viciado morria, o passaporte era vendido para alguém da mesma faixa etária e vagamente parecido com o drogado falecido. Não havia falsificação, e aí estava a vantagem, a absoluta beleza do ardil: era algo impossível de ser detectado.

Thrale parecia altamente cético.

– Quanto custam esses passaportes?

– Mil euro – respondeu Vladimir.

Adam se lembrou de que já tivera um passaporte, mas que o deixara no Hotel Grafton quando fora ser entrevistado. Sem dúvida, o documento fora retido pelas autoridades, com o restante dos seus pertences.

– Então – continuou Thrale, obviamente intrigado. – Você recebe um desses passaportes, mas precisa se fazer passar por... por dinamarquês, espanhol, tcheco...

– Não importante, Gavin – disse Vladimir, insistentemente. – Mais importante coisa é passaporte da Comunidade Europeia... nós agora todos iguais. Não interessa que país.

– Quando você vai receber isso? – perguntou Adam.

– Amanhã, dia seguinte.

– Então você não vai voltar aqui.

– Claro não! – Vladimir riu. – Eu conseguir passaporte, eu conseguir emprego, eu terminar com igreja. Eu estava treinar para *kiné*, saber?

– Fisioterapeuta – acrescentou Adam, para esclarecer Thrale.

– É claro. Isso foi quando a sua aldeia na Ucrânia coletou todo aquele dinheiro e mandou você para cá, colocar a safena no coração.

– Não Ucrânia, Gavin. Não safena, nova válvula do coração.

Adam terminou seu chilli com carne; as porções servidas na Igreja de John Christ eram fartas. Naquela noite o sermão do bispo Yemi durara duas horas e meia, ampliando ainda mais o seu conceito de John Christ como líder de uma pequena célula de guerreiros da liberdade, lutando para libertar seu povo da opressão do Império Romano. Jesus, um lugar-tenente leal, resolvera se sacrificar por John a fim de que o líder pudesse desaparecer e a luta continuar. Tudo isso estava no Livro das Revelações, se você soubesse decifrá-lo. Depois Adam cochilara por algum tempo. Apenas os mais famintos conseguiam assistir ao sermão inteiro plenamente concentrados.

– Alguém ver o Turpin? – perguntou Vladimir.

– Provavelmente anda perambulando pelo playground de algum jardim de infância – disse Thrale.

O bispo Yemi apareceu nesse momento e sorriu para seus Johns.

– Como vai a vida, rapazes? – disse ele com aquele sorriso indefectível, claramente indiferente às respostas deles.

– Ótima, obrigado – disse Adam. Sentia um estranho apego pelo bispo: o homem e sua organização que, afinal de contas, o havia vestido e alimentado.

O bispo estendeu as mãos, e disse:

– O amor de John Christ esteja com vocês, meus irmãos.

Depois foi para a próxima mesa. Pouca gente estivera na congregação naquela noite, mal chegando à casa dos dois dígitos.

– Por que a palavra "enganador" subitamente me veio à mente? – perguntou Thrale.

– Não... ele é um homem bom, o bispo Yemi – disse Vladimir, levantando. Olhou para Adam e fez um gesto de fumar. – Adam, quer vir comigo? Tenho crack.

– Ah, não, obrigado, hoje não – disse Adam.

Vladimir costumava convidá-lo a fumar crack depois da refeição noturna. Ele deve gostar de mim, pensava Adam, que sempre recusava.

Mais tarde, Adam e Thrale pararam juntos por um instante na porta da igreja, levantando os olhos para o céu noturno. Havia umas nuvens bonitas, salpicadas por um brilho cor de damasco.

– Cirrus fibratus – disse Adam, sem pensar. – Isso anuncia uma mudança no tempo.

Thrale olhou para ele com curiosidade, e perguntou intrigado:

– Como diabos você sabe disso?

– Só um passatempo – disse Adam, sentindo o rosto ficar vermelho. Idiota, pensou. – Um livro que li certa vez...

– Como gente como você e eu vem parar aqui? – disse Thrale. – Escondidos atrás dessas barbas e cabeleiras.

– Eu já contei a você. Tive uma série de colapsos nervosos...

– É, é, é claro. Pare com isso. Nós dois temos uma boa educação. Somos intelectuais. Isso fica óbvio cada vez que abrimos a boca. É como se tivéssemos a palavra "CRÂNIO" tatuada na testa.

– Está certo – persistiu Adam. – Mas eu desabei. Tudo se esfarelou. Perdi minha esposa, meu emprego. Fiquei no hospital meses a fio... – Ele fez uma pausa. Já estava quase acreditando em si mesmo. – Estou só tentando reunir os cacos da minha vida, um a um, devagar, mas com firmeza.

– É – disse Thrale, cético. – Nós todos estamos.

– E você? – perguntou Adam, ansioso para mudar de assunto.

– Sou romancista – disse Thrale.

– Verdade?

– Escrevi muitos romances, uma dúzia mais ou menos, mas só um foi publicado.

– Qual foi?

– *A casa das hortênsias*.

– Não me lembro...

– Não se lembraria... O livro... eu... foi publicado por uma editora pequena... Idomeneo Editore. Capri.

– Capri? Na Itália?

– Foi o que eu soube.

– Certo – disse Adam. – Pelo menos você foi publicado. Isso não é pouco. Ter na mão um livro que você mesmo escreveu, com seu nome na capa: *A casa das hortênsias*, de Gavin Thrale. Uma grande emoção, eu diria.

– Só que o livro foi escrito sob um pseudônimo – disse Thrale. – Irena Primavera. Não dá o mesmo frisson.

– Era em inglês?

– Não, se chamava *La Casa dell'Ortensia*.

– Percebi. Você está escrevendo outro?

Eles haviam se afastado da igreja e caminhavam pela rua Jamaica.

– Já que você perguntou, estou sim. Chama-se *O mastubador*. Por algum motivo, duvido que vá encontrar editor.

– Isso já não foi feito? *O Complexo de Portnoy*...

– Meu romance fará *O Complexo de Portnoy* parecer *O ursinho Puff* – disse Thrale com frieza de aço na voz.

– Mas, se você é um romancista com obra publicada – perguntou Adam –, o que é que está fazendo na Igreja de John Christ?

– O mesmo que você – disse Thrale, sugestivamente. – Querendo me esconder.

Os dois foram caminhando em silêncio por algum tempo. Adam parou para retirar um chiclete grudento da sola do sapato direito. Thrale esperou por ele.

– Passei anos ganhando um bom dinheiro furtando livros raros das bibliotecas – disse Thrale, pensativo. – Mapas, ilustrações. Por toda a Europa, fingindo ser acadêmico. Alguns deles incrivelmente raros. Então fui pego e precisei pagar minha dívida para com a sociedade.

– Ah. – Adam se levantou.

– Meu grande erro, uma vez libertado, foi pensar que eu poderia engambelar as senhoras e cavalheiros do Departamento de Saúde e Seguridade Social... ou agora se chama Departamento do Trabalho e de Pensões? Seja o que for. De qualquer modo, eu me inscrevia para receber o seguro-desemprego, mas simultaneamente continuava trabalhando em vários empregos medíocres. Alguém me dedurou, e ficaram me vigiando. Esse mundo aí fora não vale nada, Adam, e meu benefício foi cortado. Eu estou sendo procurado, acusado de fraude. Não pretendo voltar para a prisão.

– E daí...

– Daí meu entusiasmo pela fascinante teoria conspiratória do bispo Yemi.

Eles chegaram ao ponto de ônibus de Adam.

– Até amanhã – disse Adam.

– Como você está sobrevivendo?

– Pedindo esmola.

– Ah, meu Deus. Desespero.

– E você?

Thrale franziu o cenho.

– Eu retomei meu antigo negócio. Furto livros, por encomenda de estudantes. Só não posso ser pego de novo. – O cenho franzido virou um sorriso falso. – Vou por aqui. Moro numa "invasão" em Shoreditch com uma mistura intrigante de jovens.

Adam observou Thrale se afastar, depois revistou os bolsos para ver quanto dinheiro lhe restava. Como fazia uma noite agradável, poderia muito bem caminhar de volta até Chelsea, e assim economizar alguns centavos.

20

A ELEGANTE CAPA DE CHUVA ESTAVA ESTENDIDA NO CONCRETO RACHAdo do estacionamento subterrâneo do bloco 2 do Conjunto Shaftesbury. Mohammed estava parado ali, olhando para baixo com ar preocupado.

– Não sujar ela – disse Mohammed.

Bozzy pegou a roupa e colocou-a numa reluzente poça de óleo derramado. Depois pisou e repisou o troço na sujeira, com os calcanhares. E ainda tentou tocar fogo no pano com um isqueiro.

– Tudo bem, tudo bem – disse Jonjo. – Vá devagar.

Pequenas chamas surgiram, pálidas, no forro axadrezado da capa.

– Matar você, porra! – urrou Mohammed para Bozzy.

– Você já morto! – urrou Bozzy de volta. – Como você me matar? Homem-bomba?

– CALEM A PORRA DA BOCA! – berrou Jonjo, e todo mundo se acalmou.

Jonjo se aproximou de Mohammed, que encolheu o corpo e se afastou dele.

– Não vou machucar você – disse Jonjo. – Agora não, pelo menos... Como você arrumou essa capa?

– Como eu contar a Boz – disse Mohammed. – Três ou quatro semanas atrás... eu ter minitáxi, certo? Motorista de minitáxi, hein? Já era tarde, eu só estava indo até as boates, hein? Então ver o otário, achar que ele estava mamado, mas ver que ele tinha corte na cabeça, hein? – Mohammed continuou a contar sua história: como o tal otário dissera morar em Chelsea e que precisar voltar para lá. Mohammed, gostando da ideia de uma corrida longa e uma boa féria, mandara o otário entrar no carro. Mas, quando chegaram a Chelsea, o otário dissera que não tinha dinheiro, então oferecera a capa de chuva como pagamento. Mohammed ficara muito contente em aceitar.

– Nós fomos no táxi até Chelsea. Quando ele falar que tem essa capa de chuva nós ficar um pouco desconfiados... ele morando naquele terreno baldio ali. Achamos que ele podia estar nos passando a perna... que ia dar no pé. Mas ele voltar com ela e eu ver que era uma capa de chuva Blueberry. Classuda, cara, verdadeira. Cem libras, fácil.

Bozzy avançou e apontou o dedo para o pequeno espaço entre as luxuriantes sobrancelhas de Mohammed.

– Puto mentiroso. – Ele se virou para Jonjo. – Nós limpamos o otário. Num sobrou nada, a num ser a camisa e a cueca.

– Ele tinha roupa, cara. Eu não levar homem nu no meu táxi.

– Puto mentiroso!

Jonjo deu um soco violento no ombro de Bozzy, que soltou um ganido agudo de dor e recuou, com o braço caído feito morto.

– Então você deixou o cara em Chelsea – disse Jonjo a Mohammed. – Numa casa?

– Neca. Ele estava dormindo ao relento, perto de uma ponte.

Jonjo agarrou Mohammed pelo pescoço e levantou-o do chão; as pontas dos pés dele mal tocavam o concreto manchado. As mãos de Mohammed agarraram o pulso de ferro de Jonjo, procurando desesperadamente um ponto de apoio.

– Não minta para mim, Mo.

– Eu juro, chefia – sussurrou ele de olhos esbugalhados.

– Torturar ele – disse Bozzy.

Jonjo largou Mohammed, que tossiu, pigarreou e cuspiu.

– Eu deixar otário lá. Ele entrar naquele pedacinho de terreno baldio. Voltar com casaco e me entregar.

Jonjo sentiu um calor se espalhar pelo corpo. Um terreno baldio perto de uma ponte do Tâmisa, em Chelsea: ponte Battersea, ponte Alberta ou ponte Chelsea, só podia ser uma dessas. Vivendo ao relento e se escondendo; não admira que estivesse sendo tão difícil encontrar Kindred. Ele olhou para Mohammed, ainda cuspindo como se tivesse uma espinha de peixe na garganta.

– Então ele estava dormindo ao relento perto de uma ponte, não é? – disse Jonjo, a benevolência tornando sua voz levemente mais roufenha. Ele não ia machucar mais Mohammed. Não precisava. – Agora você me conta exatamente de qual ponte está falando.

Jonjo estacionou o táxi numa pequena praça e percorreu a pé os oitocentos metros de volta até a ponte Chelsea. Ficou ali parado durante algum tempo, junto à cerca que limitava o estreito triân-

gulo de terreno coberto de vegetação, verificando se havia algum movimento, qualquer sinal de alguém escondido. Quando se certificou de que não havia ninguém lá, esperou que a intensidade do tráfego na avenida marginal diminuísse e pulou a cerca de ferro. Percorreu rapidamente o triângulo; era maior do que parecia visto da rua, e, para seu espanto, junto à parte que dava para a ponte havia uma grande figueira. Aproximando-se do vértice do triângulo e afastando-se da ponte, Jonjo viu que a vegetação rasteira ficava mais densa. Mergulhou debaixo dos galhos inferiores, abrindo caminho através dos vários arbustos e moitas, até encontrar uma pequena clareira. Três pneus estavam empilhados, formando um assento rudimentar; debaixo de um dos arbustos ele encontrou um saco de dormir e uma lona plástica; debaixo de um outro havia um caixote de laranjas com um fogareiro a gás, uma frigideira, uma barra de sabão e três latas vazias de feijão cozido.

Jonjo investigou em torno um pouco mais. Aquilo ficava bem escondido da rua e também do tráfego da ponte. A relva estava completamente amassada e pisada – alguém vinha vivendo ali já havia algum tempo. Ele encontrou uma pá; não havia lixo, as fezes estavam presumivelmente enterradas... bastante impressionante. Ele olhou na direção do céu, quase escuro, as lâmpadas da ponte Chelsea brilhavam contra o céu roxo-azulado da noite.

Jonjo conferiu os carregadores de suas duas armas e descobriu um esconderijo confortável a poucos metros da clareira. Kindred voltaria dentro de cerca de uma hora, ou então quando resolvesse vir. Ele não se importava em esperar o tempo que fosse necessário; no regimento, às vezes passara duas semanas escondido só para fuzilar alguém. Kindred poderia levar o tempo que quisesse: agora que ele descobrira aquele lar secreto, o capítulo Kindred na vida de Jonjo Case estava prestes a ser concluído, com extremo prejuízo.

21

ADAM PERCEBEU QUE O ENORME TAMANHO DE LONDRES SEMPRE o surpreendia – quase o deixava intimidado – embora ele viesse percorrendo as ruas sem parar nas últimas semanas. Caminhar da Igreja de John Christ, em Rotherhithe, até a ponte Chelsea lhe tomava bem mais do que uma hora e meia; contudo, examinando um mapa ele percorrera um trecho diminuto da grande massa espraiada da cidade. Era uma trajetória minúscula e sinuosa, cruzando os limites de poucos bairros: Bermondsey, Southwark, Lambeth, Pimlico, Chelsea. É verdade que ele parara para comprar uma xícara de café, uma garrafa d'água e uma maçã, à guisa de desjejum, mas seus pés doíam quando chegou à extremidade Battersea da ponte Chelsea. Ficou contente ao ver as fileiras de lâmpadas e observar que a maré estava vazando, com vestígios de sua praia começando a aparecer. Pensou que talvez pudesse tomar um banho à meia-noite: tirar a camisa, jogar um pouco da fria água do rio sobre as costas e talvez até mesmo esquentar uma frigideira d'água e lavar o cabelo.

Adam cruzou a ponte e virou para a esquerda justamente a tempo de ver quatro policiais com coletes reforçados abrirem o cadeado do triângulo e entrarem no terreno baldio. Ele atravessou correndo a avenida marginal e esperou, meio escondido pelo memorial da guerra, na esquina da rua Ponte Chelsea. Ficou observando e esperando, com os nervos à flor da pele, subitamente alarmado, muito alarmado. Nada parecia estar acontecendo. Ele olhou para seu não existente relógio de pulso e ficou andando um pouco, como se estivesse matando tempo. Caso alguém estivesse interessado na sua presença ali, ele poderia estar esperando alguém sair do hospital Lister do lado oposto da rua, e, mesmo sem necessidade, reatou o cadarço dos sapatos. Então, dez minutos após a entrada da polícia no triângulo, viu os quatro homens emergirem com um quinto, um grandalhão algemado.

Também viu um dos policiais pedir reforço pelo rádio pessoal e, cerca de dois minutos mais tarde, dois carros da polícia, com sirenes uivando e luzes azuis piscando, chegaram ao local. O quinto homem foi empurrado para dentro de um deles. Convenientemente, o carro da polícia parara debaixo de um poste de luz, e, como Adam estava a pouco mais de quinze metros, podia ver tudo com bastante clareza. Pouco antes de se curvar para entrar no carro, o grandalhão parou e pareceu dizer alguma coisa a um dos policiais.

Com um espasmo de pura surpresa, Adam reconheceu o homem. Sentiu o corpo cambalear diante do choque da familiaridade. O queixo fraco e fendido, o cabelo à escovinha, as feições grosseiras... era o sujeito que ele nocauteara com a maleta na noite do assassinato de Wang.

O carro da polícia partiu velozmente, um dos policiais entrou no outro carro e também saiu em velocidade, seguindo o primeiro. Os três policiais deixados para trás estalaram as palmas das mãos no ar e trocaram tapinhas nas costas, indo embora pela avenida marginal. Adam ficou observando enquanto eles se afastavam, seguindo-os discretamente durante um curto trecho, e viu quando todos entraram num portão na amurada do rio e desceram alguns degraus até a água. Minutos depois, um barco-patrulha partiu, seguindo velozmente rio abaixo.

Perguntas martelavam no cérebro de Adam. O que o grandalhão estava fazendo no triângulo? Esperando a sua volta? Jesus Cristo... Como ele soubera do triângulo? O que a polícia estava fazendo ali? Por que a polícia prendera o sujeito? Surgira uma nova pista no caso Wang? Aquela prisão serviria para inocentá-lo, finalmente? Era pergunta se atropelando após pergunta, uma pequena avalanche escorregadia de perguntas. De repente Adam se sentiu muito fraco, e percebeu que não poderia mais permanecer no triângulo; os dias do triângulo haviam terminado. Ele precisava encontrar outro lugar para se esconder.

Adam bateu à porta de Mhouse; era muito tarde, cerca de três da madrugada, e aquela era a sétima ou oitava vez que ele ia até lá para ver se ela já voltara da festa no barco, lá no rio. Conseguira se manter nas sombras, evitando as poucas pessoas que passavam por ali. À noite, o Shaftesbury, como ele sabia muito bem, não era um lugar convidativo. Uma luz se acendeu atrás da porta.

– Quem é, porra?

– Mhouse? Sou eu, John 1603. Mudei de ideia. Gostaria de alugar o tal quarto vago.

22

A Targa se aproximou do novo píer de aço nas escadarias Phoenix e Rita pulou para terra e fez o oito tradicional com a corda de amarração em torno do grande través na borda do píer. Joey jogou para ela a corda da popa, que ela amarrou. Fora um dia calmo no rio. Eles haviam levado um mergulhador da Equipe de Busca Submarina até um ancoradouro em Deptford para investigar um potencial cadáver submerso, mas encontraram apenas três sacos de lixo com peso para afundar. Depois haviam interceptado uma barcaça que descia o rio, vinda de Twickenham, com documentação irregular, e transmitiram os detalhes para as autoridades fiscalizadoras do Tâmisa. Finalmente se apresentaram à estação da Marinha Real no píer Lifeboat da marginal Victoria, recolheram a passarela inflável emprestada e tomaram uma xícara de chá. Quase um cruzeiro de férias, pensou ela: um dia ensolarado passeando no rio... O que poderia ser melhor? Perguntou a Joey se ele podia comparecer à sessão de relatórios do final do dia, pois ela queria ter uma conversa urgente com o sargento Rollins.

– Alguma novidade, sargento? – disse ela, quando o encontrou no minúsculo escritório do contêiner 3, ao lado do necrotério refrigerado e sussurrante do contêiner 4. Podia-se ouvir o compressor funcionando através da parede; Rita tinha certeza de que não gostaria de ter seu escritório do lado de um necrotério. Tentou demonstrar um interesse meramente casual, escondendo a ansiedade na voz.

– Sim. Soltaram o cara.

– *O quê?*

Rollins deu de ombros, espalmando as mãos.

– Só sei isso. Seguraram o sujeito durante a noite, mas de manhã soltaram e ele foi para casa.

– Soltaram? Sem indiciamento? – Rita sentiu um choque estranho, uma sensação de vazio; aquilo era a última coisa que ela esperava.

– Você terá de ir até Chelsea, Nashe. Descobrir o que aconteceu. Não vai mais ser convocada como a policial que efetuou a prisão. Não houve indiciamento.

– Ele estava armado, pelo amor de Deus. Duas armas e uma faca de quase vinte centímetros. Sem documento de identidade. O que está havendo?

– Era um caso tranquilo, eu diria, mas é isso aí. Deve haver alguma razão. – Ele deu um sorriso afetuoso para ela. – Simplesmente você vai precisar prender outra pessoa, meu bem.

– Por favor, sargento, não me chame de "meu bem".

Quando largou o serviço, Rita foi de metrô até a delegacia de Chelsea para ver se conseguiria alguma resposta. O sargento Duke não estava de plantão, mas ela viu Gary num corredor, chamou, e foi até ele.

– Oi, Rita – disse ele, olhando-a de cima a baixo. – Você está bem? Cara linda, como sempre. Grande festa, por falar nisso.

– O que você está fazendo aqui?

– Acabei de chegar de Belgravia. Trabalho burocrático.

Ela olhou ao redor, certificando-se de que ninguém estava ouvindo.

– Nós fomos chamados noite passada. Um sujeito que prendemos junto à ponte Chelsea, com duas armas e sem identidade, não quis falar uma só palavra. Eu mesma vim aqui com ele, preenchi um boletim de ocorrência, depois nós deixamos o sujeito com o Departamento de Investigações Criminais. Serviço terminado. Agora eu acabei de saber que ele foi solto. Que porra está acontecendo? Alguma ideia?

Gary olhou para os dois lados do corredor.

– É, eu ouvi dizer... – e bateu de leve no lado do nariz. – Foi um daqueles telefonemas, você sabe.

– Não, não sei.

Ele abaixou a voz.

– Alguém nos escalões mais altos da Polícia Metropolitana telefona: "Solta o cara agora, eu assumo toda a responsabilidade." Esse tipo de coisa.

– O que isso quer dizer?

– Vocês revelaram algum tipo de vigilância secreta. MI5. Antiterrorista. Não sei. Claro que esse seu cara da ponte Chelsea é bem relacionado.

– Não vou deixar isso assim.

– Muito bem: está vendo aquela parede ali? Simplesmente bata a sua cabeça contra ela durante uma hora ou duas, e veja o que aguarda você. Deixa isso pra lá, Rita... a coisa está acima, muito acima do nosso nível de salário.

Ela ficou andando de um lado para o outro no corredor, pensando.

– Sinto falta de você, Rita.

– Não diga.

– Fui um idiota. Imbecil. Eu admito isso.

– Tarde demais, Gary.

– Podíamos tomar um drinque, não?

Eles foram até um bar perto da delegacia, um local pseudoespanhol que servia tapas, com boa música. Gary continuou implorando para ser perdoado e Rita ouvia apenas pela metade, ainda perturbada pelo que acontecera, ainda irritada mas sem foco, recordando o que ocorrera na noite anterior naquele terreno baldio perto da ponte.

Ela fora direto até a clareira e começara a procurar, enquanto Joey e os outros dois iluminavam o entorno com as lanternas. De repente aquele homem se levantara de trás de um arbusto, dando-lhe um susto, com as mãos levantadas sobre a cabeça.

– Vocês me pegaram – fora tudo que ele disse.

Ela revistou o sujeito, encontrou as armas. Prendeu, algemou, oficialmente o colocou sob custódia e mandou que a polícia de Chelsea viesse com dois carros que patrulhavam a área. O homem nada mais falou, não tinha documento de identidade, não quis revelar seu nome, e continuou muito calmo. Quando ela o empurrou para dentro da traseira do carro, ele se virou para ela subitamente, como que prestes a dizer algo, antes de claramente se calar. Seus rostos estavam bem próximos. Era um cara grande e feio; o queixo fraco com uma grande fenda. Mas Gary ainda estava falando.

– Desculpe, eu estava a quilômetros de distância – disse ela. Então, o que há de novo? Mais assassinatos em Chelsea?

– Desde o seu último trovão, não.

– Como vão indo as coisas?

– Quase fechando, acho eu... nada, nada. Ainda temos uma sala de homicídios em Belgravia. Só alguns detetives-patrulheiros e uma linha telefônica. Para formalidades, sabe.

– Nenhum sinal do Kindred?

Ele deu de ombros.

– O Kindred... ou se suicidou ou está sendo protegido por amigos e familiares.

– Eu achava que ele não tinha amigos nem familiares neste país.

– Eu acho que ele se matou.

Gary meteu a mão no bolso do paletó, procurando um cigarro, mas depois colocou o maço de volta no bolso, lembrando que não se podia mais fumar em bares.

– Quem anuncia uma recompensa como aquela, daquele tamanho, com cem mil pratas, recebe mil telefonemas – comentou ele. – Acho que pegamos vinte e sete: todos loucos. Então a coisa secou completamente; ele deve estar morto.

– Ou ter ido para o exterior – disse ela. – Fugido do país.

Rita percebeu que ele não estava interessado, e só estendeu a mão para pegar a dela.

– Eu gostaria de ver você de novo, Rita. Sinto sua falta.

Rita subiu o portaló até o *Bellerophon*, batendo os pés deliberadamente, e viu a ponta acesa do cigarro de maconha do pai descrever um arco da popa para a água. Ele tinha uma lata da cerveja Speyhawk na mão.

– Oi, papai... tudo azul?

– Já estive melhor, mas não me queixo. O Ernesto está ali embaixo, e você está atrasada.

Eles jantaram juntos: pizza, salada e torta de maçã. Era um encontro mensal que Rita insistia em fazer, e que eles mantinham.

Uma vez por mês, ela dizia, eles deveriam se reunir como uma família e fazer uma refeição juntos, compartilhando a comida e o vinho. Ela e Ernesto nunca conversavam sobre a mãe, Jayne, a ex-esposa de Jeff que agora morava, pelo que sabiam, em Saskatchewan, Canadá. Estava casada novamente, com um homem desconhecido, mas Rita gostava de pensar que o simples fato de o resto da família Nashe se reunir como agora significava que ela era uma presença fantasmagórica. A insistência deles em não a mencionar tornava-a de certa forma ainda mais presente. Rita lhe escrevia uma carta de tempos em tempos, mas a mãe nunca respondera; ela sabia que Ernesto sempre recebia um cartão no dia do aniversário dele, além de um telefonema ocasional. Para Rita, nada, porque ela escolhera Jeff. Ernesto era jovem demais, portanto fora perdoado. Tudo se resumia a mal-entendidos e animosidades, e Rita se entristecia se pensasse muito no assunto. Ainda assim, pelo menos os três estavam ali fazendo uma refeição juntos.

– Muito trabalho, Ernesto? – perguntou Jeff Nashe ao filho.

– Eu poderia trabalhar catorze dias por semana – disse Ernesto. Ele era um jovem pequeno, mas corpulento, dois anos mais moço do que Rita. Parecia com Jayne, pensou ela. Ernesto disfarçava sua intensa timidez sob um ar de imperturbável tranquilidade, mal assumida.

– Como vai o ramo dos guindastes? – indagou Jeff. – Em alta? Subindo?

– Quando eles estão construindo, precisam de guindastes. Quando param de construir é que vem o problema.

Rita podia perceber o esforço do pai para fingir interesse. Ernesto era operador de guindaste-torre, e tinha um salário três vezes maior que o dela.

– Eu prendi um homem noite passada – disse ela, ansiosa para mudar de assunto. – Lá perto da ponte Chelsea. Ele tinha duas pistolas automáticas e uma faca.

Jeff Nash voltou seu olhar semialcoolizado para ela, esbugalhando os olhos.

– Agora você é uma policial armada? – perguntou ele, em tom acusador. – O dia em que você carregar uma arma... nesse dia você sai do *Bellerophon*.

Ela ignorou a inútil ameaça do pai.

– Ele se rendeu a mim. A mim e a meus colegas policiais.

– Você precisa ter cuidado – disse Ernesto. – Que inferno, a que ponto chegamos, hein? Jesus.

– Londres é uma cidade violenta desde que foi fundada – disse Jeff. – Por que deveríamos ficar surpresos se nada mudou?

Bastante sensato, pensou Rita. Só que hoje em dia, quando prendemos um homem com duas armas ilegais, não o soltamos vinte e quatro horas mais tarde. Ela achava que não podia simplesmente virar as costas e tratar da vida; realmente deveria fazer algo a respeito do caso.

23

DARREN TROUXE AS CERVEJAS E COLOCOU-AS SOBRE A MESA. ELES estavam num bar da praça Leicester, grande e barulhento. Era um lugar cheio de estrangeiros, todos conversando em suas línguas incompreensíveis, pensou Jonjo, olhando em torno. Até mesmo os atendentes no balcão eram estrangeiros. Ele, Darren e um outro cara, que fora apresentado como "Bob", pareciam ser os únicos ingleses autênticos presentes. O tal Bob também era militar, Jonjo reconhecera isso instantaneamente, embora de alta patente: um oficial, um "Rupert", mas um Rupert que já participara de negócios sujos. Faltavam dois dedos na sua mão esquerda e havia uma cicatriz de uns doze centímetros no maxilar; era um vergão bem recente, em forma de meia-lua.

– Saúde, queridos – disse Jonjo, sorvendo três talagadas da cerveja espumante. Ele ia ouvir uma cobrança babaca, ou coisa pior, e seria melhor aproveitar a bebida grátis.

– Você fodeu tudo, Jonjo – disse Bob em voz baixa, quando Jonjo abaixou o copo. — Fez merda. Tem ideia do que precisamos fazer para livrar a sua cara? Sabe para quem precisamos telefonar? Os favores especiais que precisamos pedir a gente importante? Quais favores nós ficamos devendo agora?

Na verdade, Jonjo não se importava com isso. Darren lhe dissera que ele teria todos os recursos disponíveis, de modo que ao ser preso ele dera o telefonema. O que mais deveria ter feito? Ele deu um sorriso vazio para "Bob", e indicou 3 centímetros de ar entre o polegar e o indicador.

– Eu estava perto assim – disse ele. – Já tinha conseguido rastrear o Kindred. Estava com o cara na mão. Até chegar a porra daquela policial.

– Destino cruel – disse Bob. – A única coisa que você não podia imaginar.

– É, que seja.

Darren permaneceu calado, concentrado em tomar sua cerveja; era o menino de recados.

– O problema é que agora nós não podemos nem mesmo contar à polícia que você quase pegou o cara – continuou Bob. – Isso nos ligaria ao assassinato de Wang, portanto estamos levando porrada de tudo quanto é lado.

Jonjo ignorou-o. O pior havia passado.

– Eu sei o que Kindred está fazendo – disse ele calmamente, com voz firme, recostando o corpo na cadeira. – Fiquei imaginando isso enquanto esperava ali. Ele está vivendo perto da ponte há semanas... simplesmente invisível. Ele não é bobo... não faz nada, então não deixa rastros. Nada de cheques, contas, referências, telefonemas do celular, somente de telefones públicos, nada de cartões de crédito, apenas dinheiro vivo... nada. É assim que a gente desaparece no século XXI... Você simplesmente se recusa a participar dele. Vive como um camponês medieval... fuça o lixo, rouba, dorme debaixo das sebes. Foi por isso que ninguém conseguiu encontrar o cara, nem mesmo a porra da divisão de homicídios da Polícia Metropolitana. Ele pode ter sido mostrado por 300 câmeras de vigilância todo dia, e nós não saberíamos. Nem sabemos mais qual a aparência dele, aonde ele vai, o que faz. É apenas um homem andando numa rua da cidade. Um grande negócio. Livre como um passarinho.

Jonjo fez uma pausa, um pouco surpreso com sua própria eloquência. Decidiu que aquele continuado tom belicoso, sem apresentar desculpas, era sua melhor defesa, e foi em frente.

– Mas eu encontrei o cara. Eu... Jonjo Case. Descobri o paradeiro dele. Não a polícia. Não o anúncio de dez mil pratas de recompensa. Eu tinha o cara na mão, mas a porra do azar atrapalhou a coisa. Portanto, não me venham com essa besteira de precisar pedir favores. – Ele mediu o ar com dois dedos de novo. – Ninguém chegou nem a dois quilômetros dele.

– Talvez você tenha razão nesse ponto – disse Bob. – Mas uma coisa é certa... ele sumiu.

– Eu vou pegar o Kindred, não se preocupem – disse Jonjo, com mais confiança do que sentia. – Agora tenho pistas... basta me dar um pouco de tempo.

– Essa é nossa única mercadoria com estoque baixo – disse Rupert-Bob, a voz pesada de cinismo. Jonjo calculou que ele fora um sargento, esperto e bem-falante, que fora promovido. Isso o fez relaxar um pouco; sabia como esses caras eram, conhecia suas profundas inseguranças. A porra do seu sotaque era falso também; havia algo de escocês, alguma coisa de nortista nele, da península de Wirral, Cheshire...

– Não é problema meu, parceiro – disse Jonjo, fitando o outro com um olhar mortiço.

– É sim, porra. O tempo anda escasso. Você não tem muito tempo. Percebeu? – Ele se levantou. – Vamos, Darren.

Darren acabou a cerveja e deu uma piscadela para Jonjo pelo lado do copo erguido na mão. O que aquilo queria dizer? se perguntou Jonjo. Ele viu Bob pegar o celular ao deixar o bar. Provavelmente estava fazendo uma chamada, e relatando a reunião com Jonjo Case. Para quem ele estaria ligando, perguntou Jonjo a si mesmo, quem estava acima na cadeia de comando?

Ele foi até o balcão. Estava se sentindo desgostoso, enganado, subvalorizado, e pediu uma outra cerveja a uma moça chamada Carmencita. O que fazia aqueles caras ficarem tão excitados? ponderou ele parado ali, dando pequenos goles na cerveja. Agora eles sabiam que Kindred estava vivo, e vivendo em alguma parte de Londres. No final das contas, era, como ele dissera, puramente uma questão de tempo. O tempo era o inimigo de Kindred. O tempo era o amigo de Jonjo, o tempo estava a seu lado.

24

– O SOL ESTÁ NO CÉU.

– O sol está no céu.

Adam arrumou novamente as letras grandes e soletrou tudo para Ly-on.

– O céu está azul.

– O céu está azul.

– Agora você sozinho... faça “O sol está no céu” de novo.

Ly-on começou a mudar as letras de posição para formar as novas palavras. Mhouse estava na sua cadeira, observando os dois sentados no chão em frente à TV, e percebeu que o aparelho não estava ligado. Aquilo era estranho: nada de TV? Ela gostava da ideia de John 1603 ensinar Ly-on a ler: era uma coisa importante, ler e escrever. Bem que ela desejava poder ler melhor do que fazia... já da escrita não precisava tanto. Mas não tinha tempo livre.

– Vou lojas – disse ela.

John ergueu o olhar e sorriu.

– O que comprar presente Ly-on? – perguntou Lyon.

– Você ficar aí só... – sem conseguir pensar na palavra, Mhouse concluiu. – Você faz só o que o John mandar.

Ela entrou no quarto, tirou do armário a jaqueta de couro e vestiu. Estava gostando de ter um homem no apartamento, mesmo que fosse apenas um hóspede. Aquilo também rendia um dinheirinho extra, três semanas agora, sessenta pratas. Gostava de chegar do trabalho e encontrar John e Ly-on... estudando, era essa a palavra. Eles estavam estudando muito, e parecia que seu filho já estava quase lendo. E Ly-on gostava dele, o que era ainda melhor. Cara bacana, esse John 1603.

Ela atravessou o Shaftesbury rumo à rua alta, cumprimentando as poucas pessoas que reconhecia. Percebeu que *estava* de bom humor, sorrindo para si mesma. Também havia um pouco de sol no céu. "O sol está no céu": até que ponto aquilo era difícil? Ela conseguia ler a frase. "O céu está azul hoje", disse em voz alta, como que vendo as letras na sua mente; ela quase conseguia escrever aquela frase. Só precisava de uma mãozinha de John, e...

– Ei, Mhouse!

Ela olhou ao redor. Mohammed estava sentado no Primera, estacionado junto ao meio-fio com a porta do passageiro aberta. Ele fez sinal para ela, que entrou no veículo.

– Sem ver você há séculos, Mo. Andou fora?

– Lá no norte, visitando meus primos.

– Que bacana. Você tá bem?

– Não. Não estou nada bem, porra. De jeito nenhum. Andei me escondendo.

Mohammed contou sobre o encontro no estacionamento com Bozzy e um tal outro cara. Um cara barra-pesada, de dez toneladas, disse ele. De meter medo, porra.

– Jesus – disse ela. – O que está havendo?

– Eles ficar fazendo perguntas sobre a noite em que a gente levar o otário pra Chelsea.

Mhouse sentiu um pequeno arrepio de medo subir pela nuca.

– Mas quem era o cara barra-pesada? Amigo do Bozzy?

– Neca. Ele baixou a porrada no Bozzy. Eu não sei, nunca vi o cara antes. O negócio é que eu manter você fora da coisa, Mhouse. Nunca falar o seu nome.

– Obrigado, Mo. Bacana da sua parte. Fico devendo essa.

– Aí é que está, Mhouse. Você me deve essa... uma capa de chuva. O porra do Bozzy jogou a capa no óleo, pisou no troço e depois tacou fogo em tudo. – O rosto de Mohammed registrava seu profundo sentimento de perda. – Ele tacou fogo na minha capa de chuva Blueberry...

Mhouse remexeu na bolsa e entregou uma nota de 10 libras a ele.

– A capa vale cem pratas, Mhouse, fácil. E eu manter o seu nome fora da coisa.

– Não tenho cem, Mo.

– Estou duro, Mhouse. Não podia trabalhar lá no norte, não é? Preciso de cem. Rapidinho.

– Não posso dar isso a você esta semana. Que tal mês que vem? Tenho que pagar o sr. Q amanhã.

– E o que eu faço, Mhouse? Estou duro... meu bolso está com fome. Talvez o Bozzy me dê algum...

– Eu arrumo o seu dinheiro na semana que vem.

– Segunda-feira.

– Segunda. Sem problema.

Ela saiu do carro tremendo ligeiramente, consciente de que tivera sorte. Mohammed não estava mentindo, porque senão Bozzy e sua gangue teriam vindo procurá-la. Era melhor pagar a Mo as cem pratas, mantendo-o feliz. John 1603 estava fazendo uma diferença, mas seriam necessárias cinco semanas de aluguel para devolver o dinheiro a Mohammed... ela já devia ao sr. Qualidade, e devia a Margo. Quase tudo que ganhava na ronda ia parar nas mãos deles...

Ela desceu a rua Jamaica pensativa. Podia lidar com Bozzy e seus amigos viciados, pois o sr. Qualidade se encarregaria deles, mas quem era esse novo cara, o barra-pesada de "dez toneladas"? Qual era o papel dele naquilo tudo? Eles deviam estar procurando John 1603, então, talvez ela devesse mandá-lo embora. Depois pensou: ele está comigo há três semanas, eles não sabem onde ele está ou qual é a aparência dele, é claro. Então, por que expulsá-lo? Ele rendia dinheiro para ela, comprava comida e bebida, estava ensinando seu filho a ler, e Ly-on gostava dele. Foda-se... pague a Mo as cem pratas, de algum modo, e ponto final.

Na caixa de saída do PROXI-MATE, ela encontrou a sra. Darling.

– Oi, querida – disse a sra. Darling. – Você anda comendo um monte de bananas. Não está grávida, está?

– Não. Não. É o Ly-on. Ele só quer isso. Banana amassada, por favor, mamãe. De manhã, de noite...

– Um macaquinho, hein? Não tenho visto o garoto muito, ultimamente. Você não anda precisando de babá, então?

– Agora tenho um hóspede. É da igreja. John 1603.

– John 1603?

– Ele está ensinando o Ly-on a ler.

Mhouse empilhou suas compras na esteira da caixa: rum, bananas, pão branco, leite, biscoitos, cereais, chocolate, quarenta camisinhas.

– É um barbudo? – indagou a sra. Darling. – Já vi esse sujeito por lá.

– É ele. "Barbanegra", é o apelido que dei a ele.

– É... e eu ando vendo o sujeito na igreja. Deve ser bom para o Ly-on.

– É sim. Eles se dão otimamente bem.

– Ele vai à igreja quase toda noite.

– Quem? O John?

– O bispo Yemi está de olho nele. É muito devoto.

– O quê?

– Ele *acredita.* Um verdadeiro fiel, e o bispo Yemi acha que ele é muito esperto, também.

– Ah, ele é esperto, é mesmo. Sempre tem razão.

Mhouse pagou as compras e colocou-as nas sacolas, como sempre espantada diante dos preços de tudo. Ali estava ela, gastando todo o dinheiro de novo, e John já lhe pagara a semana, adiantado. Como ela pretendia pagar as cem pratas de Mohammed, gastando como se não houvesse amanhã?

À noite Mhouse bateu na porta de John. Já era tarde, passava de meia-noite. Ela bateu de leve na porta, suavemente, com as unhas. Ly-on dormia, pois ela lhe dera uma meia pílula de sonífero extra no jantar. Ouviu John dizer "entre", e empurrou a porta.

– Sou só eu – disse ela sem necessidade, enquanto ele acendia a luz. O colchão estava no meio do quarto, rodeado pelas caixas de papelão dela. John comprara um abajur pequeno para poder ler na cama.

– O que é? – perguntou ele, olhando para ela com expressão sonolenta. – Está tudo bem?

– Eu estava um pouco sozinha – disse ela, tirando a camiseta comprida. – Posso me meter aí com você?

Ela não esperou pela resposta de John: afastou o cobertor e se aconchegou junto a ele, que estava nu. Que bom. Ela pôs os braços em torno dele e puxou-o na sua direção.

– Lindo e quente. Quente que nem torrada – disse ela, beijando o peito dele. – Eu estava me sentindo um pouco sozinha.

– Mhouse – disse ele. – Por favor. Isso não é uma boa ideia. E o Ly-on?

– Desacordado – disse ela, estendendo a mão e sentindo o pênis dele endurecer rapidamente. – Alguém acha que é uma boa ideia.

Mhouse achou a boca de John com a sua, e as duas línguas se tocaram, enquanto ela sentia as mãos dele nos seus seios. Ele estava tremendo.

– Só uma coisa, John – disse ela. – Antes que a gente avance. É quarenta libras, normal. Mas para você é vinte. E não precisa usar camisinha.

– Está bem – disse ele, com uma espécie de arquejo na voz. – É, qualquer coisa.

– Fechado?

– Fechado.

25

HAVIA UMA PEQUENA MANCHA ESCURA NA SUA FRONHA ENGOmada, branca e usualmente imaculada. Não... na realidade eram duas manchas. Duas manchas escuras um pouco maiores do que cabeças de alfinete. Ingram levantou o travesseiro para a luz. Sangue. Duas pequenas manchas de sangue. Acariciando a linha do maxilar com as pontas dos dedos, ele achou que devia ter se cortado ao fazer a barba na véspera, antes do jantar. De alguma maneira, durante a noite devia ter esfregado as crostas formadas. De qualquer forma pouco importa, disse para si mesmo, rolando para fora da cama. Tirou o pijama e foi tomar uma ducha forte.

Depois do banho, metido no roupão, ele inspecionou o rosto no espelho onde se barbeava, mas não conseguiu ver uma crosta, um corte ou uma queimadura de navalha em lugar algum. Ficou imaginando... gotículas de sangue podiam cair dos olhos? Da boca ou dos dentes? Talvez houvesse mordido a língua enquanto dormia. De acordo com Meredith, ele rilhava os dentes durante o sono; era uma queixa inverificável, e o ruído que ele fazia com isso fora a razão primeira pela qual eles haviam decidido dormir em quartos separados. Talvez ele houvesse rilhado os dentes com força demais na noite anterior, e um pouco de sangue houvesse saído... De qualquer forma, aquilo era muito estranho.

Ele se barbeou e depois abriu a gaveta do quarto que continha sua roupa de baixo, passada e cuidadosamente dobrada. Aquele seria um dia para sair sem cueca? Tinha uma reunião com Pippa Deere às dez horas, e sempre apreciava muito os momentos em que roçava o pinto escondido dela. A espalhafatosa e reluzente Pippa Deere. O nariz dela brilhava, os lábios brilhavam, e ela usava joias de ouro em excesso. Mas ele achava que não: a atmosfera de crise na empresa exigia traje completo, e ele vestiu uma cueca tipo boxer, de tecido axadrezado. Raciocinou que poderia tirá-la mais tarde, se lhe sobreviesse o estado de ânimo despido.

Uma vez na Calenture-Deutz, ele adentrou a sala da secretária a passos lépidos. A sra. Prendergast levantou-se abruptamente, com o rosto tenso, fazendo estranhos sinais defronte do peito.

– O Keegan e o Freitas estão esperando – disse ela depressa, claramente tão insatisfeita com aquele estado de coisas quanto o próprio Ingram. Que porra estavam os dois fazendo no escritório dele às 9:30 da manhã?

– Quero café preto – disse ele, mantendo a calma. – Só um tablete de açúcar hoje, e alguns daqueles biscoitos de creme – Depois abriu a porta do escritório; Keegan e Freitas estavam sentados no sofá de couro.

– Senhores – disse ele, cruzando a sala na direção da mesa. – Que surpresa. Não deixem isso acontecer de novo, por favor.

– Nossas desculpas, Ingram – disse Keegan, com um tom de voz respeitoso. – Mas você precisava ser o primeiro a saber. O comunicado para a imprensa deve sair dentro de uma hora. Não queríamos que você ouvisse a notícia de nenhuma outra pessoa.

– Vocês encontraram o assassino do Philip Wang? Pinfold, Wilfred? Qual é o nome dele?

– Não. É sobre a Zembla-4.

– Ah. Por que não conseguimos encontrar esse homem?

– Ingram – insistiu Keegan, no tom ligeiramente sugestivo de um mestre-escola. – A Zembla-4 vai ser enviada às autoridades governamentais hoje de manhã. Estamos anunciando isso. Oficialmente, estamos prontos.

Ingram ficou calado, achando que conseguira manter uma expressão impassível.

– Desde quando você é o diretor-presidente da Calenture-Deutz, Burton? Essa é uma decisão para ser tomada por mim e pela diretoria.

– As circunstâncias mudaram – atalhou Freitas, mais suavemente. – Precisamos agir depressa.

– Bem, ajam depressa e revoguem a ordem – disse Ingram. – Isso não vai acontecer. Philip Wang morreu há poucas semanas; é o trabalho da vida dele que está em jogo. Nós não estamos prontos. O Philip iria se revirar na sepultura.

Keegan levantou as duas mãos.

– Costas Zaphonopolous já examinou escrupulosamente todos os testes, todos os dados. Toda a documentação de outros testes no estrangeiro, na Itália ou no México, está pronta, irretocável. Ele nos deu sinal verde, explicitamente.

– Eu pensei que você houvesse dito que faltavam dados do apartamento de Philip.

– Mas não que afetem o lançamento da Zembla-4.

– Pouco me importa o que o Costas diz, desculpe. Eu tomo essa decisão. Preciso ver os fatos, os relatórios. Depois a diretoria deve sancionar...

– Ingram – interrompeu Keegan. – Simplesmente veja o valor das suas ações da Calenture-Deutz dobrar... não, quadruplicar.

Ingram ficou calado, andando de cá para lá no escritório, com as mãos nos bolsos e a cabeça baixa. Esperava passar a boa imagem de um homem imerso profundamente em seus pensamentos. Havia alguma coisa no sotaque anasalado de Keegan que ele estava achando particularmente irritante naquela manhã.

– Desculpe, Burton – disse ele, por fim. – Esta empresa é minha, não de vocês. Eu tomo essas decisões, não vocês. Não, repito, não.

– Tarde demais – disse Keegan categoricamente, quase com insolência, deixando de lado qualquer tom respeitoso. Tanto ele quanto Freitas permaneceram sentados. Ingram foi até a mesa, sentou-se ali atrás, como se isso, de certa forma, lhe devolvesse a autoridade.

Então Keegan se levantou, enfiou a mão dentro da sua pasta e abriu em leque três revistas sobre a mesa de Ingram. Não eram revistas, e sim publicações científicas, observou Ingram: *The American Journal of Immunology*, *The Lancet*, *Zeitschrift für Pharmakologie*.

– Três artigos assinados por especialistas independentes nas suas áreas, exaltando a Zembla-4 – disse Keegan.

– Como isso aconteceu? Como eles conseguiram essa informação?

– Nós lhes demos os dados, e, é claro, também uma linda retribuição pecuniária – Keggan sorriu. – É barbada, Ingram. Depois, espere os anúncios mês que vem para você ver. Estamos na expectativa de obter a licença completa em menos de um ano. Seis a nove meses. – Ele estendeu seus dedos finos, indicando as manchetes. – Afinal Uma Cura Para a Asma.

– Eu já vi esses anúncios – disse Ingram sorrindo, contente por poder marcar um modesto ponto a seu favor. – O Alfredo me mostrou. Bem, vou estragar a sua festa, Burton, sinto muito, mas a resposta é ainda um alto e irreversível "não". É ridiculamente prematuro e arriscado. O próprio Philip Wang me contou uma semana antes de morrer que queria pelo menos mais um ano de testes clínicos de terceiro nível; queria mais comparações com placebos, antes de poder, com confiança, pensar em solicitar a licença. Não, não, não. – Ele deu um sorriso frio. – Cancelem tudo.

– Acho que não, Ingram. Não vá por esse caminho, por favor.

Ingram sentiu o estômago embrulhado. Ligou a chave do intercomunicador.

– Algum sinal do meu guarda-chuva, sra. P.?

– Guarda-chuva, senhor?

– Quero dizer café.

Tanto Keegan quanto Freitas já estavam de pé, defronte da mesa dele.

– A propósito, você dois estão fora, demitidos, a partir deste momento. Têm vinte minutos para sair do prédio. A segurança vai acompanhar vocês até seus escritórios. Não levarão coisa alguma com vocês além de seus pertences pessoais...

– Não, Ingram – disse Keegan com voz cansada. – Não estamos demitidos. Eu sugiro que você telefone para o Alfredo Rilke.

– O Alfredo me oferecerá as cabeças de vocês em travessas de prata.

– Isso foi ideia de Alfredo, Ingram. É coisa dele, não nossa. Estamos apenas seguindo as instruções dele.

A sra. Prendergast entrou com o café e biscoitos de Ingram, que sorriu calorosamente para ela.

– Obrigado – disse ele.

Ela lhe lançou um olhar aterrorizado, e depois saiu apressadamente da sala, sem olhar uma vez sequer para Keegan e Freitas.

– Você pode telefonar para o Alfredo agora – disse Keegan.

Ingram olhou para o relógio.

– São cinco horas da manhã no Caribe.

– O Alfredo está em Auckland, na Nova Zelândia. Ele vai aceitar o seu telefonema... no número de costume.

– Por gentileza, saiam da sala, cavalheiros.

Depois que os dois partiram, Ingram ficou sentado por um momento, imóvel, avaliando a situação, e tentando chegar a um acordo com a vastidão rodopiante de implicações nascidas dessa última conversa. Era como se cem morcegos ou pombas invisíveis estivessem voando alucinadamente em torno da sala, enchendo seus ouvidos com as batidas das asas velozes; aquilo significava alguma coisa ruim, alguma coisa fadada ao desastre. Ingram se sentia como o presidente democraticamente eleito de uma republiqueta que acabara de ser vítima de um golpe militar. Ele ainda tinha seu escritório, sua linda casa, sua limusine com o motorista uniformizado... mas isso era tudo.

– Alfredo?... Ingram.

– Ingram. Eu estava esperando seu telefonema. Tudo é muito excitante, não é?

– Tudo veio muito de repente, é certo.

– É assim que a coisa funciona, Ingram. Pode acreditar em mim. Eu acho, se você me permite, que tenho mais experiência nessa área do que você.

– Não há dúvida.

Era em momentos como esse que Ingram desejava não ter abandonado o mercado imobiliário pelo ilusório mundo farmacêutico. Tudo era tão simples, então: você arranjava dinheiro emprestado, comprava um prédio, vendia-o com lucro. Mas Rilke estava falando.

– A surpresa é sua melhor arma. Você prepara o impulso, um impulso insopitável. Você só tem uma chance. A Zembla-4 foi lançada. Agora nós temos de correr atrás. Agora, agora, agora. Vá, vá, vá.

– Eu só acho...

– Nós estimamos de cinco a oito bilhões de dólares no primeiro ano com a licença completa. Dez a doze bilhões por ano é bastante realista, daí em diante. Essa droga é um outro Lipitor, um Seroquel, um Viagra, um Xenak-2. Já temos nossa droga arrasa quarteirão, Ingram. Uma patente de vinte anos. Mundial. Nós morreremos como homens enormemente, vastamente, repulsivamente ricos.

– É, bom... Bem... – Ingram não sabia como responder. Ele se sentia acovardado, com aquela sensação de garoto pequeno fora do seu elemento, sem compreender. Mas ainda conseguiu dizer: – Para a frente e para cima.

– Que Deus o abençoe – disse Alfredo Rilke, a voz estalando pelo éter. – E meus parabéns.

– Boa-noite – disse Ingram, pegando um dos biscoitos de creme da sra. P.

– Só uma coisa antes de desligar, Ingram – disse Rilke.

– Sim?

– Nós precisamos encontrar esse tal de Adam Kindred.

26

Roubar algo de um cego era a coisa mais vil que ele poderia fazer. Roubar a bengala branca de um cego certamente o condenaria às mais baixas e excruciantes regiões do inferno, desde que você acreditasse que o inferno existia, disse Adam para si mesmo, e é claro que ele não acreditava. Essa racionalidade secular sólida como pedra, entretanto, não anulava os sentimentos de culpa que ele experimentava cada vez que saía com a bengala. Mas a necessidade é a mãe da invenção, e assim por diante, pensou; não havia dúvida de que a aquisição da bengala branca, a epifania damascena da bengala branca, e a introdução do objeto naquela rotina haviam transformado sua vida de pedinte e também sua fortuna. Em dois dias específicos ele fizera mais de 100 libras, e na maior parte dos dias recolhia 60 a 70 libras com facilidade. Ia ultrapassar as mil libras bem antes do fim do mês.

Ele vira o cego, um homem com deficiência visual parcial, na lanchonete, e observara as quase visíveis correntes de atenção que emanavam na sua direção, vindas das outras pessoas em torno. Era como se ele fosse uma espécie de ímã de consideração: cadeiras eram discretamente afastadas do caminho, os casais se separavam para dar-lhe passagem, uma mão repousara suavemente no seu ombro para orientá-lo até a frente da fila. Adam ficou sentado, observando o cego pedir um capuccino com um muffin. Um atendente saíra de trás do balcão para colocá-lo numa mesa próxima, e o cego caminhou hesitantemente até se sentar. A conversa das pessoas diminuía de tom, respeitosamente, quando ele passava. Ele dobrou a bengala (que tinha uma bola de plástico na extremidade) e meteu-a dentro da bolsa de lona que levava e que colocou no chão ao lado da cadeira. Depois comeu o muffin e tomou o café. Enquanto o cego fazia isso, Adam tivera sua revelação, sua revelação de pedinte. Ele vira, de pronto, seu futuro como mendigo.

Adam estava se dando perfeitamente bem ao pedir "só moedas pequenas": 5 a 6 libras por dia. Aquilo já era em si uma ideia inteligente, mas uma ideia inteligente *pequena*. Ele precisava levar a mendicância a novos patamares; precisava de um salto quântico na sua imaginação de pedinte, e vira naquele cego e sua bengala branca a estrada que precisava tomar.

Então roubara a bengala branca. Passara pela mesa do cego, deixara cair um jornal, curvara-se para apanhá-lo, tirara a bengala de dentro da bolsa e metera-a na manga da jaqueta antes de sair da lanchonete.

No dia seguinte, Adam foi até a estação Paddington, usando camisa e gravata, seu terno de listinhas e óculos escuros baratos, que comprara numa loja de bricabraque perto do Shaftesbury. Com a bengala desdobrada e a bola branca de plástico da extremidade fazendo ziguezague a sua frente no piso de pedra do saguão da estação, ele se aproximou de um quadro eletrônico elevado, com os horários de partida dos trens. Escolheu uma mulher já idosa para perguntar.

– Com licença... eu estou na estação Waterloo? – disse Adam no seu tom de classe média mais educado possível.

– Não. Ah, não, não. Você está em Paddington.

– Paddington? Oh, meu Deus, não. Obrigado, obrigado. Oh, meu Deus. Desculpe ter incomodado. Obrigado. – Ele se virou.

– Posso ajudar? Há alguma coisa errada?

– Fui trazido para a estação errada. Gastei todo o meu dinheiro.

A mulher lhe deu 10 libras e pagou sua passagem de metrô até a estação Waterloo.

Lá Adam perguntou a um jovem casal se ele estava na estação da rua Liverpool. Eles lhe deram 5 libras para comprar o bilhete do metrô. Depois de esperar meia hora, Adam se aproximou de um homem de meia-idade, também num terno de listinhas, e perguntou se os trens para a Escócia partiam dali.

– Caia fora – disse o sujeito, virando-lhe as costas.

Mas isso era raro. Segundo a experiência de Adam, para cada "caia fora", "se manda", ou um inexpressivo olhar de indiferença surgiam quatro ofertas de ajuda financeira. As pessoas empurravam dinheiro para cima dele, e algumas eram absurdamente generosas, oferecendo-se para acompanhá-lo, comprar comida para ele, dizendo "cuide-se" e metendo mais notas em sua mão.

No primeiro dia esmolando como cego ele faturou 53 libras. No segundo dia ganhou 79 libras.

Logo se estabeleceu uma rotina: ele fazia um percurso diário pelos terminais de trem e pelas estações maiores do metrô de Londres, como King's Cross, Paddington, Waterloo, Victoria, Ponte de Londres, Piccadilly, Rua Liverpool, Earls Court, Angel, Notting Hill Gate, Bank, Oxford Circus. Também ia à rua Oxford, a shopping-centers, a feiras livres e a museus, qualquer lugar em que houvesse ajuntamento de pessoas e ele pudesse passar despercebido. Onde quer que estivesse, ele simplesmente perguntava se estava em outro local. As pessoas eram bondosas e atenciosas, prestativas e compreensivas; a fé de Adam na fundamental natureza boa do próximo, dos seres humanos, foi grandemente reforçada. Ele nunca mendigava mais que uma vez por dia em qualquer local, e o maço de notas em seu bolso crescia sem parar. Pagava o aluguel a Mhouse uma semana adiantado; ia ao supermercado e voltava com as sacolas de plástico cheias de comida e vinho para ele e Mhouse, além de guloseimas para Ly-on. Comprou um luxuoso conjunto Como-Ler-Fácil, e começou a ensinar Ly-on a ler e escrever, coisa que reduzia um pouco sua culpa. Na segunda semana de mendicância como cego, ele comprou, numa liquidação, um novo terno escuro, três camisas brancas, uma gravata social formal e um par de mocassins pretos.

E assim, quando Mhouse arranhou sua porta naquela noite e ofereceu-lhe um desconto de hóspede para fazer sexo com a senhoria, ele ficou alegre e aceitou prontamente, pois dinheiro não constituía problema. Ela veio à cama dele cinco noites seguidas. Na terceira, Adam pediu que ela ficasse; gostava da ideia de dormirem abraçados, mas ela disse que uma noite completa custava 100 libras, e ele desistiu. Então, de repente, Mhouse parou de vir. Ele sentia falta dela, sentia falta daquele corpo esbelto e ágil, com seios empinados de mamilos escuros. Não transava com ninguém desde aquela azarada noite na galeria de observação da câmara de nuvens, com Fairfield. Antes disso havia a lembrança distante e evanescente de transar com Alexa: aquele corpo bronzeado com as marcas brancas do biquíni, aquele luxuriante cabelo louro e aqueles dentes perfeitos. Ter Mhouse nos braços, debaixo dele, penetrar nela e experimentar o orgasmo era estar o mais próximo da felicidade que Adam já estivera recentemente. Pela primeira vez desde o assassinato de Philip Wang, ele teve de novo uma sensação de relaxamento, de normalidade, de pontada de afeição humana outra vez... de carência.

Após alguns dias de abstinência, Adam disse a Mhouse:

– Eu lhe dou cem libras por uma noite inteira.

– Acho que não, John. Não é, sabe, *correto*. O Ly-on vai saber.

– Por que as outras cinco noites foram *corretas*?

– Bem, foi tipo afogar-o-ganso-obrigado, sabe. Rapidinhas. Mas eu acho que ele saber alguma coisa aconteceu.

Isso era verdade. Depois da quarta noite, Adam chegara por trás de Mhouse na pia, pusera seus braços em torno dela, beijara-lhe o pescoço e apertara-lhe os seios. Ela se virara e lhe dera um tapa no rosto, com força. Adam recuara e, ao se virar, dera com a figura de Ly-on levantando os olhos do livro, chocado e preocupado.

– Nunca mais faça isso, porra – sibilou Mhouse para ele, num tom de fúria. – Isso é negócio. Puro e simples.

Mas será que era? Adam ficou pensando. Naquela primeira noite em que viera até seu quarto, ela dissera estar se sentindo "solitária". Ele também estava solitário, às vezes pensando que era o homem mais solitário do planeta. E gostara tanto de abraçar aquele pequeno corpo flexível, sentindo o calor do seu hálito no pescoço e no rosto, sentindo Mhouse se contorcer e se esfregar nele. Conforme os dias passavam e nada acontecia, Adam, cada vez mais rico, começou a achar uma frustração quase intolerável morar no apartamento. Retomou suas idas à Igreja de John Christ, preferindo fazer a refeição da noite lá, na companhia de Vladimir, Turpin e Gavin Thrale, feliz em suportar os intermináveis sermões do bispo Yemi. Mas ainda voltava ao Shaftesbury e ficava deitado no quarto, ouvindo, através da parede, Ly-on já lendo histórias simples para a mãe. Quando tudo estava silencioso, ficava deitado no escuro, desejando que Mhouse batesse à sua porta, mas isso não aconteceu de novo.

Adam pensava, vagamente, em ir embora: por que ficar se atormentando daquela forma? Mas alguma coisa o retinha ali. O apartamento no Shaftesbury era uma espécie de lar, afinal de contas, e ali ele se sentia seguro, também. E Ly-on gostava dele; o estranho e apático Ly-on, que mostrou aprender rápido. Além disso, se fosse embora ele não mais veria Mhouse, não estaria na sua companhia, assistindo televisão, fazendo refeições ruins juntos, rindo, conversando. Ele ficou pensando se já estaria obcecado por ela, de maneira pouco saudável...

Sentado no quarto, Adam contou 500 libras e depois passou um elástico em torno do grosso maço de notas. Aquilo o deixava com uma reserva de quase 300 libras, mas começava a se sentir inquieto ao carregar tal quantidade de dinheiro por toda parte. A sorte é que já pensara em um lugar onde guardar o dinheiro.

Quando ia saindo do Shaftesbury, ele ouviu alguém chamar.

– Ei. Dezesseis-zero-três.

Ele olhou em volta e viu o sr. Qualidade se aproximando com a mão estendida para cumprimentá-lo. Os dois já haviam se encontrado algumas vezes, quando ele ia até ao apartamento entregar pequenos embrulhos a Mhouse – pílulas para os seus problemas, dissera Mhouse. Eles bateram as palmas das mãos e seguraram os polegares.

– Você ainda por aqui, cara? – perguntou o sr. Qualidade.

– É. Continuo ocupado.

– Gosta da Mhouse, não é?

– Nós nos damos bem. E o Ly-on é um carinha bacana.

– Você fica, precisa me pagar aluguel. Cem libras por mês.

– Eu pago aluguel para a Mhouse.

– Não é apartamento dela, cara. É meu.

– Pago a você amanhã. Está bem? – disse Adam. O maço de notas no seu bolso parecia pesado como tijolo.

– Você me fazer muito feliz, Dezesseis-zero-três.

Adam fez o longo percurso de ônibus até Chelsea, feliz por ter a oportunidade de pensar. Pensou em Mhouse, em Ly-on e na estranha vida nova que estava levando com eles. E ficou ainda mais maravilhado consigo mesmo – com sua capacidade de adaptação, de quase prosperar naquele mundo hostil e implacável. Imaginou o que Alexa teria pensado daquele novo Adam; o que seu pai e sua irmã pensariam. Deliberadamente, procurava não se lembrar de sua família, caso pudesse evitar – era melhor mantê-los estacionados na fímbria da consciência. Tinha certeza de que *eles* nunca *o* haviam esquecido; o que deviam imaginar que acontecera com ele? Perdido para sempre. Ele podia pensar calmamente sobre aquilo, porque sentia que mudara de alguma maneira paradigmática: o antigo Adam estava sendo expulso e sobrepujado pelo novo – mais esperto, mais afeito às coisas do mundo, e mais capaz de sobreviver. Era como se o *Homo sapiens* afastasse os *Neanderthals*... A ideia o fez parar: talvez ele não estivesse tão feliz a ponto de dizer adeus ao antigo Adam, afinal das contas.

Percebeu que não deveria ter pensado em Alexa, enquanto consecutivas imagens dela vinham-lhe à mente, flutuando, sem serem convidadas, e ele podia ouvir sua voz vigorosa e gutural chegar a seus ouvidos. Na realidade, fora a voz dela que o atraíra a princípio – como se ela estivesse se recuperando de uma laringite – e fora a primeira coisa nela que lhe prendera a atenção quando telefonara para o escritório dela a fim de perguntar sobre um apartamento à venda próximo à Universidade de Phoenix. Fora ela a corretora quando ele, por fim, comprara o imóvel. A presença física de Alexa, o cabelo louro abundante, o bronzeado, a vivacidade, os dentes, os lábios lustrosos, quase em contradição com o que suas cordas vocais pareciam inferir. Era como se ele estivesse esperando alguma cantora de saguão de hotel, corpulenta, fumante compulsiva, e, em vez disso, fosse apresentado àquele reluzente protótipo da beleza americana. Mas a disparatada justaposição de voz e persona exercera seu intenso apelo. Houvera problemas com a venda, trazendo a necessidade de outros encontros; os números dos respectivos celulares foram trocados, e, quando a venda foi concluída, os dois comemoraram tomando um drinque juntos. Dividiram uma garrafa de champanhe, Adam levara Alexa até o carro dela, e eles se beijaram. Aquilo fora o início de um rápido namoro, casamento grã-fino, a nova casa presenteada pelo sogro viúvo, o assunto predileto de uma família.

O final viera, abrupta e inesperadamente, dois anos mais tarde, quando Fairfield telefonara para Alexa, dois dias depois da transa na câmara de nuvens, declarando, entre soluços, seu amor eterno por Adam, implorando a Alexa que deixasse o marido livre. Às ocultas, Alexa lera as mensagens de texto não deletadas no celular de Adam, e imprimira todas. O próprio Brookman Maybury estava parado ao lado do advogado ao se iniciarem os trâmites para o divórcio, e, quando Adam soubera como se desenrolara o funesto curso dos acontecimentos, Alexa não estava presente. O pai dela atuara como um procurador frio e severo, em prol de sua filha psicologicamente abatida, doente e sob medicação: seus olhos fulguravam contra Adam debaixo das dobras dos supercílios acropaquidérmicos. Adam tentou parar de pensar, mas a memória de sua última refeição com Fairfield penetrava à força, sem piedade, na sua mente.

Três dias depois do evento na câmara de nuvens, eles haviam se encontrado no campus e saído para jantar, no centro de Phoenix, num grande restaurante anônimo de nível médio. O lugar tinha um pátio ao ar livre, e por isso era popular entre fumantes. O restaurante servia copioso prato de carnes e frutos do mar, todos os camarões que você pudesse comer em um balde, galinhas inteiras com batata frita. Adam estava sem fome e mal tocara na comida; depois que eles jantaram, porém, ele tentara pôr em prática seu plano de "contenção de danos". Entretanto, quanto mais destacava a racionalidade de sua defesa – um momento de loucura, procedimento indesculpável de sua própria parte, "vamos continuar amigos" – mais Fairfield dizia que o amava, queria passar o resto da vida com ele, ter filhos com ele.

– Você precisa parar de me mandar essas mensagens de texto, Fairfield – dissera ele. – Eu continuo deletando tudo, mas você continua mandando.

– Por que eu devo parar? Eu amo você, Adam, quero declarar meu amor por você, todo o tempo, cada momento do dia. – Ela acendera um cigarro, e, em consideração a ele, soprara a fumaça por sobre o próprio ombro direito.

– Por quê? Porque... porque essas mensagens podem ser rastreadas... elas, elas, elas, você sabe, podem ser usadas pela Alexa contra mim.

– Mas eu já falei com a Alexa.

Então Adam percebera que estava tudo acabado e sentira uma espécie de encolhimento, com sua alma murchando. Um engano idiota, um lapso, uma reação quase inconsciente de um instinto sexual atávico, tudo que era preciso para colocar em queda livre uma vida perfeitamente segura, uma vida bastante feliz e próspera. Veja o que aconteceu com Adão e Eva, pensou ele, com um pouco de amargura, de autocensura. E ele tinha certeza de que a desgraça o estava espreitando na esquina, era meramente uma questão de tempo. Assim, ele pusera a mente em ponto morto, enquanto Fairfield pedia sorvete e ele a observava comer, a observava lamber a colher de maneira provocativa, sorrindo para ele, falando sobre o próximo encontro dos dois – num motel? Uma noite inteira? – sobre o futuro deles. Isso fora antes que um pequeno tumulto na porta do restaurante fizesse Adam levantar os olhos para ver Brookman Maybury com um oficial de justiça a seu lado atravessar o pátio e se aproximar da mesa deles. Adam recebera uma intimação de "restrição de aproximação" e fora avisado de que nunca veria sua esposa novamente: Alexa estava entrando com uma petição para divórcio imediato.

Ele saltou do ônibus na praça Sloane e foi andando, cabisbaixo, pela rua da Ponte Chelsea até o rio, imerso em suas tristes recordações. O divórcio e o escândalo potencial o obrigaram a renunciar ao cargo de professor associado (Brookman Maybury era um patrocinador importante da universidade e havia uma bolsa para atletas no nome de sua falecida esposa). Brookman tornara o caso absolutamente, inapelavelmente claro: renuncie ou você será acusado de grande torpeza moral e nunca mais trabalhará em nenhuma instituição educacional novamente, muito menos numa universidade americana, onde você estaria livre para dar em cima de jovens estudantes. Assim, Adam renunciara ao cargo de professor associado, e pensara: voltar para a Inglaterra, começar de novo. Então ele se inscrevera para um emprego no Imperial College. E veja onde isso o fizera aterrissar, pensou ele, com renovada amargura.

Era um dia enevoado, a brisa soprava, e o rio estava baixo, a maré começando a virar. Do meio da ponte, Adam tinha uma boa visão do triângulo, a longa e fina praia que ficava exposta, e lá estava a figueira e todos os componentes familiares do que fora o seu pequeno mundo de três lados. Ele verificou se ninguém estava vigiando o local, esperou alguns minutos, seguiu pela avenida marginal e passou rapidamente por cima da cerca, abrindo caminho por entre os ramos e arbustos até a clareira. Alguém jogara os pneus para lá e para cá, e seu saco de dormir e a lona haviam sumido; talvez a polícia os houvesse levado?

Ele se orientou e encontrou o local, retirando a relva, que já se enraizava de novo, para expor a caixa-forte enterrada. Dentro dela havia o dossiê de Philip Wang, as instruções que lhe haviam dado para chegar à sala de entrevistas do Imperial College, um recibo de corrida de táxi, seu livreto com as ruas de Londres de A a Z, um bloco de notas do Hotel Grafton com alguns números de telefone anotados, uma lista de apartamentos para alugar de uma imobiliária que ele visitara. Percebeu que aquilo era tudo que restava do velho Adam, um magro resíduo documental de sua antiga vida e que ele estava carregando nos bolsos do casaco e do paletó naquela noite fatídica... Depositou o maço de notas, somando 500 libras, na caixa, fechou-a e pisoteou de novo o tufo de relva por cima. Provavelmente fora assim que haviam começado todos os bancos e a atividade bancária, um simples armazenamento de dinheiro excessivo. E veja como as coisas haviam progredido...

Por coincidência, o sermão do bispo Yemi naquela noite tinha como ponto de partida um texto do "Livro de John". Revelações, capítulo 14, versículo 14 – "Use sua foice e colha, porque a safra da terra já está madura" – que ele usou como veículo para explorar, bastante extensamente, alguns dos méritos da globalização.

A sra. Darling estava servindo a comida naquela noite, um ragu surpreendentemente bom, e cumprimentou Adam de forma particularmente calorosa.

– É bom ver você, John – disse ela. – O bispo Yemi quer dar uma palavrinha depois do jantar.

O que aquilo significava? pensou Adam desconfiado, enquanto levava o prato para a mesa, juntando-se a Vladimir, Thrale e Turpin. Turpin andara ausente por mais de uma semana, e foi muito vago nas respostas. Ele estivera "lá no oeste" para ver uma esposa em Bristol. Não fora uma experiência agradável: uma de suas filhas estava mal, e seu estado de espírito era, correspondentemente, rabugento e taciturno.

Isso contrastava fortemente com Vladimir, que estava num estado de grande excitação, tendo finalmente conseguido seu passaporte, um objeto que passou discretamente por baixo da mesa. Turpin não mostrou interesse. Adam viu que o documento era italiano e observou que o novo nome de Vladimir era "Primo Belem". A fotografia, superiluminada e ligeiramente embaçada, era notavelmente parecida com Vladimir; o original Primo Belem, o falecido Primo Belem, também tinha cabeça raspada a navalha e um cavanhaque, fato esse que os tornava idênticos, de uma maneira geral. Adam percebeu que todos os homens com cabeças raspadas e cavanhaques se parecem vagamente, até mesmo como irmãos.

Thrale ficou particularmente interessado, perguntando se aqueles passaportes podiam ser obtidos por menos de mil euros – Adam percebeu que ele arquitetava um plano – e Vladimir prometeu indagar do seu contato. Havia uma atmosfera como que de despedida e constrangimento naquela última refeição deles juntos. Vladimir/Primo estava prestes a partir e readentrar o mundo real como membro legítimo da sociedade. Ele encontrara um pequeno apartamento de um quarto num conjunto em Stepney; fora entrevistado para um emprego como servente de hospital; abrira uma conta bancária e solicitara a emissão de um cartão de crédito. Apertou as mãos de todo mundo ao partir, aceitando seus votos vazios de boa sorte, e respondeu com promessas igualmente vazias de que manteria contato com eles.

Antes de partir, porém, ele puxou Adam para o canto e entregou-lhe um pedaço de papel, onde estava escrito o número de seu celular. Adam achou aquilo deprimente; ficou imaginando se as circunstâncias de seu próprio caso algum dia lhe permitiriam voltar a possuir e usar um celular. Era um lembrete dolorido de como sua vida estava circunscrita e reduzida ao básico.

– Por favor ligar para mim – insistiu Vladimir. – Vir a meu apartamento, nós fumar crack juntos, hein?

– Seria ótimo – disse Adam. – Cuide-se.

As despedidas dos dois foram interrompidas pela sra. Darling, que conduziu Adam por uma escada nos fundos do salão até os escritórios do bispo Yemi. Lá Adam encontrou o bispo usando um terno escuro de três peças e uma brilhante gravata de seda amarronzada; a camisa azul-centáurea contrastava com o colarinho branco. O efeito era desconcertante: ele parecia um próspero empresário, se bem que vestido com certa ostentação. Na lapela, Adam viu um pequeno alfinete de ouro com os dizeres "John 2": o pastor mantivera seu distintivo de ofício.

– John 1603 – disse o bispo Yemi, agarrando a mão de Adam entre as suas. – Sente-se, meu irmão.

Adam sentou, observando o rio pelas janelas do escritório, a maré subindo e, do outro lado da água marrom, a vista dos luxuosos apartamentos da rua Wapping High.

– Eu escolhi você, John – disse o bispo. – Você é o meu escolhido.

– Eu? – exclamou Adam. – Para quê?

O bispo Yemi explicou. A Igreja de John Christ fora agraciada recentemente com o status de instituição de caridade. Agora eles eram uma instituição de caridade registrada, com todos os benefícios fiscais daí resultantes. Além do mais, haviam recebido um generoso subsídio por parte do programa municipal "Mãos Estendidas para Crianças", patrocinado pelo próprio prefeito de Londres. A Igreja de John estava abrindo uma creche, um pré-jardim de infância, um escritório para fornecer gratuitamente aconselhamento legal e médico, uma agência para estimular os jovens carentes, e, joia da coroa, um orfanato em Eltham para menores de doze anos.

– Meus parabéns – disse Adam. – Mas o que isso tem a ver comigo?

– Eu preciso de um executivo, um homem que seja meu braço direito, alguém que conheça a igreja, que conheça sua inclinação doutrinária. – O bispo Yemi sorriu modestamente.

– Sem crucifixos – disse Adam.

– Precisamente. Nosso Senhor não morreu numa cruz de madeira. O sol radiante de Patmos é o nosso novo logotipo.

– Eu receio...

– Eu não posso abandonar inteiramente meus deveres pastorais. – O bispo Yemi ignorou a resposta de Adam. – Preciso de alguém que represente a igreja, que seja meu procurador, em todos esses novos órgãos administrativos. E eu escolhi você, John 1603.

Adam repetiu que ele realmente sentia muito; embora enormemente lisonjeado, até mesmo honrado, a resposta teria que ser um "não" relutante. Culpou sua frágil saúde mental, os numerosos e recentes colapsos, e assim por diante. Seria impossível; ele odiaria decepcionar a igreja.

– Nunca tome decisões apressadas, John – disse o bispo. – Eu me recuso a aceitar "não" como resposta... esse é o princípio que orienta minha vida. Pense sobre o assunto, vá com calma, meu irmão. Nós poderíamos formar uma grande equipe, e a retribuição, espiritual e financeira, será considerável.

Ele abraçou calorosamente Adam à saída.

– Eu preciso de inteligência, John, e disso você tem um estoque imenso. Procurei entre os outros irmãos e eu sei que você é a pessoa certa. O salário inicial é de 25 mil libras por ano. Mais carro e despesas, é claro. – Ele sorriu. – Use sua foice, John.

– Não entendi?

– Use sua foice e colha, porque a safra da terra já está madura.

Naquela noite, quando Adam voltou para o apartamento, Mhouse o estava esperando acordada. Ela o beijou nos lábios, somente um selinho, mas nunca mais o beijara, depois daquela primeira vez em que se metera na cama junto dele.

– O que está acontecendo? – perguntou ele.

– Está a fim de uma noitada completa?

Depois de transarem, os dois sentiram fome. Mhouse encontrou uns biscoitinhos sabor camarão, e Adam abriu uma de suas garrafas de vinho, um Cabernet Sauvignon californiano. Mhouse ficou sentada no colchão de pernas cruzadas diante dele, mastigando os salgadinhos e bebendo vinho direto na garrafa. Aquilo parecia uma ceia de meia-noite, pensou Adam; um segundo mais tarde, essa analogia com os tempos de estudante já parecia absurda. Ele percebeu que na escola não havia ceias da meia-noite com gente nua: as jovens não se sentavam diante de você, nuas e de pernas cruzadas, durante ceias de meia-noite estudantis.

Ele colocou o dedo na tatuagem dela: "MHOUSE LY-ON".

– Quando você fez isso? – perguntou.

Mhouse tinha outras tatuagens, mais convencionais: um raio serrilhado, com dois dentes, no cóccix; uma flor multipetalada no ombro esquerdo; uma constelação de estrelas, Órion, na parte interna do pé direito. Todas haviam sido feitas com técnica profissional, em lojas especializadas. Já "MHOUSE LY-ON" era obra dela mesma.

– Foi quando o Ly-on nasceu. Tipo para mostrar nós ser uma só pessoa, sabe... Eu fiz tatuagem pequena nele, na perna, quando ele bebê. Cara, como ele chorando. – Ela sorriu, radiante, acreditando no que dizia. – Mas ninguém pode nos separar agora. Nunca.

– Por que você se chama Mhouse?

– Meu nome verdadeiro é Suri – disse ela, soletrando vagarosamente para ele. – Mas eu nunca gostar de ser Suri... tantas coisas ruins acontecer com Suri. Então mudar.

– Para Mhouse?

– "Suri" quer dizer "camundongo" na língua francesa... alguém me contou.

– É claro. Mas por que você escreve seu nome dessa maneira?

– Eu sei escrever um pouco. Sei escrever "house", não é? Aprendi isso. – Ela sorriu. – Então House... Mhouse. Fácil.

Adam tocou nos seios dela, beijou-os, arrastou os nós dos dedos pelos seus mamilos, deixou que seus dedos escorregassem até o estômago achatado.

– Alguém me ofereceu um emprego hoje – disse ele. – Vinte e cinco mil libras por ano, e um carro.

A risada de Mhouse foi alta e genuína.

– Você um cara engraçado, John – disse ela. – Saber me fazer rir.

Ela descansou a garrafa de vinho e empurrou Adam suavemente, fazendo-o rolar sobre as costas de modo que ela pudesse montar nele. Inclinou-se para a frente, dobrando o corpo para que seus seios tocassem os lábios e o queixo dele: um mamilo roçou nele, e depois o outro. Ela beijou Adam, pegando o lábio inferior dele entre os dentes e mordendo-o suavemente.

– Eu beijar você grátis – disse ela.

– Obrigado – disse Adam.

Adam correu os dedos ao longo das suas costas magras, até agarrar as nádegas retesadas. Cem libras para Mhouse, pensou ele, e cem para o sr. Qualidade... aquilo valia cada centavo esmolado.

27

O PRÓPRIO LUIGI PÔS O GROSSO ENVELOPE NA MESA DE INGRAM.

– Obrigado, Luigi – disse ele. – Vejo você às seis, como de costume.

Ele estava prestes a abrir o envelope quando tornou a sentir um daqueles novos e virulentos ataques de coceira – dessa vez na sola do pé esquerdo. Chutou o sapato para fora do pé, tirou a meia e coçou o local vigorosamente. "Coceira" era uma palavra muito fraca para descrever aquelas irritações potentes: era como se alguém houvesse inserido uma agulha de acupuntura em brasa debaixo da pele e a retorcesse de cá para lá. Além disso, aquilo parecia ocorrer em qualquer parte do corpo – axila, pescoço, juntas dos dedos, nádega – e, entretanto, não havia qualquer sinal de picada ou de uma esfoladura incipiente. Ingram imaginava que fosse algum tipo de irritação das extremidades dos nervos, embora começasse a temer que as coceiras pudessem ter alguma ligação estranha com aquele pequeno gotejamento de sangue noturno no seu travesseiro. A cada duas ou três manhãs, o travesseiro ficava marcado com minúsculas manchas de sangue vindas de alguma parte do seu rosto ou cabeça. De qualquer forma, as coceiras haviam começado uma semana ou duas depois do aparecimento das manchas de sangue – talvez não houvesse qualquer ligação e aquilo fosse uma consequência natural do envelhecimento (Ingram lembrou que não era nenhum rapazinho) e, depois que coçava o local, as coceiras desapareciam imediatamente. Contudo, quando irrompiam não podiam ser ignoradas.

Ele recolocou a meia e o sapato, voltando sua atenção para o pacote de Luigi, que continha a agenda de compromissos de Philip Wang. Agindo por intuição (e por necessidade de se adiantar às artimanhas de Keegan e Freitas), Ingram enviara Luigi ao laboratório da Calenture-Deutez em Oxford para buscar aquela agenda dentre os pertences pessoais de Wang. Abriu a agenda e começou desde o início do ano, seguindo adiante. Nada muito dramático, a rotina diária normal do atarefado chefe de um programa de desenvolvimento de uma droga, reunião maçante após reunião maçante, sendo que apenas algumas delas afetavam diretamente a Zembla-4. Depois, quando ele se aproximou do último dia de Wang na Terra, aquele padrão começou a mudar: uma súbita concentração de viagens na última semana ou nos últimos dez dias, registradas como "ausente do escritório". Eram viagens feitas a todas as quatro alas Felicity de Vere onde estavam sendo realizados os testes clínicos: Aberdeen, Manchester, Southampton, e, por fim, o hospital St Botolph's, em Londres, na véspera do assassinato. Virando a página para o último dia, o dia final da vida de Wang, Ingram viu que só havia um encontro: "Burton Keegan, C-D, 15:00 horas."

Ele fechou a agenda, pensando intensamente.

Nada daquilo estava fora dos padrões usuais, e por esse motivo não atraíra a atenção da polícia, pensou ele; tratava-se de um imunologista fazendo suas pesquisas de maneira inteiramente típica. A menos que você encarasse a coisa de um ângulo diferente: o ângulo de Ingram Fryzer.

Ele pediu à sra. Prendergast que ligasse para Burton Keegan.

– Burton, é o Ingram. Você tem um tempinho?

Burton tinha.

– Eu acabei de receber um telefonema da polícia sobre Philip Wang, tentando precisar os movimentos dele no seu último dia ou nos dois últimos dias. Eles parecem pensar que ele veio até aqui no dia em que foi morto. Eu disse a eles que isso não era possível... não vi o Wang no prédio nesses dias. Você viu?

– Não. – Keegan manteve um tom de voz inexpressivo.

– Exatamente. O Philip sempre dava um pulo aqui quando vinha à empresa... Então você também não esteve com ele?

– Ah, não. Não, não estive.

– Deve haver algum engano, então. Mantenho você informado. Obrigado, Burton.

Ele desligou, seguiu direto para o elevador e desceu até o saguão de entrada, tentando aparentar tranquilidade, sem pressa. Fez com que o chefe da segurança de plantão lhe trouxesse o livro de visitantes do mês anterior e folheou as páginas até o dia em questão. Lá estava a cópia carbono meio apagada, mostrando que Philip Wang assinara sua entrada no prédio às 14:45, e assinara de novo sua saída às 15:53. Poucas horas mais tarde ele seria brutalmente assassinado.

Ingram tomou o elevador de volta ao escritório mergulhado em profundos pensamentos. Por que Keegan mentira? É claro, Wang poderia ter vindo até a empresa e cancelado a reunião com Keegan, mas Keegan teria dito isso, certo? Não, tudo apontava incontestavelmente para uma reunião vespertina com Keegan às 15:00 no dia do assassinato de Wang. Sobre o que fora essa reunião? O que fora conversado? Por que Wang não fora falar com ele, Ingram?

– Que diabo isso tem a ver comigo? – disse o coronel Fryzer impacientemente, enquanto ajeitava outra vez, mesmo que de modo quase insignificante, o vaso de peônias, motivo da natureza-morta que pintava.

– Nada, papai... estou só usando você como uma espécie de caixa de ressonância – disse Ingram, escondendo a própria impaciência. Depois decidiu recorrer à bajulação. – Aproveitar a sua vasta experiência mundana.

– Bajulação não funciona comigo, Ingram, e você já devia saber disso a essa altura. Eu detesto isso.

– Desculpe.

– O seu número dois... qual-é-o-nome-dele?

– Keegan.

– O Keegan mentiu para você. Conclusão: ele tem alguma coisa a esconder. O que o seu dr. Wang pode ter dito a ele no tal encontro? O que deixou o Keegan se cagando de medo?

– Ainda não sei.

– Em que esse tal Wang estava trabalhando?

– Ele passou os últimos quatro dias visitando os diversos hospitais onde estamos realizando os testes clínicos de uma nova droga. Nada de inusitado nisso. A droga está prestes a ser enviada para validação, aqui e nos Estados Unidos.

– Esse Keegan está envolvido no processo de licenciamento?

– Completamente. Muito envolvido.

O coronel lançou um olhar tenebroso para Ingram, e depois abriu as mãos.

– Esse mundo pavoroso é seu, Ingram, e não meu. Pense. O que o Wang pode ter dito para perturbar o Keegan? É essa a resposta.

– Não tenho ideia.

– Pelo menos você é honesto.

Houve uma batida leve na porta e Fortunatus entrou. Ingram quase teve um choque ao ver o filho.

– Papai, o que você está fazendo aqui?

– Vim aproveitar a massa cinzenta de seu avô. E você?

Ingram beijou o filho, que usava o habitual traje de soldado-que-acabou-de-voltar-do-combate. Notou também que ele quase raspara o cabelo já ralo.

– Vou levar vovô para almoçar.

– Estarei pronto em dois segundos – disse o coronel, desaparecendo quarto adentro.

O convite não feito ficou pairando no ar como uma resposta malcriada, pensou Ingram, imaginando se deveria sugerir corajosamente se juntar aos dois. Ele sentia uma estranha emoção por ver três gerações dos Fryzer em um único aposento pequeno, mas percebeu que nem seu filho nem seu pai queriam sua companhia. Sentiu uma daquelas coceiras lancinantes começar no alto da cabeça, e pressionou o local fortemente com o indicador.

– Eu gostaria muito de ir com vocês – disse ele, conseguindo dar um sorriso de pesar. – Mas tenho que ir a uma exposição.

– Você vai a uma exposição?

– Não, quero dizer que tenho uma reunião.

– Ah, bom.

O coronel reapareceu.

– Você ainda está aqui, Ingram?

28

O SARGENTO DUKE PAROU NA PORTA.

– Eu gostaria que você não fizesse isso, Rita. Acredite em mim...

– Não tenho escolha, sargento. Ninguém me conta nada. Não posso simplesmente deixar a coisa de lado.

– Isso é exatamente o que você deveria fazer. Há coisas acontecendo aqui que você não compreende.

– E *você* compreende? – Ela confrontou o superior, mãos nos quadris, olho no olho, e ele pareceu vacilar ligeiramente. Depois insistiu, sem deixar que ele escapasse. – O que você faria se estivesse na minha posição?

– Não é problema meu. Não tenho que compreender.

Duke abriu a porta da sala de reunião, e Rita teve a impressão de que conseguira uma pequena vitória. Ela entrou, e ele fechou a porta atrás dela. Ela soltou o ar, pensando: o inspetor-chefe Lockridge não quis me receber no escritório. Tá legal. Ele está me confinando na pior sala de reunião da delegacia de Chelsea. Por quê?

O recinto era quase condizente com o status paradigmático de "SALA" num dicionário tipológico: uma mesa, duas cadeiras, uma veneziana de plástico maltratada, uma faixa de luz resplandecente no teto, paredes nuas. Rita se sentou e esperou.

Depois de alguns minutos, Lockridge irrompeu na sala, carregando uma espécie de arquivo de papelão que Rita sabia não ter relação com a queixa dela, mas era uma indicação do assunto que o esperava depois que ele tivesse lidado peremptoriamente com o caso dela. Os dois se apertaram as mãos.

– Que bom ver você de novo – disse ele, sentando-se, sem mencionar o nome dela. Depois levantou a mão como se Rita estivesse prestes a interromper, coisa que ela não estava. – A propósito, nossa conversa não é oficial. Só estou fazendo isso por causa dos bons serviços que você prestou aqui.

– Não quero favor algum, senhor – disse Rita, corajosamente. – Só estou procurando algumas respostas.

– Pode perguntar – disse Lockridge com um sorriso enviesado. Seu rosto parecia ter recebido um coice de cavalo ou de touro na juventude: a mandíbula era torcida para a direita, fazendo com que falasse pelo lado da boca. Era conhecido na delegacia como "Beijador Torto". Rita expulsou esse apelido da mente, enquanto detalhava a prisão do homem anônimo realizada por ela na ponte Chelsea, e delineava as razões pelas quais pedira aquela reunião.

Lockridge suspirou.

– Foi uma questão da mais alta segurança. Mandaram uma ordem para nós. Você tropeçou em algo sobre o qual nem mesmo eu sei coisa alguma... absolutamente nada. Me mandaram soltar o homem. Essas coisas acontecem. Particularmente no clima atual. Terrorismo, insurgência etc...

– Nós estamos todos do mesmo lado – disse Rita. – Travando a mesma luta. Por que não podemos compartilhar as informações, até mesmo as mais básicas? Se aquele homem houvesse me mostrado algum documento de identidade, nós poderíamos prestar-lhe assistência. Até mesmo se ele houvesse me dito, em algumas palavras, o que estava fazendo, qual era seu objetivo, o senhor e eu não estaríamos sentados nesta sala.

Lockridge deu um sorriso que Rita achou condescendente, e disse:

– Há algumas operações tão secretas que...– Ele deu de ombros, e deixou a frase incompleta.

– Então essa é a sua resposta, senhor?

– O que você quer dizer com isso?

– Foi uma operação de segurança ultrassecreta. Esse homem que eu prendi era algum tipo de agente de segurança.

– Por assim dizer.

Rita inalou forte, convocando suas reservas de autoconfiança, tentando acalmar seu nervosismo e não permitir que sua voz tremesse.

– Porque eu terei de relatar isso ao comandante Borough – disse ela, esperando não ter sido agressiva. – E se ele não me ajudar, terei de ir até o DPS. Eu prendi um homem que portava duas armas de fogo. Ele foi solto em doze horas, sem qualquer registro, sem depoimentos, sem tomada de digitais, sem amostras de DNA, pelo que eu sei. O DPS precisará saber qual é a sua posição.

O rosto contorcido de Lockridge pareceu se contorcer ainda mais. Rita presumiu que fosse de raiva.

– Esta nossa reunião é completamente extraoficial – disse ele.

– Mas eu receio que o senhor talvez tenha de falar com o DPS, em caráter oficial, assim que eu apresentar queixa.

Lockridge levantou-se e pegou o arquivo. Era o sr. Ocupado, tentando manter a raiva sob controle.

– Isso seria extremamente insensato, patrulheira – disse ele, revelando um tremor na voz ao enfatizar a graduação dela.

– O que aconteceu com as armas, senhor? – disse Rita, sem saber por que perguntara aquilo. Era a primeira vez que pensava no assunto.

Lockridge olhou para ela, parecendo subitamente muito constrangido.

– Do que você está falando?

– Foram encaminhadas à perícia? O pessoal de lá pode nos ajudar.

– Nós não estamos procurando ajuda. Você parece não ter compreendido esse fato.

Ele não respondera à pergunta dela. Rita viu que estava começando a enraivecê-lo a ponto de se descontrolar.

– Foram enviadas à rua Amelia, senhor? As pistolas automáticas do sujeito? Ou deixaram que levasse as armas ao ser solto? – Ela sabia que aquele era o golpe fatal. – Nós não devolvemos as pistolas para ele sem mais nem menos... não é, senhor?

– Onde você está lotada agora, patrulheira Nashe? Desde que nos deixou?

– Na UMA, senhor.

– Sorte sua. E tenho certeza de que eles serão os primeiros a lhe dizer "não balance o barco". Conselho excelente... Eu o seguiria.

Lockridge saiu da sala no mesmo passo apertado com que entrara.

Rita parou do outro lado da rua, diante do terreno baldio triangular na face oeste da ponte Chelsea, imaginando que respostas às suas muitas perguntas aquele minúsculo e esquecido cantinho de Londres poderia oferecer. Pouco menos de duzentos metros quadrados da margem do rio cobertos de vegetação, calculou, e, contudo, um lugar que ela já visitara duas vezes numa semana. Até que ponto aquilo era inusitado? E qual poderia ser a conexão entre um homem que matara e comera uma gaivota de madrugada e aquele grandalhão escroto escondido nos arbustos com duas armas de fogo? Será que ela estava indo longe demais? Será que era tudo uma coincidência estranha, bizarra? Será que ela estava simplesmente tornando sua vida difícil, como o sargento Duke dera a entender? O que acontecera com aquelas armas? Mas ela percebera a resposta nas astutas evasivas de Lockridge: as pistolas haviam sido simplesmente devolvidas, como objetos pessoais, um relógio, uma carteira. Certamente aquilo era injustificável. Ela não tinha outras pistas para seguir, nenhum meio de estabelecer uma ligação, a não ser sua própria intuição vaporosa e enevoada...

Rita foi caminhando vagarosamente pela ponte Chelsea na direção da orla Battersea, imaginando o que faria a seguir. Poderia tentar seguir o registro legal das armas... E o que o registro da custódia tinha a dizer sobre a soltura do prisioneiro? Rita sorriu de sua ingenuidade: sonhe, garota. Ela sabia reconhecer uma muralha de silêncio – aquela ali estava sendo erguida, cada vez mais alta e mais espessa, a cada hora que passava – e pensou muito sobre o que deveria fazer, e se *podia* fazer alguma coisa. Talvez tudo aquilo fosse em vão, talvez fosse algo "maior", relacionado com a segurança... Ela abriu o telefone celular e ligou para o pai.

– Sim?

– Alô, paizinho, sou eu. O que você quer jantar?

29

O CÃO CAGOU FÁCIL E ABUNDANTEMENTE, DEPOIS FEZ AQUELA PEquena dança engraçada, arranhando a calçada antes de se afastar, e levantou o olhar para Jonjo, com a língua ofegante de fora, buscando aprovação.

– Bom rapaz – disse Jonjo, dando palmadas no lombo do animal. – Bom garoto. Esse é o meu garoto. Quem é um garoto esperto? – Ficou satisfeito ao notar a consistência firme dos excrementos daquela manhã. A nova dieta estava claramente funcionando como um feitiço. Lindo.

– Nojento.

Jonjo olhou em volta e viu uma mulher olhando para ele com desprezo e fúria no rosto.

– Está com algum problema, madame? – perguntou ele, empertigando o corpo.

– Sim. Isso é nojento – disse ela. – Você deveria pegar e levar isso embora. É absolutamente nojento.

– Pegue você, querida. É minha convidada.

Ela fulminou-o com um olhar, disse "nojento" de novo e foi embora batendo o pé.

Jonjo puxou a correia de Cachorro e foi se afastando. Ele preferiria torrar no inferno a acompanhar seu cão com um saco plástico, recolhendo merda canina. Pare com isso, disse ele a si mesmo: os humanos – *Homo sapiens* – não saíram rastejando do pântano primevo e evoluíram, milênio após milênio, até virar seres conscientes que acompanhavam seus cachorros de estimação e recolhiam seus excrementos. Aquilo era antidarwiniano e, de qualquer forma, no caso dele e de Cachorro, tratava-se de algo mais medicinal. Ele precisava de uma área limpa na calçada para verificar como estava sendo processada a nova alimentação. Quem não gostasse, claro, estava livre para expressar sua opinião. Ele ficava mais do que contente em defender seu ponto de vista – mais do que contente. Isso não era problema.

Ele foi levando o Cachorro para o rio, dobrando sob o elevado da estrada de ferro Dockland Light e entrando na área bem conservada do parque Thames Barrier. A relva fora aparada recentemente, os brotos surgiam com folhas plenas e sadias, e algumas pessoas estavam sentadas diante de um pequeno café; havia mães com seus carrinhos de bebê e os corredores costumeiros passavam resfolegando. Algumas outras pessoas que também passeavam com seus cães cumprimentavam-se e civilizadamente diziam "bom-dia". Por um breve momento Jonjo sentiu que fazia parte de uma espécie de comunidade – gente decente unida na afeição e no cuidado por um animal mudo. Aquilo lhe dava um reconfortante brilho interior, admitiu ele, enquanto olhava por sobre o rio largo e via o sol reluzindo acima das enormes e luzidias corcovas prateadas da Barreira contra Enchentes do Tâmisa. Ele achava que, como grossas barbatanas cintilantes de tubarão, elas eram um símbolo do final do rio; além daquele ponto, o Tâmisa se espraiava no estuário e depois vinha o mar. Ele sempre gostara de morar perto do rio, mas naquele momento o Tâmisa lhe trazia indesejadas associações com Adam Kindred e sua própria prisão e humilhação. Agora que pensava no assunto, Kindred arruinara o rio para ele – mais uma razão para uma violenta resposta. Ele deu as costas para o Tâmisa e seguiu para casa, seu estado de espírito benevolente dissipando-se rápido.

Tudo se aquietara de maneira aborrecida e frustrante, trazendo preocupação. Nada, nenhum sinal, nem um pio; era como se Kindred houvesse se desvanecido, de alguma forma desaparecido da face da Terra. E havia ainda outros sinais perturbadores. Depois de duas semanas de silêncio, Jonjo entrara em contato com o Grupo Risk Averse, não porque estivesse sem dinheiro – ele tinha muito

– mas porque não gostava de ficar com a bunda sentada em casa sem fazer nada. Pedira especificamente para ter uma reunião com o major Tim Delaporte, o próprio chefão. Ele conhecia o major – por um breve período fora sargento-ajudante dos paraquedistas, antes de largar o Exército e fundar a empresa. Um bom homem, o major Tim – durão, mas justo.

A reunião fora confirmada e Jonjo se deslocara até o centro, para os novos escritórios do GRA num reluzente prédio de vidro e aço na rua Lower Thames, com vista para a Torre de Londres. Envergara um terno, engraxara os sapatos, dando-lhes um brilho de dia de parada, e cortara o cabelo bem rente. Ele se sentia tanto em casa quanto deslocado nos escritórios do Grupo: o local vivia cheio de soldados, homens em cuja companhia ou ao lado de quem ele lutara, mas havia também muitas mulheres de classe média, executivas e secretárias de fala rápida, que o faziam sentir-se constrangido e *gauche*.

Ele sentou-se no saguão, empertigado na borda da cadeira mais dura, evitando vincar o paletó. Havia plantas por toda parte – árvores, arbustos e palmeiras em miniatura – além de pinturas abstratas na parede. De vez em quando garotas de cabelos compridos e saltos altos cruzavam o saguão com passo apressado, para pegar cappuccinos e cafés expressos numa máquina, ao som de música clássica, bem baixa, saída de alto-falantes invisíveis. As revistas oferecidas enquanto se esperava eram todas relativas a resorts de luxo ou imóveis no exterior, cheias de anúncios de relógios e lanchas velozes. Era aquilo que parecia errado para Jonjo: a maior parte dos homens nesta parte do prédio eram soldados profissionais – entre eles havia responsáveis por centenas, possivelmente milhares de mortes violentas. Ele achava que o prédio deveria refletir isso, de alguma forma: ser honesto em relação à natureza dos negócios tratados ali, não travestido de agência de viagens, corretora afeminada ou consultório de dentista elegante.

E eles o mantiveram esperando por quase uma hora. A jovem na recepção também não sabia quem ele era. Depois lhe disseram que o major Tim fora a um compromisso externo, e que Jonjo tinha de se reunir com uma pessoa chamada Emma Enright-Gunn.

Enquanto era conduzido à sala dela, seu humor piorava a cada passo; o colarinho parecia subitamente estar lhe apertando o pescoço, ele sentia um calor desconfortável, a camisa colada nas costas, as axilas banhadas de suor.

A mulher chamada Enright-Gunn foi direta e profissional – ela parecia uma política, ou a diretora de uma escola grã-fina. Seu sotaque soava ríspido e estranho aos ouvidos de Jonjo, e ele começou a se sentir absurdamente nervoso, a saliva secando na boca, abandonado por sua normal capacidade de articular.

– É... não... é, ah, mais uma questão de... você sabe, o que estiver... – Ele esquecera a porcaria da palavra! – Hum, em oferta, como que... – Disponível, lembrou Jonjo instantaneamente. – O que estiver disponível – acrescentou, com mais humildade do que queria.

– Está sobrando mão de obra, sr. Case. Há soldados demais deixando o Exército. Todos querem ser consultores de segurança privada.

– Talvez, mas de jeito maneira eu vou voltar para a porra do Iraque. Desculpe.

Ela sorriu. Friamente, pensou Jonjo.

– Há uma vaga de guarda-costas disponível em Bogotá, Colômbia.

– Não, não obrigado, não. Nada de América do Sul.

Ela folheou a pasta na mesa a sua frente.

– Treinamento de armas portáteis em Abu Dhabi, uma equipe de segurança privada de um xeique.

– Eu não faço treinamento, senhorita...

– Senhora...

– Sra. Enright-Gunn. O major Tim poderá lhe dizer o que eu...

– Eu tenho todas as informações a seu respeito, sr. Case, todas.

Jonjo saiu sem nada, apenas a promessa de que estaria em primeiro lugar numa lista, se aparecesse alguma coisa "excitante". Parou no saguão e bebeu três copos d'água em rápida sucessão. Ao jogar o copo de papel na cesta de lixo, viu o próprio major Tim andando pelo corredor, sem paletó, com os suspensórios verde-limão à vista e alguns documentos na mão. Como que por reflexo, Jonjo assumiu posição de sentido, depois ficou à vontade, pensando: que porra está acontecendo aqui?

– Jonjo. Como vai?

– Nos trinques, obrigado, senhor.

Tim Delaporte era alto e magro, mais alto do que Jonjo. Tinha o cabelo louro, tipo escandinavo, emplastado da testa para trás, feito um reluzente boné louro sobre um rosto marcado e alerta, com pálidos olhos cinzentos. Quando falava, seus lábios quase não se moviam.

– Desculpe não poder receber você. A Emma está resolvendo as colocações por esses dias.

– Não se preocupe, senhor.

– Tem se mantido ocupado?

– Estou com coceira nos pés. Procurando alguma coisa interessante. Foi por isso que vim aqui.

– Desde que você esteja se comportando bem, Jonjo. – O major abanou o dedo na direção dele e foi embora.

– Bom feito ouro, senhor – disse Jonjo para as costas dele.

Tudo saíra errado naquela reunião, pensava Jonjo enquanto caminhava com o Cachorro do Parque da Barreira para casa. Tudo. Todos os subtextos que ele conseguia distinguir eram perturbadores. Primeiro, ele fora esnobado e obrigado a falar com aquela putazinha grã-fina; segundo, a oferta daqueles serviços vagabundos – catorze anos nas Forças Especiais, quem eles pensavam que ele era? E terceiro, aquele encontro com o major Tim, depois de ele ser informado que o homem nem mesmo estava no prédio. E que porra era aquela de "se comportar bem?"... Não pela primeira vez, ele tentou imaginar o que o Grupo Risk Averse conhecia de seus serviços como free-lancer; não pela primeira vez, imaginou se eles não eram, na verdade, facilitadores secretos. Se quisesse apagar alguém discretamente, você não iria a uma organização que empregava exclusivamente ex-profissionais das Forças Especiais, altamente treinados para violentas ações letais?

Se pelo menos conseguisse encontrar a porra do Kindred, pensou Jonjo com raiva, ao se aproximar de casa, as coisas ficariam bem, cem por cento. Ele meteu a mão nos bolsos procurando as chaves. Sua casa tinha apenas quatro anos de construída, parte de uma fieira de "casas executivas" isoladas e semi-isoladas, erigidas numa área ajardinada de um terreno antes em decadência, em Silvertown, perto do Parque da Barreira. Todas as casas tinham jardim e garagem no andar térreo. Jonjo mandara abrir uma porta no hall de entrada, para poder ter acesso à garagem a partir do interior da casa. Era ali que guardava seu táxi, e muitas vezes precisava movimentar coisas para dentro e para fora do veículo sem que os vizinhos percebessem.

– Nós vamos ficar bem – disse ele em voz alta para o Cachorro.

Então ficou paralisado. O pronome banal destravara algo na sua memória. "Nós"... Quem falara "nós" de tal maneira que disparara aquele espasmo de memória?... Jonjo refletiu, e sua mente voltou rapidamente ao interrogatório de Mohammed... Ele se distraíra com Bozzy, e não percebera a coisa na hora. O que Mohammed dissera? "Nós fomos no táxi até Chelsea. Quando ele falar que tem essa capa de chuva, nós ficar um pouco desconfiados... ele morando naquele terreno baldio ali. Achamos que ele podia estar nos passando a perna... que ia dar no pé." *Nós ficar um pouco desconfiados*. Podia estar *nos* passando a perna. Mas, de acordo com Mohammed, eram apenas ele e Kindred no carro. Por que dizer "nós", então? O "nós" majestático? Porra nenhuma. Alguém mais devia estar no carro, além de Mohammed e Kindred. Hora de fazer outra visita ao nosso amigo Mo, pensou Jonjo, melhorando de humor. Ele sempre imaginara que a resposta estava ali naquele antro, aquele caldeirão que era o Shaftesbury.

Ele ouviu seu nome chamado por alguém e levantou os olhos. Era Candy, a vizinha ao lado. Ela atravessou o gramado, ajoelhou-se e fez festa no Cachorro. Os dois conversaram sobre a boa aparência do animal e a nova dieta.

– Está de folga, Candy?

– Estou sim – disse ela, levantando-se com um sorriso. – Tirei alguns dias de férias atrasadas. Só trabalhar, sem se divertir, faz qualquer um parar de sorrir.

– Certíssimo.

Ela era uma mulher bem bonita, pensou Jonjo: nariz um pouco arrebitado, um pouco gorducha também, era preciso admitir, mas tinha uma bela cabeleira loura e unhas limpas.

– Que tal jantar comigo hoje à noite? – convidou ela. – Estou preparando uma moussaka, profiteroles. Peguei alguns DVDs.

– Nada de filmes de guerra, espero. – Os dois riram, pois Candy conhecia um pouco do passado militar de Jonjo. Ele continuou – É, isso seria de arrasar, Candy, meu amor. De arrasar.

– Não esqueça de trazer o Cachorro.

Jonjo sorriu, mas não estava pensando na comida do jantar ou no que fatalmente aconteceria depois. Só pensava em sua próxima visita ao Shaftesbury e nos métodos que empregaria para fazer com que Mohammed lhe contasse tudo que queria saber.

30

O VAPOR PARECIA INCRIVELMENTE OPACO, QUASE COMO LEITE AGUADO: um leite aguado em leve movimento, mexido por correntes de ar criadas pelas pessoas que andavam de um lado para outro. Um vapor que realmente parecia uma sopa de ervilhas, pensou Adam.

– Que barato – disse Ly-on.

Adam se virou. Ele conseguia ver o garoto porque estava sentado bem ao lado dele. A barriguinha de Ly-on se projetava por sobre a borda da toalha, e a umidade achatava o seu cabelo crespo contra o crânio.

– Eu nunca estar em lugar como esse – continuou Ly-on.

– Avise quando você sentir calor demais.

Por alguma razão, Mhouse saíra cedo naquela manhã e Adam ficara sozinho com Ly-on no apartamento. Ele lavara a louça na pia (fervendo água numa chaleira) e levara um balde até o banheiro para despejar no vaso e encher novamente a cisterna. Viver com uma única torneira de água fria para toda a casa tinha suas desvantagens – bem coisa de Terceiro Mundo, pensou ele. Quando voltou para a copa-cozinha, viu Ly-on escovando os dentes na pia. Adam sentiu-se subitamente desasseado, sujo – e consequentemente começou a ter coceiras; percebeu que precisava de um banho quente. Uma sauna. Alguém lhe entregara um panfleto dos Banhos Purlin Nail Lane, quando ele estava esmolando na estação da Ponte de Londres. Fora esse anúncio que fizera nascer na sua cabeça aquela ideia: palavras como "sudatorium" e "tepidarium" faziam o simples processo de se limpar parecer algo intemporal e exótico. Ele saiu, encontrou um telefone público funcionando no primeiro andar e ligou para Mhouse.

– Você levar ele aonde? – perguntou ela.

– À sauna em Deptford. Os Banhos Purlin Nail Lane.

– Lembre que ele não sabe nadar.

– Nós não vamos nadar.

A sauna era surpreendentemente cara – 10 libras por adulto, 5 libras por criança – mas Adam supunha que você pudesse ficar lá de manhã à noite, caso tivesse disposição. Era um dia "só-para-homens" e, sendo quinta-feira de manhã, o local estava tranquilo. Ele mostrou a Ly-on a piscina.

– É um lago, cara – disse ele, intrigado. – Que barato.

– Você gostaria de nadar aí dentro?

– É claro, John. Você me ensinar? Eu gostar disso, John.

– Sim... um dia.

Os dois tiraram a roupa no Frigidarium e, com as toalhas em volta da cintura, entraram na sala com vapor. Pelas tosses ocasionais e pelos rangidos dos bancos de madeira, perceberam que não estavam sozinhos. Tomaram seus lugares e ficaram esperando o suor escorrer.

Quando Ly-on falou que já estava bem assado, eles foram mergulhar na piscina. Penduraram as toalhas, e Adam levantou Ly-on nos braços: ele era surpreendentemente leve. O garoto pôs um braço em torno do pescoço de Adam e eles desceram os degraus azulejados, entrando na água gelada.

– Estou sonhando isso – disse Ly-on quando a água fria bateu no seu corpo suado. – Ervilhas, cara, ervilhas verdes.

Adam deixou que ele boiasse um pouco para longe, segurando as mãos dele.

– Quantos anos você tem, Ly-on?

– Acho que dois – disse ele.

– Não, você é mais velho do que isso.

– Talvez sete. Mamãe não me conta. Talvez eu tenho quatro.

– Acho que você provavelmente tem por volta de sete. Onde está o seu pai?

– Eu nunca tive nenhum pai. Só mamãe.

– Você vai à escola?

– Não. Mamãe fala que a gente estuda em casa.

Depois da piscina fria eles foram para a sala mais quente de todas, o Laconium. O calor atordoava, e anestesiou os dois, que só conseguiam respirar, mais nada. Conversar era impossível, e eles só conseguiram ficar ali poucos minutos. Ly-on sussurrou "Estou morrendo, estou queimando", então eles voltaram a se refrescar na piscina gelada, antes de decidirem enfrentar um pouco mais de vapor no Sudatorium. Mas a coisa funcionava, e Adam sentiu que estava mais limpo do que já estivera na vida, cada poro vazio e rosado, cada fenda sebácea purgada e purificada. Debaixo de um chuveiro quente, ele passou xampu no cabelo e na barba e lavou a gaforinha encaracolada de Ly-on. Os dois se vestiram e foram para a rua.

– Você está com fome? – perguntou Adam.

– Bebendo – disse Ly-on. – Preciso bebendo.

Foram até um bar onde Ly-on tomou duas canecas de meio litro de suco de lima e limão com gelo, e Adam bebeu duas canecas de cerveja do mesmo tamanho, repondo imediatamente o peso que acabara de perder na sauna a vapor. Ele comeu uma batata assada com feijões e queijo gratinado, e Ly-on comeu espaguete pela primeira vez na vida. Então foram até Greenwich, e Adam entrou com ele no Museu Marítimo; depois desceram até a margem do rio, onde Adam comprou para Ly-on uma camiseta com a palavra LONDON escrita no peito.

– O que é isso... Lon-don? – disse Ly-on.

Adam ficou contente ao ver que ele lera a palavra.

– É onde você mora. Esta cidade.

– Eu moro no Shaft.

– O Shaft fica nesta cidade. – Adam fez um gesto para o rio, para a outra margem, para Millwall e Cubitt Town do lado oposto. Lá atrás, assomavam as torres de vidro e aço de Canary Wharf. – Tudo isso faz parte da cidade.

Eles tomaram o VLT de volta para Bermondsey e foram a pé até Rotherhithe. Enquanto percorriam as esburacadas trilhas que levavam ao Shaftesbury, atravessando os diversos quadriláteros dilapidados, de mãos dadas, Ly-on perguntava sobre a cidade.

– Então, se alguém falar "hei, Ly-on, cara, de onde você ser?" Eu falo... eu sou de Londres.

– É.

– Então eu digo: eu sou um Londres, eu sou um Londres, eu.

– Londrino. Você é londrino.

– Londrino. – Ele ficou pensando no assunto. – Isso é bom, John. Ervilhas verdes.

– Fale isso com orgulho. É uma grande cidade, a maior cidade do mundo.

– Você é londrino, John?

– Não, não sou.

– Por quê?

– Eu não moro aqui. Não sou daqui. Estou só de visita.

Eles já estavam quase cruzando com um grandalhão que se aproximava quando Adam viu quem era. Deixou o sujeito passar e depois mudou de direção para ter uma visão oblíqua. Parou e olhou para trás. Era o homem do triângulo, o homem da viela do Hotel Grafton, o homem que ele nocauteara. O sujeito caminhava com ar decidido e passo rápido, como se estivesse atrasado para um encontro. Não vira Adam, passara direto por ele sem olhar para o lado – mas, é claro, não estava atrás de um barbudo segurando um garoto pequeno pela mão.

– O que estar chacoalhando você, John? – perguntou Ly-on com voz preocupada. – O que estar congelando você?

Adam quase soltou a mão dele.

– Nada. Vamos para casa.

* * *

No apartamento – Mhouse já de volta – Adam reuniu seus poucos pertences enquanto Ly-on tentava explicar à mãe o que era espaguete.

– Cordões, mamãe, feito cordões macios. Bacana feito carro novo.

Adam meteu o velho terno listado e diversas camisas em duas sacolas de plástico, revistando seu próprio quarto para garantir que nada seria deixado que o associasse ao lugar.

– Como assim... você indo embora? – disse Mhouse, com surpresa e decepção, quando Adam ofereceu duas semanas de aluguel adiantadas.

– Já falei para você que me haviam oferecido aquele emprego. – Ele pensou rapidamente. – Em... Edimburgo.

– Onde é isso? – perguntou ela, pegando as cédulas.

– Escócia.

– Perto de Manchester?

– Meio perto. Se alguém perguntar, diga que fui para a Escócia. Decorou? Escócia.

Ly-on estava deitado nas almofadas em frente à TV, vendo desenhos animados.

– Vou passar alguns dias fora – disse Adam, agachando-se junto dele.

– Está bem. – Os olhos do garoto continuaram na tela. – Quando você voltar nós podemos ir no nevoeiro de novo?

– Certamente.

– Ervilhas verdes.

Na porta, Mhouse já parecia jovial e despreocupada.

– Atenção na viagem – disse ela. – Tome cuidado.

– Eu voltarei – disse Adam, sabendo que não voltaria, e sentindo-se de repente completamente incapaz de expressar seus sentimentos. Só sabia que precisava se afastar permanentemente dessa pequena família que o acolhera.

– Eu gostei de morar aqui, sabe... com você e o Ly-on. – Ele tocou o braço dela, deixando que as pontas dos dedos seguissem a curva do seu bíceps. – Principalmente com você.

Ela afastou os dedos dele.

– Agora eu preciso arranjar outro hóspede, não é?

– Acho que sim. – Ele engoliu em seco. – Posso lhe dar um beijo de despedida?

Ela virou o rosto, apresentando-lhe a bochecha.

– Nos lábios.

– Nada de beijos.

– Por favor.

Ela olhou para ele.

– Isso custa dinheiro.

Adam deu a Mhouse uma nota de 5 libras e encostou seus lábios nos dela. Inalou, sentindo aquele odor pessoal e os aromas ali sobrepostos: spray de cabelo, talco, perfume barato. Queria se lembrar daquilo, queria arquivar tudo na memória para o futuro. Sentiu a língua dela encostar nos seus dentes por um segundo, e as línguas dos dois se tocaram.

– É melhor você ir – disse ela sem expressão ou sentimento, enquanto recuava. – Agora.

Aquilo fora um sinal de afeto espontâneo ou uma rejeição deliberada? Adam ficou imaginando enquanto saía do Shaftesbury com as duas sacolas de plástico, sem olhar para a esquerda ou direita. Ela sentirá falta de mim um pouco... ou eu sou apenas mais um na longa lista de homens que já a desapontaram e fugiram? Tudo que ele sabia é que fora rastreado e, se não partisse, levaria inevitavelmente seu caçador ao apartamento 1, 3º andar, bloco 14. Aquilo não fora uma coincidência maligna e extraordinária; o sujeito feioso estava no Shaftesbury por uma única razão: ele sabe que estou aqui, em algum lugar, sussurrou Adam, sentindo um tremor de medo que o deteve por um instante. E se ele não houvesse sido visto? E se ele e Ly-on não tivessem cruzado com o sujeito?

Adam apertou o passo na direção sul, querendo se misturar a uma multidão. Uma estação de metrô, a Canada Water, serviria. De lá, ele daria um telefonema.

– Ei, Adam. Não acreditando. Fantástico, fantástico.

Vladimir abraçou-o como a um irmão, pensou Adam, quase chegando às lágrimas; um irmão que estivera numa guerra distante e fora dado como desaparecido em ação.

– Você é o primeiro a me visitar – continuou Vladimir, fazendo sinal para que Adam entrasse no apartamento.

O quarto e sala de Vladimir ficava em Stepney, num projeto erguido por uma fundação habitacional benemerente na década de 1920 – Edifícios Oystergate, na rua Ben Jonson. O prédio era sujo e cinzento, totalmente construído com tijolos vitrificados brancos, que lhe davam uma aparência monocromática estranha, quase fantasmagórica. Os tijolos vitrificados já estavam rachados e manchados. A fachada era exagerada, com patamares abertos, varandas estreitas e corrimãos de ferro por toda parte, muito diferente dos ângulos austeros do Shaftesbury. Vladimir tinha ali um banheiro, uma cozinha, um quarto e uma sala. Nesta havia um sofá de couro preto, novo, com três lugares, e uma TV de tela plana. O resto do pequeno apartamento parecia inteiramente desguarnecido, sem toalhas no banheiro ou utensílios na cozinha – apenas um colchão e uns cobertores embolados no chão do quarto.

– Você dormir no sofá – disse Vladimir.

– Onde você conseguiu essas coisas?

Vladimir brandiu seu cartão de crédito.

– Vocês ter país maravilhoso.

Eles foram comer hambúrgueres de frango com batatas fritas numa lanchonete. Adam pagou. Era o mínimo que podia fazer, pensou ele, pois Vladimir parecia não ter dinheiro vivo – estava vivendo inteiramente à custa do cartão de crédito. Depois compraram uma embalagem com seis cervejas e voltaram para o Edifício Oystergate. Adam deu a Vladimir um mês de aluguel adiantado: 80 libras. Vladimir disse que tudo mudaria na segunda-feira, quando ele começasse a trabalhar como servente no hospital Bethnal & Bow NHS Trust. Estaria começando com um salário de 10.500 libras por ano. Mostrou a Adam seu uniforme – calça azul e camisa branca com ombreiras azuis e gravata azul – e também seu crachá de identificação, com uma fotografia e o nome de Primo Belem. Depois perguntou se podia tomar emprestado mais 50 libras – pagaria com seu primeiro contracheque. Adam entregou a quantia; já estava ficando sem dinheiro, e precisava visitar seu banco no triângulo.

– Eu receber um pouco crack – disse Vladimir. – Nós comemorar neste fim de semana antes eu começando a trabalhar. Nós fumar crack, melhor qualidade.

– Ótimo – disse Adam.

À noite, deitou no sofá de couro rangedor, com um cobertor emprestado por Vladimir, pensando em Mhouse e Ly-on. Sentiu pena de si mesmo de novo, consciente da natureza precária de sua vida, de sua situação difícil, e da nova ameaça que, com sua reação ágil, já fora neutralizada, segundo presumia e esperava. Sentia falta de Mhouse e Ly-on, precisava admitir; sentia falta de sua vida no Shaftesbury com os dois. Mas se consolou refletindo que fizera a única coisa possível. Precisara sair do Shaftesbury; ao menos Mhouse e Ly-on estariam a salvo agora, e isso era tudo que era importante, era tudo que interessava.

31

O QUE HÁ COM AS SALAS DE ESPERA DOS MÉDICOS NESTE PAÍS? PENsou Ingram. Ali estava ele, prestes a pagar 120 libras por uma rápida consulta de dez minutos com um dos mais requisitados e exclusivos clínicos gerais em Londres, como poderia muito bem estar sentado em um hotel interiorano de duas estrelas na década de 1950. Móveis lascados, cópias de segunda categoria, um carpete gasto, padronizado; na parede, um punhado de poeirentas gravuras com cenas de caça, um par de plantas-aranha crestadas no peitoril da janela e uma pilha de revistas com dois anos de idade sobre uma mesinha de centro com uma perna manca. Se aquilo fosse em Nova York, Paris ou Berlim a sala seria limpa, nova, sólida, de vidro e aço, e a vegetação luxuriante. A decoração avisaria: eu sou muito, muito bem-sucedido, sou high-tech, o fino da profissão, você pode confiar a mim as preocupações com sua saúde. Mas ali em Londres, na rua Harley...

Ingram suspirou audivelmente, fazendo com que a outra pessoa que esperava na sala – uma mulher com um véu até os olhos e um xale envolvendo a cabeça até as sobrancelhas – erguesse o olhar para ele. Estava acompanhada de um menino pequeno com o braço numa tipoia. Ingram sorriu para a mulher – talvez ela houvesse sorrido de volta, franzindo ligeiramente os olhos, pensou ele, reconhecendo o absurdo da situação; mas não era possível ter certeza, era esse o problema com os véus – na verdade, era essa a finalidade dos véus. Ele pegou uma cópia de *Horse and Hound*, folheou a revista, largou-a e suspirou de novo. Talvez devesse simplesmente ir embora – sentia-se um pouco idiota – eram apenas umas minúsculas gotas de sangue e aquelas coceiras fortíssimas, amedrontadoras: por que afinal incomodar o médico?

– Ingram, meu velho. Entre, rapaz.

O médico de Ingram, o dr. Lachlan McTurk, era um escocês até a alma, mas um escocês que não tinha sotaque da Escócia, exceto quando, de tempos em tempos, decidia ostentar essa característica. Estava acima do peso (não exatamente obeso sob o ponto de vista clínico), tinha uma cabeleira grisalha espessa e desgrenhada e um rosto afogueado, rosado. Fosse inverno ou verão, usava ternos de lã em diversas nuances de verde-musgo. Era casado com cinco filhos, e, embora fosse seu paciente havia cerca de trinta anos, Ingram nunca conhecera a sra. McTurk ou qualquer dos rebentos. Ele era um homem culto, cuja avidez para explorar e consumir toda forma de arte disponível era insaciável. Às vezes Ingram ficava imaginando por que ele se dera ao trabalho de se formar em medicina, afinal de contas.

– Você toma uma "gota", Ingram? Já vai dar meio-dia.

– É melhor não, obrigado. Tenho uma reunião muito importante.

Lachlan McTurk pedira todos os exames óbvios: sangue, pressão, pulso, palpitação e reflexos. Auscultara o coração e pulmões, sem encontrar qualquer sinal de algo errado. Serviu-se de três generosos dedos de uísque e acabou de encher o copo com água fria da torneira. Sentou-se atrás da mesa e acendeu um cigarro. Começou a rabiscar coisas numa pasta.

– Se você fosse um automóvel, Ingram, eu diria que passou no seu test drive com louvor.

– Mas de onde vem esse sangue? Por quê? E as coceiras infernais?

– Quem sabe? Não são sintomas que eu consiga reconhecer.

– Então eu não preciso me preocupar?

– Bem, nós todos temos muitas coisas com que nos preocupar. Mas eu diria que você pode empurrar a sua saúde para o final da fila.

– Eu acho que devo ficar perseguido. – Ingram vestiu o paletó. – O que estou dizendo? Quero dizer... aliviado. Devo ficar aliviado.

– Você fuma?

– Parei há vinte anos.

– Quanto você bebe, aproximadamente?

– Umas duas taças de vinho por dia. Aproximadamente.

– Vamos dizer uma garrafa. Não... você está em muito boa forma, na minha opinião profissional.

Ingram pensou.

– Talvez um uisquezinho venha a calhar – Ele bem que poderia ganhar algo em troca das 120 libras, calculou. McTurk serviu a bebida e entregou o copo a ele.

– Você já viu a nova produção de *Playboy of the Western World*, no National? – perguntou McTurk.

– Ah, não.

– É imperdível. Essa e o August Macke no Tate Liverpool. Se você for fazer duas coisas este mês, faça isso, eu imploro.

– Anotado, Lachlan. – Ingram deu um gole no uísque. – Preciso admitir que ando um pouco tenso. Está acontecendo muita coisa.

– Ha, ha, a Terrível Deusa do Estresse. O estresse pode fazer as coisas mais estranhas ao corpo.

– Você acha que o estresse pode ser a resposta?

– Quem sabe? "Há mais coisas no céu e na terra do que sonha a sua filosofia, Horácio." – McTurk apagou o cigarro. – Por assim dizer. Sabe de uma coisa? Vou fazer uns exames de sangue. Para você dormir mais descansado.

É isso que acontece, pensou Ingram, uma simples visita a um médico e subitamente você descobre doenças, problemas com a saúde dos quais não tinha a menor consciência. McTurk tirou uma boa seringa de sangue da veia no braço direito de Ingram, e produziu uma série de amostras a partir do material.

– Que exames? – perguntou Ingram.

– Vou examinar todas as possibilidades. Ver se há algo suspeito.

Ah, ótimo, pensou Ingram, mais 500 libras.

– Você não acha... quero dizer... que isso poderia ser... sintoma de uma... como eu diria... doença sexualmente transmissível?

McTurk lançou-lhe um olhar matreiro.

– Bom, se houvesse sangue pingando do seu traseiro e seu pau estivesse coçando, ou vice-versa, eu poderia ter minhas suspeitas. O que você *anda* aprontado, Ingram?

– Nada, nada – disse Ingram depressa, arrependendo-se naquele segundo do curso que o diagnóstico tomara. – Só estava imaginando se uma juventude de farras não poderia estar cobrando seu preço agora.

– Ah, sim, sífilis. Não, não, isso ficaria claro imediatamente. Nada de banhos de mercúrio para você, rapazinho.

Ingram foi embora sentindo-se fraco e consideravelmente mais doente do que estava ao chegar. Ele também tinha uma pequena dor de cabeça por causa do uísque. Idiota.

32

A TARGA RODEOU O PEQUENO BOTE A REMO, E EM SEGUIDA JOEY passou, acelerando. A maré estava vazante, e Rita ouviu a mudança possante no ronco do motor quando as hélices reverteram e a lancha ficou imóvel no meio da corrente, a popa contra o fluxo da água, esperando que a correnteza trouxesse o pequeno bote na direção deles. Ela tomou posição no deque da popa com o bicheiro preparado. Viu a amarra que estava ligada à proa do bote levado pela água e estendeu o bicheiro rapidamente para pegá-la. Prendeu a amarra a um cunho na lancha, puxando o bote para a lateral da embarcação e fixando-o bem.

Eles já estavam largando o serviço quando foram alertados de que o bote a remo abandonado fora visto flutuando perto da ponte Lambeth; seguiram corrente acima, e Rita, na proa com o binóculo, vira a pequena embarcação saindo da sombra lançada pela ponte de Waterloo. Até onde podia ver enquanto dava a última amarração, o bote tinha pouco mais de dois metros de comprimento, com fundo chato, bojo atarracado e maciço. Era de fibra de vidro azul-clara, com pequeno bordo livre, projetado para pequenos percursos entre a terra e um navio, ou para serviços de um píer a outro, com um banco de remador, duas forquetas, mas sem remos. No fundo do bote havia um amontoado de lona de politeno cinzenta e alguns centímetros de água marrom batendo de lá para cá.

– Dois segundos – gritou ela para Joey, pegando um pedaço de corda no tombadilho. Dê um pouco mais de linha, disse para si mesma, podemos rebocar o troço, não quero que esse bote velho e sujo arranhe nossos bordos tão bem pintados. Ela se ajoelhou no deque, estendeu a mão e passou a ponta da corda pelo anel na proa. Estava prestes a dar um nó quando a lona se mexeu e ela soltou um grito curto, mais uma exclamação instintiva de susto – mas, mesmo assim, um grito.

Alguma coisa, alguém, estava se mexendo debaixo da lona, que num segundo foi afastada, revelando o pai dela.

Foi preciso apenas uma outra fração de segundo para Rita registrar que não se tratava de Jeff Nashe, em absoluto, mas apenas um outro velho, desgrenhado, de rosto macilento, com um resto de cabelo grisalho amarrado num rabo de cavalo.

– Que porra é essa? – murmurou o homem atordoado, ajoelhando-se, lançando o olhar sobre a água para a Somerset House, como que subitamente espantado com a austera geometria clássica da fachada daquela construção que dava para o rio. Depois ele girou o corpo e olhou para ela. Rita percebeu o ar meio desorientado de um homem que já se aproximava do final de sua estrada particular. Estendeu a mão para ajudá-lo a subir a bordo, sentindo aquele peculiar cheiro azedo de uma pessoa há muito tempo sem tomar banho: o fedor da pobreza.

– Obrigado, querida – disse ele, enquanto Rita o ajudava a firmar-se. Agora ela já estava perto dele e viu que, na realidade, o homem não era assim tão velho; beirava os quarenta, mas era desdentado, com a parte inferior do rosto achatada, os maxilares cerrados sem naturalidade, os lábios fazendo o instintivo franzir e esticar que se vê em bebês pequenos. Ela o fez sentar na cabine e ajeitou o cabo de reboque, sinalizando para Joey que podiam partir com segurança. Tirou um cobertor de um armário e enrolou os ombros do homem, sentando-se diante dele.

– Eu não afanei o barco – disse ele. – Só entrei ali para tirar uma soneca. Levei um baita susto, tive um choque quando você me acordou.

– Onde foi isso, então? Onde você começou a sua soneca?

– Ah – pensou ele, projetando os lábios molhados e esfregando o queixo com os nós dos dedos da mão direita. – Hampton Court.

– Você fez um percurso longo – disse ela. – Vai poder contar tudo na delegacia, está bem?

– Não fiz nada errado – disse o homem com petulância, magoado com a implicação. Ele afastou o olhar dela, fungou e ajeitou o cobertor em torno dos ombros, libertando a ponta de seu rabo de cavalo com uma das mãos. Quando fez isso, o gesto trouxe o rosto do pai de novo à memória de Rita. Ela sentiu uma súbita pontada de preocupação melancólica no peito, pensando em Jeff, velho e vulnerável, mas depois imediatamente se consolou com o pensamento de que sempre estaria lá para cuidar dele, fazendo tudo para que ele ficasse em segurança e com saúde. Percebeu, no entanto, que aquilo não era consolo, ao pensar na natureza da situação, que falava de um futuro que lhe parecia muito pouco desejável.

Rita foi para o deque da popa e amarrou de novo e desnecessariamente o cabo de reboque, olhando para o pequeno bote sacolejando e deslizando na marola da Targa. Ela não queria pensar em si mesma envelhecendo e ainda morando no *Bellerophon*. Trinta, quarenta... Quanto mais permanecesse ali, mais difícil seria se mudar um dia, por mais que rotineiramente ela ameaçasse fazer isso quando o pai a enraivecia. Não namorar alguém, não ter um relacionamento, inevitavelmente trazia à tona aqueles sentimentos. Quando estava namorando com Gary, ela nunca se atormentava com o futuro, fosse de maneira mórbida ou com medo. Gary a convidara para sair e ela ficara imaginando se deveria ir; as coisas entre eles poderiam recomeçar, pensou ela, tão facilmente como ela as fizera terminar.

Rita se virou e olhou para o homem desdentado, agora atazanando Joey com seus problemas, um dedo sujo saindo das dobras do cobertor e espetando as costas do policial. Sabia que Gary nunca mais seria uma coisa boa para ela, isso era claro, e cometeria um grande erro voltando para ele apenas em busca de segurança e confiança temporárias. Sabia que era jovem e os homens a achavam atraente. Algum escroto sortudo estava lá fora esperando por ela, e ela saberia disso quando ele aparecesse – não existia uma canção falando disso? Vasculhou a memória em busca da letra e da melodia, e a perspectiva de sua inevitável felicidade futura a animou de repente. Nesse momento, olhou para o homem sem dentes com piedade – o que levava uma pessoa a decair daquele jeito? Ele já fora o bebezinho querido de alguém, saltitando num joelho amoroso, repositório das esperanças maternas e paternas... Que terríveis erros teria cometido? Que artimanhas o destino lhe pregara? Como teria caído tão baixo e ficado tão desamparado?

Rita se virou e olhou de volta para o rio, enquanto eles passavam debaixo da ponte Blackfriars. Ela lembrou que Shakespeare possuíra uma casa em Blackfriars, alguém lhe contara esse detalhe. Naquela época só havia uma única ponte cruzando o Tâmisa, mas havia um grande número de embarcações no rio. Ela sorriu para si mesma, contente de ver que seu ânimo estava melhorando novamente, feliz por ser parte do rio e de seu tráfego intemporal.

33

Quando Adam acordou na manhã de sábado, o cheiro – cheiro de fumaça de crack azedo – quase lhe deu ânsia de vômito. Vladimir não conseguira esperar até o fim de semana para farrear, especialmente com pedras de crack de alto grau de concentração no bolso, e assim a noite de sexta-feira fora escolhida como o momento para comemorar seu novo nome, sua conta bancária, seu cartão de crédito, seu sofá, sua TV, seu emprego remunerado como servente de hospital no Bethnal & Bow NHS Trust – e, nem precisava dizer, seu novo companheiro de quarto e hóspede. Adam não se juntara a Vladimir enquanto ele fumava crack, mas bebera uma grande quantidade de uma cerveja muito forte numa tentativa de manifestar concordância, demonstrar que ele também estava contente de ingerir substâncias intoxicantes até cair. Eles assistiram TV numa espécie de estupor cada vez mais turvo, loquaz e incoerente. Até onde Adam se lembrava, estavam vendo um documentário sobre alpinismo, ambos acrescentando, simultaneamente, comentários com livre associação de ideias; Vladimir fumando e bebendo, e Adam bebendo, bebendo – até que Vladimir conseguiu se levantar com dificuldade e foi cambaleando para o quarto, o cachimbo na mão.

Agora Adam se revirou, o sofá de couro rangendo debaixo de seu corpo como um ninho de pintinhos, e viu que a TV ainda estava ligada, embora sem som. Gente bem-arrumada sorria, apresentando o noticiário sobre os acontecimentos mundiais. Ele se sentou, imediatamente ciente do gosto amargo na boca e de uma dor de cabeça surda, e foi até o banheiro lavar o rosto e escovar os dentes. Vestiu o paletó e calçou os sapatos antes de bater à porta de Vladimir, para dizer ao amigo que estava saindo para tomar café da manhã. Pensou ter ouvido Vladimir dar um gemido surdo como resposta, mas não conseguiu perceber se ele dissera qualquer coisa inteligível. Não queria nem mesmo imaginar como Vladimir deveria estar se sentindo naquela manhã – suspeitava que tivesse dado mais umas tragadas no cachimbo de crack antes de mergulhar na inconsciência.

Adam comprou um jornal, encontrou um café e pediu chá, torrada e um café da manhã inglês completo (dois ovos estalados, bacon, salsicha, feijões, cogumelos, tomates e batatas fritas). Consumiu tudo. Saciado e sentindo-se um pouco melhor, perambulou pelo parque de Mile End e pensou que poderia simplesmente ficar deitado na grama por um minuto ou dois. Três horas mais tarde acordou e, a passos vacilantes, seguiu até o edifício Oystergate.

Vladimir ainda não se levantara, e dessa vez não respondeu quando Adam bateu à porta. Adam ficou assistindo corrida de cavalos pela TV durante algum tempo e preparou diversas xícaras de chá para si mesmo. A cozinha estava um pouco mais bem equipada. Adam comprara chaleira, frigideira, duas canecas, dois pratos e dois conjuntos de facas e garfos – como um casal de jovens pobres montando sua primeira casa, pensou ele. Ainda não havia geladeira, portanto o leite era conservado no peitoril da janela.

Ele sorveu a quarta caneca de chá pensando no que fazer. Achava que poderia viver ali no edifício Oystergate por algum tempo, certamente, e continuar sua lucrativa vida de mendicância. Estava ganhando mais como mendigo em tempo parcial do que Vladimir receberia como servente de hospital e, além disso, ele tinha planos para algumas audaciosas variações do seu golpe "homem cego perdido", que lhe vinha servindo tão bem.

Ou talvez ele devesse sair da cidade e viajar para o norte, como dissera a Mhouse – ir mesmo para Edimburgo, para a Escócia. Eles tinham gente cega na Escócia; lá ele poderia esmolar tão bem quanto ali. Mas percebeu que havia alguma coisa em Londres de que ele precisava, alguma coisa básica e fundamental: precisava do tamanho de Londres, de sua enorme escala espraiada, seus milhões de habitantes, o grande e protetor anonimato que a cidade proporcionava. Pensou nas 600 pessoas por semana que desapareciam no país, meninos e meninas, homens e mulheres que saíam pelas portas da frente, fechando-as e sabendo que nunca mais retornariam, ou que saíam pelas janelas do fundo e fugiam para a noite, para se juntar àquela vasta população de fantasmas vivos que eram Os Desaparecidos. Duzentas mil pessoas desaparecidas – e a maior parte delas em Londres, calculou ele, sobrevivendo, como ele, abaixo de todas as categorias do radar social – vivendo no submundo, sem documentos, sem números, desconhecidas. Apenas Londres era grande e cruel o bastante para abrigar essas multidões perdidas, a população desaparecida do Reino Unido – apenas Londres podia engoli-las sem remorso, sem contestação.

Não, pensou Adam, ele continuaria – seguindo o clichê – vivendo um dia de cada vez. Enquanto Vladimir mantivesse seu hábito de fumar crack sob controle (sem batidas policiais, obrigado), ele estava bem seguro no Oystergate. A vida poderia continuar seu curso acidental confiável. Pensando em Vladimir, Adam fez para ele uma xícara de chá adocicado e bateu de novo à porta do quarto.

– Vlad? Eu fiz chá, parceiro. – Ele abriu a porta. – Vamos sair e comprar um...

Ficou imediatamente óbvio que Vladimir estava morto. Ele estava deitado no colchão, o corpo torcido, um braço jogado para o lado como que procurando pela última vez o cachimbo de crack e a droga. Os olhos estavam abertos, como também a boca.

Adam saiu do quarto e fechou a porta. Tremia tanto que o chá já respingava fora da xícara.

– Porra, não – gemeu ele, alto. – Não, não, não.– Maldisse seu infortúnio, sua miserável falta de sorte, e depois o sentimento de culpa o dominou: veio-lhe à mente o pensamento terrível de que ele poderia ter salvado Vladimir. Quando fora tomar o café da manhã, estava certo de que ouvira Vladimir gemer algo. Talvez ele estivesse vivo naquele momento, *in extremis*, mas vivo e pedindo socorro. Se houvesse entrado naquele instante, talvez pudesse ajudar, chamar um médico ou uma ambulância. Mas tudo isso, em retrospectiva, era inútil, percebeu ele. Abaixou a caneca e voltou para o quarto. Sabia que não devia tocar no corpo de Vladimir, mas mesmo assim cerrou as pálpebras do amigo com a ponta do dedo, fechou a boca e endireitou o cadáver, colocando-o deitado de costas no colchão com os braços ao lado do corpo. Agora Vladimir parecia estar dormindo. A completa e total imobilidade era o que denunciava seu estado: a ausência de até mesmo o menor movimento, o peito subindo e descendo, as narinas tremendo ligeiramente, os pequenos tiques de vivacidade que todos nós produzimos sem refletir, inadvertidamente, que mostram que estamos vivos.

Adam supôs que Vladimir tivesse fumado crack até ter um maciço trauma cardiovascular, seu coração fraco sucumbindo a um ataque ocasionado, talvez, por uma tragada demasiadamente intensa, um surto de adrenalina final, estonteante, que o derrubara.

A tal válvula cardíaca defeituosa, que seus amáveis e generosos vizinhos e amigos do vilarejo achavam que haviam pagado para ser substituída, falhara de modo fatal. E assim falecera Vladimir no seu beatífico estupor causado pela droga. Talvez aquele nem fosse um modo tão ruim de partir, pensou Adam, enquanto cobria o corpo com um cobertor e ia dar um longo passeio a fim de refletir.

Adam refletiu que deveria parecer mais estranho viver num apartamento com um amigo morto deitado no quarto vizinho, mas, a partir do momento em que Vladimir fora estendido feito um defunto, discretamente coberto e a porta firmemente trancada, percebeu que as horas poderiam passar sem que ele sequer pensasse no cadáver no quarto.

Decidira não fazer nada apressada ou temerariamente – simplesmente esperar e pensar, arquitetar e planejar, agir com calma – a fim de ver se lhe ocorria uma linha de ação que permitisse que o corpo de Vladimir fosse apropriadamente removido e enterrado, e, ao mesmo tempo, não chamar atenção para o fato de que ele, Adam Kindred, fugitivo e procurado por assassinato, estivera morando no apartamento. Nada fácil. Ele ficou pensando durante todo o domingo, e a única ideia que teve foi a de simplesmente ir embora e mais tarde dar um telefonema anônimo para as autoridades. Vladimir não conhecia nenhum dos vizinhos no Oystergate, nem mesmo nos dois apartamentos de cada lado do seu próprio – não fazia muito tempo que ele morava ali, portanto ninguém sentiria sua falta ou apareceria inesperadamente. De qualquer modo, o próprio Adam calculava que o "espírito comunitário" no Oystergate estivesse em baixa, para não dizer moribundo. O domingo passou vagarosamente. Adam perambulou pelas ruas de Stepney, foi ao cinema ver um filme ruim, comprou uma pizza e foi comer no apartamento enquanto via televisão.

Na manhã de segunda-feira, não lhe tendo ocorrido novas e brilhantes ideias, ele decidiu ir embora e empacotou de novo seus poucos pertences nas sacolas plásticas. Ficou pensando para onde iria: estava tentado a voltar para a segurança familiar do triângulo perto da ponte Chelsea, mas percebeu imediatamente que, por mais familiar que o lugar fosse, sua segurança não estava mais garantida: a polícia já fizera uma incursão ali e o homem feioso da viela do Hotel Grafton sabia da existência do local. Não, ele teria simplesmente de achar um lugar com a mesma segurança – devia haver algum outro local em Londres onde ele poderia se esconder.

Fechou a porta da frente ao sair – pensando: talvez Hampstead Heath? Grandes espaços abertos – e acabara de girar a chave na fechadura quando um carteiro de bermuda, botas pesadas e um turbante azul poeirento subiu com passos cansados a escada.

– Genial pegar alguém em casa. Sr. Belem?

Adam se voltou, e disse em tom de voz neutro:

– Hum?

– Assine e escreva seu nome em letra de forma aqui, por favor.

Adam assinou e escreveu "P. Belem", recebendo um envelope registrado com o timbre do hospital Bethnal & Bow NHS Trust num canto.

– Tenha um bom dia, sr. Belem – disse o carteiro já se afastando.

Adam destrancou a porta e entrou novamente no seu apartamento.

34

PARA INTENSA FRUSTRAÇÃO DE JONJO, FOI PRECISO QUASE UMA SEMANA para encontrar Mohammed. O sujeito parecia estar morando em cerca de cinco endereços, e ele foi obrigado a dar um bom dinheiro a Bozzy e seus asseclas para rastrear o cara.

Por fim, o descobriram morando com um tio numa casa avarandada no Bethnal Green. Jonjo decidiu que esse novo encontro correria melhor sem a presença de Bozzy, então foi dirigindo sozinho até o Bethnal Green e estacionou a cerca de vinte metros da residência temporária de Mohammed. Ficou observando o homem ir e vir – com primos e amigos – antes de finalmente sair de casa, sozinho, rumo ao seu táxi Primera, presumivelmente para começar a trabalhar e ganhar algum dinheiro. Jonjo seguiu-o apenas por alguns minutos, até Mohammed encostar o minitáxi abruptamente no meio-fio – o pisca-alerta ligado em pleno sol da tarde – e correr para comprar algo num supermercado que funcionava vinte e quatro horas. Jonjo parou seu táxi em fila dupla bem ao lado do outro, de modo a impedir Mohammed de fugir dirigindo, e ficou esperando.

Houve uma rápida batida na janela.

– Desculpe, parceiro. Mas você estacionou...

Abrindo a porta de repente, Jonjo derrubou Mohammed no chão. Ajudou-o a levantar-se, espanando a poeira da jaqueta de brim dele. Mohammed o reconheceu imediatamente.

– Escute aqui, cara, de jeito maneira tu...

– Entre no meu escritório, Mo.

Eles sentaram no banco traseiro do táxi de Jonjo, Mohammed no banco auxiliar dobrável, Jonjo esparramado em grande estilo em frente a ele. As portas estavam trancadas.

– Eu tenho família grande – disse Mohammed. – Tios, irmãos, primos... se qualquer coisa acontecer comigo, eles conhecem Bozzy. Ele é um homem morto, é?

Jonjo inclinou-se para a frente e colocou a mão no joelho de Mohammed para fazer parar seu tremor espasmódico.

– Então faça a todos nós um grande favor. Eu quero lhe dar dinheiro, Mohammed, não machucar você. – Ele contou 200 libras e apresentou-as a Mohammed. – Pegue.

Mohammed pegou o dinheiro. – Por quê?

– Porque você vai me contar quem mais estava no seu táxi naquela noite em que o tal homem foi levado para Chelsea. E depois vai me mostrar onde eu posso encontrar essa pessoa que estava com você. E então eu vou lhe dar mais 300 libras. – Jonjo meteu a mão no bolso da jaqueta e tirou um grosso maço de notas.

– Eu tava sozinho, cara.

– Não, você não estava. Você falou que o otário entrou no terreno baldio para pegar a capa de chuva dele, enquanto você ficava esperando no carro.

– É isso... e daí?

– Então por que ele não se mandou, se você estava sentado no carro como um boneco?

– Ah... porque eu tinha meio que ameaçado o cara. Disse que ir quebrar a porra da perna dele se ele num me pagar.

– Ele devia estar se cagando de medo.

– Devia mesmo. Foi por isso ele fazer o que eu falar.

– Então você *confiou* nele. Simplesmente ficou sentado no carro e esperou, confiando que ele lhe traria a capa de chuva.

– Ah... isso.

Jonjo pegou de volta as 200 libras.

– Nem mesmo o mais imbecil, ou o mais merda, dos taxistas do mundo faria isso, porra. Se você ficou sentado no carro, quem foi com o Kindred? – Jonjo acenou com as notas diante da cara de Mohammed, que olhou para o dinheiro e lambeu os lábios. O joelho dele começara a tremer de novo.

– Foi alguém chamado Mhouse.

– Um homem chamado "Mhouse"?

– Mulher.

O rosto de Jonjo não demonstrou surpresa com a informação, embora ele estivesse muito surpreso.

– Você sabe onde ela mora?

– Sei.

– Vamos até lá, e então você pega o restante do seu dinheiro.

Jonjo esperou até escurecer antes de voltar para o Shaftesbury. Subiu a escada e caminhou rapidamente pelo corredor até o apartamento L. No bolso, levava um pequeno pé de cabra grosso, que introduziu no caixilho da porta acima da fechadura. Jogou todo o seu peso ali, endireitando o corpo ao mesmo tempo, ouvindo os parafusos que prendiam a fechadura ceder sob a pressão, enquanto a madeira lascava. Correu o pé de cabra na parte superior e inferior da porta – não havia ferrolhos. Fez uma pausa, olhou em volta para ver se alguém o estava observando, e, com um poderoso chute de suas botas de pedreiro, abriu a porta violentamente. Entrou depressa, fechando em seguida a porta, e ficou imóvel na soleira. Não houve qualquer barulho – o apartamento estava vazio. Havia uma luz acesa na cozinha e ele avançou silenciosamente pela sala, vendo uma

TV, almofadas e duas cadeiras. Na cozinha, observou o cabo de força e a mangueira d'água de borracha entrando pela janela, e se permitiu o pequeno muxoxo virtuoso de um contribuinte enojado. Aquelas pessoas roubariam o pão da boca das outras, pensou consigo mesmo. Que tipo de mundo...

– Oi.

Jonjo se virou, bem lentamente, e viu um garoto pequeno de cabelo encaracolado, com uma camiseta manchada que batia nos joelhos, parado na soleira da porta do quarto.

– Oi, garoto. Não se preocupe, sou amigo. Onde está sua mãe?

– Ela trabalhando.

– Ela me pediu para buscar uma coisa.

Ele passou pelo garoto e entrou no quarto: colchões no chão, lençóis sujos, um guarda-roupa, algumas caixas de papelão. Abriu o armário e remexeu as roupas penduradas ali, enfiando a mãos nos recessos para ver se não havia algo escondido ali. Puxou para fora sapatos, uma sacola plástica cheia de brinquedos sexuais, pênis artificiais. O cheiro químico de perfume barato ardia em seus olhos. Depois ele tirou uma caixa mais pesada – não, era uma maleta. Conhecia bem aquela maleta: fechos sólidos, couro polido, reforços de metal nos cantos. Ele abriu a maleta, vazia. Mas aquela maleta era de Kindred; as peças estavam começando a se encaixar, e Jonjo sentiu aumentar sua excitação. O garotinho olhava para ele com expressão sonolenta, mas curiosa, encostado no umbral da porta, coçando a coxa.

– De quem é isso?

– Da minha mãe.

Jonjo checou o outro quarto – um colchão nu, tábuas do assoalho nuas, mais caixas de papelão cheias de coisas sem importância. O estado em que algumas pessoas viviam era nojento. Ele foi até a porta, a maleta na mão.

– Adeusinho, parceiro.

– Você um amigo de John? – disse o garotinho.

Jonjo parou e virou.

– Quem é John?

– Ele morar aqui, mas agora ir embora. Você falar com ele para voltar... falar a ele que Ly-on querer volta dele.

– Mamãe conhece John?

– Sim. Ela gostar muito John. Ervilhas verdes.

– Seja lá o que for. – Jonjo alisou a cabeça do garoto, disse boa-noite e fechou a porta o melhor que pôde.

Bozzy estava esperando no playground dilapidado, e apontou para a maleta na mão de Jonjo.

– Onde você arranjou isso?

– A mulher-Mhouse. O Kindred andou morando lá.

– Merda. Todo o tempo?

– É. Onde ela trabalha?

Bozzy deu um sorriso.

– Trabalha? Ela trepa com uns otários lá no píer Cherry Garden.

– Ela é uma mariposa? – Aquilo confundiu Jonjo... por que Kindred estava morando com uma prostituta? – Tem certeza?

– Os cachorros lambem seus próprios colhões? Vinte pratas cada foda, parceiro. Trinta, sem camisinha. Alta classe, entende o que estou falando?

Ele deu uma risadinha contida.

– Como eu chego ao píer Cherry Garden?

35

O RIO ESTAVA LINDO HOJE À NOITE, PENSOU ELA, E MUITO ALTO, NO máximo. Era o negrume em movimento, o começo da volta, a grande massa d'água começando a sua jornada de volta para o mar, o rio negro deslizando forte e as luzes refletidas imóveis na sua superfície móvel. Mhouse viu a força e o encanto – não que ela pudesse articular essa sensação de qualquer maneira que fosse – mas o rio a distraía, e ela ficou olhando antes de lembrar o quanto sua vida estava fodida.

Uma noite calma... ainda nem pela metade. Ela vinha perambulando pela área do píer de Cherry Garden havia algumas horas, subindo as ruas transversais, descendo as principais, procurando fregueses, homens. Encontrara uma colega que estava pensando em ir para King's Cross, já que a coisa estava tão morta ali em Rotherhithe. Chegou mesmo a perambular de volta no parque Southwark, mas ali só havia caras gays, embora um babaca a tivesse convidado para ir com ele até o lago; ele dissera que tinha uma espécie de alpendre que eles poderiam usar, mas ela lhe disse onde ele poderia enfiar o lago e o alpendre, de jeito nenhum.

Mhouse acendeu e fumou um cigarro. Dali ela via o grande hospital, St. Both's, a jusante, com todas as luzes brilhando. A conta de luz ali devia ser enorme. Uma pena que John 1603 tivesse ido embora – era como se ela estivesse morando com uma torneira de dinheiro, você simplesmente abria a torneira quando precisava de mais um pouco. Precisando de 100 libras? Passe uma noite com John 1603. Ele era um cara até legal (para ser sincera, ela não se amarrava muito em homens barbudos). Era gentil, delicado, prestativo – e gostava dela. Bom, pelo menos gostava de transar com ela, disso Mhouse sabia, era óbvio como o nariz no rosto dele. Ly-on também gostava de John, tal como ele parecia gostar de Ly-on. Por isso, Mhouse deixava John transar com ela de vez em quando, ganhava algum dinheiro vivo de imediato, e ele tinha um teto sobre a cabeça com TV de satélite... então, por que precisara partir, assim tão de repente? Agora ela devia dinheiro ao sr. Qualidade e a Margo, e eles a estavam pressionando para receber. Muito dinheiro. E não era bom ficar mal com o sr. Q...

Mhouse ficou imaginando se poderia rastrear o paradeiro de John 1603, oferecer-lhe o seu quarto de volta, talvez reduzir o preço da hospedagem. Como você faria isso, sua putinha idiota? Eu poderia tentar a igreja, pensou ela; John estava sempre na igreja, e talvez eles soubessem seu paradeiro. Talvez a Escócia não servisse para ele, talvez ele voltasse ao Shaftesbury, a Mhouse e a Ly-on – sua pequena família. Talvez ele realmente quisesse ser...

– Boa-noite, querida.

Mhouse se virou e viu um homem parado na trilha junto ao rio. De onde ele saíra? Ela foi em sua direção lentamente, suspendendo o bustiê para que seu decote ficasse mais definido. O decote sempre funcionava; engraçado esse detalhe.

– O que você procurando, amorzinho?

– Eu tenho um carro ali atrás – disse ele, gesticulando com o polegar. – Nós podíamos dar uma voltinha.

– Eu não entro em carros, querido, desculpe. Você me segue, e vai se divertir pra caramba.

Os dois partiram na direção dos Jardins King's Stair, e Mhouse ouviu o som das passadas dele atrás dela. Havia uma entrada bloqueada que ela usava como uma espécie de parada estratégica, um recesso profundo e muito escuro. As pessoas podiam passar bem perto, sem ver o que estava acontecendo.

Mhouse entrou no recesso e sentiu, mais do que viu, o vulto do sujeito encher o espaço. Um cara enorme. Estendeu a mão procurando a braguilha dele – tirar o troço para fora e colocar as mãos em cima; era essa a rotina dela. Sem deixar que eles tivessem um segundo para pensar. Tudo acabava antes que eles percebessem o que acontecera, antes que tivessem chance de especificar qualquer coisa.

Ela sentiu sua mão forte no pulso dela.

– Espera aí, querida, não se apresse tanto. Eu tenho ideias próprias.

– São quarenta libras – disse ela. – Cinquenta, sem camisinha. Se quiser um quarto são cem, meia hora.

Ela acendeu o isqueiro. Eles se assustavam se soubessem que você vira o rosto deles – isso evitava que quisessem fazer algo violento. A chama iluminou o rosto grande do cara, e Mhouse viu os olhos pálidos, o queixo fraco com uma grande rachadura no meio, a chama trêmula fazendo a rachadura parecer ainda mais profunda do que era. De certa forma, ele lhe parecia familiar.

– Eu não conheço você? – disse ela. – Já não transamos antes?

– Não. A menos que você trabalhasse lá pelos lados de Chelsea.

– Nunca estive em Chelsea, querido.

– Ah, esteve sim.

Então ele agarrou-a pela garganta e levantou-a de modo que os pés de Mhouse se afastaram do chão; empurrou-a contra a parede, expulsando o ar dos pulmões dela.

– Onde está o Adam Kindred? – sussurrou ele no rosto dela. – Me conte isso e eu não precisarei marcar você.

Ela não conseguia falar, então fez um ruído arquejante, sufocado. Tinha ambas as mãos no pulso dele, que mais parecia o galho grosso de uma árvore, e seus pés mal tocavam o solo. Jonjo afrouxou o aperto um pouco, e deixou-a deslizar alguns centímetros para o chão.

– Eu não sei quem é – disse ela.

– E que tal "John"?

E então, por alguma razão, ela se lembrou daquele homem. Era o cara que vira saindo do táxi diante do Shaftesbury, uma noite, algumas semanas antes. Ela notara o táxi, e depois passara pelo homem – esse safado feio e grandalhão, com o queixo rachado, que agora tinha a mão em torno do pescoço dela. Mas o que ele tinha a ver com John 1603?

– John quem? – disse ela. – Há um monte de Johns neste mundo.

– Que tal o John que estava morando no seu apartamento? Vamos começar por ele.

Isso intimidou Mhouse, e ela se sentiu fraca por ter sido apanhada tão rapidamente. Como, porra, ele *sabia*? Quem lhe contara? E ela sentiu uma horrível premonição: percebeu subitamente que precisaria lutar contra aquele homem poderoso, lutar por sua vida – como da última vez que entrara num carro com aquele freguês escroto e malvado. Você virava um animal, e simplesmente sentia.

– Fale do John – disse ele.

– Ah, aquele puto – disse ela com amargura. – Ele se mandou para a porra da Escócia semana passada.

– O quê? Escócia?

Mhouse sentiu a surpresa verdadeira dele, que novamente afrouxou um pouco a mão, e ela viu que chegara sua hora. Deu uma joelhada nos colhões dele com toda a força e ouviu o gemido de dor enquanto escapulia debaixo dos braços dele e corria.

Mas ele já estava atrás dela em um segundo, ao que parecia, e Mhouse não podia correr muito depressa com a porra das botas de salto alto. Ele a agarrou pouco antes que ela chegasse ao rio e a suas alamedas bem iluminadas, agarrou as mãos dela numa espécie de torniquete, e a forçou a caminhar com o corpo grudado ao seu, de volta para a escuridão dos Jardins King's Stairs, e lá ele fez uma coisa estranha com o pescoço dela: seus dedos mergulharam fundo no lado do pescoço, um polegar apertou com força atrás de uma orelha. Mhouse sentiu todo o lado do seu corpo ficar flácido, enquanto alfinetes e agulhas espetavam sua mão esquerda.

Ela deu um soco no rosto dele com a mão direita, meteu as unhas na maçã do seu rosto e puxou para baixo, sentindo a pele rasgar. Tarde demais, ela viu o violento golpe desferido com as costas da mão dele; ainda tentou se desviar, mas ele atingiu-a com tanta força que a última coisa que ela se lembrou foi da sensação de estar voando no ar. Mhouse estava saindo do chão, voando no ar como um passarinho.

E depois, nada.

36

GORAN, O SERVENTE-CHEFE DE PLANTÃO, CHEGOU ATÉ A SALA DE descanso dos serventes, deu uma olhadela para a meia dúzia de serventes sentados ali – lendo jornal, enviando mensagens de texto pelos celulares, dormindo – e conferiu sua prancheta.

– Muito bem... Wellington e Primo, vão até a enfermaria 10 levar a sra. Manning para a cirurgia. – Ele fez uma pausa. – Alô, chamando Primo, pode falar, Primo. Base de operações para Primo...

A princípio Adam não reagiu, embora estivesse olhando diretamente para Goran; por uma fração de segundo, esquecera que agora *ele* era Primo, de fato. Mas logo se lembrou, levantou rapidamente e fez o sinal de positivo com o polegar para cima. Wellington ergueu-se com esforço da poltrona, esfregou o cabelo grisalho com a palma da mão e olhou para Primo.

– Vamos, Primo, isso ser divertido.

Esperando que o elevador de serviço chegasse e os levasse à enfermaria 10, Adam se viu de relance no aço inoxidável arranhado do entorno da porta do elevador. Notou as luzes do teto tremeluzindo sobre sua cabeça raspada, criando o efeito de uma carapaça refulgente no alto da cabeça, feito uma espécie de halo incipiente. Correu a mão pela nova penugem já crescendo no domo luminoso, sentindo a aspereza na palma da mão, mantendo um sorriso vago e bestificado no rosto. Aquele era seu segundo dia de trabalho, mas ele achava que finalmente descobrira o que fazer com o corpo de Vladimir. Estava surfando na onda da experiência, conforme sua própria opinião, flutuando livremente no turbulento rio de acontecimentos que o carregavam. Simplesmente faça o troço, disse para si mesmo – haveria tempo bastante para refletir com calma mais tarde.

Fora somente depois que o carteiro o deixara e depois de entrar novamente no apartamento que Adam vira – num clarão visionário – a beleza simples, a genialidade pura e potencial do plano que ele, espontânea e quase inadvertidamente, concebera na porta da frente, e que lhe permitira assinar "P. Belem" no recibo do carteiro, sem que sua mão tremesse. Ele fora direto para o banheiro, onde levara um tempo surpreendentemente longo para remover o cabelo da cabeça e aparar radicalmente sua barba grande a fim de imitar o cavanhaque de Vladimir. Olhando um pouco chocado para seu reflexo no espelho, confrontando sua nova aparência, Adam vira a clara semelhança genérica. Ele agora se parecia aproximadamente com milhares de homens em Londres, possivelmente dezenas de milhares: cabeça completamente raspada, com uma barbicha em torno dos lábios e sobre o queixo. Ninguém que olhasse para a foto de Vladimir/Primo no seu documento de identidade teria a menor hesitação em identificá-lo. Os olhos eram um pouco diferentes e o nariz mais retilíneo, mas, pelos padrões de um instantâneo de passaporte plastificado, para todos os fins Adam Kindred se transformara, depois de um pouco de trabalho com tesoura e navalha, em "Primo Belem".

E isso ficara provado: ele vestira o uniforme de Vladimir e se apresentara à administração do hospital Bethnal & Bow, desculpando-se por estar um pouco atrasado. Fora enviado para a sala de controle dos serventes, onde mostrara a Goran sua identidade, que fora validada. Preenchera um formulário, entregara o outro formulário que lhe fora entregue por carta registrada, e fora conduzido ao local de chamada dos serventes, sendo-lhe indicado o tal de Wellington Barker para iniciação e treinamento geral. Simples assim. Havia vinte serventes de plantão durante o dia no hospital, e meia dúzia durante a noite. Era difícil imaginar um grupo mais poliglota; ninguém estava interessado nele, ninguém lhe fez perguntas pessoais além de indagar seu nome. "Primo" saiu de sua boca tão facilmente quanto John.

Na enfermaria, Adam descobriu o raciocínio por trás da previsão de Wellington de que aquilo seria "divertido". A sra. Manning era uma obesa mórbida de trinta e cinco anos, que pesava vinte quilos por cada ano que já vivera e ia ser operada para ter o estômago grampeado. Seu marido magro e os três filhos extremamente gorduchos estavam reunidos ansiosamente em torno do leito atulhado de cartões e amuletos. Wellington mostrou a Adam como trabalhar com o guincho, pois o trabalho de servente no Bethnal & Bow exigia aprender trabalhando, e juntos eles içaram a sra. Manning para fora da cama e a abaixaram na rangente maca de rodinhas, antes de levá-la de elevador para o centro cirúrgico.

– Vou voltar e vocês não vão me reconhecer – disse ela, mantendo o bom humor enquanto era deslocada.

Entretanto, debaixo daquela fala alegre, Adam percebeu um medo do futuro, da nova sra. Manning que ela estava tentando se tornar, tal como podia discernir um rosto outrora bonito debaixo dos queixos triplos e das bochechas inchadas, cheias de papadas. Ele gostaria de passar-lhe confiança – não se preocupe, sra. M., não é tão ruim virar alguém diferente – mas apenas sorriu sem falar.

– É espantoso o que se pode fazer hoje em dia – disse ele para Wellington, voltando para o elevador depois que os dois estacionaram a mulher na fila de pacientes à espera do anestesista.

– É, mas você sabe... ela perder o peso, mas a coisa não terminar aí, cara.

Wellington fez uma careta, e Adam ficou ouvindo. Wellington era servente no Bethnal & Bow havia dezoito anos, e sabia do que estava falando; durante o tempo em que trabalhara no local, o hospital desenvolvera uma prestigiada unidade especial para o tratamento de obesidade mórbida.

– A gordura ir embora, sabe, mas em vez disso tu ficar balançando por toda parte... toda aquela pele esticada vazia. Tu ficar feito um varal de roupa caído. Aí tu tem três anos de operações de corta-corta. – Welligton lançou-lhe um olhar soturno. – É só pensar nas cicatrizes, cara. Não vai ficar bonito – Talvez a sra. Manning tivesse todo o direito de estar temerosa.

Adam sentiu-se cansado ao fim de seu turno. Entre pegar, carregar e empurrar para cá e para lá os pacientes nas macas, com a ajuda de Wellington, eles também haviam removido e armado dez mesas de cavaletes numa área da lanchonete reservada para um almoço festivo de apresentação com os gerentes juniores da Fundação Nacional de Saúde, levado amostras de sangue para o laboratório de patologia, entregue anotações clínicas às secretárias dos médicos, removido sacos com restos de tecidos humanos em decomposição dos centros cirúrgicos para os fornos, e, numa espécie de carrinho de golfe elétrico, feito uma série de corridas transportando cilindros vazios de oxigênio para caminhões que esperavam, e retornando com cilindros cheios para o lugar de armazenamento.

Na sua volta para o Oystergate, ele entrou num empório de material elétrico barato e encomendou uma geladeira. Disse ao vendedor que não se importava com a marca, desde que o artigo pudesse ser entregue na manhã do dia seguinte. Pagou com o cartão de crédito de Vladimir (que gentilmente guardava sua senha num pedaço de papel na própria carteira) e, pela segunda vez, assinou "P. Belem". Depois, numa loja de material de construção, pediu a um sujeito corpulento um carrinho de entregas e foi informado, de maneira cansada e desdenhosa, de que o que realmente procurava era um carrinho-armazém. O carrinho foi providenciado e Adam o comprou, juntamente com um macacão azul inteiriço de zíper na frente, um colete verde-limão de alta visibilidade e um boné de beisebol que exibia, na frente, um logotipo com um martelo e um prego.

No dia seguinte, Adam estava escalado para o turno da noite, portanto teria a manhã e a tarde livres. Raciocinou que o que estava prestes a fazer, paradoxalmente, era mais seguro em plena luz do dia do que na noite mais escura. Ele não atrairia atenção durante o dia, enquanto à noite pareceria imensamente suspeito.

A geladeira chegou por volta das dez da manhã, entregue por dois homens que reclamavam, dizendo "Por que não tem elevador? Que espécie de prédio é esse?" Resmungando, eles ajudaram Adam a tirar a geladeira da resistente caixa de papelão, colocá-la no vão da janela da cozinha, e ligá-la à tomada. Ele gostou do barulho reconfortante que a geladeira fazia, e disse que preferiria guardar a caixa de papelão, se eles não se importassem.

Depois que os homens foram embora, Adam levou a caixa para o quarto de Vladimir e retirou o cobertor que cobria o corpo. Vladimir não parecia mais estar dormindo; já parecia bem morto. A pele estava descorada, o rosto com uma ligeira careta, as maçãs do rosto afundadas e os olhos esbugalhados por trás das pálpebras. Enquanto calçava as luvas de borracha, Adam percebeu que aquela seria a parte mais difícil, e sentiu náuseas ao dobrar o corpo do amigo numa posição aproximadamente fetal. O cadáver estava surpreendentemente flexível – ele esperava uma rigidez extrema – mas então lembrou que o *rigor mortis* desaparece depois de vinte e quatro a trinta e seis horas, ou por aí, e a musculatura do corpo amolece novamente. Graças a Deus. Rolou a ossatura magricela de Vladimir para dentro da caixa da geladeira, que estava com a abertura para cima, e colocou a caixa em pé para selá-la com metros de fita gomada. Depois, usando uma faca de cozinha, cortou abas e fendas no papelão em torno da base. Em seguida vestiu o macacão azul, o colete de alta visibilidade e o boné de beisebol e, com a caixa bem fixada ao carrinho, saiu do apartamento. Aos trancos, ele desceu os quatro lances de escada e saiu do Oystergate empurrando sua carga.

Ateve-se às ruelas e ruas transversais, fazendo um percurso sinuoso na direção de Limehouse Cut, a uns mil e oitocentos metros de distância: um canal que ligava o rio Bow à bacia Limehouse. Sabia que parecia completamente normal: um entregador comum numa manhã de fim de semana comum, empurrando uma geladeira nova numa caixa de papelão na direção de algum endereço residencial. Ninguém com quem cruzou sequer se dignou a olhar para ele.

Gastou meia hora para levar Vladimir até a área que examinara na véspera. Suas mãos estavam esfoladas e as costas doíam, mas aquela rua de acesso a uma zona industrial levava ao canal, e ali havia um portão para a trilha de reboque que corria ao longo do canal por diversas centenas de metros até que a corrente d'água se juntasse com o córrego Bow, perto dos gasômetros. O lugar não era visível de quaisquer casas ou prédios, sendo formado apenas pelos fundos dos armazéns e pelos estacionamentos das vans e caminhões, protegido por arame farpado, coalhado de restos acinzentados de sacos de polietileno. Aquele caminho parecia pouco usado – grandes tufos de arlequim nascendo das fendas no muro baixo construído ao longo do canal e borboletas esvoaçando entre as flores de um roxo vívido. Adam parou a fim de deixar passar uma van, de novo sem ser perturbado: os depósitos próximos explicavam sua presença, com aquele carrinho de entregas e sua enorme caixa de papelão. Quando a van se afastou, ele deslizou cuidadosamente o carrinho carregado para a trilha de reboque e empurrou-o até poucos metros do portão de acesso. Empurrou a base do carrinho para fora da caixa da geladeira e depois manobrou a própria caixa até a mureta de pedra que corria ao longo da trilha de reboque do canal.

Olhou em torno: um fugidio sol de meio-dia brilhava entre as nuvens cúmulos, anunciando tempo bom e iluminando a cena, as borboletas exultavam sob o brilho ofuscante. Ele ouviu crianças gritando no playground de uma escola próxima, e algum tipo de teste ou rally de motocicletas parecia acontecer em algum lugar ali perto, pois o ar subitamente pesou com o ronco de poderosos motores. Adam deu uma olhadela final e depois, de modo casual, chutou a caixa para dentro do canal. Ela caiu com um espadanar forte e saiu bamboleando por um momento, flutuando, antes que a água começasse a penetrar, entrando pelas abas e cortes que ele fizera. Vagarosamente a caixa como que se endireitou por si própria e depois foi afundando, afundando, antes de sumir sob a superfície, com algumas bolhas irrompendo.

Adam achou que deveria dizer alguma coisa – alguma coisa por Vladimir. "Descanse em paz" parecia um pouco estúpido, então ele se contentou em dizer a *sotto voce* " Adeus, Vlad... e muito obrigado."

Depois atirou também na água seu novo carrinho de entregas dobrável, deixando-o juntar-se ao amontoado de detritos no fundo do canal: pneus, carrinhos de supermercado, cabeceiras de cama de ferro fundido, fogões extintos e chassis meio queimados de carros destruídos em pegas. Enquanto se afastava, Adam ficou imaginando quanto tempo decorreria antes que o corpo de Vladimir fosse descoberto. Calculava que a caixa nova aguentaria por bastante tempo, antes que o papelão começasse a se desfazer e rasgar. Uma semana? Um mês? Sabia que, na realidade, isso não interessava. A boa ação final, generosa, que Vladimir lhe concedera era seu total anonimato. *Vladimir quem?* Nem mesmo Adam sabia o sobrenome dele ou de que parte da antiga União Soviética viera. E, mesmo se o encontrassem e pudessem identificá-lo – ah, sim, é ele: o paciente cardíaco desaparecido que escapulira da missão misericordiosa de sua aldeia – ninguém jamais iria ligar aquela triste overdose fatal de um viciado a Primo Belem, servente de hospital no Bethnal & Bow, bem vivo e bem de saúde.

Adam caminhou de volta para o Oystergate, sentindo-se mais calmo e confiante do que já se sentira desde que todo aquele negócio louco começara. Agora ele tinha um nome, um apartamento, um emprego, um passaporte, dinheiro, um cartão de crédito – logo poderia comprar um telefone celular... Admirou-se por já poder realmente dizer que Adam Kindred não existia mais. Adam Kindred era redundante, superado, obsoleto. Adam Kindred desaparecera verdadeiramente, havia verdadeiramente mergulhado no submundo, muito fundo. Agora ele tinha uma vida nova e novas oportunidades à frente. O futuro realmente pertencia a Primo Belem.

37

O ROSTO DE CANDY ERA UMA MÁSCARA PARÓDICA, UMA CARICATURA ruim de choque, olhos esbugalhados, a boca formando um “O”.

– Não – disse ela.

– Sim.

– Não.

– Sim, temo que sim.

– O Cachorro? Nunca.

– Também não consigo explicar, Candy – disse Jonjo, tentando parecer tanto desorientado quanto magoado. – Eu me inclinei para pôr a tigela de comida diante dele, e o bicho simplesmente me deu uma mordida.

Jonjo estava improvisando, tentando dar uma razão convincente para sua maçã do rosto esquerda estar coberta por um quadrado de dez centímetros de gaze fixado no lugar por tiras de esparadrapo. Sentia um pouco de remorso por estar pondo a culpa no Cachorro – não havia criatura mais plácida na face da Terra – mas, no impulso, só conseguira inventar aquilo. Candy entrara na garagem enquanto ele guardava os tacos de golfe na mala do táxi, e, ao vê-lo, começara aquele número de "oh-meu-Deus-o-que-foi-que-aconteceu".

– Ele nunca tentou me morder – disse ela. – Quero dizer, eu beijo esse cão...

– Você não devia beijar um cachorro, Candy.

– Só um selinho no nariz. Não, não... alguma coisa deve ter desencadeado essa reação... alguma coisa assustou o bichinho. Coitado do Jonjo. – Ela estendeu o braço e passou a mão sobre o seu cabelo cortado à escovinha e encostou a boca nele, beijando-lhe o lado do rosto que não estava coberto pelo esparadrapo. – Vamos lá para casa... Eu faço uma boa tigela de sopa para você.

Ela o beijou de novo nos lábios, e Jonjo fez uma careta, como que sentindo dor. Tudo mudara desde o começo da intimidade entre os dois naquela noite – desde o jantar *à deux* e a transa que se seguira, tão previsíveis quanto o conhaque e a caixa de chocolates pós-jantar. Jonjo achava que Candy entrara na vida dele com todo o tato de uma desconfiada assistente social: telefonando, enviando mensagens de texto, aparecendo de repente sem avisar, comprando-lhe presentes de que ele não precisava – roupas, comida, drinques, pequenos enfeites.

– Estou ocupado hoje à noite, amor. Desculpe. – Nunca se engrace com sua vizinha... ele iria se lembrar disso na sua próxima encarnação.

– Quer que eu leve o Cachorro? Onde ele está? Posso dar uma volta com ele, e dar uma bronca nele... mordendo seu papai, nunca vi disso.

Jonjo entregou o Cachorro a Candy e seguiu de carro até o campo de golfe de Roding Valley para se acalmar. Fez nove no primeiro buraco; no segundo, fez cinco acima do par três, e depois, no terceiro *tee*, mandou a bola nas instalações de esgoto sanitário de Chigwell. Seguiu direto para a sede do clube, abandonando o jogo, tenso e raivoso, tentando imaginar por que pensara que golfe seria o paliativo para a lata de vermes serpenteantes que estava atualmente fingindo ser sua vida.

Sentou-se no bar dos sócios com um gim-laranja, tentando se acalmar e avaliar a situação. Seu rosto arranhado latejava, como se estivesse infeccionado. *Puta*. Puta piranha. Ele teria simplesmente deixado o corpo caído ali e ido embora, mas sabia que ela tinha quatro unhas repletas de pele, sangue e DNA dele, portanto precisara jogá-la no rio.

Jonjo pediu outro gim. Deveria ter simplesmente ficado em casa hoje, bebendo de forma medicinal, isso teria ajudado. Mas então Candy teria aparecido... Ele pegou a cartela de pontos do golfe e escreveu as palavras KINDRED=JOHN, na esperança de que isso colocasse seu cérebro em funcionamento. Não pretendia matar a vadiazinha – ela acabaria lhe contando tudo – mas ele reagira com extrema violência, de acordo com as regras do sargento Snell, quando ela o socara e o arranhara daquela forma. Ele simplesmente não pensara – aquilo fora só um reflexo – e aplicara contra ela aquele golpe violento (eles nunca percebem que está vindo), e ela voara, batendo com a cabeça no muro de tijolo. Jonjo achava que chegara mesmo a ouvir o pescoço dela quebrar; quer tivesse ouvido ou não, não havia dúvida, pelo modo engraçado com que Mhouse caíra no chão e ali ficara, o corpo flácido, que ela estava morta, ou então quase.

Ele ficara andando de um lado para o outro durante algum tempo, praguejando e estancando o sangue das arranhaduras com um lenço de papel. Depois se afastou com andar casual para verificar o que estava acontecendo na beira do rio – nada. Assim, pegara Mhouse como se ela fosse um bêbado desacordado, e caminhara até a mureta da margem. Ali mesmo encostara o corpo dela e dera-lhe pequenos tapas no rosto, falando com ela, fazendo parecer que estava tentando reanimá-la, caso alguém estivesse olhando, todo o tempo procurando a presença de câmeras de vigilância. Não havia sinal de nenhuma, e tampouco havia alguém por ali. Ele vira que a maré estava alta e esvaziando rapidamente, então apenas jogara o corpo dentro da água por cima da mureta e, num segundo, ele desaparecera.

Jonjo estava sentado num banco de jardim com Bozzy e um homem alto e magro, que lhe haviam apresentado como o sr. Qualidade. Estavam numa pequena praça pública não longe do Shaftesbury; Bozzy trouxera o sr. Qualidade até ali e Jonjo fora obrigado a lhe pagar 50 libras por aquela "consulta". Algumas jovens mães cansadas haviam reunido seus carrinhos de bebês na extremidade mais afastada do parque, e um velho remexia metodicamente as latas de lixo.

– Eu não cobrar Imposto Valor Agregado de você – disse o sr. Qualidade, embolsando as notas e depois rindo de maneira sibilante para si mesmo, como se houvesse ouvido uma piada particular.

– Estou procurando um homem chamado John – disse Jonjo, sem perder a paciência. – Ele estava morando com uma piranha chamada Mhouse num apartamento que pertence a você, acho eu. Ficou com ela algumas semanas.

– Eu conheço a Mhouse – disse o sr. Qualidade. – Nós ser bons amigos.

– Maravilha. Então, quem é esse cara... o John?

– John 1603.

– Não entendi.

O sr. Qualidade repetiu o nome.

– O que significa isso? 1603 não é um sobrenome. É uma data. Um número.

– Ser assim que Mhouse apresentou homem... John 1603.

Jonjo olhou para Bozzy pedindo confirmação de que faltava um parafuso ao sr. Qualidade.

Bozzy deu de ombros.

– Não sei de nada, cara.

– Então você bem que podia ir se foder.

Ofendido, Bozzy foi embora com a postura mais altiva possível.

Jonjo voltou-se para o sr. Qualidade, que estava acendendo, pelo que ele podia ver, um cigarro muito fino de maconha e tabaco. O país já tinha ido para o brejo, e os sapos estavam jubilosos. Mas ele conseguiu se controlar.

– Qual era a aparência desse tal John 1603?

– Um homem branco como você. Trinta anos. Cabelo comprido, preto. Barba preta cerrada.

Ah, barba preta cerrada, pensou Jonjo, isso explicava muita coisa.

– Você sabe onde ele está?

– Se ele não estar com Mhouse, eu não sei.

O sr. Qualidade foi embora 50 libras mais rico. Ele merecia um bom pontapé, pensou Jonjo: safado arrogante, rindo dele e fumando maconha daquele jeito em plena luz do dia num parque público, com crianças pequenas brincando no gramado. Jesus. Aquele lugar precisava de um choque de ordem, controle de pragas. Ele pensou que precisava se acalmar. John 1603, falou para si mesmo, o que isso significa? Deve haver uma pista em algum lugar... Por que Kindred escolheria um nome tão bizarro? Conforme ia pensando, Jonjo começou a se sentir melhor, e as ideias de um Juízo Final local foram para o fundo de sua mente: ele estava chegando a algum lugar, tinha mais uma pequena informação – o "John" esvanescente se transformara no intrigante "John 1603". Agora já tinha uma descrição, encontrara alguém que conhecera Kindred, o vira muito recentemente, falara com ele. Nada de Polícia Metropolitana. Jonjo sentia que estava se aproximando e chegando mais perto.

Voltou ao Shaftesbury e ficou perambulando pela praça enlameada diante do apartamento de Mhouse, observando. Os habitantes do conjunto iam e vinham. Ele subiu até o apartamento L e bateu à porta, por pura formalidade. Pensou em dar outra olhadela no local, para ver se deixara de observar algo, mas a porta fora consertada: estava trancada e firme novamente. Talvez o sr. Qualidade tivesse um novo inquilino...

– Ela não está aqui. Foi embora.

Jonjo virou-se e viu uma velha de avental inclinada para fora da porta do apartamento vizinho. Ela não tinha os dentes da frente.

– Desculpe – disse Jonjo, sorrindo educadamente. – Estou procurando um amigo chamado John. Acho que morou aqui.

– Ele também foi embora. Acho que os dois fugiram... ela fugiu com ele e deixou o garotinho. Nojento. Imoral.

Jonjo se aproximou.

– A senhora conheceu o John?

A mulher se empertigou.

– Não "conheci" exatamente. Eu fui o que você poderia chamar de conhecida dele.

– Alguém me disse que ele se chamava John 1603.

– Bom, ele se chamava assim, não é?

– Por que alguém se chamaria assim?

– Porque ele era um membro da igreja – disse ela com certo ar de desafio. – Embora os dois tenham desaparecido e nos decepcionado muito.

Jonjo sorriu, sem conseguir acreditar na sua sorte. O que parecia uma porcaria de dia estava se transformando num pudim.

– E que igreja seria essa? Se é que posso perguntar.

– A Igreja de John Christ, é claro.

38

Digitar "coceira" em meia dúzia de ferramentas de busca, enquanto surfava na internet pela manhã, não ajudara. De fato a tentativa produzira o efeito oposto, pensou Ingram. Extremamente inútil, para não dizer arrepiante ou aterrorizante, era uma descrição mais precisa. Uma simples busca por uma informação, por uma resposta, resultara numa montanha de informações excessivas, fornecendo dezenas de milhares de respostas em potencial. Ele preferia ter ficado afastado do infernal computador e simplesmente telefonado para Lachlan de novo, pedindo conselhos – um ser humano para outro. Agora estava ciente de ter, talvez, uma de centenas de doenças horrorosas – algumas delas perturbadoramente desagradáveis, em particular as sexualmente transmissíveis. Além disso, jamais tivera ideia de que as ilustrações estivessem tão prontamente disponíveis online – era espantoso o que podia acontecer com o corpo humano doente. Ele não fazia ideia de que houvesse pessoas por aí com aqueles graus de purulência, pustulência, erupções, inchaços, decomposição...

Informação demais era a maldição de nossos tempos modernos, uma coisa muito perturbadora. Mas aquelas coceiras pareciam estar aumentando – meia dúzia de ardentes pontos de rápida tortura no seu corpo por dia, calculava Ingram. Passavam facilmente com um pouco de pressão, um arranhão rápido e vigoroso, mas absolutamente sem padrão definido. Cabeça e pé, abdômen e cotovelo, lóbulo da orelha e testículo. O que havia de errado com ele? Será que se tratava de simples estresse, e esse estresse o estava atormentando daquele jeito?

Ingram tentou banir essas reflexões desagradáveis enquanto se preparava para seu encontro com Burton Keegan. Pedira que ele estivesse no seu escritório às dez horas – dez minutos depois da hora marcada, a sra. Prendergast interfonou para dizer que o Keegan telefonara e chegaria um pouco atrasado. Ele finalmente chegou às 10:40, cheio de desculpas – algo relacionado a seu filho e à escola de alunos com necessidades especiais onde o garoto estudava; ele tivera uma reação histérica a um novo professor. Ingram ficou surpreso ao descobrir que Keegan tinha um filho deficiente com um grau severo da síndrome de Asperger, e sua raiva por ter ficado esperando logo desapareceu.

Keegan sentou-se, foram pedidos e servidos café e água, houve uma breve conversa sobre a empresa, o tempo, e a próxima viagem que Keegan faria aos Estados Unidos; então Ingram engatou sua marcha de ataque.

– Uma coisa está me aborrecendo, Burton, e foi por isso que eu quis encontrar você cara a cara.

– Eu achava que poderia haver algum problema.

– Não é um "problema". É uma pergunta simples, que é a seguinte: Você teve um encontro com o Philip Wang às três da tarde no dia em que ele foi assassinado?

Keegan quase conseguiu disfarçar a surpresa e o choque.

– Sim, tive.

– Mas nunca contou isso à polícia, a mim ou a ninguém. Por quê?

– Porque não era importante... O encontro foi inteiramente de rotina.

– Por que você mentiu para mim?

Keegan olhou para ele.

– Eu tinha esquecido.

Ingram pôde ver que ele recuperara o controle depois do tropeço inicial, e perguntou:

– Qual foi o motivo do encontro?

Keegan pigarreou.

– Pelo que eu me lembro, o Philip já percorrera todos os hospitais do Reino Unido que nós estamos usando para a nossa terceira fase dos testes clínicos da Zembla-4. Ele ficou encantado com nosso progresso, e só queria insistir comigo para conseguir a aprovação da FDA e do MHRA.

Em toda boa mentira, pensou Ingram, deve haver um elemento de verdade. É isso que eles ensinavam aos espiões, não é? O fato de ele saber das visitas de Philip Wang aos hospitais não servia mais como munição, agora que Keegan já fizera referência a elas.

– Que curioso – disse ele. – Isso é completamente contrário ao que Philip me contou dois dias antes.

Keegan sorriu.

– Acho que ele deve mudado de ideia. Estava muito excitado, insistindo muito para que andássemos rápido.

– Agora nós nunca saberemos, não é? – disse Ingram, pensando que ao menos ele finalmente descobrira de que se tratava. Era óbvio que Keegan e Wang haviam discordado totalmente um do outro, e que suas posições eram diametralmente opostas. – Estranho que você tenha sido a última pessoa a ver o Wang faminto.

– O que você quer dizer com "faminto"?

– Eu falei "vivo".

– Você falou "a última pessoa a ver o Wang faminto". Desculpe, mas ouvi você dizer isso.

– Está bem. Deslize da língua. Você foi a última pessoa a ver o Wang vivo.

– Não o último... o último foi seu assassino. O Adam Kindred foi a última pessoa a ver o Wang vivo. – Keegan disse isso com lógica tranquila, e olhou para o relógio. – Desculpe interromper nosso encontro, Ingram, mas eu realmente preciso ir.

Ele se levantou.

– A reunião não terminou, Burton. Eu tenho mais perguntas.

– Mande um e-mail para mim. Tenho um negócio muito importante para resolver hoje. Toda essa conversa sobre Philip de nada adianta.

Agora era Ingram que se levantava.

– Esse assunto não vai ser posto de lado...

– Se você não está satisfeito com alguma coisa, eu sugiro que telefone para o Alfredo. Obrigado pelo café.

Keegan saiu da sala.

Ingram sentiu uma coceira escaldante irromper na panturrilha esquerda, obrigando-o a esfregar a perna na borda aguda do vidro da mesinha de centro. Só podia ser estresse.

39

Burton Keegan verteu um pouco mais de uísque no copo de Paul Freitas.

– Eu realmente não deveria – disse Freitas. – Mas acho que devo.

– Tá pronto?

– Vamos nessa.

Eles estavam na sala de Burton no segundo andar da sua mansão em Notting Hill, debaixo do beiral, com uma bonita vista de Ladbroke Grove na penumbra. Era ali que ele mantinha sua linha telefônica com dispositivo embaralhador de conversa. As esposas dos dois estavam na cozinha no andar de baixo, tirando a mesa do jantar.

Burton discou o número particular de Alfredo Rilke, sentindo a boca ressecar e os ombros enrijecerem. Aquilo nunca ficava mais fácil – sempre havia um elemento de apreensão, de imprevisto, quando você falava com Alfredo – mesmo após dez anos trabalhando de perto. Faltavam vinte e quatro segundos para a hora acertada para o telefonema.

– Burton, que bom falar com você – disse Rilke. – Como está o tempo em Londres?

– Surpreendentemente bom. – Burton sentiu suas mãos começarem a suar; zombaria era sempre um mau sinal. – Paul está aqui comigo. Posso pôr o telefone em viva-voz?

– Claro. Oi, Paul. Como vai a linda sra. Freitas?

– Ela vai muito bem. Como vai você, Alfredo?

Intimidade demais, pensou Burton, ansiosamente.

– Na verdade, ainda estou esperando novidades de vocês – disse Rilke, mudando o tom de voz.

Burton fez um sinal de boca fechada para Freitas, e disse:

– Temos um pequeno problema com o Ingram. Ele soube do meu encontro com o Philip Wang naquele último dia. Acho que ele pensa que descobriu alguma coisa estranha.

Houve uma longa pausa por parte de Rilke, e Burton começou a massagear o pescoço.

– Ele tem alguma ideia do que foi discutido no encontro? – perguntou Rilke.

– Não. Eu falei que Philip estava encantado, pressionando para acelerar a aprovação nas duas agências, dos Estados Unidos e da Inglaterra.

– Quero que você seja extremamente amável com o Ingram até que tudo termine. Compreendeu? – Já havia uma tensão real na voz de Rilke. – Do que ele suspeita? Alguma coisa que você fez?

– Eu *sempre* sou extremamente amável com ele – disse Burton, sem responder à pergunta. – Só acho que ele não gosta de mim.

– Então faça com que ele passe a gostar. Peça desculpas, mantenha o homem satisfeito. O que está acontecendo na sua área?

– As coisas estão correndo bem – disse Burton. – Nosso pessoal está conversando sobre a Zembla-4 com todas as pessoas importantes. Estamos defendendo o uso compassivo da droga.

– Temos confiança que vamos conseguir status de prioridade – interrompeu Freitas. – Você viu o último relatório da OMS sobre a asma? As pessoas precisam da Zembla-4. Não poderia haver hora mais propícia.

Burton já estava se recriminando por ter servido mais um uísque para Freitas; você simplesmente não podia ser tagarela com Alfredo Rilke, e por isso ele atalhou:

– Achamos que o uso compassivo, o princípio da aprovação acelerada é inquestionável. Algumas dessas drogas contra a AIDS foram aprovadas em meses, semanas.

– E os estudos pós-marketing? – perguntou Rilke. – Financiados por nós. Vocês precisam ter tudo isso preparado.

– E temos – mentiu Burton. Ele esquecia, muito raramente, que Rilke entendia mais do que ninguém de assuntos farmacêuticos. Fez uma anotação num bloco: "estudos pós-marketing". Ele mesmo deveria ter pensado naquilo. Era óbvio: uso compassivo, aprovação acelerada, estudos pós-marketing financiados, sob licença. Tudo se encaixava, na teoria.

– Há crianças morrendo – disse Freitas, ignorando o dedo de Burton sobre os lábios. – Os dados são abundantes, exemplares, Alfredo, magníficos. Está tudo pronto.

Rilke ficou silencioso outra vez. Depois disse:

– Solte o primeiro grupo de informes publicitários semana que vem.

– Devo contar isso ao Ingram?

– Eu conto a ele.

– E quanto à FDA? – perguntou Burton. – Eles estão satisfeitos com os testes feitos na Europa?

– Acho que estão – disse Rilke. – Nosso pessoal está colado neles, colado nas pessoas que estão coladas neles, embora ninguém saiba até que ponto alguém é colado a outro. O que corre é que eles parecem satisfeitos. Portanto – ele fez uma pausa, e depois continuou –, apresente as solicitações para aprovação simultaneamente, depois que os anúncios tiverem sido publicados durante um mês. – Burton e Freitas se entreolharam, os olhos esbugalhados. – Depois queremos as matérias opinativas.

– Pode considerar isso feito. – Burton via claramente a lógica. – Todo mundo está pronto.

– Anuncie a maravilhosa droga cujo lançamento é iminente, faça as pessoas começarem a falar sobre ela, consiga que jornalistas escrevam artigos sobre o assunto, e então os asmáticos começarão a pedir que seus médicos receitem a droga. Há milhões e milhões de pessoas sofrendo de asma pelo mundo, um poderoso lobby exercendo muita pressão. Ninguém vai querer ser pego fazendo corpo mole; nada de obstáculos burocráticos, regras e regulamentos minuciosos impedindo que cesse um sofrimento terrível, salvando vidas de crianças.

– Nós vamos direto ao objetivo – disse Burton. – Tenha uma boa...

– Mais uma coisa.

– Certo.

– Eles já encontraram aquele cara, o Kindred? Esse é um fator que perturba meu sono tranquilo. Ele pode pôr tudo a perder.

– Estamos fechando o cerco, é a última notícia que tenho. Ele foi visto em Londres há uma questão de dias. Temos uma nova descrição dele. Um novo nome que ele vem usando. É só uma questão de tempo.

Dessa vez o silêncio de Rilke foi ameaçadoramente longo.

– Isso é simplesmente inaceitável, Burton.

A resposta foi devastadora, embora o tom de voz de Rilke fosse suave. Burton sentiu o ar fugir dos pulmões e suas entranhas se contraírem. De alguma forma, ainda conseguiu dizer:

– Desculpe. Nós simplesmente não conseguimos explicar como o Kindred...

– Quantas vezes eu vou ter de pedir isso? Coloque como prioridade número um. Convoque o seu pessoal.

Eles se despediram. Burton sentia-se enjoado. Sabia que suas mãos tremeriam se fossem estendidas à frente.

– Por que ele é tão obcecado com o Kindred? – perguntou Freitas distraidamente, com toda a confiança de uma pessoa quase alcoolizada. – O que ele pode fazer contra nós? Agora já é tarde demais para tudo, não é? – Imitando mal um sotaque popular de Londres, arrematou: – O Kindred está ferrado, parceiro.

– É – disse Burton, de modo vago. Mas ele estava pensando... fora a primeira vez em dez anos que ele ouvira Alfredo Rilke parecer preocupado. Aquilo era sério. – Vejo você lá embaixo, Paul. Leve o uísque com você.

Freitas saiu e Burton ficou pensando no encontro daquela tarde com Philip Wang... Agradável, amável, inteligente, o gordinho Philip Wang num trêmulo acesso de raiva incoerente, a voz aguda, ameaçando fazer desabar tudo na cabeça deles: as mortes das crianças, o encobrimento, a manipulação de dados de pesquisa. Os testes terminariam, ele próprio iria à FDA, sem se importar com as consequências. A fúria de Philip Wang enquanto relacionava os abusos era tamanha que quase parecia que ele estava incitado pela morte de um de seus próprios filhos. Burton procurara ganhar tempo, mas era alarmantemente claro para ele que Philip Wang, de modo independente, descobrira quase tudo que acontecia nos testes com a Zembla-4 – na verdade, ele ficara até mesmo impressionado pelas qualidades detetivescas de Wang, de um modo infeliz e aterrorizado, sentimentos que conseguiu rapidamente controlar.

Philip dissera que fora inicialmente alertado por certos aspectos nos "relatórios de acontecimentos adversos", que relacionavam pacientes abandonando o tratamento devido a efeitos colaterais aparentemente suaves: falta de ar, febre temporária. Aquilo lhe parecia estranho – sendo a Zembla-4 tão benigna – portanto, ele resolvera investigar mais a fundo pessoalmente. Quando visitara os quatro hospitais e examinara os relatórios clínicos, com detalhes, descobrira, chocado, que, das diversas dezenas de doentes que haviam abandonado o tratamento (número perfeitamente normal num teste daquela amplitude), catorze haviam morrido mais tarde internados em UTIs.

– Essas mortes não guardam relação com a Zembla-4 – dissera Keegan imediatamente. – Em primeiro lugar, lembre-se de que aquelas eram crianças doentes, muito doentes. Nós tratamos milhares de crianças com Zembla-4 nesses últimos três anos. Não há significância estatística.

– Eu sei o que está acontecendo – dissera Philip. – É o Taldurene de novo.

– Aquelas mortes devido ao Taldurene ainda estão sendo discutidas – disse Keegan, esperando parecer convincente. Ele conhecia o caso, pois todo mundo na Pharma conhecia o caso: cinco entre quinze pacientes haviam morrido de falência renal num determinado teste da fase três com o uso de Taldurene. Todo mundo presumira que, como os pacientes já tinham hepatite, as mortes não se deviam à droga que eles estavam testando. Acontece que estavam errados.

Wang não se convencera, lembrando a Keegan que os testes infantis na ala Felicity de Vere não tinham sido ideia dele, Wang.

– Não se trata apenas de crianças que sofrem de asma – dissera ele. – Eu queria estudos completos da população. Não estou desenvolvendo uma droga só para crianças.

– E você teve suas crianças. Os testes italianos e mexicanos são exatamente isso – dissera Keegan. – Nós simplesmente achamos que na Inglaterra poderíamos...

– Vocês simplesmente pensaram que iriam direto para a aprovação acelerada, status de prioridade para Zembla-4. Escolha um grupo-nicho: crianças. Mostre a necessidade médica genuína. O que a FDA pode fazer? Eu sei como a coisa funciona.

– Estou surpreso com o seu cinismo, Philip.

A essa altura, Wang se enfurecera de novo e começara a detalhar, com muita habilidade, os componentes do encobrimento, explicando como pais, enfermeiras e médicos nas alas Felicity de Vere nunca poderiam ter percebido a coisa. Até mesmo perante aquelas raras mortes individuais, aquelas tragédias familiares particulares, eles pensariam que nada acontecia de estranho. As equipes das alas Felicity de Vere estavam apenas administrando, supervisionando e fornecendo dados. A Calenture-Deutz estava analisando, reunindo e classificando os dados. Uma criança muito doente ficava muito mal e era registrada como tendo abandonado o teste, não como uma morte. As mortes faziam parte da contagem de baixas, tristemente inevitável em qualquer hospital. Os testes continuavam, imperturbáveis.

– Quais eram os sinais? – provocara Wang. – O que dava a você aquele aviso prévio de quatro ou cinco dias? Alguma coisa estava aparecendo ali. Como você poderia retirar as crianças das alas Felicity de Vere com tanta rapidez? É isso que eu quero saber. O que a Zembla-4 estava fazendo com elas?

– Eu não tenho a menor noção do que você está falando – dissera Keegan. Mas admitira que poderia estar havendo alguma desorganização burocrática e fingira, ele próprio, uma indignação silenciosa.

"Olhe aqui, Philip, eu estou tão insatisfeito quanto você. Vamos investigar, vamos fazer uma checagem tripla de novo, vamos chegar ao fundo dessa questão... Tudo fica em suspenso a partir de agora, tudo, até descobrirmos o que está acontecendo... – Ele continuara a falar, continuando a tranquilizar, elogiar, prometendo comunicar se houvesse qualquer indício de manipulação, até ver Philip se acalmar, de certo modo apaziguado. Os dois haviam se despedido, não exatamente como amigos firmes novamente, mas com um aperto de mão na porta."

Ele telefonara para Rilke imediatamente depois da partida de Philip. Rilke ouvira e lhe dissera, com voz calma, enfaticamente, o que precisava ser feito sem demora – para quem telefonar e que palavras precisas usar.

Naquele momento Burton experimentou uma espécie de sensação de *déjà vu* enquanto pegava o telefone com embaralhador e digitava um número.

– Alô – disse ele para a mulher que atendeu. – Eu gostaria de falar com o major Tim Delaporte, por favor... Sim, eu sei que é tarde, mas ele vai querer falar comigo... Meu nome é sr. Apache. Muitíssimo obrigado.

40

PLÁTANO, CARVALHO, NOGUEIRA, GINGO. A CAMINHO DO TRABALHO, Adam observava as árvores como se estivesse passeando por seu horto particular. O verão já ia adiantado, e o sol que batia na densa folhagem no início da manhã deixava-o moderadamente exultante – se é que tal estado de ânimo podia ser imaginado. A exultação se devia à luz do sol e à natureza – a moderação era resultado do tipo de trabalho para o qual ele se dirigia, com desvantagens e inconveniências, especialmente comparado à profissão que tinha antes. Mas Adam sabia que não deveria se queixar. Acordara no que era seu próprio apartamento, tomara banho de chuveiro quente, tinha café e torrada para o café da manhã, e estava indo para o trabalho, por mais relativamente mal remunerado que este fosse. Agora a coisa era rotina, e nunca se deve subestimar a importância disso na vida de uma pessoa: a rotina permitia que todo o resto parecesse mais excitante e improvisado.

Ele se apresentou ao chefe dos serventes, Harpeet, e foi para a "sala comum", como particularmente se referia à sala de descanso dos serventes – uma pequena referência pessoal à vida que outrora levava no meio acadêmico. Três outros sonolentos serventes já estavam lá, remanescentes do turno da noite largando o serviço. Adam deu uma olhadela para o relógio da parede – vinte minutos adiantado, sr. Caxias. Já recebera seu primeiro cheque de pagamento e o depositara no banco; recebera sua primeira conta de serviços públicos (água) e a pagara. Sua vida, para quem olhasse de fora, pareceria quase normal.

– Ei, Primo. Como ir?

Era Severiano, um rapaz de quem ele gostava, que começara a trabalhar no Bethnal & Bow mais ou menos na mesma época que ele, e que alegava ter aceitado o serviço de servente para melhorar o inglês. Eles se apertaram as mãos ligeiramente, numa espécie de tapa rápido, como fazem os tenistas acima da rede ao final da partida.

– Então, como foi fim de semana?

– Tranquilo – disse Adam. – Passei em casa, vendo TV. – Para todas as perguntas, ele tinha a resposta mais neutra e banal possível.

Na máquina de fazer chá, ele serviu-se num copo de plástico; depois pegou um tabloide descartado e começou a folheá-lo preguiçosamente, indo para as últimas páginas à procura das notícias esportivas, mas também curioso para ver o que estava acontecendo no mundo dos tabloides. Era verão, a temporada de futebol já terminara, mas ele ainda se sentia em grande desvantagem social diante de seus colegas. À parte o trabalho e suas tarefas, os serventes só pareciam querer conversar sobre futebol – a última temporada e a temporada vindoura. Adam conhecia um pouco o futebol inglês, mas perdera contato durante seus muitos anos de estada nos Estados Unidos – o jogo se transformara incrivelmente desde sua partida da Inglaterra, e ele sabia que precisava pesquisar e aprender mais se quisesse conversar de forma mais natural com seus colegas serventes, caso de fato quisesse virar um deles. Na primeira semana alguém lhe perguntara despreocupadamente por qual clube ele torcia e, sem pensar, Adam falara o primeiro nome que lhe viera à cabeça no momento – Manchester United. Os gritos de desprezo e berros de puro ódio que saudaram sua escolha o deixaram aturdido. A partir de então, fora como se todo dia Adam viesse para o trabalho vestido com a camisa do Manchester United: ele se vira o alvo de constantes piadas antinortistas e observações obscenas sobre os jogadores do "seu" time (nomes que não significavam coisa alguma para ele).

– Você mora em Stepney e torce pelo Manchester United, seu MERDA! – gritara-lhe na cara um servente. Adam sorrira sem graça para ele... que horrenda mancada esportiva fora aquela? Portanto, ele estava procurando aprender mais sobre o futebol inglês, esperando o dia em que pudesse publicamente passar a torcer por um time londrino que fosse mais aceitável.

Ao virar as páginas, uma foto caiu sob o olhar dele – um lampejo de reconhecimento inconsciente, assim como você reconheceria seu próprio nome numa lista de mil. Ele voltou a página – não era uma foto, era uma "impressão artística". Adam ficou olhando para ela: os olhos estavam bem cerrados, mas não havia dúvida de que o retrato tinha um quê de Mhouse, uma clara semelhança com Mhouse. Ele leu o texto debaixo da foto com uma sensação fria e horripilante de pressentimento que lhe provocou arrepios no corpo. "Jovem, pouco mais de vinte anos, não identificada, muito provavelmente morte acidental..." Adam sentiu a cabeça rodar. Depois leu sobre as tatuagens no corpo e viu, impresso em letras maiúsculas nítidas: MHOUSE LY-ON.

Ele saiu e foi respirar ar fresco no estacionamento dos empregados do hospital, o jornal ainda na mão, a cabeça fervilhando de conspirações e possibilidades. Não, não Mhouse, com toda certeza, disse ele para si mesmo, não Mhouse. Então releu a reportagem. O corpo fora encontrado no rio Tâmisa, perto de Greenwich... Um pouco em decomposição, obviamente na água por muitos dias. Mulher não identificada. Quem tivesse alguma informação... Havia um número de telefone.

Adam ficou andando de um lado para o outro durante algum tempo, acumulando sentimentos ruins, em sua mente armando-se um cenário que envolvia o grandalhão feio com um queixo fraco, partido. Mas como? Adam partira do Shaftesbury minutos depois de avistar o sujeito ali; não poderia haver qualquer pista... Mas Mhouse estava morta, isso era certo. E Ly-on? Adam percebeu que devia a Ly-on a identificação do corpo – ninguém no Shaftesbury o faria. Talvez isso permitisse que a mãe do garoto repousasse em paz, de certo modo.

Ele foi até um telefone público no saguão e pegou o fone. Depois colocou-o no gancho novamente. Tinha de pensar a coisa direito; o sério risco que sua ação envolvia. Assim, passou em revista todas as razões pelas quais não deveria telefonar e identificar o corpo de Mhouse, e teve de reconhecer que eram firmemente sensatas, e que qualquer um na sua situação faria muito bem em acatá-las. Mas também percebeu que não iria agir de maneira ponderada e lógica. Pensou em Mhouse, morta e fria, deitada numa espécie de gaveta de aço com uma etiqueta marrom amarrada no dedão do pé e um número escrito nela, e seu próprio ser pareceu se contrair e estremecer. Sabia que não poderia deixá-la assim. E daí que houvesse riscos? Tudo na sua vida era arriscado e, uma vez que você aceitasse esse elemento de risco, um outro tipo de pensamento estratégico, mais ligado ao mundo e improvisado, entrava em cena, e esse tipo de pensamento nada tinha a ver com razão, mas sim com a pessoa que você era e a vida que estava vivendo. Ninguém sabia quem ele era, disse Adam a si mesmo. Adam Kindred não estaria fazendo a identificação; não, seria Primo Belem, um conhecido casual da vítima anônima. Ele podia dar, confiantemente, seu nome e endereço – já fizera isso uma dúzia de vezes agora – até mesmo para a polícia. No jornal, não havia menção de qualquer ação delituosa, portanto talvez bastasse uma simples identificação. Mhouse teria seu nome de volta e Ly-on compreenderia, um dia, o que acontecera com sua mãe. O mais importante, Adam sabia que o garoto reconheceria que ele tinha cumprido seu dever para com Mhouse. Sua selvagem e louca samaritana teria sido recompensada. Não havia outro jeito. Ele pegou o telefone de novo.

– Unidade de Apoio Marítimo – disse uma voz.

– Alô. – O que se devia dizer? – Eu acabei de ver o jornal. O corpo de uma jovem encontrada no rio perto de Greenwich. Acho que sei quem ela é.

Ele pegou uma caneta no bolso para anotar os detalhes do que deveria fazer e aonde deveria ir. Disse que estaria lá à noite, quando seu turno de serviço terminasse, e desligou.

Mhouse estava morta. Ele precisava encarar esse fato – não havia como escapar disso e também do espantoso fato de que, de uma maneira ou de outra, fora ele que, inadvertidamente, ocasionara a morte dela. Quem quer que estivesse conduzindo aquela desesperada caçada para encontrá-lo assassinara Mhouse em busca de informação. Um sentimento de culpa dominou Adam, ficando preso na sua garganta como bile. Era bile. Mas ele conseguiu chegar ao estacionamento antes de vomitar.

41

O SOL POENTE COLORIRA O RIO, ALARANJANDO AS ÁGUAS MARRONS do Tâmisa como uma pintura fauvista. Rita parou para registrar aquele efeito milagroso e maravilhar-se por um segundo, antes de seguir adiante. A visão se apagou quando ela cruzou do Anexo para o prédio-sede da UMA. Saindo da estreita passarela que levava à entrada principal estava um sujeito alto, olhando em torno como que perdido, com um pedaço de papel na mão. Usava um terno de listas, com uma camisa aberta no pescoço, sua cabeça raspada exibia uma tênue penugem preta, e ele tinha uma barba negra bem aparada.

– Posso ajudar? – perguntou ela.

Ele se virou.

– Vim identificar um corpo. Não sei bem aonde devo ir.

Os olhos dos dois se encontraram. Aquele evento acontecia dezenas de vezes por dia... Por que essa seria tão intrigante? pensou Rita. Por que você está registrando esse cruzamento particular de dois olhares como mais significativo? Ela só sabia que aquele encontro de olhos fora de certa forma diferente, pelo que lhe dizia respeito, das dezenas de encontros de olhos anteriores que haviam acontecido naquele dia. Alguma coisa fora desencadeada: um espasmo neural registrando atenção, uma mudança de sentimento, uma concentração de interesse. Só podia ser um instinto muito profundo, pensou ela, algo além do nosso controle racional; o animal em nós à procura de um parceiro adequado.

– Agora temos aqui um necrotério temporário – disse Rita. – Fica aqui atrás. Eu lhe mostro. – Eles se viraram e ela o levou de volta na direção do Anexo e do Contêiner 4. – É aquela do jornal? – perguntou ela, enquanto caminhavam.

– É.

– Sinto muito. Membro da família?

– Não. Só uma... Só alguém que eu conhecia. – Rita notou que ele não conseguia disfarçar a emoção na voz, e virou-se para olhar, percebendo como ele estava nervoso, como aquilo era difícil para ele.

Eles pararam diante do Contêiner 4, ouvindo o zumbido do aparelho de ar-refrigerado que vinha da parte traseira. Rita apresentou-o ao atendente médico e explicou que ele precisava preencher um formulário.

– Nome? – perguntou o atendente.

– Belem. – Depois o homem deu seu endereço e detalhes para contato. Então lhe entregaram um casaco de plástico branco e coberturas plásticas para os sapatos.

– Sabe de uma coisa? – disse Rita, sentindo pena dele ao vê-lo vestir a roupa de proteção com expressão tensa, como que percebendo pela primeira vez onde estava prestes a entrar e o que iria fazer. – Vou lhe trazer uma xícara de chá e deixar aqui a sua espera.

– Obrigado – disse ele, levantando quando o atendente abriu a porta do necrotério.

Ela sabia que lá dentro a coisa não seria fácil para ele. Eles haviam decidido instalar um necrotério temporário ali porque todo ano, em Wapping, a UMA removia do Tâmisa cinquenta a sessenta cadáveres, na média de um por semana. Os corpos se decompunham rapidamente quando retirados do rio e, caso não fossem identificados dentro de uma semana, eram removidos para os necrotérios maiores da cidade, onde ficavam até o inquérito. Uma certa congruência das marés e o curso sinuoso do rio faziam com que mais da metade de todos os corpos fossem encontrados em Greenwich ou em suas cercanias, perto da grande alça meridional que o rio fazia em torno da ilha Dogs. Frequentemente os mortos já estavam na água havia muito tempo, e se apresentavam inchados, já se desintegrando, ou desfigurados pelo contato brutal com os barcos e as balsas que passavam, ou então haviam perdido os olhos bicados pelas gaivotas – para não mencionar sinais de violência que poderiam ter sofrido antes de serem atirados na água.

O único corpo que ela e Joey haviam encontrado fora o de um bêbado descuidado. Ele saíra caminhando num banco de areia durante a maré baixa à meia-noite, perto da ponte Southwark, para urinar, e se vira afundando na lama mole, preso até o meio das coxas. O homem permanecera atolado ali enquanto a maré subia, cobrindo-o inapelavelmente. Ninguém ouvira seus gritos desesperados ou o vira agitar os braços. Ele ainda estava lá, com o rosto para baixo, na manhã seguinte, quando a maré baixara e as águas haviam refluído. Mas Rita sabia que aquela ali, a que aparecera nos jornais – CM23 (o 23º Corpo Morto encontrado naquele ano) – era diferente. O cadáver fora atropelado pelo tráfego no rio. Tinha o crânio fraturado e o pescoço quebrado, faltava-lhe metade de uma perna, cortada por uma hélice. Ela pensou no homem, Belem, parado junto ao corpo coberto por um lençol, esperando o rosto ser mostrado. Não seria uma coisa agradável.

Rita apertou o botão da máquina de chá e café e ficou observando a água cair no copo de plástico. Pegou uma pequena embalagem retangular de leite, uma haste para mexer o líquido e duas embalagens de açúcar, e depois voltou para o Contêiner 4. O homem estava saindo de lá, o rosto pálido e a mão nos lábios, parecendo que ia desmaiar.

– Venha sentar aqui um minuto – disse ela. – Podemos tratar da papelada mais tarde.

Eles voltaram para a sala de descanso, onde ele pôs leite e açúcar no chá, mexendo a haste sem nada dizer, completamente absorto em seus próprios pensamentos, os olhos fixos na mesa com tampo de plástico. Depois começou a tomar o chá devagar e ergueu o olhar.

– Era ela, não era? – perguntou Rita.

– Era.

– Vocês se conheciam há muito tempo?

– Não, na verdade não.

– Você sabe o nome dela? Onde ela morava?

– Sei, ela se chamava Mhouse. – Ele soletrou a palavra e deu a Rita o endereço. – O filho dela se chama Ly-on. Tem sete anos. Isso explica a tatuagem... os nomes dos dois.

– Certo. Mhouse de quê?

– Na verdade, eu não sei... Não sei qual era o sobrenome dela. – Rita viu que aquela admissão pareceu perturbá-lo.

– Vamos levar tudo isso para o policial de plantão. Ele anotará todos os detalhes. Pode deixar o copo aí.

Ela caminhou de volta com o homem até a recepção central, deixando-o lá para preencher mais formulários e prestar depoimento. Enquanto o policial de plantão procurava os documentos certos, ela estendeu a mão, que o homem apertou.

– Meus pêsames pela sua perda, sr. Belem.

– Obrigado pela ajuda, você foi muito gentil. Muito obrigado – disse ele.

– Não há de quê.

Então ele perguntou qual era o nome dela. Rita achava que ele talvez fizesse isso. Era um dos seus testes.

– Rita Nashe – disse ela, sorrindo para o homem e pensando: ele é um cara bem-apanhado, alto, magro, olhos bonitos. Obviamente inteligente. Geralmente ela não gostava de homens de cabeça raspada e barba curta, mas aquilo até caía bem nele.

– Meu nome é Primo – disse ele. – Primo Belem.

– Prazer em conhecer você, Primo. Estou de folga agora... Melhor me apressar.

– Só um instante, srta. Nashe. – Ele parecia perturbado de novo.

– Claro, o que há?

– Você acha que ela foi morta?

Rita fez uma pausa.

– Morta? Você está perguntando se ela foi morta, *assassinada*? Pode ter sido uma queda. Ela podia estar bêbada...

– Não sei – disse Primo. – Eu simplesmente não vejo como ela poderia ter ido parar morta no rio. Não faz sentido.

– Ela pode ter se matado. Nós temos dezenas de suicídios...

– Ela nunca teria se matado.

– Como você pode afirmar isso?

– Por causa do filho dela. Ela nunca teria deixado Ly-on sozinho. Nunca.

Rita e Joey chegaram ao Shaftesbury, seguindo para o bloco 14, 3º andar, apartamento L, tomando cuidado com cada passo que davam. Rita nunca se sentira tão constrangida. Eram três horas da tarde, mas as poucas pessoas por quem eles passaram ou partiam numa direção diferente ou paravam e ficavam olhando para eles, como se nunca houvessem visto policiais uniformizados na vida.

– Meu Deus – disse ela a Joey. – Em que país estamos?

– Não devemos demorar aqui, Rita. – Ele olhou nervosamente por cima do ombro. – Devemos chamar o pessoal da delegacia de Rotherhithe.

– Esse ainda é um caso da UMA.

– Somos uma polícia *de rio*, Rita. O que fazemos aqui?

– Obrigado, Joe. Fico devendo essa. É um palpite, só quero verificar uma coisa, para minha própria satisfação.

Eles chegaram à base da escada. Rita olhou em torno – apartamentos com as portas barradas, sujeira generalizada, lixo, pichações por toda parte. Obviamente, ela soubera que o Shaftesbury seria demolido dentro de um ou dois anos, a despeito de seu status de imóvel tombado, sua herança arquitetônica do século XX. Como uma pequena distopia séptica, ulcerosa, na área de Rotherhithe que rapidamente ganhava status de zona residencial nobre, os dias do Shaftesbury estavam contados. Uma criança nua apareceu num canto, uma garotinha, completamente nua. Ela viu os dois policiais, gritou e fugiu.

– Você fica aqui embaixo, Joey – disse Rita. – Vou examinar o apartamento.

– Eu subo correndo – disse ele. – Não demore.

Rita subiu a escada até o passadiço do terceiro andar, olhou por cima do balaústre, viu Joey e acenou para ele.

Depois bateu à porta do apartamento L. E bateu de novo.

– Quem é? – disse uma voz.

– Polícia.

A porta foi destrancada. Um sujeito alto e magro, metido num agasalho de ginástica marrom, ficou parado na soleira, com um sorriso largo. Ela notou que ele tinha anéis de prata em todos os dedos e também nos polegares.

– Que o Senhor seja louvado. Por fim a polícia. Nunca ver polícia por aqui. Bem-vinda, bem-vinda.

Rita disse que gostaria de fazer algumas perguntas. Ele disse, sem problema. No apartamento escuro atrás deles, Rita viu mulheres e crianças circulando, e ouviu um bebê chorando. Dois homens, vestidos com a tradicional *dishdasha* árabe branca, que batia nos tornozelos, apareceram e rapidamente entraram em outro aposento. A conversa iria acontecer na soleira da porta: era óbvio que ele não iria convidá-la a entrar.

– Estou realizando uma investigação sobre uma mulher chamada Mhouse. Esse era o apartamento dela.

– Ela alugar o apartamento de mim. Depois ela fugir. Ela dever mim cinco mês aluguel. Muito dinheiro.

– Você é o proprietário?

– Sou, senhora. Sou também presidente da Associação de Moradores do Conjunto Shaftesbury... AMES.

– E o seu nome é?

– Sr. Qualidade. Abdul-latif Qualidade. Esse apartamento é meu.

– Quem está morando aqui agora?

– São asilos. Eu sou registrado para a câmara. Poder me checar.

– Sabe para onde a Mhouse foi?

– Não. Se eu saber, ir encontrar ela. Quero meu dinheiro.

– Ela morreu.

A expressão do sr. Qualidade não mudou, enquanto ele dava de ombros.

– Deus é grande. Agora eu nunca pegar meu dinheiro.

– Nós acreditamos que a morte dela possa não ter sido acidental. Você conhece alguém que poderia ter ameaçado a Mhouse, que talvez quisesse fazer mal a ela? – Rita passou a mão pela testa, que parecia úmida. Por que ela estava suando tanto? – Conhece qualquer pessoa que poderia ter algum ressentimento em relação a ela? Alguém que perambulasse por aqui, vigiando a Mhouse?

O sr. Qualidade pensou, mordeu os lábios, e suspirou.

– Eu nunca ver alguém assim.

Rita franziu as sobrancelhas. Quando contara a Primo Belem que planejava ir até o Shaftesbury, ele também lhe pedira para descobrir o que acontecera com o garoto, Ly-on.

– Você sabe onde está o filho dela?

– Eu acho que ela levar ele quando foge.

Rita olhou em torno. Uma velha surgiu na escada, entrou no passadiço, viu Rita, deu um sorriso nervoso, mas amplo o bastante para mostrar que não tinha os dentes da frente; depois deu a volta imediatamente e desceu correndo a escada.

– Quem é aquela mulher?

– Nunca ver ela antes. – Ele sorriu. – No Shaft pessoas vir e ir. Terminou comigo, policial?

– Talvez eu queira conversar com você de novo.

– Muito feliz falar com polícia. Bastante, bastante.

– Onde você mora?

– Eu morar aqui. – Ele fez um gesto na direção do interior escuro do apartamento. – A senhora sempre me encontrar aqui.

Rita sentiu uma estranha impotência percorrer seu corpo; tudo, de bom e de ruim, que ela rotineiramente esperava na sua função como policial e que seu uniforme lhe conferia – status, respeito, desrespeito, desdém, suspeita, arrogância preguiçosa, reflexo patelar – simplesmente não se aplicava no Shaftesbury. Ali ela era a estranha, não os "asilos". Ela estava no passo errado, eles estavam no passo certo. Ela queria fugir do sr. Qualidade, e sabia que aquele não era o tipo de atitude, o estado de espírito, que deveria estar sentindo. Era uma funcionária pública, paga para fazer cumprir a lei e a ordem. Nunca se sentira tão redundante na vida.

– Obrigada, sr. Qualidade.

– Foi um prazer.

Ele fechou a porta e ela desceu a escada para reencontrar Joey.

– Vamos dar o fora daqui, Joey.

Rita e Primo Belem sentaram em um misto de café e delicatessen francesa chamada Jem-Bo-Coo, perto da UMA, na rua Wapping High. Rita estava sem uniforme, e soltara o cabelo. Quando ela chegou, ele já esperava numa mesa nos fundos, perto de garrafas de vinho selecionadas, em liquidação, e Rita notou a sua quase cômica reação de surpresa ao vê-la em roupas civis. Ele estava usando o terno de listas e ela observou, pela primeira vez, que o paletó e a calça não combinavam muito bem. Conferira as informações que ele fornecera ao policial de serviço, e sabia onde Primo morava – um apartamento no Oystergate, Stepney – e também sabia que ele trabalhava como servente no hospital Bethnal & Bow, emprego que assumira fazia poucas semanas. Entretanto, tudo acerca do seu porte, sotaque e vocabulário denunciava alguém pouco afeito a trabalhos subalternos, braçais. Havia naquilo algum mistério que ela esperava resolver.

Rita pediu café, sentou-se e contou para Primo sua visita ao Shaftesbury, além do que descobrira quando fora até o apartamento de Mhouse.

– Encontrei um homem que falou que morava ali... o sr. Abdullatif Q'Alitti.

Primo assentiu.

– É. Eu ouvi falar do sr. Qualidade, ou Seu Jeitoso.

– Presidente da Associação de Moradores do Conjunto Shaftesbury. Eu conferi... na câmara sabem tudo sobre ele. Nada acontece no Shaftesbury sem o sr. Qualidade.

– Algum sinal do garoto?

– Infelizmente, não. O sr. Qualidade disse que não sabia de nada.

Isso pareceu perturbar Primo.

– Fico imaginando... – Ele começou o assunto, mas, em seguida, parou. – Você está com fome? Posso pedir um muffin para você? – De fato, ela *estava* com muita fome, então eles voltaram para o balcão e concordaram em dividir um muffin de mirtilo. Depois voltaram para seus lugares.

– Por que você acha que essa tal de Mhouse pode ter sido assassinada? – perguntou ela, tirando as frutas da sua metade do muffin.

– Não sei – disse ele em tom vago. – O Shaft é um lugar perigoso. Eu morei lá durante algum tempo, e foi assim que vim a conhecer a Mhouse...

– Você acha que o sr. Qualidade tem alguma coisa a ver com a morte dela?

– Não, acho que não. Não ele.

– Alguém mais?

– Não... não. A coisa simplesmente me parece suspeita.

– Precisamos de algo para investigar.

– Eu sei... Desculpe.

Ela sorriu e reclinou-se na cadeira, dando uma mordida na sua metade do muffin.

– Você parece que viu um fantasma.

– Acho que ainda estou um pouco em estado de choque, sabe. Outro dia, lendo a notícia, vendo o corpo...

Ela se inclinou à frente, apontando o resto do muffin para ele.

– Então explique... Que motivo teria alguém para matar essa tal de Mhouse?

– Não sei.

– O que ela fazia?

– Biscates.

– Indústria do sexo? Drogas?

Primo mordeu os lábios e suspirou.

– Não sei.

– Se ela era prostituta, talvez tenha ficha na polícia.

– Por que acha que ela era prostituta?

– Você está me dizendo que ela não era?

Ele deu para Rita um sorriso perplexo e fraco, dizendo:

– Eu vou deixar essas coisas todas para você. Não consigo entender.

– Primo – disse ela em tom um pouco mais severo, sorrindo e depois franzindo as sobrancelhas. – Você está me contando tudo que sabe?

– Estou, é claro. Meu Deus... veja a hora. Preciso ir, meu turno de serviço começa em quarenta minutos.

Ambos se levantaram, jogando os copos de papel e os restos do muffin na lata de lixo.

– Você ajudou muitíssimo – disse ele. – Talvez eu consiga rastrear o garoto.

– Vai haver uma autópsia e um inquérito – disse ela. – É possível que apuremos mais coisas.

– Duvido – disse ele, com certa amargura. Depois acrescentou, como que pedindo desculpas. – É claro, nunca se sabe. – Estendendo a mão, arrematou: – Um milhão de obrigados, Rita.

Rita pegou a mão dele, segurando-a por dois ou três segundos a mais do que deveria.

– Ouça aqui, Primo – disse ela. Estava um pouco espantada com a própria audácia, mas não queria que a ligação deles terminasse ali, naquele momento; queria injetar um pouco mais de vida naquilo, ver aonde poderia levar. – Você gostaria de sair comigo para tomar um drinque? Poderíamos jantar, curry ou alguma comida chinesa. Posso atualizar você sobre o andamento do caso.

Rita sentiu que Primo estava pensando depressa – soltou a mão dele – podia vê-lo examinando mentalmente as implicações, complicações, problemas, possibilidades.

– Não é obrigatório – disse ela.

– Não, eu gostaria de fazer isso – disse ele, com um sorriso agradecido. – Muito. Seria ótimo.

42

O RESTAURANTE ITALIANO DE TOLDO AMARELO AINDA ESTAVA LÁ – por que não estaria? – na mesma rua transversal em Chelsea. Um homem de avental – um garçom – lavava a calçada com uma mangueira quando Adam passou, e, lá dentro, outros garçons arrumavam as mesas para o almoço. Adam vasculhou a memória, tentando lembrar-se daquela noite. Parecia que a coisa acontecera em outro século, ou num universo paralelo. Mas tudo começara então; o fato de ele estar ali parado agora tinha tudo a ver com aquele encontro com Philip Wang, seu companheiro de jantar, que parecera preocupado, pouco à vontade. Adam lembrava que ele deixara cair coisas, e em determinado momento enxugara o suor da testa com o guardanapo. E, é claro, largara a pasta escondida debaixo da mesa adjacente. Parecia um homem com a cabeça cheia de problemas. Mas de que tipo e de que intensidade era esse estresse? Wang fizera algo errado? Roubara alguma coisa, talvez? Quando Adam telefonara para dizer que estava com a pasta e ia entregá-la, Wang parecera aliviado, mas relativamente calmo, tendo até mesmo o convidado para um drinque...

Adam virou-se e foi caminhando pelas ruas secundárias na direção do rio. Se tudo começara com Wang, ele precisava descobrir mais acerca do homem e do que fazia. Trabalhava para o governo? Era fiscal de algum ministério? Talvez ele próprio fosse ligado aos serviços secretos, e houvesse descoberto alguma coisa que não devia? Estaria vendendo segredos de Estado? Adam abanou a cabeça: as teorias conspiratórias multiplicadas exponencialmente. Começando pelos fatos: Philip Wang era consultor do hospital St. Botolph's. Talvez a pista principiasse ali.

Adam sentou-se num banco na parte mais larga da calçada no começo da ponte Chelsea, verificando se havia alguma atividade dentro ou perto do triângulo. Depois perambulou pelo portão algumas vezes, esperando uma folga no tráfego. Tudo parecia calmo. Um casal passou em marcha acelerada e, quando os dois já haviam se afastado bastante, ele pulou o portão e foi abrindo caminho entre os arbustos até a clareira.

Era esquisito voltar ali e reconhecer as enormes mudanças que sua vida sofrera desde que ele acampara lá pela primeira vez. Tanta coisa acontecera: era como se estivesse comprimindo anos de vida em semanas densas e atribuladas; percorrendo com determinação e o mais depressa possível um catálogo completo de experiências, enquanto o tempo se esgotava. Ficou parado ali durante algum tempo, as mãos nos quadris, absorvendo as coisas devagar, deliberadamente. Havia mais lixo espalhado pelo local, e ele se sentiu um proprietário ultrajado, apanhando um pedaço de jornal trazido pelo vento, antes de amassá-lo e deixá-lo cair. Ajoelhou-se e arrancou a relva que cobria sua caixa-cofre, retirando as 200 libras e o dossiê de Wang. Parou por um momento, examinando a lista de nomes e as incompreensíveis anotações ao lado de cada um. Não havia dúvida em sua mente – era ali que sua busca deveria começar.

Sentado no metrô de volta a Stepney, ele se viu pensando na policial, Rita Nashe. Ela era alta e esbelta, com um rosto enxuto – bonito, mas que parecia quase masculinamente forte quando o cabelo era preso para cima. Quando soltava o cabelo, ela parecia bem diferente – Adam se lembrou do frisson que sentira quando ela entrou no café – sem parecer absolutamente uma policial. E então se recriminou: como se houvesse um modelo genérico de aparência que se aplicasse às policiais. Podia-se muito bem dizer que ele parecia um típico servente hospitalar. Não, percebeu Adam, aquilo era porque ele a vira de uniforme primeiro, naquele dia no necrotério da UMA. Precisava remover a Rita uniformizada da sua memória e substituí-la pela imagem da jovem bonita e alta, de calça jeans e casaco de lã, com o cabelo castanho caído sobre os ombros, sentada do outro lado da mesa no café, tirando os pedaços de fruta do muffin, inclinando-se para trás e sorrindo. Tudo parecera muito normal e fácil – ser Primo Belem mudara tudo, os riscos que o preocupavam não haviam se materializado. Adam trouxe o rosto de Rita de volta à mente. Difícil saber como era o seu corpo debaixo daquele agasalho... Ele estava contente por ter sido ela que o convidara a tomar um drinque – nunca teria tido coragem suficiente para isso, por mais que gostasse da ideia.

43

O AEROPORTO MUNICIPAL NÃO MELHORARA NADA, DESDE A SUA ÚLTIma visita, reconheceu Jonjo quando sentou o mais perto possível da escada que subia até a lanchonete, deu um pequeno gole no seu cappuccino e começou a fazer a charada do jornal. SREIBGMAR. Palavras de quatro letras, ou mais longas, todas com R: GRIM, GRAB, RAGE... Só levantou o olhar quando Darren se aproximou. O sorriso de boas-vindas de Jonjo não foi caloroso, e ele notou que Darren nem aventurou qualquer sorriso em retribuição – apenas uma careta, um cenho franzido – o mensageiro de más notícias, calculava Jonjo.

– É melhor ser rápido, Dar. Eu tenho um monte de coisas para fazer. Estou chegando perto.

– Não tenho nada a ver com isso, Jonjo, preciso que você entenda.

– É, é claro. Mande bala.

– Você está fora do caso Kindred.

Foi um verdadeiro choque – Jonjo não esperava isso – apenas mais babaquice, mais pressão. Ainda conseguiu manter o rosto impassível, embora sentisse as tripas amolecerem. Aquilo era sério; não havia como ir ao toalete agora.

– Você deve estar brincando comigo, porra.

– Não, Jonjo. Falei para você... a pressão neste caso está terrível. Eles não compreendem como um babaca de um professor universitário está livre por aí. Por que você não consegue encontrar o cara?

– Porque ele é *esperto*, precisamente porque ele é um babaca de um professor universitário e não um trapalhão de merda – disse Jonjo com veemência controlada. Depois acrescentou: – Quem são "eles", por falar nisso?

– Eu não sei... nunca soube, não tenho a menor pista, porra – disse Darren, em tom defensivo. Jonjo até acreditou nele, mas Darren continuou: – Acima de mim há camada após camada. Eu não sei quem está me mandando essas mensagens, essas instruções. Eu sou pago, e faço o que mandam.

– Tá legal, tá legal. Beleza.

Jonjo ficou sentado durante algum tempo, deixando sua raiva crescer. Depois disse:

– Bom, na prática vocês vão deixar o Kindred escapar. Eu falei pro babaca daquele Rupert, o "Bob", que eu estava perto. Agora estou ainda mais perto. Vocês me tiram do caso, e o Kindred sai livre por aí. Diga isso a "eles".

– Há um outro plano. Espere um instante. – Darren pegou o celular e deu um telefonema curto, a *sotto voce*.

– Eu mandei que ele esperasse lá fora – disse ele em tom de desculpas. -- Eu próprio queria falar com você, primeiro.

Um minuto depois Jonjo viu um grandalhão subir pela escada rolante até a cafeteria: cabelo escuro cortado rente e um grande bigode caindo pelos lados da boca, como se fosse num faroeste dos anos 1970.

– Esse é o Yuri – disse Darren.

Jonjo olhou para Darren sem acreditar, como que dizendo, *o quê?*.

– Yuri serviu na Spetznaz durante doze anos. Chechênia, contraterrorismo...

– Sennn... sa... cional – disse Jonjo. – Ele fala inglês?

– Eu falar inglês – disse Yuri.

– Só conte a ele tudo que você sabe – disse Darren.

Jonjo percebeu como ele estava desconfortável e constrangido com a situação. Baixou o olhar para sua charada: a palavra AMBERGRIS se formara misteriosamente diante de seus olhos. Que porra era aquela? Ele levantou os olhos e contou a Yuri tudo que estava preparado para informar a ele.

– O Kindred andou morando no Conjunto Shaftesbury, em Rotherhithe, no apartamento L, 3° andar, bloco 14, durante algumas semanas, com uma prostituta que respondia pelo nome de "Mhouse". Ele agora usa cabelo comprido e barba, e responde pelo nome de "John". Só que não está mais lá. – Ele fez uma pausa. – E a prostituta fugiu.

– Obrigado – disse Yuri, devagar. – Eu ir a esse Shaftesbury. Eu fazendo perguntas... eu conseguir respostas.

– Boa sorte, parceiro – disse Jonjo friamente, já se levantando. – Foi um prazer falar com você, Darren. Boa sorte também.

Darren pareceu ficar um pouco magoado, infeliz com aquela transferência de culpa. Levantou e entregou a Jonjo um envelope gordo.

– Metade do seu dinheiro. Sem ressentimentos...

– É, é, eu sei. Vamos em frente.

Jonjo saiu da lanchonete sem olhar para trás.

O bispo Yemi fez uma pausa e olhou para sua esparsa congregação como que procurando um pouco de encorajamento, um pouco de fervor religioso.

– Imagine, imagine que você é John, o verdadeiro Cristo, e os romanos estão se aproximando, com suas espadas e lanças. O que você faz? E então o seu discípulo, Jesus, o filho do carpinteiro, avança. "Senhor, diz ele, deixe-me fingir que sou o Cristo; eu faço isso pela causa. Enquanto eles me prendem e torturam, o senhor pode escapar para continuar a luta, propagar a palavra." –

O bispo Yemi fez uma pausa, e depois continuou: –"É um plano soberbo", diz John. Jesus é preso, morre na cruz e os romanos pensam que pegaram o homem. Nesse ínterim, João escapa para a ensolarada ilha de Patmos, onde escreve o Livro das Revelações. Está tudo lá; leiam o livro de John. Só o verdadeiro Cristo poderia ter escrito esse livro. Só o autêntico filho de Deus.

É um ponto muito interessante, pensou Jonjo, sentado na fila dianteira com a etiqueta "John 1794" no peito. Faz muito sentido. Homem corajoso o tal de Jesus, para se sacrificar dessa forma. Jonjo pensou mais: também deve ter lhe ajudado, Jesus, enquanto você estava pendurado naquela cruz, com os cravos atravessando as mãos e os pés, saber que seu líder tinha escapado e passado a perna em todo mundo. As palavras "escapado" e "passado a perna" lembravam desagradavelmente suas próprias preocupações recentes. Ele deu uma olhadela furtiva para o relógio – o bispo já vinha falando havia quarenta minutos. Jonjo se sentia um pouco exposto, sentado ali na primeira fila – era o único "John" novo daquela noite. Olhou para seus companheiros Johns lá atrás, pensando que aquela era uma pequena congregação de marginais e retardados, mas ficou encorajado ao lembrar que Kindred já estivera naquela mesma sala – que ele também fora um John, apenas 191 lugares à frente na fila de Johns. Ele estava na cola de Kindred, as pessoas ali deviam ter conhecido o sujeito, deviam saber onde ele morava – onde estava morando. Jonjo disfarçou um bocejo com as costas da mão. Agora o bispo passara a falar dos males da venda a descoberto e da especulação arriscada nos mercados de ações globais, citando o Livro das Revelações para sustentar sua opinião e reforçar seu desprezo. O tal bispo até que sabia falar, isso Jonjo reconhecia, mas porra... quanto tempo mais?

No jantar serviram bife com pudim de rim, e a comida estava extraordinariamente saborosa, pensou Jonjo. Excelente rango para um homem faminto. No bolso, ele tinha o folheto anunciando a recompensa pela captura de Kindred: uma barba espessa fora desenhada sobre a foto com uma caneta de ponta de feltro. Jonjo mostrou a foto aos outros três viciados que dividiam a mesa com ele, mas eles alegaram não conhecer o homem.

– Nunca vi esse cara – disse um deles.

– Ele é um John como nós. Amigo meu – disse Jonjo. – Costumava vir aqui, e estou tentando encontrar o cara.

– Nunca vi esse cara – repetiu o viciado.

– Neca – disse outro.

Quando a refeição terminou e as pessoas começaram a ir embora, Jonjo se misturou aos outros Johns, mostrando a foto a tantos quanto possível, mas sem sucesso; só viu gente dando de ombros como desculpa, e abanando a cabeça. Ele saiu da igreja; havia apenas cerca de vinte pessoas na congregação naquela noite; se ele era o John 1794, estava contatando apenas um pequeno número. Então foi embora, sem desanimar – só precisaria voltar e tentar de novo.

Sentou-se ao volante do táxi e ligou o motor. Percebeu que ainda sentia raiva, uma sensação de ter sido traído, chocado com o modo peremptório com que fora alijado do caso Kindred, um caso que não deveria pertencer a ninguém mais a não ser ele. Um claro voto de desconfiança – aos olhos deles ele era um fracasso – fossem quem fossem "eles"...

E o que aquele babaca bigodudo, Yuri, iria conseguir? Jonjo poderia avisar a Bozzy que Yuri estaria perambulando pelo Shaftesbury. Bozzy e seus asseclas poderiam enganar Yuri, enquanto Jonjo Case, neste meio-tempo, silenciosa e integralmente, seguia seus instintos e apanhava Kindred para eles. Ocorreu-lhe que fora assim que Jesus aceitara sofrer no lugar de John. Uma bela analogia, pensou ele: depois viriam a gratidão, a certeza de reabilitação, um significativo bônus em dinheiro. Jonjo sorriu para si mesmo enquanto se afastava do meio-fio. Bastava continuar firme. O rastro de Kindred estava cada vez mais quente, e um dia um daqueles panacas dos Johns o reconheceria. Era simplesmente uma questão de tempo.

44

OS MACACÕES MARROM-ARROXEADOS, COM ZÍPER, TUDO-EM-UM, conhecidos no hospital St. Bot's como "trajes de ação", eram um grande avanço em relação aos uniformes de "porteiro" dos anos 1980, com gravatas e ombreiras, usados no Bethnal & Bow, pensou Adam. No seu traje de ação, ele se sentia um paramédico, alguém com autoridade, que podia ter saltado de um helicóptero a meia altura ou de uma viatura 4x4 subitamente freada, pronto para administrar os primeiros socorros, prestar ajuda, resgatar, salvar uma vida. O fato de estar subindo à ala Felicity de Vere para pegar uma pasta de faturas a fim de entregá-la às secretárias médicas na Divisão de Contabilidade não diminuía sua vaga sensação de ser uma significativa, embora de menor importância, engrenagem na grande máquina – aquele Leviatã médico – que era o St. Botolph's. Toda a equipe gostava secretamente daqueles macacões transados, fosse qual fosse a cor que tivessem. O guru de estilo que inventara aquele esquema era alguém que claramente entendia mais de psicologia humana do que a maioria dos psicólogos. Até mesmo os faxineiros tinham mais orgulho de seu trabalho, graças a seus macacões verdes-limo, enquanto travavam o bom combate, a batalha interminável contra a Staphylococcus aureus, a C. *difficile* e outras infecções bacterianas.

Quando o elevador se aproximou do andar da ala Felicity de Vere, Adam fez força para se concentrar. Era sua sexta ou sétima ida ao local – território de Philip Wang – nas duas semanas de trabalho no St. Bot's, e ele estava começando a ser reconhecido pela equipe e a desenvolver um relacionamento brincalhão, até mesmo familiar, com todos, embora em cada plantão houvesse mais de cem serventes no hospital – incluindo enfermarias, administração e ambulatórios. "Ei, Primo", as pessoas já começavam a dizer; "O Primo está aqui". Na última visita, ele ganhara até uma xícara de chá. O objetivo era se tornar uma presença rotineira, parte da mobília em trânsito, alguém que ninguém ficaria surpreso ao ver.

A transferência do Bethnal & Bow fora surpreendentemente fácil de se efetuar. Rizal, um dos serventes mais antigos, tinha um irmão, Jejomar, que trabalhava no St. Bot's. Uma das características crônicas do universo médico britânico era ter um número insuficiente de serventes hospitalares, daí a procura de agências de empregos que compensassem essa deficiência. Primo Belem fora calorosamente recebido: um servente treinado com boas referências e um "NADA CONSTA" do Birô de Registros Criminais, ele já se beneficiara de um pequeno aumento salarial (mais 200 libras por ano), e ouvira insinuações por parte da administração de que dispunha de um plano de carreira em aberto, caso se dispusesse a segui-lo. Com alguns cursos noturnos e treinamento administrativo básico em recursos humanos, ele poderia ascender a diversos níveis com facilidade. O mundo dos serventes era sua ostra.

Havia uma excitação incomum e perceptível na ala Felicity de Vere quando ele chegou para pegar os documentos – as enfermeiras riam e conversavam em voz alta, mostrando revistas umas para as outras. Com uma tesoura, uma delas recortou uma página que em seguida foi presa ao quadro de avisos, juntamente com os votos de "fique bom", avisos sobre saúde ou segurança, instantâneos de feriados, e cartões de ex-pacientes agradecidos.

– Oi, Corazon – disse ele para uma enfermeira conhecida. – O que está havendo?

Ela mostrou para ele um informe publicitário de duas páginas no *Nursing Monthly*, intitulado "UMA CURA PARA A ASMA?". A publicação vinha seguida de um vago, mas veemente, compromisso de buscar uma droga que pusesse fim à moderna praga que pesa sobre as vidas de tantas pessoas.

– Nós estamos realizando os testes clínicos aqui – disse Corazon, emocionada. – Já faz três anos. Finalmente chegamos lá.

– Que testes clínicos?

– Da Zembla-4.

Ela apontou para as referências no informe publicitário.

– Aqui? Zembla-4? Meus parabéns – disse Adam com ingenuidade fingida. – Que incrível. Minha sobrinha tem uma asma terrível. Às vezes mal consegue respirar.

– Essa droga pode ajudando ela – disse Corazon com genuína sinceridade. – Eu já vi a coisa funcionando. É incrível. Mande sua sobrinha pedir ao médico dela.

– Talvez ela pudesse até vir aqui – disse Adam. Ele já conhecia bem aquela ala; vinte quartos confortáveis com banheiro, distribuídos ao longo de um corredor acarpetado, com uma sala de recreação repleta de brinquedos numa extremidade.

Corazon deu de ombros pesarosamente, como que dizendo: não alimente muitas esperanças.

– Ser particular, sabe. Caro.

– Quer dizer que nessa ala só tem crianças ricas?

– Não, não. Elas crianças comuns... a Fundação Felicity de Vere pagar tudo. Mas eles selecionam. Se sua sobrinha muito doente talvez conseguir entrar. – Corazon baixou a voz confidencialmente. – Você ir ao médico, dizer que sua sobrinha ser muito, muito asmática. Você dizer... que tal o St.Bot's? Ele mandar você para cá, a ala Felicity de Vere... grátis.

– Grátis?

– É. Os médicos, eles mandar para nós as crianças doentes. É uma coisa maravilhosa. Elas recebendo Zembla-4. Só aqui.

– É, incrível. Talvez eu tente... Quem é o chefe da ala, por falar nisso?

– Nós temos muitos médicos. O dr. Zeigler é o último. Agora ele está nos Estados Unidos. Pedir aprovação à FDA.

– É claro. Então ele deve trabalhar para a Calenture-Deutz.

– Trabalha. Todos os nossos médicos ser pagos pela Calenture-Deutz. Todos nós ganhar bônus da Calenture-Deutz. É por isso nós tão contentes.

Adam foi embora com a pasta de registros clínicos e faturas, entregando-a normalmente na Contabilidade, no terceiro andar do prédio principal.

De volta à sala de descanso dos serventes depois de largar o serviço, ele pegou o documento com a lista de Wang. Já tirara várias cópias e recolocara o precioso original de volta na sua caixa-cofre, enterrada no triângulo perto da ponte Chelsea. Havia cinco nomes relacionados abaixo do St. Botolph's: Lee Moore, Charles

Vandela, Latifah Gray, Brianna Dumont-Cole e Erin Kosteckova. Cinco crianças que haviam estado na ala Felicity de Vere nos três anos anteriores à morte de Philip Wang.

Adam foi até o telefone público no corredor, introduziu suas moedas e ligou para a Administração.

– Alô – disse ele quando finalmente atenderam o telefone. – Não sei se você pode me ajudar. Acabei de voltar da África do Sul. Minha afilhada é paciente do hospital. Eu queria descobrir em que ala ela está internada. Ela é... – Ele leu um nome da lista – Brianna Dumont-Cole.

– Um momento, por favor.

Houve uma pausa bem prolongada. Pediram, então, que ele repetisse o nome. Ao fundo, era possível ouvir o clique seco e duro de um teclado de computador.

– Parece que há um engano, senhor.

– Não, não, eu só quero fazer uma visita de surpresa a ela. Estive fora do país durante meses. Eu não vejo minha afilhada há quase um ano... alô?

– Brianna faleceu, senhor. Isso foi há quatro meses. Lamento muito. A família dela deve conhecer os detalhes.

Adam desligou sem dizer coisa alguma.

Ele demorou dois dias e gastou muitas libras em moedas para percorrer todos os nomes da lista de Wang, telefonando para os quatro hospitais em todo o país: Aberdeen, Manchester, Southampton e o St. Botolph's. Todos os nomes na lista de Philip Wang eram de crianças mortas. Depois de percorrer os primeiros cinco nomes, Adam mudou de tática: quando telefonava, ele já revelava desde o início saber que a criança falecera. Tinha pronta uma variedade de desculpas na busca por informações – estava sendo planejado um jardim-memorial, uma lápide, um leilão beneficente, ou uma homenagem à curta vida da criança pela sua escola primária. Você pode confirmar a data e a hora? Sem problemas. Nós queremos doar dinheiro a uma instituição de caridade escolhida pelo hospital. Muitíssimo obrigado. Meu tio gostaria de falar com o médico de plantão na ocasião. Acho que isso não será possível, senhor. Qualquer que fosse a desculpa, o pretexto, a mentira sentimental que ele proferia, todas as respostas confirmaram que os catorze nomes que Philip Wang anotara naquela lista eram de crianças que haviam morrido nas alas Felicity de Vere em quatro hospitais das Ilhas Britânicas, onde havia anos vinham sendo realizados testes clínicos completos e caros para testar a eficácia de uma nova droga contra a asma, Zembla-4.

Zembla-4...

Adam foi até um cybercafé. Digitou "Zembla-4" na ferramenta de busca e todas as informações pertinentes surgiram na tela, rápida e obedientemente. Zembla-4. Calenture-Deutz, companhia farmacêutica licenciada. O website da empresa ainda não estava atualizado; havia uma foto de um sorridente Philip Wang, chefe de pesquisa e desenvolvimento, sem notícia ou data de seu súbito falecimento. Adam olhou para o retrato sentindo-se muito estranho, pensando no último encontro dos dois. Havia também uma foto do presidente e diretor-executivo-chefe da Calenture-Deutz, um tal de Ingram Fryzer, sujeito grisalho de feições serenas. Logo abaixo vinha uma declaração tendenciosa em nome da diretoria e da equipe, detalhando as ambições e a total integridade da empresa. Havia uma lista dos outros integrantes da diretoria e uma série de textos altaneiros, com imagens modernas sobrepostas (tubos de ensaio, computadores, homens bem-apessoados em jalecos brancos, crianças rindo no campo). Como fundo musical, um ostinato eletrônico em tom maior, cujos textos se referiam aos altos ideais esposados pela Calenture-Deutz na busca por produtos farmacêuticos cada vez mais eficientes.

Ao sair do website, Adam se achava teoricamente mais bem informado; na realidade, porém, depois de refletir um pouco, viu que não. Decidiu se concentrar nas cinco mortes do St. Botolph's. Estava precisando ter acesso a alguns dos computadores do hospital.

Em Battersea, ele entrou num pub chamado A Duquesa Branca e viu Rita sentada junto ao balcão segurando uma garrafa de cerveja. Beijou-a no rosto – eles já podiam fazer isso, depois de terminar seu primeiro encontro no restaurante chinês com um abraço cortês. Ela usava jeans, três camisetas folgadas, uma por cima da outra, e o cabelo estava atado despretensiosamente num rabo de cavalo. Sem uniforme, Rita parecia se vestir com casualidade estudada, quase como uma de suas alunas na universidade McVay, pensou Adam. Ele achava atraente aquele estilo; na sua opinião, ninguém adivinharia que ela era policial.

No canto do bar, uma pequena banda se preparava para a próxima sessão: era a tal "MÚSICA AO VIVO" anunciada nas janelas do local.

– Você foi a alguma reunião? – perguntou ela. – Muito elegante. – Adam estava usando seu outro terno. Percebeu que só tinha dois ternos e precisaria variar seu guarda-roupa, agora que estava se encontrando com Rita.

– Eles querem me promover – disse ele. – Eu estou resistindo.

O que um segundo encontro tinha de diferente? Perguntou-se Adam. A diferença era que todos os trunfos estavam à vista, supunha ele. O primeiro encontro era sempre exploratório, cauteloso e incerto; por mais que você pudesse parecer estar se divertindo, esse era sempre o objetivo principal: a cada passo eram deixadas portas entreabertas, caso algum terrível erro de cálculo fosse cometido. No primeiro encontro eles haviam conversado vagamente sobre seus empregos. Adam aludira a um período de instabilidade mental, um longo período de hospitalização, a fim de explicar seu atual status baixo na cadeia alimentar do universo médico.

– Estou me reencontrando – dissera ele.

Rita também fora vaga sobre seu próprio passado, evitando habilmente certas perguntas. Por exemplo, Adam não fazia ideia de onde ela morava. Depois que os dois começaram a combinar o segundo encontro (por iniciativa de Adam) e chegaram a um acordo, toda a prudência e atitude experimental, contudo, desapareceram. Agora que estavam sentados junto ao balcão conversando, ouvindo o trio de jazz principiar a tocar, Adam pôde sentir palpavelmente a mudança no estado de espírito. As entrelinhas eram claras para ambos: atração sexual completa. Ao pedir mais drinques, girando na banqueta para chamar a atenção do barman, o joelho de Adam encostou na coxa de Rita e permaneceu ali. Eles fizeram tintim com as garrafas de cerveja.

– Primo – disse ela. – Gosto desse nome. Mas você não tem sotaque italiano.

– Porque eu nasci e fui criado em Bristol. Não sei falar uma palavra de italiano. Está bem, sei falar uma ou duas palavras – disse ele, dando de ombros. – Sou um imigrante de terceira geração.

– Então, de onde veio sua família, originalmente? – perguntou ela.

É bom que essa seja a última pergunta sobre meu passado, pensou Adam, para o bem de nós dois.

– Brescia – disse ele, pegando de improviso o nome num mapa da Itália em sua cabeça. – E antes que você pergunte, eu nunca estive lá.

– Você quer comer alguma coisa?

– Quero – disse ele. – Estou morto de fome.

Eles saíram do bar numa noite suave – já estava escuro, mas não muito – o céu mantinha uma luminescência que tornava tudo estranhamente visível, embora envolto em nebulosidade.

– Espere um segundo – disse Rita, remexendo na bolsa à procura do celular. Depois de achar o aparelho, ela rapidamente enviou uma mensagem de texto. Adam se afastou, ouvindo a banda terminar a sessão com um rufo de tambor e um trepidante som de címbalos. Ele se sentia ligeiramente bêbado, mas estava consciente de uma outra camada de tontura, de excitação, que tinha mais a ver com emoção do que com álcool. Sentia que ainda havia muita estrada pela frente naquela noite.

– Você quer ir lá em casa tomar um café, ou alguma coisa? – perguntou Rita.

– Seria ótimo.

– Eu moro a dois minutos daqui. Foi por isso que atraí você para o sol de Battersea.

Adam ficou calado.

– Vamos por aqui – disse ela, apontando para o rio, e eles partiram. Depois de alguns passos, ela colocou a mão na dele, e disse: – Estava bom lá no bar.

– Estava mesmo.

– Melhor do que no nosso chinês.

– É esse o problema dos primeiros encontros, sabia... muita coisa em jogo, muitos pontos desconhecidos. Tudo muda no segundo... pelo menos essa é minha experiência, é minha teoria.

Ela olhou para ele.

– Um dia você precisa me falar sobre essa teoria.

Adam ficou pensando se aquele era o momento de beijá-la, mas Rita já estava atravessando a rua na direção do rio.

– Eu moro numa casa flutuante – disse ela.

– Surpreendente – disse Adam, reconhecendo agora que estava definitivamente bêbado, e pensando: uma casa flutuante, sexo numa casa flutuante.

– Eu moro numa casa flutuante com meu pai.

Adam ficou calado.

– Não, ótimo. Acho que... Você sabe, maneiro.

– Eu gostaria que você conhecesse meu pai, e foi por isso que mandei um texto para ele.

– Ah, ah. Excelente.

Ela destrancou um portão de metal e os dois desceram uma ponte de metal que levava a uma ampla área de atracação. Ali, no escuro, parecia haver muitos tipos diferentes de embarcações, algumas com luzes brilhando através das janelas, e Adam achou que aquilo fosse uma espécie de vilarejo flutuante. Eles foram caminhando ao longo de instáveis pranchas metálicas de embarque entre os barcos.

– Onde estamos? – perguntou ele.

– No píer Nove Olmos – disse ela. – Parece que havia uma fileira de nove dessas árvores nas cercanias, por volta da metade do século XVII.

– Sério? Incrível...

– Daí o nome.

– Eu acho que compreendi.

– Então você não é só um rostinho bonito?

Adam ficou calado. Sentia que Rita estava um pouco tensa.

Eles caminhavam na direção de uma pequena enseada na extremidade, onde estavam atracadas algumas embarcações maiores. Adam viu o que parecia ser uma traineira de alto-mar, uma balsa modificada, e, no final, o que parecia ser um navio de guerra recondicionado, ainda com a pintura cinzenta usada na ativa.

– Chegamos – disse ela, parando defronte do barco. – O bom navio *Bellerophon*. Lar, doce lar.

Ela destrancou outro portão e eles subiram uma íngreme escada metálica até o tombadilho. Tamanho considerável, pensou Adam, olhando em torno: talvez algum tipo de caça-minas ou um barco-patrulha grande. Rita abriu uma porta na antepara da proa, fazendo jorrar um facho de luz. Degraus levavam para baixo.

– Desça de costas – disse ela. – Do jeito naval.

Adam fez como ela mandava, e os dois ouviram uma voz grave dizendo: – Bem-vindo a bordo, companheiro.

Ele se viu numa sala de estar escura e estreita, com algumas luzes baixas acesas, teto baixo, e com uma variedade de poltronas sobre um carpete áspero marrom-escuro. Uma parede era inteiramente coberta de livros. No ar pairava um cheiro de incenso chinês, e, num canto havia uma TV ligada sem som.

Um sessentão de rosto magro, com cabelo grisalho comprido e ralo preso num rabo de cavalo ergueu-se do assento e estendeu a mão para pegar uma muleta antes de se aproximar para cumprimentá-los. Adam observou que havia uma cadeira de rodas num canto da sala. O homem caminhou na direção deles com óbvia dificuldade, quase como se estivesse andando sobre membros artificiais.

– Papai, este é o Primo. Primo, este é o meu pai, Jeff Nashe.

– Prazer em conhecer você, Primo – disse ele, estendendo e torcendo a mão esquerda em saudação. Adam agarrou-a e balançou-a, de forma breve e desajeitada, mas Nashe continuou segurando a mão dele. – Primeira pergunta: você não é a porra de um tira, é?

– Sou servente de hospital.

Jeff Nashe virou-se, incrédulo, para a filha.

– É verdade?

– É.

– Por fim – disse Nashe. – Um com um emprego decente.

Adam concluiu que Nashe estava um pouco chapado quando ele finalmente largou sua mão. Era um homem de feições marcantes, os ossos do rosto salientes; o nariz era fino e curvo, mas debilitado. Ele tinha bolsas debaixo dos olhos. O cabelo era ralo e grisalho no seu rabo de cavalo estilo verão do amor dos anos 1960. Mas Adam percebeu de quem Rita herdara a ossatura.

– Café, chá ou uma taça de vinho? – perguntou Rita.

– Na verdade, eu preferiria uma taça de vinho – disse Adam.

– O mesmo para mim – disse Nashe. – Traga a garrafa, querida.

Eles se acomodaram nas cadeiras em frente à TV muda; era um canal com vinte e quatro horas de noticiário, observou Adam. Nashe continuou olhando para a tela enquanto enrolava um cigarro, como que esperando algum assunto específico. Ofereceu a bolsa de fumo e papel para fazer o cigarro a Adam, que recusou.

– Você pode ver que sou semialeijado – disse Nashe. – Vítima de um acidente industrial. Dezessete anos de luta na justiça.

– Lamento muito saber disso.

– Não, você não lamenta. Você não dá a mínima para isso.

Ele se ergueu da cadeira com dificuldade de novo e, sem precisar da muleta, cruzou a sala até a estante, num passo bem ligeiro, na opinião de Adam. Voltou com um livro que deixou cair no colo de Adam.

– Esse aí era eu antes do acidente – disse ele.

Adam olhou para o livro, uma grande brochura com o título *Cultura cívica na modernidade tardia: o desafio latino-americano*, e o nome do autor, Jeff Nashe.

– Fascinante – disse Adam.

– Quarenta e duas universidades, escolas politécnicas e faculdades tinham este livro nas suas listas de leituras nos anos 1970.

Nessa altura, Rita entrou com uma garrafa de vinho e três taças. Desligou a TV e recolocou o livro na estante.

– Desculpe – disse ela. – Ele sempre faz isso.

– Porque é importante para mim – disse Nashe, petulantemente. – Eu sei que ele me acha uma espécie de sadomasoquista, um fracassado decadente. Não quero que seu namorado sinta pena de mim.

– Ele não é meu namorado, e não está com pena de você – disse Rita acaloradamente. – Tá legal? A gente senta e toma uma taça de vinho.

Ele obedeceu e Rita serviu o vinho. Todos deram um pequeno gole e Rita encheu as taças de novo.

– Então, Primo – disse Nashe. – Em quem você votou na última eleição?

Lá no tombadilho, uma brisa vinda do oeste soprava sobre o rio. As folhas do jardim flutuante de Rita se agitaram e farfalharam: as palmeiras estalavam secamente feito agulhas de tricô. Rita e Adam estavam sentados no meio dessa vegetação faz de conta, junto ao antigo embasamento dos canhões da proa, fumando um baseado. A maré subia, e debaixo dos pés Adam sentiu o *Bellerophon* começando a se soltar da lama.

– Geralmente eu não fumo – disse Rita. – E eu não deveria deixar meu pai me sacanear dessa maneira. Mas eu queria que vocês se conhecessem, só para você saber, para colocar você no quadro geral. Ele se comportou muito mal hoje de noite, um pouco satisfeito demais com a porcaria de si mesmo. Na maioria das vezes ele é mais amável com os convidados.

Ela deu uma tragada e entregou o baseado para Adam, que inalou obedientemente e passou-o de volta a ela. Ele não sabia dizer se a maconha estava fazendo algum efeito, e disse:

– Não vou contar a ninguém. Não se preocupe, policial.

– Obrigado, bondoso senhor. – Ela sorriu para ele e fez uma ligeira reverência de agradecimento com a cabeça.

– O que aconteceu com seu pai? – perguntou ele.

– Ele era professor de estudos latino-americanos na Politécnica de East Battersea. – Ela fez uma pausa. – Uma noite caiu da escada da biblioteca e machucou muito as costas.

– Foi só isso?

– Foi. Ele processou a instituição, eles apelaram, ele ganhou. A partir daí não trabalhou mais. Foi esse o acidente industrial. – Ela deu uma boa tragada no baseado.

– Estudos latino-americanos. Então é por isso que seu irmão se chama Ernesto.

– Ernesto Guevara Nashe. Meu nome vem de uma tal de "Margarita Camilo" que esteve nas montanhas de Sierra Maestra com o exército rebelde do Fidel Castro. Margarita Camilo Nashe, a seu serviço.

– Certo – Adam estava pensando.... ela se chama Margarita. – Então há uma forte ligação espanhola, latino-americana, na família Nashe.

– Não, não, ele nunca esteve na América Central, nem na América do Sul.

– Mas ensinava estudos latino-americanos. E o livro.

– Digamos que havia uma vaga no meio acadêmico no final da década de 1960. Uma oportunidade de carreira. Ele era um historiador que não achava emprego em lugar algum. Eles organizaram um departamento de estudos latino-americanos lá na Politécnica de East Battersea e ofereceram um emprego para ele. – Ela deu de ombros. – De repente ele virou especialista em América Latina. Para ser justa, ele adorava aquilo, era uma espécie de revolucionário virtual até cair da escada.

– Ele fala espanhol?

– Você fala? – Ela riu abertamente da ideia. – *Habla español, amigo?* – disse ela.

A droga estava começando a exercer sua mágica narcótica. Adam começou a entender por que Rita entrara para a polícia.

– Preciso ir – ele disse.

Ele se levantou, mas cambaleou com o movimento do *Bellerophon* se libertando da lama do Tâmisa e flutuando. Rita o amparou.

Para Adam, o beijo que os dois trocaram foi uma grande, uma estonteante liberação de prazer e de desejo por Rita. Ele sentiu uma espécie de efervescência na barriga e na virilha quando a língua dela mergulhou fundo em sua boca, e abraçou Rita com força. Mas, ao mesmo tempo em que ele pensava que aquilo era maravilhoso, uma outra parte do seu cérebro estava dizendo que aquilo era um pouco repentino, tudo um pouco apressado.

Eles se separaram.

– Isso tudo é tão repentino, um pouco apressado – disse Rita. – Mas não estou me queixando.

– Eu meio que estava pensando o mesmo.

– Você podia descer comigo – disse ela. – Já sou uma menina grandinha, tenho meu próprio quarto.

– Talvez hoje não, acho eu.

– Você é sensato, Primo Belem. Um homem sábio. Obrigada. Sim – disse Rita, parecendo estar sob o efeito da maconha.

Ela o levou de volta pela marina até terra firme, passando pelas pontes de embarque, segurando no braço de Adam com ambas as mãos, a cabeça encostada no ombro dele. Eles se beijaram de novo, agora com mais deliberação, mais conscientes do gosto de seus lábios e suas línguas em contato. O que é o beijo? pensou Adam. Como isso pode parecer tão importante... esse encontro de quatro lábios, duas bocas, duas línguas? Às vezes esses primeiros beijos podem virar sua cabeça, percebeu ele, reconhecendo a absurda fraqueza nele próprio, a vontade de perder a cabeça e fazer a ela uma espécie de declaração, registrando a emoção que sentia. Depois de dois beijos? Ridículo, pensou ele. E resistiu.

45

NÃO HAVIA DÚVIDA DE QUE O NOVO INFORME PUBLICITÁRIO ERA impressionante, pensou Ingram: possuía um bom design, classe e era altamente eficaz. Duas adoráveis crianças louras, um menino e uma menina sorridentes, olhavam com ternura para uma extraordinariamente atraente, para não dizer incrivelmente bonita, mãe, a qual olhava também com ternura para os filhos. As cores eram tremulantes e radiantes: dourados, cremes, os amarelos mais tênues. "UM FIM PARA A ASMA" era o cabeçalho, com grandes letras em negrito inspirando confiança sobre um fundo verde-floresta escuro. Havia uma frase pomposa, algo sobre ser uma força para o bem num mundo perigoso, assinada Ingram Fryzer, presidente e diretor-executivo-chefe da Calenture-Deutz, com até mesmo sua assinatura verdadeira abaixo da citação. De onde haviam tirado aquilo? pensou ele. Depois lembrou que a citação era rotineiramente reproduzida em todos os folhetos que a companhia distribuía. Sim, tudo no informe publicitário parecia grande e carinhoso, um futuro mais brilhante quase ao nosso alcance. Essa seria a vida que todos nós poderíamos levar, diziam as páginas implicitamente. Não vamos desperdiçar mais tempo, pelo amor de crianças bonitas e mães lindas como essas. Não queremos que elas sofram.

Ingram fechou a revista. Achava que deveria se sentir orgulhoso: aquela droga fora desenvolvida por sua companhia, sua equipe, com a ajuda da Rilke Pharmaceuticals, é claro, e o sucesso repercutiria fortemente a favor dele próprio e da Calenture-Deutz... Ele voltou a olhar o informe publicitário; interessante... não aparecia o logotipo de Rilke, apenas da Calenture-Deutz. Na prova que Rilke lhe mostrara a inferência era que aquela era uma luta conduzida pela Rilke Pharma. Talvez Alfredo estivesse guardando seus trunfos, esperando que a solicitação de licença fosse aprovada e carimbada, antes de assumir o centro do palco.

Ingram suspirou audivelmente. Percebeu que sempre ficava suspirando na sala de espera de Lachlan, mas dessa vez estava sozinho. Deveria se sentir orgulhoso, sim, que diabo: anos de trabalho e esforço, milhões de libras de investimento, e a droga estava talvez a poucas semanas, alguns meses, mais ou menos, de ser licenciada. Isso faria bem ao mundo: o sofrimento seria aliviado, o fardo da humanidade ficaria mais suave de carregar, e o vale de lágrimas menos pesado. Contudo, ele se sentia infeliz, moroso, impotente e até mesmo irritado. Como permitira que aquilo acontecesse? Como era possível que Burton Keegan e Alfredo Rilke estivessem dando as cartas? Percebeu imediatamente a resposta simples e brutal para essa chocante pergunta: dinheiro. Talvez fosse isso que estivesse afetando seu estado de ânimo. Culpa. Eles lhe haviam dado tanto dinheiro que ele se permitira ser castrado. Era isso que ele era, um eunuco. Um presidente eunuco, um diretor-executivo-chefe desafiado testicularmente...

– Você já deve ter tomado seu chá, Ingram – disse o dr. Lachlan McTurk na voz trêmula de um sovina escocês, chamando com o dedo para que ele entrasse no consultório.

Ingram mostrou ao médico as páginas da revista.

– Você já viu isso?

– Não tinha visto até agora, mas uma meia dúzia de pacientes meus já me pediu para receitar essa droga que faz maravilhas. Tem saído artigos nos jornais saudando o feito. Meus parabéns, a coisa parece que vai mesmo estourar.

– Obrigado. É, acho que sim. – Ingram ficou esperando uma calorosa excitação de orgulho, aquela pequena pontada de autoestima, mas isso definitivamente não aconteceu. Ele se sentia abatido e deprimido.

– E provavelmente você vai ganhar quantidades repulsivas de dinheiro – disse Lachlan, folheando suas anotações.

– É possível – disse Ingram. – Mas a questão é... vou viver para exibir o dinheiro?

– Exibir seu dinheiro?

– Quero dizer "curtir" o dinheiro – disse Ingram, franzindo a testa.

– Curtir *e* exibir... consumo ostensivo. – Lachlan riu com sinceridade, uma risadinha surpreendentemente feminina vinda de um homem tão grande. – Não há nada de errado com você. O colesterol está um pouco alto... Bem-vindo ao clube. Gamma-GT está na faixa mais alta... pode cortar um pouquinho da bebida. Você não está gordo demais para um homem da sua idade. Os testes não mostraram nada. Atestado de saúde ótimo, dado por mim.

– Eu ainda tenho essas coceiras frenéticas. Essas gotículas de sangue no meu travesseiro. Você sabe, isso é muito inquietante – disse Ingram, num tom mais queixoso do que gostaria. Ele não estava se sentindo com ânimo estoico. – E também ando cometendo esses deslizes verbais. Acho que estou dizendo uma palavra, mas na realidade uso outra.

– Ah. Catacrese.

– É isso que eu tenho?

– Não, não – disse Lachlan, rapidamente. – Esse é só o termo linguístico para o fenômeno... o uso paradoxal de palavras, sabe, um erro. Uma espécie de efeito inocente de metáfora misturada. "Exibir" em vez de "curtir" é um bom exemplo, na verdade.

– Mas às vezes eu quero dizer "conversa" e digo "temperatura". Não há lógica.

– Tudo está ligado, principalmente entre palavras. Inconscientemente, talvez você estivesse lembrando de uma "conversa" particularmente "quente".

– Se tudo está ligado, você acha que essa "catacrese" tem ligação com as gotas de sangue e as coceiras?

Lachlan olhou bem para ele, quase que com ar de suspeita.

– O que eu posso fazer, é claro, é dar a você um poderoso antidepressivo. Você vai se sentir no nirvana.

– Não, obrigado. – Ânimo, cara, disse Ingram a si mesmo. – Estou aliviado. Obrigado, Lachlan. Muito obrigado.

– Avise quando essa droga maravilhosa estiver para ser lançada no mercado. Eu comprarei algumas ações da sua companhia.

Ingram puxou as meias para cima, consciente de que a depressão retornara, se é que de fato chegara a deixá-lo. Talvez ele devesse aceitar a oferta de Lachlan e tomar umas pílulas da felicidade; um pouco de euforia química poderia vir a calhar. Ele se levantou, meteu os pés nos sapatos, e estendeu a mão para pegar a gravata. Até mesmo aquele programa com Phyllis não lhe levantara o ânimo. Então ela entrou no quarto, usando um penhoar longo de seda vermelha, com dragões dourados cobertos de escamas e as bocas escancaradas. Tinha um copo retinindo em cada mão.

– Uma boa dose de gim-tônica, fidalgo – disse ela, entregando-lhe a bebida, e soprando um beijo para ele. – Saúde, Jack. Sem taxa adicional.

Eles tocaram as bordas dos copos e Ingram deu dois goles grandes, apreciando o calor e o gosto bem seco da vodca.

– Phyllis, eu andei pensando... você contemplaria, quero dizer... você acha que nós poderíamos passar umas pequenas férias juntos? – disse ele, fingindo espontaneidade e começando a arrumar a gravata. – Uma pequena folga. Quatro ou cinco dias. Algum lugar bem longe, ensolarado.

– Já tirei férias com alguns de meus clientes, sim. É uma boa mudança de cenário para todos nós. – Ela se sentou na cama e deixou que o penhoar abrisse um pouco, para que ele pudesse ver seu seio esquerdo, e perguntou: – Aonde estamos pensando em ir, amor?

– Pensei no Marrocos, porque há um hotel sensacional...

– Hum... não gosto do Mediterrâneo.

– Flórida? Caribe? África do Sul?

– Isso é mais interessante.

– Eu já estaria na villa...

– Hotel. Nada de férias numa villa, querido. Eles não têm serviço de quarto.

– Está bem, hotel. E você pega um avião sozinha...

– Classe executiva. – Ela fechou a gola do penhoar.

– Nem precisa dizer. Vamos passar três ou quatro dias maravilhosos juntos. E você volta de avião.

– Acho que não vai dar, Jack. Eu perco dinheiro nessas férias. E a coisa nunca é muito agradável para mim, para falar a verdade. Obrigada, mas não, obrigada.

– Nós poderíamos ir para o teste... quero dizer, para o leste: Sri Lanka, Tailândia.

– Não. Melhor esquecer.

Ela se levantou e se aproximou dele, franzindo as sobrancelhas, fingindo mostrar preocupação, esfregando a face dele com os nós dos dedos.

– O que provocou isso, Jack? Achei você menos animado do que de costume.

Ingram inventou uma história sobre pressão no trabalho, lembrando que já dissera a ela uma vez que era farmacêutico. Falou que ia vender a loja, era isso; vender a loja, improvisou ele, e darse ao luxo de umas férias.

– Você montou o negócio, merece as recompensas – disse ela. – Mas economize seu dinheiro, ganho com esforço. Na realidade, você não poderia bancar uma dessas viagens para mim. Eu não me sentiria bem tomando sua grana.

– Muito bem, não tem problema. Provavelmente você tem razão.

No metrô de volta para a estação Victoria, Ingram sentiu seu ânimo melhorar um pouco, mesmo que Phyllis houvesse melado seus planos. A ideia lhe viera poucos dias antes, e ele não sabia direito por quê. Talvez fosse apenas a simples necessidade de mudança, uma mudança temporária na sua vida com uma nova parceira, livre de complicações e de curta duração. Ele sabia que Meredith não suspeitaria de nada; vivia voando ao exterior para conferências e reuniões. Um pouco de mar e sol, boa comida, bom vinho, sexo vigoroso e descomplicado a pedido... Talvez não fosse uma má ideia... havia outras "Phyllis" pelo mundo...

Ele olhou para seus companheiros de viagem ao redor: malvestidos, derreados, rostos inexpressivos, londrinos taciturnos, uns poucos lendo, muitos com fones de ouvido, uma bela loura que parecia estar assistindo a uma TV em miniatura; será que isso era possível? Ingram sentiu seu ânimo melhorar ainda mais, antevendo férias potenciais com outras Phyllis, e ao mesmo tempo imaginando quanto mais dinheiro Zembla-4 lhe traria. "O bilionário eunuco"... ele poderia conviver com esse epíteto. Talvez sua nova Phyllis pudesse voar num jato particular depois do lançamento da Zembla-4; pessoalmente, ele não voltaria a pôr o pé numa empresa de aviação comercial pelo resto da vida. Pensou naquele pequeno truque que Phyllis fizera com o penhoar vermelho de dragões, deixando-o aberto. Ela sabia que botões apertar, sabia como excitá-lo. Esse seria o problema com uma nova pessoa; a coisa simplesmente não seria a mesma.

Ingram saltou na plataforma e seguiu na direção da saída, sentindo-se mais forte e estimulado, como sempre acontecia depois dos programas com Phillis. Pare de se lamentar, cara, disse para si mesmo: deixe que Keegan e Rilke comandem o show, façam o serviço bruto, acionem os grupos de pressão, a complicada dança com as autoridades de licenciamento. Não faça um estardalhaço, simplesmente pegue seu cheque ao final do dia.

Pensar em Keegan fez sua mente voltar à ultima e insatisfatória reunião. Ele tinha quase certeza que sabia, em linhas gerais, o que acontecera quando Philip Wang fora ver Keegan naquela tarde. Philip devia ter descoberto algo sobre os testes clínicos com a Zembla-4, algo que o enfurecera, e confrontara Keegan sobre o assunto naquela tarde final. Keegan mentira, muito pouco convincentemente, e o oposto da mentira, "Philip estava encantado", é que continha a verdade. Philip ficara perturbado, Philip ficara desconfiado, possivelmente Philip ficara furioso. Ingram raciocinou adiante: Philip estaria prestes a trazer a coisa a público? Seria esse o segredo? E era extraordinário que ele houvesse sido assassinado naquela mesma noite por aquele cara, o Kindred, o sinistro climatologista... Não, não, Ingram se repreendeu, pensando: não entre nessa. Tratava-se apenas de uma daquelas odiosas, terríveis, sombrias coincidências. Impossível...

Contudo, ele ainda não sabia o que Philip descobrira, o que o fizera confrontar Keegan. Era essa a questão central. Talvez devesse convocar Keegan de novo e blefar com ele, dando a entender que sabia o que Wang descobrira, o que o perturbara. O raciocínio prosseguiu: como Keegan aceitara participar daquela reunião, era cem por cento certo que Alfredo Rilke também soubesse o que Philip desenterrara. Então Keegan *e* Alfredo sabiam o que saíra errado com a Zembla-4, e o que perturbara Philip Wang... Ingram abanou a cabeça como se uma mosca implicante estivesse zunindo em torno. Mas a coisa não poderia ser tão séria assim, porque o próprio Alfredo autorizara o processo de pedido de licenciamento. Não, simplesmente uma terrível, terrível tragédia.

Luigi estava esperando por ele na praça Eccleston, rodeando o Bentley com um pedaço de camurça e removendo da reluzente carroceria uma mancha de gordura citadina ou água poeirenta. Ingram enfiou-se no banco de trás e Luigi parou antes de fechar a porta para ele.

– Seu filho telefonou, signore. Vai chegar atrasado.

– Que tal um pouco de pudim, Forty... Nate? – corrigiu Ingram rapidamente, oferecendo o menu ao filho.

– É melhor eu ir, papai, nós temos um serviço na...

– Então um café. Você só ficou aqui meia hora.

– Está bem.

Um garçom foi chamado e os dois fizeram seus pedidos, Ingram vendo o desconforto de Fortunatus exalando como um campo de força. Ele pensara muito sobre qual restaurante escolher, nada muito pomposo, caro ou formal, mas, ainda assim, um lugar com boa comida. Aquele era o primeiro almoço dos dois juntos desde... Ele não conseguiu lembrar desde quando. Desde que Forty fora para a escola? Seguramente não? De qualquer modo, ele decidira que aquela seria a inauguração de uma série regular: ele e o filho iriam se encontrar muito mais assiduamente.

Aquele restaurante era famoso: fregueses, pessoas comuns, precisavam reservar mesa com seis meses de antecedência. Contudo, nas suas idas anteriores, Ingram observara muitos jovens, vestidos de maneira extremamente informal, para não dizer sujos e desalinhados, alguns deles supostamente portando nomes célebres. Mesmo na hora do almoço, era possível identificar o apresentador de TV, o dançarino de balé condecorado com um título de cavaleiro, a atriz exuberante com uma risada irritante. Ingram chamou a atenção para eles em voz baixa, mas Forty não conhecia nenhuma daquelas pessoas. E o restaurante, a despeito de seu renome na elite da moda, ainda fornecia as consolações e confortos de sólida tradição. Os vitrais multicoloridos nas janelas teriam sido familiares a atores de teatro da década de 1930. Os guardanapos eram grossos e impecavelmente engomados, os talheres pesados e com um design fora de moda, o menu uma reconfortante mistura de comida inglesa infantil e o último grito em cuisine internacional variada. Contudo, apesar disso Forty estava tão pouco à vontade que Ingram sentiu os músculos dos próprios ombros começarem a se contrair e terem espasmos em solidariedade.

– Olhe, aquele não é o cara do show de perguntas da TV?

– Nós não temos televisão, papai.

– Como vai o Ronaldinho?

– Rodinaldo.

– Isso.

Ingram olhou para o filho: careca, com a barba por fazer, acalorado naquela pesada jaqueta de combate, as unhas pretas de adubo de palha ou de folhas. Sentiu um soluço lhe subir à garganta. Queria estender os braços e abraçá-lo, queria dar-lhe banho, fazer com que ficasse limpo e rosado, e secá-lo em grossas toalhas brancas.

– Forty... Nate, eu gostaria que você me chamasse de Ingram. Acha que consegue?

– Não posso fazer isso, papai, desculpe.

– Você poderia tentar?

– Não vai funcionar, papai. Eu simplesmente não consigo.

– Eu respeito isso. Não, não, eu respeito.

Eles ficaram sentados em silêncio por algum tempo, bebericando o café. Ingram precisava aceitar aquilo, embora houvesse pensado que, se eles passassem a usar seus nomes de batismo, haveria um afrouxamento concomitante, uma chance de se desenvolver uma verdadeira amizade, sem a intervenção da esgotada relação pai-filho.

– Como vai o negócio? Você sabe que eu quero investir nele.

– Estamos indo bem. Não conseguimos dar conta de todo o trabalho.

– Então contrate mais gente. Expanda o negócio. Eu posso ser útil nesse tipo de coisa, Forty. Capitalização, uma nova fábrica...

– Nós não queremos expandir a coisa, você não compreende isso?

Algo na mandíbula projetada de Forty e na expressão teimosa com que ele o encarava diretamente perturbava Ingram de maneiras que ele esquecera que podia ser perturbado. Ele sentiu a garganta engrossar de pura emoção e disse em voz baixa para o filho mais moço:

– Eu amo você, Forty. Quero passar mais tempo com você. Vamos nos encontrar toda semana, mais ou menos... vamos estreitar o nosso relacionamento.

– Papai, por favor, não chore. As pessoas estão olhando.

Ingram tocou o lado do rosto com a junta do dedo e viu que a pele estava molhada. O que estava acontecendo com ele? Só podia estar sofrendo uma espécie de colapso nervoso...

– Ei. Família! Quem deixou vocês plebeus entrarem?

Ingram levantou o olhar e viu Ivo Redcastle parado ali, assomando sobre a mesa. Ivo usava uma jaqueta de pele de cobra e uma calça jeans apertada, com óculos escuros enfiados no denso cabelo preto-azulado.

– Você está bem, parceiro? – disse ele, olhando para Ingram.

– Um pequeno acesso de tosse.

– Forty, que bom ver você, cara. Toque aqui. – Ivo tentou dar um aperto de mão de “irmãos”, com as mãos cruzadas, mas Forty não sabia o que fazer. Então ele se ateve a um cumprimento de mão aberta e os cinco dedos espalmados.

– Oi, tio Ivo. Eu tenho que ir, papai. Obrigado pelo almoço, tchau.

E ele foi embora rapidamente, quase correndo para fora do restaurante. Ingram sentiu vontade de arrancar as vísceras de Ivo por ter lhe roubado aquele abraço de despedida. Ele se levantou com expressão carregada, deixou três notas de cinquenta libras na mesa e se dirigiu para a porta, seguido por Ivo.

– Onde você estava? – disse ele. – Eu não vi você quando nós entramos.

– Bem lá no final, com os “turistas”. É mais discreto – disse ele, olhando de novo para Ingram. – Se eu não conhecesse você tão bem, seu escroto sem coração, diria que você andou chorando.

– É uma alergia. Quer carona para algum lugar?

Eles saíram do restaurante, mas o costumeiro bando barulhento de paparazzi não se alterou.

– Não, obrigado – disse Ivo. – Tenho uma reunião no Soho. Com um produtor de cinema.

– Como vai o negócio das camisetas?

– Bem... Engraçado você perguntar, mas as coisas estão melhorando. Acabei de receber um telefonema realmente interessante.

– O verão sempre acaba cedo demais, Ivo.

– O quê?

– O tempo urge.

– Na verdade – começou Ivo, e Ingram reconheceu a mudança na voz do cunhado, adquirindo um tom de lisonja, de súplica. –

Eu talvez tenha que conversar com você sobre isso. Há um pequeno problema de fluxo de caixa. Caso um certo babaca não apareça com a grana, coisa que ele fará, tenho certeza.

Houve o zunido do motor de um scooter sendo ligado, e o som semelhante ao de um inseto aumentou enquanto o veículo acelerava na direção do restaurante, diminuindo até quase cessar junto deles.

– Ei, Ivo! – gritou o condutor do scooter através do visor do capacete e Ivo, é claro, levantou o olhar. Ingram achou estranho que aquele paparazzo estivesse tirando uma foto com uma câmera descartável. Ivo abaixou os óculos escuros, parecendo contente.

– Porra de um pesadelo – disse ele. – Se pelo menos não me perseguissem.

– Foi bom encontrar você – disse Ingram, seguindo na direção de Luigi e seu Bentley.

– Ah, sim. Anúncios sensacionais, eu adorei! – gritou Ivo por sobre o ombro, enquanto se afastava subindo a rua West na direção de Cambridge Circus e a apinhada área do Soho mais além.

46

Tudo estava se encaixando muito bem, pensou Adam, inclinado sobre o ombro de Amardeep e olhando para a tela do computador. Eles estavam fazendo a correlação entre o livro de serviço dos serventes e o registro das câmeras de vigilância no mesmo dia.

– Lá está ela – disse Amardeep, apontando para a tela. – Sendo levada numa maca com rodinhas da Ala Felicity de Vere para a UTI no dia 4. – Ele apontou para o livro. – Pelo servente 35 – continuou. Depois conferiu o número na lista de nomes. – Que é o Agapios. Então... – Ele folheou algumas páginas e examinou as imagens das câmeras. – Então ela empacotou no dia 7. Olhe.

– Capotou?

– *Empacotou.* É assim que a gente fala no St. Bot's. Ela empacotou, morreu... Então foi levada para o necrotério.

– E a seguinte?

Amardeep rolou a tela para o nome seguinte na lista de Adam, e depois esquadrinhou as imagens feitas pelas câmeras. O resultado foi o mesmo: paciente levada de maca no dia 17 do mês, empacotada no dia 23. Todos os cinco nomes do St. Botolph's na lista de Philip Wang haviam morrido na UTI.

– Podemos descobrir a causa da morte?

– Isso é só o livro de serviço dos serventes – disse Amardeep, num tom de voz vagamente ofendido. – Você precisa dos arquivos clínicos. E para que quer saber todos esses troços, afinal?

Adam notou que as pestanas de Amardeep tinham quase três centímetros de comprimento.

– Eles só queriam uns dados sobre a ala Felicity de Vere – disse ele em tom vago. – Uma chatice... mas muito obrigado.

De volta ao apartamento em Oystergate à noite, Adam estendeu o material acumulado sobre o chão, defronte da TV de tela plana. Abriu todos os documentos e cópias relevantes do que se viu chamando – bastante consciente de suas pretensões detetivescas – de "Arquivo Zembla". O item mais importante era uma fotocópia da lista de Philip Wang relacionando os catorze nomes das crianças mortas durante os testes clínicos. Depois ele pegou seu certificado das dez ações ordinárias da Calenture-Deutz (460 pence cada), que ele comprara pela internet ao ser transferido para o St. Both's, junto com o reluzente livreto da companhia que lhe haviam enviado como novo acionista. Abriu o livreto no costumeiro prefácio encomiástico assinado por Ingram Fryzer, presidente e diretor-executivo-chefe, tentando imaginar quem, na realidade, redigia aquela baboseira. Constavam também da publicação a fotografia do próprio homem e sua floreada assinatura: os traços horizontais do "I" de "Ingram" eram nitidamente separados do traço vertical, no que era mais um símbolo matemático do que uma letra. Com o livreto viera um convite anunciando uma coletiva de imprensa aberta aos acionistas, a ser realizada no início do mês seguinte, no Centro de Conferências Rainha Charlotte, WC2. De uma revista, Adam também recortara um daqueles informes publicitários da Zembla-4, juntamente com cópias de artigos de diversas publicações científicas, baixadas da internet, elogiando os poderes curativos da droga; além disso, havia uma foto colorida de Ivo, lorde Redcastle, que na véspera ele tirara na entrada de um restaurante em Covent Garden.

Adam abrira um subdossiê sobre Ivo, o lorde, contendo o parágrafo devotado a ele no *Burke's Landed Gentry of Ireland*, um artigo numa revista sobre sua casa em Notting Hill, e uma notícia sarcástica e insultuosa sobre a exposição de arte de sua terceira esposa. Ele andara procurando um ponto fraco na Calenture-Deutz; depois de pesquisar o passado dos outros executivos e membros da diretoria, rapidamente decidira que o lorde Redcastle seria um alvo promissor.

Até onde lhe dizia respeito, seu principal motivo era apenas terminar a perseguição. Adam queria parar de ser caçado por aquele homem, fosse ele quem fosse; a caçada, Adam agora tinha certeza, tivera origem na Calenture-Deutz e na tal nova droga, Zembla-4. Se possível, ele queria ter sua antiga vida de volta, na medida em que isso fosse viável. De alguma forma, por efeito de grotescas reviravoltas do acaso, ele fora atraído para uma profunda e complexa conspiração, da qual precisava se libertar. Astúcia, tenacidade e informação privilegiada eram suas principais armas. Mas também atrás desse objetivo primordial estava o desejo de vingar, de alguma forma, a violenta morte de Mhouse, e parecia que o único modo de atingir ambos os objetivos era atacar a própria Calenture-Deutz, mais do que confrontar o agente homicida da companhia. Se a própria Calenture-Deutz se sentisse ferida ou severamente ameaçada, talvez recuasse. Sem querer, Philip Wang colocara nas mãos dele a informação que poderia funcionar como poderosa alavancagem contra a companhia. Adam ainda não sabia que detalhes precisos estavam por trás dessas catorze mortes, mas tinha mais do que certeza de que constituíam algum tipo de gigantesco encobrimento de fatos. Ele estava de posse de catorze poderosos sinais de fumaça. Algo dera muito, muito errado nos testes clínicos da Zembla-4; tão errado que as crianças em estado terminal foram rapidamente transferidas da ala Felicity de Vere para as UTI's. Fossem quais fossem as reações maléficas que a droga suscitava, isso fizera com que Philip Wang fosse assassinado, e também ocasionara a morte de Mhouse. Com toda a probabilidade, se as circunstâncias tivessem sido favoráveis, ele próprio também teria sido morto a fim de manter longe do público aquele segredo, fosse ele qual fosse.

Adam foi até a cozinha e preparou uma xícara de chá. Aqueles pensamentos sempre o deixavam abalado. A crua realidade, que penetrava atrás de seu raciocínio paciente e dedutivo, era algo não bem-vindo, perturbador. Sinais de perigo se apresentavam subitamente numa criança pequena, algum médico da Calenture-Deutz percebia as consequências inescapáveis, serventes eram convocados às pressas para remover a evidência para a UTI, um discreto borrão dos dados e do registro. Crianças muito doentes: centenas, milhares, haviam recebido o benefício da Zembla-4, mas catorze haviam falecido... uma inevitabilidade estatística. Mas por que tal violência e crueldade? Haveria em jogo ali alguma questão de segurança do governo? Aqueles testes clínicos encobririam algo mais sinistro e, em âmbito nacional, embaraçoso para o governo ou para os serviços secretos? O que estava em jogo? O que aconteceria se aquelas catorze mortes se tornassem públicas? E então Adam se deteve, sem prosseguir naquele caminho. As mortes de crianças cronicamente doentes não eram, em si mesmas, suficientes; deveria haver algo mais. Só podia ser altamente significativo que as crianças mortas no St. Botolph's houvessem sido removidas da ala Felicity de Vere para a UTI alguns dias antes de finalmente falecer. Assim, a conexão com a ala Felicity de Vere ficava obscurecida, se não rompida. Quantas crianças morriam no St. Bot's numa determinada semana? Dez, uma dúzia? Dúzias? O hospital era imenso, e sua ala pediátrica também era enorme. A morte de cinco crianças na ala Felicity de Vere, onde se realizavam testes com uma nova droga, teria causado murmúrios escandalosos. Adam apostaria a vida que todas as outras mortes anotadas por Wang haviam ocorrido na UTI. Então só podia haver algo mais sobre os sintomas iniciais para acender as luzes de alerta. Algum médico ou quem quer que estivesse supervisionando o teste devia ter percebido. Tirem essas crianças daqui, elas vão morrer em questão de dias... Adam deu um gole no chá. Precisava falar com alguém que conhecesse drogas, que conhecesse as grandes firmas do setor farmacêutico.

Ele voltou para a sala e abriu outro arquivo. Havia algumas semanas vinha colecionando rotineiramente artigos dos jornais sérios e revistas com notícias sobre a fabricação de drogas e as maquinações da indústria farmacêutica, tentando perceber se havia algum jornalista que pudesse interpretar as provas esparsas que já reunira. Reduzira seu foco para uma curta lista de três nomes: um no *Times*, um no *Economist*, e um num pequeno jornal especializado chamado *Global Finance Bulletin*, que ele encontrara jogado num vagão do metrô. Seco e repleto de fatos, sem ilustrações além de gráficos e diagramas, este último parecia dirigido a autoridades governamentais, lobistas e instituições financeiras. A assinatura da publicação custava a impressionante soma de 280 libras anuais por quatro edições. O jornal tinha sede em Londres, e havia um jornalista, chamado Aaron Lalandusse, que escrevia em todos os números sobre a indústria farmacêutica. Adam teve o pressentimento de que o tal Lalandusse era o homem de que precisava.

Seu celular tocou, e ele se assustou – ainda não se acostumara com a coisa, o símbolo de sua nova, se bem que modesta, mobilidade ascendente na sociedade. Ou era o hospital, ou Rita.

– Alô, rapaz – disse Rita. – Está me evitando?

– Desculpe – disse ele. – Eu andei muito ocupado, ridiculamente ocupado. Mas ia telefonar para você.

– Onde você está?

– Em casa.

– Eu largo o serviço às seis. E você?

– Só pego o serviço amanhã. Vamos beber alguma coisa em algum lugar?

– Onde?

– Posso apanhar você. Já tenho um scooter. Comprei ontem.

– Ei, motorizado.

– Sai barato ter um.

– É o que todos dizem.

– Posso ir até Battersea.

– Por que não nos encontramos no meio do caminho? – disse ela.

Depois mencionou o nome de um bar que conhecia na margem do rio, e Adam falou que se encontraria com ela lá às sete.

– Não traga seu scooter – disse ela.

– Por que não?

– Porque não tenho capacete.

47

JONJO ACHOU QUE ALGO DERA TREMENDAMENTE ERRADO NA COZINHA. Ovos ao curry? Quem inventara aquilo? Ele tirou o prato da bandeja, olhando desconfiado para os três ovos brancos que boiavam numa poça de molho encaroçado verde-oliva, com uma concha de arroz ao lado. Evitou os viciados, e encontrou um lugar numa mesa ocupada por um homem que parecia um mágico de histórias em quadrinhos: barba pontuda grisalha e cabelo comprido grisalho dividido ao meio. Jonjo resmungou um alô, sentou e começou a comer. Observou que os caroços no molho eram de sultaninas, uvas sem sementes, e só Deus sabia que cheiro teria aquilo ao sair pelo outro lado. Ele fez uma polpa com os ovos, e misturou ali o restante da gororoba. Aturara outro sermão de noventa minutos do bispo Yemi, e de jeito maneira ia perder aquela refeição gratuita.

Jonjo tirou do bolso a foto de Kindred, alisou-a sobre a mesa e empurrou-a para que Barbagrisalha pudesse ver.

– Você conhece esse cara? Ele já foi um John, como nós.

Barbagrisalha olhou para a foto, e depois para Jonjo.

– Por que você quer saber?

– Estou procurando esse meu amigo.

– Nunca vi esse cara – disse Barbagrisalha. – Com licença, estou um pouco enjoado.

Ele se levantou e foi embora num passo rápido, abandonando o curry inacabado. Jonjo acrescentou os restos a seu prato e amassou os novos ovos na mistura. Na verdade não eram tão ruins aqueles ovos ao curry.

Um outro John sentou a seu lado: um cara mal-encarado, com ralos cabelos crespos e um grave problema de pele, que parecia plástico grosso em pesadas camadas, feito lona, oleado ou algo assim.

– O velho Thrale está de mau humor, não é? – disse ele, estendendo a mão. – Turpin, Vince Turpin.

– John 1794 – disse Jonjo, sem oferecer a mão.

– Prazer em conhecer você, John – disse Turpin, sorrindo de forma imperturbável, como se estivesse acostumado a todas as espécies de desfeitas. Seu sorriso revelava dentes falhados. Ele começou a cortar os ovos em pequenos pedaços, e perguntou amavelmente: – Você é casado, John?

– Não.

– Então tem muita sorte, ou é muito sensato. Eu próprio já fui casado muitas vezes, e posso dizer a você que noventa e nove por cento de meus problemas vieram das minhas esposas.

– É mesmo? – Jonjo jogou uma colherada do curry amassado na boca, e foi obrigado a reconhecer que o troço era bem saboroso.

– As crianças são uma bênção, preciso dizer. Compensam todas as agruras.

– Eu tenho um cachorro – disse Jonjo. – Já basta para me manter ocupado.

Jonjo terminou seu curry rapidamente; era hora de fugir daquele esquisitão, aquele homem-elefante sinistro. Levantou e depois sentou de novo, lembrando-se da foto de Kindred. Abriu-a ao lado do prato de Turpin.

– Você conhece esse cara? Ele costumava vir aqui.

Turpin franziu as sobrancelhas, e apontou o garfo para a foto; vagarosamente, com os dentes do talher, fez um círculo em torno do rosto de Kindred.

– Parece muito com o John 1603. Nós entramos para a igreja no mesmo dia. – Ele puxou para o lado a ponta do lenço que tinha em volta do pescoço, revelando seu distintivo para Jonjo ver: John 1604.

– É esse o homem – disse Jonjo, fazendo força para permanecer calmo. Já ouvindo seu coração acelerar por estar mais perto de Kindred, acrescentou. – É meu chapa. Estou à procura dele.

– Há semanas não aparece. Costumava vir na maioria das noites. Cara legal, bem-falante, como o Thrale. – Turpin apontou para Barbagrisalha com o garfo. – Gente fina.

– Ele herdou um dinheiro – disse Jonjo cautelosamente, abaixando a voz. – Você sabe onde ele mora?

– Dinheiro, é? Não, não tenho ideia.

– Que pena. Porque quem puder me ajudar a encontrar o John 1603 vai ganhar uma recompensa de dois mil. – Jonjo sorriu e repetiu. – Dois mil. Dois mil paus.

– Vou dar uma pensada – disse Turpin. – Pergunte por aí. Talvez alguém tenha uma ideia.

Jonjo anotou o número de seu celular num pedaço de papel que entregou a Turpin.

– Bata um fio se você encontrar com ele. Duas mil pratas, lembre-se, dinheiro vivo.

Ele colocou seu prato de volta na bandeja e entregou-a ao servente. Não fique entusiasmado demais, disse para si mesmo: não se podia confiar nos bebuns e birutas que constituíam a congregação da Igreja de John Christ, disso ele sabia. Ainda assim, havia algo de astucioso e calculista naquele Turpin, e os olhos dele se esbugalharam com uma expectativa astuciosa e calculista quando a soma de dinheiro foi mencionada. Jonjo saiu da igreja, sentindo os ovos ao curry começarem a pesar desagradavelmente no seu estômago, e foi em direção ao táxi estacionado. Não queria depender de um marginal como Turpin, mas no momento ele era sua melhor e única esperança.

48

RITA ACORDOU E VIU PRIMO OLHANDO PARA ELA, COM O ROSTO NO travesseiro a uns trinta centímetros de distância. Ela se espreguiçou e gemeu de prazer semiconsciente, lançando uma perna por sobre a coxa dele e dizendo:

– Bom-dia. Oi, você aí.

Ele a beijou com suavidade e ela sentiu o cheiro e o gosto de pasta de dentes: homem atencioso. Sentiu as mãos dele em seus seios, depois nas suas costas. Estendeu a mão e tocou o pênis dele, que agarrou.

– Eu tenho de ir trabalhar – disse ele. – Ninguém é mais triste do que eu.

– Eu sou.

– Não tenha pressa... Basta bater a porta quando sair.

Ele a beijou de novo e deslizou para fora da cama. Rita virou-se para observar enquanto ele se vestia. Rememorou, naquela sonolenta euforia matinal, a noite da véspera: os dois sentados na varanda do bar olhando para o rio enquanto a noite chegava, sentindo a quase intolerável expectativa do ato amoroso que ela sabia se aproximar. Haviam batido papo sobre o trabalho e a família dela, Rita percebendo que falara quase todo o tempo, com os dedos entrelaçados, beijando-se de vez em quando e bebendo um pouquinho mais do que deviam antes de tomarem o ônibus para Stepney e o Oystergate.

Ele se recostou no umbral da porta do quarto, e disse:

– Eu telefono para você. Vou ficar até mais tarde hoje à noite.

– Tchau, Primo – exclamou ela à saída dele, erguendo a voz. – Obrigada!

Rita ouviu a porta de frente se fechar, e um minuto mais tarde o distante pipocar do motor do scooter. Virou de lado, pensando se poderia dormir ainda um pouco mais. Percebeu que estava vivenciando uma espécie de beatitude, e achou que se voltasse a dormir talvez só acordasse horas depois.

Assim, lavou o rosto e se vestiu. Preparou uma xícara de café na pequena cozinha e depois comeu torrada com manteiga, especulando... ela poderia morar ali em Stepney com Primo? Depois caçoou de si mesma; vá devagar, garota, não se deixe arrebatar pelo seu coração, você mal conhece o sujeito.

Coisa que era verdade, refletiu ela enquanto perambulava pelo pequeno apartamento; por alguma razão e de alguma forma, porém, isso não parecia importante no caso dele. Ela parou na sala de estar; era como se ele houvesse se mudado para lá ontem. Havia uma cama, uma TV, um sofá de couro preto. Parecia que ele tinha umas poucas roupas em caixas de papelão: algumas camisas, um suéter, um terno, uma calça jeans e alguns tênis. Uma outra caixa continha roupa de baixo e meias. O apartamento estava limpo, a cozinha não tinha quase nada: umas poucas panelas, uma caixa de leite de meio litro, cereais. Era um lugar que podia ser abandonado em minutos, pensou Rita; não tinha livros, quadros nas paredes, enfeites, lembranças, nenhuma das pequenas coisas pessoais que uma pessoa vai acumulando durante a vida, sem nem mesmo tentar. Ela ficou imaginando que impressão alguém conseguiria ter de Primo Belem com base naqueles quatro aposentos.

Na sala havia uma outra caixa de papelão, cheia de recortes de jornais, fotocópias, e (a primeira coisa que lhe veio à mão) uma espécie de anúncio de uma companhia farmacêutica. Rita ficou com um ligeiro sentimento de culpa por estar bisbilhotando aqueles papéis, e depois pensou, de novo, que fora Primo que a deixara tomando conta do apartamento. Ele provavelmente suspeitava que alguma bisbilhotice ocorreria. Então ela folheou os documentos na caixa; todos pareciam tratar de assuntos médicos, e havia um livreto reluzente de uma companhia farmacêutica: Calenture-Deutz. O nome parecia familiar, de alguma forma. Rita supôs que aquilo tivesse a ver com o trabalho dele no hospital, e colocou tudo de volta na caixa o mais cuidadosamente que pôde. Olhou em torno do apartamento de novo e observou uma pequena foto que não percebera, encostada atrás de uma tábua de cortar carne. Era uma imagem tirada de uma revista: um conglomerado de nuvens de formatos bizarros num céu azul sobre uma esturricada paisagem deserta. No meio daquela cadeia de montanhas, erguia-se um tipo de obelisco. Ela olhou mais de perto: não, era um edifício, um esbelto arranha-céu no meio do deserto. O que sobrara da legenda dizia: "A maior, mais alta câmara de nuvens do mundo. Parte do campus oeste da..." O corte da tesoura removera o restante das palavras. Rita pôs o quadro de volta com cuidado. Aceite-o como você o encontrou, disse ela para si mesma; você gosta dele, ele gosta de você, fim de papo.

Ela fechou a porta ao sair. Ou era um homem sem nada a esconder, ou um que tinha tudo a esconder. Ela não sentia pressa para descobrir em que categoria ele se encaixava.

Era um daqueles dias nublados sobre o rio: uma camada de nuvens finas e altas obscurecia parcialmente o sol, tornando a luz espessa e dourada, embaçando as arestas agudas dos prédios, e fazendo as árvores da orla de Chelsea parecerem fora de foco, como num sonho. Rita estava no tombadilho do *Bellerophon* regando suas plantas, pensando na véspera, lembrando e registrando que eles haviam transado três vezes, um recorde para ela, e imaginando quando haviam adormecido. Quatro horas? Mais tarde? Não era de admirar que ela se sentisse tão cansada, como se tivesse estado na academia, malhando sem parar.

– Por que você está com esse sorriso idiota na cara?

Ela se virou completamente e viu o pai entrar com passo rígido no convés da proa. Ele parecia estar andando mais facilmente hoje, ou então esquecera que deveria estar usando uma muleta.

Ela ficou calada, e sorriu ainda mais amplamente.

– Foi divertido ontem à noite?

– Foi – disse ela. – Eu me diverti muito.

– Com o seu servente italiano.

– Exatamente.

Ele começou a enrolar um cigarro.

– Ele não me parece italiano.

– Ele é imigrante de terceira geração. Você também não me parece inglês, por falar nisso. – Rita fechou a água e enrolou a mangueira cuidadosamente embaixo da torneira, à maneira da Marinha.

– Papai – disse ela, pensando, enquanto pronunciava as palavras, que aquilo estava ficando ridículo. – O que você diria se eu me mudasse daqui?

– Já está mais do que na hora.

49

HAVIA TRÊS PILHAS BEM ARRUMADAS DE MOEDAS DE UMA LIBRA EM cima do telefone, e os bolsos dele pesavam com mais.

– Serão catorze libras – disse a telefonista.

Obedientemente, Adam introduziu as moedas.

– O senhor sabe que é muito mais fácil com um cartão de crédito – disse a telefonista.

– Infelizmente meu cartão foi roubado.

– Ah, desculpe. Obrigado. Estou fazendo a ligação para o senhor agora.

Adam achava-se em uma cabine telefônica na praça Leicester. Eram dez horas da noite, mas o dia seguinte já raiara na Austrália. Ele ouviu o telefone tocar na casa da irmã em Sydney.

– Alô, sim? – Era seu cunhado, Ray.

– Posso falar com Francis Kindred, por favor? – Adam manteve a voz grave e bem formal.

– Qual é o assunto, parceiro?

– É sobre uma transferência de fundos do Reino Unido para o banco dele.

– Espere aí.

Houve um silêncio, depois ele ouviu a voz fanhosa do pai.

– Alô? Acho que há algum engano.

Adam sentiu lágrimas brotarem nos olhos.

– Papai, sou eu, Adam. – Silêncio. – Papai?

– Você está bem?

– Estou, estou bem, sim. Eu não fiz aquilo, papai.

– Eu sei que você não fez.

– Eu precisei passar um tempo escondido. Eles pensaram que era eu, as provas eram esmagadoras.

O telefone deu um sinal, e ele depositou mais moedas.

– Vá à polícia, Ad. Eles esclarecerão as coisas.

– Não, não esclarecerão. Eu mesmo preciso esclarecer tudo. Mas só queria lhe dizer que estou bem.

– Bem, isso é um alívio. Eu e Emma íamos voltar para aí, e ver se podíamos ajudar a encontrar você. Ir à televisão de novo, se pudéssemos, e fazer outro apelo.

Adam engoliu em seco, tentando se mostrar calmo.

– Eu ouvi falar da primeira vez. Não há necessidade de fazer isso de novo agora, papai.

– Pessoas vieram nos procurar aqui. A polícia e outros investigadores. Acho que do serviço secreto. Fizeram todo tipo de perguntas. E ainda estão violando nossa correspondência. A gente pode ver que as cartas têm sido abertas.

– É a isso que eu me refiro. A coisa é muito grande, e há outras forças em jogo, outros interesses. Ouça, eu vou ligar para vocês de vez em quando, e aviso quando tiver esclarecido tudo. – O telefone deu outro sinal, e mais moedas foram depositadas. – Provavelmente vão rastrear esta chamada... você pode falar para eles que nós conversamos. Mas eu estou vivo e bem, papai.

Essa declaração fez com que Adam quase chorasse, também, ao registrar a verdade pungente e sua contingência.

– Bem, tome cuidado, filho. Ah, obrigado por telefonar.

– Mande meu carinho para Emma e os meninos.

– Vou fazer isso.

– Tá legal, papai... tchau.

Adam desligou e enxugou os olhos, praguejando em silêncio, com a respiração suspensa. Deveria ter dito, "Eu amo você, papai" ou uma declaração desse tipo, mas as coisas não eram assim na família Kindred. Ele recolheu as moedas restantes, enxugou o microfone do telefone com um lenço de papel, e saiu da cabine. Tirou as luvas cirúrgicas e jogou-as numa lata de lixo antes de se dirigir para a estação do metrô. Estava tentado a ficar por ali um pouco, esperando para ver quanto tempo decorreria antes que a polícia chegasse à procura dele; seria uma boa medida da vigilância deles, mas tinha outras tarefas mais prementes para se ocupar.

Adam sabia que era um risco calculado telefonar para o pai, mas era algo que estava sentindo vontade de fazer havia semanas. O fato de já se sentir capaz de fazer aquilo parecia simbólico, sendo um sinal de que as coisas estavam começando a chegar a um termo: o lento crescendo estava se tornando mais alto e mais agitado. Ele tentou imaginar qual fora a reação do pai: teria ficado contente diante da confirmação da segurança do filho, prova de que Adam estava vivo, ou isso era apenas uma suposição? Talvez ele não estivesse tão preocupado: sua voz não parecera surpresa ou carregada de emoção. Talvez já houvesse praticamente esquecido que Adam era um homem procurado, a meio mundo de distância. Francis Kindred estava gozando sua aposentadoria com a filha e os netos. O que ele poderia fazer se o filho rebelde decidira ir para o inferno num carrinho de mão? O pai não era um homem que se perturbasse facilmente, mas ainda assim Adam ficou satisfeito, sentindo que cumprira seu dever. Aquele fora um pequeno passo na sua reabilitação como ser humano normal. Mesmo de maneira absurda, sentia que recuperara sua família.

Ao final da tarde do dia seguinte, Adam viu o homem que agora sabia ser Ingram Fryzer atravessar a pequena praça em frente à torre de vidro onde ficavam os escritórios da Calenture-Deutz e sentar no banco traseiro do Bentley estacionado. Ele se encontrava a cinquenta metros de distância, sentado no scooter, e, ao avistar Fryzer, ligou o motor. Passara quase duas horas esperando; já eram pouco mais de seis da tarde. Ele telefonara para a Calenture-Deutz dizendo que era jornalista do *Times*, e que queria conversar com Ingram Fryzer sobre a Zembla-4. Haviam respondido bruscamente que o sr. Fryzer estava em reunião, indisponível, e pedido que ele contatasse Pippa Deere na divisão de relações públicas da empresa. Sabendo que Fryzer estava no prédio, Adam ficara contente em se acomodar e esperar. Depois vira o reluzente Bentley parar suavemente na baia de estacionamento privativa, e, momentos depois, Ingram surgir. Ele parecia um homem inócuo: alto, terno escuro e uma espessa cabeleira grisalha. Adam achou difícil desenvolver qualquer sentimento de animosidade contra ele.

Ele foi seguindo o carro pela cidade até a grande casa de Fryzer, em Kensington. Viu o Bentley subir a alameda e o motorista saltar e abrir a porta traseira. Adam foi embora acelerando em direção a Notting Hill. Precisava saber onde Fryzer morava e a que distância ele morava do cunhado, lorde Redcastle. Acontece que havia uma distância tranquilizadora entre um e outro.

Fora difícil obter muitas informações úteis sobre Fryzer; ele parecia ser muito reservado, e os detalhes disponíveis sobre sua vida eram vagos: uma escola particular sem muito brilho, um diploma de segunda classe em Filosofia, Política e Economia em Oxford, um breve estágio num banco comercial na City antes de se dedicar ao ramo imobiliário na década de 1980, no *boom* da era Thatcher. O fato mais interessante que Adam conseguiu pescar foi que o nome de solteira da mãe de Fryzer era Felicity de Vere. Fryzer se casara, aos vinte e tantos anos, com lady Meredith Cannon, a filha do conde de Concannon. Três filhos abençoaram a união. Depois, na década de 1990, ele se transferira, de forma bizarra, do ramo imobiliário para o ramo farmacêutico, comprando uma pequena companhia chamada Calenture, cujo principal ativo era um tratamento altamente bem-sucedido contra a febre do feno (sob a forma de pílulas e inalador nasal) chamado Bynogol. Pouco depois, a empresa passou a se chamar Calenture-Deutz, e Adam não conseguiu descobrir de onde se originara o "Deutz". Suspeitava que fosse um cosmético, a ideia inteligente de algum marqueteiro. A coisa soava melhor com Deutz do que simplesmente com Calenture. Calenture-Deutz sugeria uma aura de perfeição teutônica, e a companhia crescera constantemente até atingir um tamanho razoável, um confortável agente de porte médio entre as Grandes Irmãs Farmacêuticas. Não havia nada que levantasse suspeita, nada que desse a entender a existência de ambições mais sinistras.

Por outro lado, as informações sobre Ivo, lorde Redcastle, não poderiam ser mais facilmente obtidas. Ivo fora prontamente desenterrado na internet, onde surgira um website mal projetado e funcionando mal: RedEntInc.com. Ali Adam conseguira descobrir o endereço de um escritório em Earls Court e um número de telefone. De uma cabine telefônica, ele telefonara para o escritório e uma garota chamada Sam, "Sam falando", dissera que Ivo estava no almoço.

– Não é sobre as camisetas, é? – perguntara ela com um tom de voz agudo que traía a excitação.

– Na verdade, é – mentira Adam espontaneamente.

Sam imediatamente lhe dera o número do celular de Ivo, dizendo:

– Eu sei que ele vai querer falar com você.

Quando Adam telefonou, o próprio Ivo atendeu. Era possível ouvir o barulho de talheres na louça e burburinho das conversas num restaurante. Ivo lhe dissera onde estava almoçando, como se o endereço lhe conferisse instantaneamente uma espécie de status.

– É sobre as camisetas – dissera Adam.

– Você está interessado?

– Com certeza.

Adam dissera que não estava livre naquele dia, portanto Ivo o convidara a ir a sua casa à noite, dando o endereço, o código postal e o telefone residencial em Notting Hill. Adam concordara em encontrá-lo lá às oito da noite, sem a menor intenção de aparecer. Tudo que ele queria era o endereço, mas decidira, agora que sabia onde Ivo morava, confirmar que realmente tinha o homem certo. Tudo que ele sabia da aparência de Ivo fora revelado por uma pequena fotografia no livreto da Calenture-Deutz. Comprara uma câmera descartável e esperou fora do restaurante até que alguém parecido com Ivo aparecesse. Então avançara com o scooter exclamando o nome de Ivo, só para ter certeza, e quando Ivo olhara, tirara um instantâneo. Tudo fora para o arquivo da Calenture-Deutz. E agora ele também sabia que o homem com quem Ivo estivera naquele dia era Ingram Fryzer. Talvez os dois estivessem discutindo negócios da empresa... O sucesso dos testes clínicos... A coletiva de imprensa que se aproximava...

Adam sorriu para si mesmo quando chegou a Ladbroke Grove procurando o número da casa de Ivo; lá estava a construção, alta, de estuque branco, com estacionamento privativo. Dois homens entravam pela frente, carregando um quadro abstrato. Adam estacionou do outro lado da rua e fingiu que estava conferindo o guia de ruas de A-Z. Parecia haver uma câmera de vigilância instalada sobre a porta da frente; ele precisava ter cautela. Então acelerou e foi embora. Estava outra vez de serviço no turno da noite no St. Bot's. No momento precisava ficar com os dias livres, e a única desvantagem era que ele não vira Rita desde a noite que haviam passado juntos... Mas telefonaria para ela, pois os dois se falavam todos os dias. Enquanto atravessava a zona leste de Londres, Adam foi se distraindo com as imagens do corpo nu de Rita relampejando agradavelmente em sua mente. Já era hora de outro encontro. Ela ainda não sabia, mas ele precisaria da família Nashe para o plano que arquitetava.

– O que você acha disso?

– Ideal.

Era um pequeno bloco de notas do tipo que os hotéis mais luxuosos colocam perto do telefone ou nas escrivaninhas: cem folhas, e encadernado em capa dura de papelão. Impresso no alto de cada página em tinta azul-escura, caixa alta, havia o nome "INGRAM FRYZER".

– Era melhor você ter encomendado pelo menos uma dúzia – disse para Adam a moça na loja PrintPak. – Nós teríamos dado um desconto. Parece muito caro para um bloco tão pequeno.

– É para presente – disse Adam, entregando a ela uma nota de vinte libras. – Talvez eu volte para mandar fazer mais.

Ele já ia saindo da loja quando o celular tocou.

– Alô?

– Primo Belem?

– Sim.

– Quem está falando é Aaron Lalandusse. Recebi a sua mensagem intrigante.

– Podemos nos encontrar?

– Você tem mesmo todo esse material?

– Tenho, sim.

Lalandusse sugeriu um bar em Covent Garden, perto dos escritórios de sua revista em Holborn, e Adam falou que estaria lá. As coisas estavam começando a se encaixar. Ele telefonou para Rita e perguntou se eles poderiam se encontrar no *Bellerophon*.

– Meu pai vai estar lá.

– Eu sei. Preciso dar uma palavrinha com ele.

50

– Você quer alguma coisa para beliscar? Um drinque? – Alfredo Rilke deu uma espiadela no frigobar de seu hotel. – Posso lhe oferecer chips, ou "crisps", como vocês chamam isso aqui. Talvez chocolate, um biscoito de nugá.

– Tem vinho branco aí? – perguntou Ingram, sentindo subitamente a necessidade de álcool. Rilke alugara um andar do Zenith Travel Inn, perto do aeroporto de Heathrow, e convocara Ingram para ir até lá, sendo necessário um inconveniente percurso na hora de maior movimento, no final do dia. O que havia de errado, pensou Ingram, com os hotéis Claridge ou o Dorchester, pelo amor de Deus?

Rilke abriu uma garrafa de vinho e serviu uma taça para ele. Ao pegar o vinho, Ingram percebeu que a bebida não estava gelada o suficiente. Por que motivo o décimo quarto homem mais rico do mundo, ou qualquer que fosse sua classificação, preferia viver daquele modo?

– Saúde – disse ele, levantando a taça. – Que bom rever você, Alfredo.

– Vou passar os próximos dias aqui.

– Ótimo. Você pode assistir à nossa entrevista coletiva com a imprensa.

– Estarei lá em espírito, Ingram. – Rilke fez uma pausa e seu rosto assumiu uma nova expressão, como se ele tivesse notícias importantes para comunicar. – Eu queria que você soubesse que eu acabei de ouvir, extraoficialmente, secretamente, cerca de uma hora atrás, que nós vamos conseguir nossa licença com a FDA. A Zembla-4 vai ser aprovada.

Ingram inspirou, precisando de mais oxigênio. Sentiu a mão tremer e descansou a taça.

– Dizer que isso é uma "boa notícia" parece muito rasteiro. Significa que a aprovação pelo Ministério de Saúde daqui não vai demorar muito mais. – Sua mente trabalhava rápido. – Mas como você soube? É extraoficial, você disse?

– É. Vamos dizer que a notícia chegou até nós. Nosso pessoal conseguiu descobrir o bastante acerca dos relatórios, em termos de conteúdo e recomendações. A etapa do comitê de orientação também será muito positiva. Ouvimos isso de uma fonte confidencial, como diz a canção. – Rilke sorriu. – Não fique tão preocupado, Ingram. Não estamos vendendo heroína. Não estamos contrabandeando urânio com concentração suficiente para a fabricação de armas em países bandidos, que apoiam o terrorismo. A Zembla-4 salvará milhões de vidas durante seu período de licenciamento. É uma dádiva, uma bênção para a humanidade.

– É claro. – Ingram tentou fazer com que suas feições relaxassem. – É óbvio que não poderei citar isso nem de leve na coletiva de imprensa.

– Não, nem mesmo uma pequena referência. Apenas o feijão com arroz do dia. Mas eu vou providenciar, com bastante antecedência, que você tome conhecimento da nossa oferta final de compra da sua parte. Vamos ser bem generosos. Alguns analistas podem até dizer que seremos mais do que generosos. Mas não generosos demais a ponto de suscitar perguntas curiosas.

– Entendi – disse Ingram, sem entender, tentando imaginar aonde aquilo daria.

– E então conseguiremos a aprovação da FDA. – Rilke espalmou as mãos como que dizendo: veja como tudo é fácil.

– Os ex-acionistas talvez fiquem um pouco irritados.

– Eles ficarão bem felizes. Faremos uma boa oferta. Eles terão algumas ações da Rilke para se confortar.

– Mas quando ouvirem falar da licença da Zembla-4, suspeitarão que nós sabíamos.

– Mas como poderíamos saber? A FDA guarda suas deliberações sob o mais estrito segredo. Nada é certo. A FDA nega um em cada quatro pedidos de licença.

– Siiimm... Onde vamos fabricar a Zembla-4?

– Deixe isso comigo. A empresa não será mais sua, Ingram. Os dias dessas decisões complicadas, ardilosas, terão terminado. E você provavelmente vai querer se aposentar e gozar seu dinheiro.

– Será que vou? – questionou Ingram. Bebeu um pouco mais do vinho quente, e transformou a frase numa afirmação. – Vou sim. Você tem total razão.

"Rilke Pharma abocanha Calenture-Deutz": a manchete vai ser mais ou menos assim, pensou ele. Não uma manchete, não um grande negócio até que fossem publicadas as notícias sobre a Zembla-4. Depois, mais aplausos para a sagacidade de Alfredo Rilke, que conseguira descobrir e comprar, de alguma forma, uma licença de vinte anos de uma droga arrasa-quarteirão por umas poucas centenas de milhões. Bilhões de dólares de lucro garantidos por duas décadas. O que isso faria pelas ações da Rilke Pharma? Não que Ingram se importasse; estaria gozando da sua modesta parte dos royalties da Zembla-4. Na verdade, pensou, se eu fosse um acionista institucional da Calenture-Deutz, feliz em aceitar a generosa oferta da Rilke Pharma, talvez ficasse um pouco aborrecido ao saber que não participaria daquela enxurrada de lucros nem veria seus benefícios. Eu poderia até mesmo começar a fazer perguntas inconvenientes. Por que vender uma companhia quando sua nova droga estava prestes a ser aprovada? Ele olhou de volta para Alfredo, que contemplava da janela o tráfego na M4.

– Meu argumento junto aos acionistas seria...

– Que você não pode garantir que a Zembla-4 vai ser licenciada. Nem todas as solicitações são atendidas... apenas umas poucas dezenas de drogas conseguem licença, anualmente. A excelente oferta da Rilke Pharma é boa demais para ser desprezada. Pegue seu lucro agora em vez de correr o risco de ter uma droga não licenciada na sua prateleira, sem retorno de todos os custos do desenvolvimento. Senso de negócios astuto. – Rilke se aproximou e pôs a mão grande no ombro de Ingram. – Ninguém questionará sua decisão, Ingram, acredite em mim. Você está apenas sendo um executivo-chefe prudente. Todo mundo embolsará um bom lucro. Seus acionistas mais espertos receberão ações da Rilke em vez de dinheiro vivo, e não vão querer fazer muitas perguntas penetrantes. E, é claro, ninguém sabe do nosso pequeno acordo. Que é uma das razões pelas quais eu me encontro com você nesses hotéis encantadores.

– É verdade. Sim...

Ingram fez força para que sua excitação viesse novamente à tona, e deu um gole no vinho... não, o gosto era detestável. Ele descansou a taça. Na realidade, estava se sentindo um pouco enjoado. Abriria um outro vinho decente quando voltasse para casa e celebraria adequadamente. Então uma lembrança desagradável estragou sua festa.

– Nós não conseguimos mesmo encontrar o tal do Kindred – disse ele. – É uma pena.

– Isso nem importa – disse Rilke, com um sorriso reconfortante. – Agora que garantimos a licença, o momento de Kindred passou.

– Isso é muito tranquilizador – disse Ingram. – Na realidade, tem conhaque no frigobar? Estou me sentindo um pouco fraco.

51

O PÔSTER EMOLDURADO ANUNCIAVA UMA EXPOSIÇÃO DE PINTURAS de Paul Klee com o título de "ANDACHT ZUM KLEINEN", que fora realizada em Basle em 1982, e era uma reprodução de uma aquarela de Klee: uma casa com o telhado pontudo numa paisagem de pinheiros estilizados iluminada pelo luar, com uma gorda lua branca no céu. Na parte de baixo da aquarela havia a assinatura de Paul Klee, com o título do quadro escrito na sua intrincada caligrafia: "*Etwas Licht in dieser Dunkelheit.*"

Rita olhou para Primo, que examinava cuidadosamente o pôster.

– Você gosta? – perguntou ela.

– É lindo, obrigado – disse ele, dando um beijo nela.

– Um presente para dar aconchego a este apartamento, que precisa de mais calor – disse Rita, entregando a ele um outro embrulho.

– Você não devia fazer isso – disse Primo, rasgando o papel e vendo um pequeno martelo dentro de uma caixa com um gancho para pendurar o quadro.

– Sem desculpas – disse ela.

Depois que os dois escolheram uma parede na sala, ele pregou o gancho e pendurou o pôster.

– O lugar se transformou – disse ele, recuando para admirar o pôster. – O que quer dizer "*Andacht zum Kleinen*"?

– Fui procurar. Acho que significa "devoção a pequenas coisas".

Primo pensou naquilo por um segundo ou dois, e disse:

– Bem apropriado. Vamos tomar um drinque para celebrar.

Eles pararam para comer uma pizza quando voltavam de Battersea, e compraram uma garrafa de vinho para tomar em casa.

Sentaram no sofá de couro com suas taças, assistindo ao noticiário das dez horas na televisão. Rita se recostou nele.

– Nós vamos trocar este sofá – disse ela. – Parece o sofá de um gângster. O que levou você a comprar isso?

– Era barato e eu estava com pressa – disse ele. – Vamos trocar, não se preocupe.

Rita ficou pensando se ele percebera as entrelinhas daquela conversa.

– Como foi com o papai? – perguntou ela. – Eu achei melhor deixar vocês dois sozinhos.

– Eu lhe fiz uma proposta, porque preciso da ajuda dele para uma coisa. Ele disse que iria pensar seriamente no assunto.

– Que proposta?

– Uma coisa que tem a ver com o hospital. Sobre uma nova droga. Na realidade, eu dei um presente a ele. Comprei para ele uma ação de uma companhia, uma companhia farmacêutica.

– Você está tentando fazer dele um capitalista, não está?

– Ele me pareceu muito satisfeito.

– Desde que seja legal – disse ela, virando para beijar o pescoço dele. – Vamos tirar a roupa, vamos?

52

Apareceu na tela: Inpharmation.com, em preto e vermelho, as letras de PHARMA pulsando com um tom vermelho-alaranjado. Adam se registrou, entrou no site com o nome fictício de "pontechelsea", e foi seguindo a trilha da Zembla-4. Leu algumas mensagens postadas ali, a maioria de asmáticos que haviam visto os informes publicitários e queriam saber quando e se a droga estaria disponível. Então postou uma mensagem própria: digitou os nomes das crianças mortas e os hospitais onde elas haviam morrido, acrescentando que elas estavam participando dos testes clínicos da Zembla-4 quando morreram subitamente. E parou por aí. Estava seguindo meticulosamente as instruções de Aaron Lalandusse: coloque sua primeira mensagem, e vá adicionando outras cada dois ou três dias. Observe a coisa crescer.

Aaron Lalandusse tinha a barba por fazer, usava óculos e estava na casa dos trinta e poucos anos, com uma cabeleira cacheada e emaranhada. Parecia ter dormido com a roupa que usava naquele momento, mas sua voz era profunda e sonora, fazendo contraponto à imagem de adolescente rebelde ao mostrar maturidade e seriedade. Ele fizera um exame apurado da lista de nomes e dos outros documentos trazidos por Adam, produzindo estalidos com a saliva nos lábios, enquanto lia.

– Hum... sim – dissera ele. – Cacete.

Adam não fizera qualquer menção à morte de Philip Wang, explicando que encontrara a lista durante seu trabalho de rotina no St. Bot's, e, preocupado com as implicações que aquilo poderia ter, decidira levar a investigação mais adiante.

– Isso é altamente explosivo – dissera Lalandusse. – Quer dizer, se você estiver errado, então o litígio judicial será monstruoso, sem precedentes.

Adam apontara para as anotações misteriosas ao lado de cada nome.

– Esta é a caligrafia do dr. Philip Wang, acho eu, o falecido chefe de pesquisa e desenvolvimento na Calenture-Deutz. Não sei realmente o que os rabiscos significam.

– Eu diria que são dosagens, tempos – aventurara Lalandusse, erguendo a lista. – Mas preciso conferir direito. Isso é uma fotocópia, e eu teria de ver o original. Não posso escrever nada sem ver o original.

– Posso providenciar isso para você – dissera Adam.

Eles haviam se encontrado, conforme combinado, num pequeno bar escuro, com paredes forradas de madeira, em Covent Garden. O sol refulgente do fim de tarde iluminava obliquamente as vidraças foscas do lugar, e fazia o balcão aconchegante onde estavam sentados parecer tão crepuscular que eles poderiam estar em um porão. Era um bom lugar para combinar uma conspiração, pensara Adam, enquanto Lalandusse ia até o balcão comprar outras duas garrafas de cerveja.

Lalandusse lhe falara sobre o potencial e o alcance dos bloggers em Inpharmation.com, delineando o caminho a seguir, na sua opinião. Primeiro, pôr lebres para correr na internet e ver qual seria o retorno; talvez alguém que houvesse trabalhado nas alas Felicity de Vere dos outros hospitais tivesse alguma informação. Empregados insatisfeitos ou desligados da Calenture-Deutz poderiam querer contribuir. A certa altura, o volume do diz que diz na fábrica de boatos da internet aumentaria tanto que a Calenture-Deutz teria de soltar uma nota para a imprensa.

– Você conhece esse tipo de coisa – dissera Lalandusse. – Choque total, irresponsáveis, ignominiosos, relutante em dar crédito a insultos maléficos com uma resposta etc.

– E depois?

– Bem, depois eu posso escrever minha história no *Bulletin*, precisamente porque a coisa terá virado uma história. – Ele pensara por um momento. – Talvez possamos quebrar o hábito de uma vida toda, e imprimir um fac-símile dessa sua lista. – Lalandusse sorrira com entusiasmo genuíno, o garoto nele sobrepujando o jornalista cínico. – Então a merda iria realmente parar no ventilador – arrematara.

Adam sorriu ao fazer log-off e sair do site. Estava em um grande cybercafé na rua Edgware. Lalandusse o aconselhara a usar apenas cybercafés com dezenas de terminais, mudar sempre de local, e só pagar em dinheiro vivo.

– Eles vão tentar localizar seu paradeiro. Você não faz ideia do que está em jogo com uma nova droga como essa. Quanto dinheiro. Eles vão querer matar você. – Lalandusse rira, mas depois reprimira o riso. – Estou só brincando, não se preocupe.

Adam estacionou o scooter em cima da calçada, acorrentando-o à grade, e depois pulou a cerca, entrando no triângulo e abrindo caminho pelos galhos baixos e os arbustos na direção de sua clareira. Já era tarde, quase onze horas da noite, e as fileiras de lâmpadas na superestrutura da ponte Chelsea brilhavam intensamente na noite azul-marinho, formando quatro picos brilhantes, como as luzes da grande lona de um circo. Ele desencavou sua caixa-forte e dobrou cuidadosamente o original da lista de Philip Wang antes de metê-la no bolso da jaqueta. Viu que ainda haviam sobrado cerca de 180 libras da grana inicial e decidiu levar esse restante, percebendo que os dias do triângulo haviam terminado, agora que ele reentrara na sociedade como Primo Belem. Levantou-se e olhou em volta, relembrando as semanas em que aquela pequena clareira e as copas das árvores e arbustos eram tudo que ele podia considerar como seu lar. Ficou imaginando se um dia voltaria; talvez fizesse uma peregrinação nostálgica no futuro.

Passou de volta por cima da cerca, sorrindo daquela ideia, e destrancou seu capacete da caixa na garupa do scooter.

– Veja só, veja só, se não é meu velho amigo lá da igreja, John 1603.

Adam sentiu o coração dar um salto de puro choque, virou-se lentamente, e viu Vincent Turpin sair das sombras com passo incerto. Ele caminhou na direção de Adam, sorrindo.

– Você não faz ideia de quantas noites eu passei aqui na ponte Chelsea, na esperança de um encontro. Não faz ideia... Noite após porra de noite. – Turpin já estava bem perto e Adam sentiu o álcool no seu hálito. – Quase não reconheci você, parceiro, com o cabelo todo raspado, uma barba diferente e tudo mais. É, tive de olhar duas vezes. Aquele é o John, eu disse para mim mesmo. Porra que é: John 1603. Lembra daquela noite em que nós viemos até aqui, a primeira vez? Você meio que embromou, não queria que eu soubesse onde morgava? Bem, você não me viu, mas eu vi você passando por cima da cerca. Por sorte, aquilo ficou gravado na minha memória.

– Foi bom ver você, Vince – disse Adam. – Mas estou um pouco apressado.

– Reserve uns minutos para uma conversinha com o velho Vince, está bem? Olhe para você... um pequeno scooter, zuum, zuum, todo arrumado e moderno, o garoto, bem-vestido. Deve estar se dando bem, John.

Turpin deu o braço a Adam e fez com que ele virasse, levando-o de volta na direção da ponte, onde havia um banco de madeira com vista para o hospital Lister do lado oposto dos sinais de tráfego, na grande encruzilhada. Adam sentou-se, sentindo a saliva secar na boca.

– O que eu posso fazer por você, Vince? – perguntou ele.

– Alguém está procurando você, parceiro. Um cliente bem sinistro. Um cara grandão com uma falha grande no queixo. Sacana feio. Ele veio até a igreja, perguntando por você.

– Não conheço esse cara – disse Adam, com o coração subitamente pesado, pensando que o homem o rastreara até a igreja; talvez houvesse sido assim que ele chegara a Mhouse.

– Ele diz que é um bom amigo seu – continuou Turpin. – Diz que você recebeu um dinheiro aí. Diz que me pagará duas mil pratas se eu conseguir encontrar você.

Adam pensou: eu só preciso sair correndo. Estou seguro.

– Mas eu não quero fazer isso... se você não quiser que eu faça – disse Turpin.

– Eu agradeço, Vince.

– A questão é que não adianta tentar enganar o velho Vince Turpin com um monte de baboseiras, pensando que você pode simplesmente desaparecer. – Turpin sorriu de novo. – Porque quando eu vi você chegando nesse scooter novo, tive o cuidado de anotar o número da placa. Guardei a coisa na memória. – Ele pôs a mão no braço de Adam, e continuou: – Se eu der esse número ao Sacana Feio, que parece um cara bem esperto, eu diria um ex-policial, calculo que ele poderia rastrear você num piscar de olhos. – Turpin agarrou com força o braço de Adam e puxou-o para perto de seu rosto grande, cheio de dobras. – Se o Sacana Feio me paga duas mil pratas, alguma coisa me diz que você poderia me pagar quatro mil para que eu ficasse de boca fechada.

– Não tenho quatro mil pratas.

– Não quero tudo isso de uma vez, John 1603. Não, não. Eu gastaria tudo logo, babaca perdulário que sou. Quero o dinheiro pouco a pouco, uma ou duas vezes por semana, como uma espécie de prestação. Cem aqui, duzentos ali, mantendo o velho Vince funcionando em marcha lenta, mantendo a cabeça acima da linha d'água. – Ele fez uma pausa. – Mantendo meus lábios fechados.

– Está bem – disse Adam. – Tenho certeza que podemos chegar a um acordo.

Ele percebeu que tudo que podia fazer naquela conjuntura era ganhar tempo. Poderia comprar o silêncio de Turpin pelos próximos dias e semanas enquanto o plano da Zembla-4 progredia. Só precisava de tempo. Meteu a mão no bolso e tirou o maço de notas.

– Posso dar 150 libras – disse ele, e começou a contar as notas.

– Por que eu simplesmente não levo tudo? – disse Turpin, agarrando o dinheiro rapidamente com as mãos grandes. – Vamos nos encontrar aqui, de novo, à mesma hora, na noite da próxima quarta-feira. – Ele abriu para Adam um amplo sorriso, mostrando ambas as fileiras de dentes. – Nada de brincadeiras, John. Você pode vender esse scooter amanhã... tocar fogo na máquina ou jogar tudo no rio... mas alguma coisa me diz que mesmo assim o Sacana Feio vai saber encontrar você.

– Está bem – disse Adam. – Estarei aqui, não se preocupe.

– Da próxima vez traga 200 pratas. Foi bom ver você, John.

Ele se levantou, fez um breve aceno e saiu andando pela ponte na direção da orla Battersea.

* * *

Adam seguiu no scooter para Stepney, bastante pensativo. Turpin tinha razão: seu perseguidor, o Sacana Feio, só precisava do número da placa do scooter. Agora havia um documento, com uma trilha eletrônica que apontava o caminho diretamente do scooter para Primo Belem e seu apartamento no Oystergate, mesmo que ele jogasse o scooter no rio, revendesse o veículo, até mesmo se ele mudasse de endereço. Agora no mundo havia rastros que, pela primeira vez, levavam a Primo Belem. Ele teria que mudar sua identidade de novo, deixando de ser Primo Belem; mas como poderia fazer isso? Mergulhando no submundo de novo? Fique calmo, disse Adam a si mesmo, em breve tudo isso será irrelevante: ele só precisava manter Turpin em silêncio e contente por um curto período. Não podia se desviar da sua missão principal; deveria continuar como se aquele desafortunado encontro nunca houvesse ocorrido.

53

Ivo, lorde Redcastle, ficou imaginando se não teria havido algum tipo de sinal ou presságio que lhe passara desapercebido. Também pensou se não estaria começando a afrouxar. Aquele cara que lhe telefonara sobre as camisetas, por exemplo; ele nem mesmo perguntara o nome do sujeito. Que tipo de empresário ele era? Patético. E, pior ainda, ele convidara aquele desconhecido anônimo a tomar um drinque na sua casa a fim de discutir a crise das camisetas, e afinal, nem é preciso dizer, o cara nem se dera ao trabalho de aparecer. É claro que ele tomara um bloody mary e meio, não, praticamente uma garrafa inteira de vinho no almoço. Talvez fosse por isso que não estivesse raciocinando bem. De qualquer modo, o fato de o cara não aparecer naquela noite o pusera lá embaixo. E ele admitia que se portara espantosamente mal com Smika, e mais tarde cheirara cocaína demais como forma de compensação, ficando totalmente chapado, tentando fazer com que tudo parecesse melhor, e falhando por completo. Não encontrava desculpas para si mesmo, embora estivesse aborrecido por ter se vangloriado para Ingram no restaurante, como se o problema das camisetas estivesse finalmente resolvido. Idiota. Seu bobo idiota.

E depois, nos dias que se sucederam, haviam chegado as cartas dos advogados, três delas, missivas horríveis, severas, listando os seus repetidos fracassos como ser humano e homem de negócios, além de detalhar dívidas crescentes com diversos credores. O mais preocupante, numa espécie de perturbador modo existencial, fora o vídeo que Dimitrios lhe enviara por e-mail, que mostrava uma pira com dez mil das tais camisetas de instrutor sexual pegando fogo em uma praia de Mikonos. Ele sempre considerara Dimitrios um cara decente, quase um parceiro, embora não o conhecesse tão bem assim... Mas depois daquilo... Jesus, era algo despropositado. Além dos limites etc.

Entretanto, o que fazer a respeito dessa última comunicação? Eram apenas dez horas da manhã, mas Ivo sentia necessidade de um drinque, então abriu uma das garrafas de Chablis que mantinha na geladeira no seu escritório doméstico e telefonou para Sam na sede da RedEntInc, em Earls Court.

– Alguma novidade sobre o rastreamento do telefonema? – perguntou ele. Tinha esperança de descobrir o número do sujeito anônimo que lhe telefonara falando das camisetas. Ele não só não perguntara qual era o nome dele, mas também não se informara como o cara poderia ser contactado.

– Acho que sim – disse Sam.

– Vocês contaram à polícia que a chamada era obscena? Realmente obscena?

– Com certeza, e foi por isso que eles foram tão solícitos. Disseram que a chamada veio de um telefone público na praça Sloane.

– Merda. Obrigado, Sam.

Ivo deu um bom gole no Chablis, pensando que se tratava de uma grande bebida matinal, leve e muito gostosa. Depois pegou um pedaço de papel que, como mostrara a câmera de vigilância instalada na porta da frente, fora introduzida na caixa de correio às 7:47 da manhã por um mensageiro de capacete num scooter.

Tudo que havia escrito no envelope era o nome dele, "IVO", em letras maiúsculas; lá dentro havia uma folha do bloco pessoal de anotações de Ingram, com o nome dele impresso em cima, onde estava escrito com caneta esferográfica, também em letras maiúsculas: "VENDA AS SUAS AÇÕES DA C-D AGORA. EU NEGAREI TUDO. I."

O "I" era a rubrica de Ingram, reconhecível, com as duas barras horizontais do "I" largamente separadas do traço vertical. Inconfundível.

Vamos encarar a situação, disse Ivo para si mesmo. Eu estou duro pra caralho, ou tão duro quanto gente como eu pode ficar. Todo o fiasco/a debacle do negócio das camisetas já lhe custara e ainda custaria dezenas de milhares de libras. Ele tinha uma pequena pirâmide de contas a pagar desmoronando na sua escrivaninha. O aluguel da galeria de Smika e a festa do vernissage ainda precisavam ser acertados. Para não mencionar as mensalidades da escola de Poppy e Toby...

Então, pensou ele, chega esta orientação, entregue em mãos... Talvez Ingram já houvesse previsto a crise se avolumando no encontro daquele dia no restaurante, e estava lhe oferecendo esse salva-vidas com uma negativa já embutida. "VENDA SUAS AÇÕES DA C-D AGORA..." É claro que Ingram precisava assegurar que estava distante de tal transação; ele não poderia advogar abertamente aquilo, e era como se a coisa precisasse ser feita dentro da família. Tudo bem: Ivo sabia guardar segredo tão bem quanto qualquer um. Só faria uma checagem rápida.

Ele telefonou para o celular de Ingram.

– Ingram, meu querido, é Ivo. Você pode me dispensar um segundo?

– Estou indo para uma reunião.

– Eu estava pensando em vender minhas ações da Calenture. Problemas de fluxo de caixa.

– Não venda, Ivo. Não seja idiota, cacete. *Não* venda.

– Tudo bem. Obrigado, parceiro.

Ivo ligou para seu corretor, Jock Tait, sócio sênior na Swabold, Tait & Cohen. Depois das amenidades introdutórias, perguntou diretamente:

– Jock, uma pergunta hipotética: você poderia descarregar minhas ações da Calenture-Deutz hoje? Assim de repente?

– Todas?

– Hipoteticamente.

Tait cantarolou, hesitou e pediu dez minutos. Ivo bebeu outro copo de Chablis e ouviu um pouco de música tranquilizadora antes que o corretor telefonasse de volta. Tait disse que poderia realmente vender todas as ações; ele tinha um único comprador que ficaria com tudo.

– Quanto elas dariam? – perguntou Ivo.

– Bem, um número aproximado a 420 centavos a ação, digamos... Cerca de 1,8 milhão de libras. Menos a comissão, é claro.

– Você diz que tem um comprador?

– Tenho.

– Então venda. Venda, venda, venda.

Houve um silêncio do outro lado da linha.

– Jock?

– O que o Ingram vai achar disso? – disse Jock cautelosamente. – A operação pode mandar um sinal errado para o mercado, embora eu não tenha nada com isso.

– Exatamente, mas pode relaxar... Ingram está tranquilo. Mesmo assim, sabe, mantenha a coisa em segredo. *Omertà*.

– Deixe comigo – disse Jock.

Ivo desligou, terminou a taça de Chablis e refletiu. Era um sentimento estranho, sair de uma situação de quase falência, que o deixava angustiado, para uma outra, de milionário, em menos de meia hora. Engraçado, esse velho mundo. Ele era essencialmente um bom sujeito, esse Ingram, *au fond*, mesmo que Ivo soubesse que nenhum dos dois gostava realmente do outro. Ele ficou pensando se conseguia detectar a mão de Meredith naquela secreta operação de resgate; a doce Merry, sempre cuidando de seu irmãozinho. Fora Meredith que convencera Ingram, muito a contragosto, a colocar Ivo na diretoria da Calenture-Deutz, para lhe garantir uma fonte de renda numa vida quase sem outra fonte (além do fundo sob custódia). E agora isso. Ivo estaria em posição de pagar a todo mundo, até mesmo àquele puto em Mikonos, e ainda ficar com um milhão limpinho (menos a porra da comissão, é claro). Ele ficou imaginando: talvez tivesse chegado a ocasião de ficar sem domicílio, recuperar a residência na Irlanda...

Serviu-se de mais uma taça. Talvez ele e Smika pudessem ir almoçar para celebrar, discretamente. Na verdade, ele não falaria do dinheiro a ela: apenas diria que uma transação cinematográfica parecia estar bem encaminhada. Na realidade, pensando bem era melhor tomar providências para que o dinheiro não chegasse nem perto da conta conjunta dos dois. Enfiar tudo lá no banco da ilha de Man durante algum tempo, sim. Ele pegou o telefone e ligou para o número da casa de Ingram, rezando para que a secretária eletrônica atendesse. Se alguém respondesse, ele desligaria imediatamente. Secretária, graças a Deus.

– "Você está ligando para a residência de Ingram e Meredith Fryzer. Por favor, deixe sua mensagem."

– Ingram, é o Ivo. Eu só queria agradecer a você. Obrigado e Deus o abençoe.

Ivo desligou. Ingram saberia a que ele estava se referindo; portanto não havia necessidade de fazer quaisquer "negativas" histriônicas. Tudo ficara subitamente bem na casa dos Redcastle. Ele saiu do seu estúdio e subiu a escada até o estúdio de Smika.

– Meu bem? Está a fim de almoçar fora?

54

Ingram viu que havia um bom público, quando Luigi passou com o carro pela entrada do Centro de Conferências Queen Charlotte, em Covent Garden – algumas dezenas de pessoas ainda faziam fila para pegar cópias da programação e do comunicado à imprensa, além de ter seus nomes verificados como acionistas *bona fide*. Todas essas pessoas podem possuir pedaços da minha companhia? perguntou-se Ingram, enquanto olhava para a fila que se arrastava. Percebeu também que estava no seu costumeiro estado de ânimo perturbado; isso também sempre acontecia por ocasião da Assembleia Anual de Acionistas, quando surgia a oportunidade de contemplar aqueles ansiosos especuladores amadores, aqueles papais e mamães, aqueles excêntricos com suas garrafas térmicas e sanduíches embrulhados. Todas aquelas centenas, milhares de indivíduos em todo o mundo que possuíam um pedaço das ações da Calenture-Deutz e que apareciam ali, juntamente com os rapazes e as moças elegantes de fundos de pensão, bancos de investimento e instituições financeiras, para ouvir o que o presidente e a diretoria tinham a dizer sobre o bom funcionamento da empresa onde eles haviam investido seu dinheiro. A coisa parecia extraordinária e, tal como em cada Assembleia Anual, ele se encontrava mentalmente dividido, preso numa armadilha: seria aquilo um sinal de saúde do capitalismo ocidental, democrático e responsável, ou uma indicação de que o sistema era irremediavelmente frouxo e leniente demais? Operosidade adequada, práticas leais, e responsabilidade empresarial... ou comércio bruto, enxuto e enérgico, sendo forçado a prestar contas de suas ações e planos de ano em ano, numa situação irreal, em que poderia se ver à mercê de rivais, grupos com interesses especiais, investidores egoístas e um ocasional lunático aleatório.

Falando nisso, pensou Ingram, ali estava um espécimen exemplar deles. O carro estava passando por uma cadeira de rodas onde um velho de rabo de cavalo segurava um cartaz que dizia: "ZEMBLA-4 MATA CRIANÇAS." Mais abaixo via-se o endereço de um website que Ingram não conseguiu ler. Ele estava acostumado a cartazes assim; já vira piores. Já houvera um estandarte com a inscrição "FRYZER=MENGELE" uns dois anos antes. Ele sorriu de novo: aquela droga era especificamene destinada a salvar as vidas das crianças, porra. Esse era o problema quando você abria suas portas para o público, até mesmo um público interessado. Aquelas assembleias eram anunciadas com semanas de antecedência, era impossível ser discreto, e as informações circulavam por toda parte; você não precisava sequer ser acionista para causar problemas. Atualmente as grandes empresas farmacêuticas eram alvos legítimos, como os bancos, os negociantes de armas e as companhias de petróleo. Qualquer eco-guerreiro-alucinado anarquista podia assumir a missão de fazer um protesto simbólico, até mesmo contra uma companhia de porte médio perfeitamente inofensiva, como a Calenture-Deutz. Numa determinada Assembleia Geral, Ingram tivera tinta verde espargida sobre seu terno de 2 mil libras por um manifestante que usava uma máscara com desenho de uma caveira; em outra, pessoas com panos enrolados na cintura e feridas supuradas pintadas nos corpos haviam se deitado na calçada diante do recinto, fingindo morrer intoxicadas. Todas as reuniões públicas deles eram rotineiramente cercadas por piquetes e serviam de alvo: simiescas cantorias debiloides eram entoadas no salão enquanto o relatório financeiro era lido; estandartes eram pendurados no prédio; filas silenciosas de jovens com máscaras contra gás se formavam. Portanto, era um certo alívio ver que naquele ano só seria preciso lidar com um maluco solitário. A segurança se encarregaria do problema, mas quanto mais cedo tudo terminasse, melhor.

Ao sair do carro, Ingram teve uma de suas novas tonturas desorientadoras, e cambaleou. Luigi segurou o cotovelo do patrão, e, depois de respirar profundamente umas duas vezes, Ingram voltou a se sentir bem. Gotículas de sangue, coceiras ferozes, desmaios repentinos, confusão de palavras... além disso, era preciso reconhecer, náuseas intermitentes e dores de cabeça curtas, durando tão pouco que quando ele alcançava o analgésico já haviam desaparecido. Só poderia ser estresse, estresse causado por aquele arranjo delicado, secreto, com Rilke e a Rilke Pharma, para não mencionar os fatores estranhos como o assassinato brutal de seu principal pesquisador; todos esses sintomas devem provir daquelas pressões. Afinal de contas, ele era apenas um homem.

Lachlan McTurk dissera que esgotara o arsenal de exames, que não haviam acusado absolutamente nada. Agora só faltava fazer um ultrassom de corpo inteiro e uma ressonância magnética do cérebro, e então ele teria sido totalmente examinado. Não havia alternativa, dissera Lachlan: ele não achara coisa alguma. Talvez, terminado o processo de licenciamento da Zembla-4 e vendida a companhia para a Rilke Pharma com segurança, sua saúde retornasse ao antigo estado: robusta, descomplicada, normal.

Ele penetrou no prédio pela entrada dos fundos, e foi conduzido ao longo de corredores até uma espécie de sala verde onde a diretoria da Calenture-Deutz estava reunida antes de seguir para o palco. Pippa Deere se aproximou e assentou-lhe um microfone na lapela. Depois lhe assegurou que todos os vídeo-links internacionais haviam sido checados e funcionavam perfeitamente. Sim, sim, ótimo. Ingram não conseguia se concentrar; ainda sentia uma ligeira tontura, e pediu um café para aplacar a náusea que ressurgia. Sorriu e meneou a cabeça para os colegas: os médicos e os professores de Oxford, o ex-ministro do gabinete, e o banqueiro maioral. Ali também estavam suas nêmeses, Keegan e Freitas, encarando-o com olhar astuto.

Ele sentiu um forte aperto no cotovelo e se virou, vendo seu próprio "Lorde da Diretoria", seu cunhado, Ivo, elegante de terno escuro, com a cabeleira negra aplastrada em brilhante imobilidade.

– Iiivooo – disse Ingram, esticando o nome para ganhar tempo. Depois fez uma pausa legítima para aceitar o café trazido por Pippa Deere. Tomou um gole rápido, procurando um assunto de conversa. – Você viu aquele lunático lá fora?

Ivo preferiu não responder à pergunta, fazendo em vez disso uma pergunta própria.

– Você recebeu meu recado?

– Recebi. Mas não entendi.

– Exatamente.

– Exatamente o quê?

– Eu sabia que você diria isso. Exatamente. – Ivo puxou para baixo a borda inferior do olho direito. – *Exatamente.*

– Por que você deixaria um recado que eu não entenderia? Por que estava me agradecendo?

Ivo chegou mais perto.

– Pelo que você fez.

– Eu não fiz nada.

– *Quod erat demonstrandum.* Q.E.D.

– O que foi demonstrado? – Ingram estava ficando irritado com aquela ambiguidade.

Ivo suspirou.

– Eu tinha de agradecer a você, pelo amor de Deus. É só razoável, decente.

– Pelo quê?

– Pelo que você fez.

– Eu não fiz nada.

– Nada foi o que você não fez, mesmo.

Ingram começou a achar que estava numa peça de Harold Pinter, envolvido num sinistro diálogo que talvez continuasse indefinidamente.

– Eu. Não fiz. Nada. – Ele repetiu as palavras com forte ênfase.

– Eu sei.

– Você admite que eu não fiz nada.

– É, por assim dizer. Mas agradeço a você da mesma forma.

– Pelo quê?

– Por não ter feito "nada". – Ivo usou os dedos para desenhar aspas no ar, histrionicamente. – Eu sei que você sabe. E você sabe que eu sei que você sabe.

Ivo bateu de leve no lado do nariz, e arrematou de maneira conspiratória.

– Eu sei ler.

– Eu não sei de que porra de troço você está falando.

– Exatamente. Eu compreendo. Não se preocupe. Ingram, eu amo você, gente boa.

Pippa Deere interrompeu a conversa para conduzi-los ao palco e aos lugares marcados.

Ingram se obrigou a permanecer acordado enquanto o professor Marcus Vintage, que estava presidindo a coletiva de imprensa, falava sobre o progresso que a companhia fizera naquele ano, e a tragédia da súbita e chocante morte de Philip Wang, o que produziu um silêncio no salão. Ele não fez qualquer menção à Zembla-4, no seu tom monócordio com sotaque de Yorkshire, antes de passar a palavra para Edward Anthony, o secretário da companhia, que apresentaria um breve relatório financeiro. Ingram viu que o recinto estava quase repleto de proprietários de ações da Calenture-Deutz, todos aparentemente escutando com atenção. Ele baixou os olhos para a programação: o boas-vindas por parte do presidente da mesa, boas-vindas por parte do secretário, e declaração de Ingram Fryzer, presidente-diretor-chefe. "Declaração"... seria aí que ele detonaria sua pequena bomba fiscal. Olhando para a plateia, Ingram ficou pensando se todas aquelas pessoas no salão pouco desconfiavam que sairiam dali mais ricas do que ao entrar. Teoricamente. Ele se permitiu um meio sorriso.

Parecia que já haviam decorrido horas quando ele foi chamado ao microfone, embora uma olhadela no relógio lhe dissesse que apenas trinta e cinco minutos haviam passado. Ingram esperou que o ligeiro aplauso cessasse, e abriu suas anotações.

– Meus lordes, senhoras e cavalheiros. Quero fazer uma breve comunicação especial que afeta grandemente o futuro da companhia. Como os senhores sabem, a Rilke Pharmaceutical é detentora de vinte por cento do capital da Calenture-Deutz. Hoje eu quero comunicar que concordei em vender a minha cota pessoal de ações da companhia à Rilke Pharmaceutical. Isso lhes dará o controle da empresa. – O salão ficou em total silêncio, enquanto Ingram continuava. – Entretanto, a Rilke Pharma está propondo a compra total da Calenture-Deutz oferecendo suas próprias ações, com a alternativa de dinheiro vivo. Rilke está oferecendo 600 centavos por ação, algo como 20 por cento a mais do que o valor de mercado atual. Eu e toda a diretoria da Calenture-Deutz recomendamos enfaticamente que os senhores aceitem essa generosa oferta. Nós vemos a tomada do controle total...

– Questão de ordem! – Um grito forte partiu do fundo do recinto. – Questão de ordem, senhor presidente!

Ingram sentiu uma coceira na sola de seu pé esquerdo, e bateu com força o pé atrás do atril.

Marcus Vintage olhou para ele inquisitivamente; deveria passar a palavra ao interlocutor? Murmúrios corriam pelo salão, com o som abafado de choque, especulação e cálculo, enquanto as pessoas imaginavam quanto dinheiro ganhariam. Ingram olhou em torno e fez um aceno afirmativo para Vintage, vendo sua enormemente ampliada imagem na tela de vídeo repetir o gesto... Ele olhou de novo para o auditório, protegendo os olhos dos refletores e tentando ver quem o interrompera. Assistentes estavam se aproximando de um velho de rabo de cavalo numa cadeira de rodas, mas alguém já lhe entregara um microfone.

– Eu gostaria de perguntar uma coisa à diretoria. – A voz amplificada parecia anasalada e agressiva. Era a voz do ódio, pensou Ingram. – Eles poderiam nos informar o número exato de crianças que morreram durante os testes clínicos da Zembla-4?

Escândalo, gritos, uma suspensão coletiva da respiração irrompeu antes que os assistentes convergissem para o homem, arrancassem o microfone das suas mãos e o conduzissem para fora do salão com a cadeira de rodas suspensa no ar.

O sujeito berrava:

– Nós queremos respostas! Queremos saber a verdade!

Ingram viu que um dos homens que operavam as câmeras de vídeo para a transmissão internacional girara a câmera e projetara a expulsão do cadeirante rebelde na tela grande.

Agora a plateia estava aplaudindo. O quê, pensou Ingram? Sua própria fortaleza, a rápida remoção da voz da anarquia, a perspectiva de mais dinheiro? O professor Vintage bateu o martelo na mesa, gritando com voz fraca: – Ordem! Ordem!

Ingram sentiu o sangue se esvair de sua cabeça e o salão escurecer. Agarrou o atril com ambas as mãos, e conseguiu se manter de pé. O recinto se acalmou, as pessoas que haviam se levantado para ver a perturbação estavam agora sentadas. Ingram respirou fundo várias vezes enquanto consultava as anotações, temendo vomitar a qualquer momento.

– Como eu estava dizendo antes de ser interrompido tão grosseiramente...

Risos.

– A compra total da Calenture-Deutz pela Rilke Pharmaceutical deve ocorrer nas próximas semanas, uma vez satisfeitas as exigências para tal operação. Calenture-Deutz continuará existindo como marca registrada, mas funcionará dentro da incomparável segurança e força financeira da terceira maior companhia farmacêutica do mundo. Como presidente e diretor-executivo-chefe, não posso deixar de insistir ainda mais para que vocês aceitem essa oferta generosa.

Fortes aplausos, aplausos fervorosos, ressoaram por todo o salão. Ingram lançou um olhar para a diretoria e viu que todos o aplaudiam, inclusive Keegan e Freitas, mas formalmente, sem o entusiasmo da plateia. Quais seriam os bônus que eles receberiam? pensou Ingram. Keegan olhava para ele e fez um pequeno aceno de cabeça quando os olhos dos dois se encontraram, mas sem sorrir. Até parecia um pouco preocupado, pensou Ingram. Freitas parou de bater palmas e sussurrou algo no ouvido de Keegan. Ingram se voltou para a plateia, fez um pequeno cumprimento com a cabeça e conseguiu sair do palco.

Ele tentou vomitar o mais silenciosamente possível, o que é difícil de fazer, mas plenamente consciente de que havia outras pessoas usando o toalete além do compartimento que ele ocupava. Acionou a descarga diversas vezes, na esperança de que o fluxo da água encobrisse o som do vômito. Meu Deus, pensou ele, aquilo só podia ser uma espécie de envenenamento alimentar: ele se sentia vazio, gasto. Enxugou a boca com um lenço de papel, verificou se a camisa e a gravata não estavam salpicadas de bile, e acionou a descarga pela sétima vez. Era engraçado como um vômito copioso pode fazer com que você se sinta horrivelmente mal e melhor ao mesmo tempo, pensou ele, destrancando a porta do compartimento. Você se torna um simples organismo num estado de espasmo, tendo o esvaziamento do estômago como único objetivo e propósito: uma criatura de instintos, com todas as funções intelectuais anuladas. De certa forma, aquilo rejuvenescia assim como exauria, pois era uma breve visita ao ser primitivo que você fora uma vez; uma viagem no tempo a seu íntimo animal perdido. Estava sozinho no toalete, pois todo mundo já fora almoçar; lavou as mãos fazendo força para permanecer calmo. Talvez fosse melhor voltar a Lachlan uma última vez.

Ingram saiu do toalete para o corredor e encontrou Ivo esperando por ele.

– Estou bem, Ivo. Que bom que você esperou. Não se preocupe, eu vou...

– Eu não dou a mínima como você se sente, parceiro. Seu puto miserável. Você me odeia tanto assim, mesmo? Como pôde fazer isso comigo? Com a minha família?

Ingram suspirou.

– Você vem falando por charadas o dia inteiro. O que é agora?

– Seiscentos centavos por ação.

– Pois é, uma oferta excelente.

– Eu vendi por 480.

– Vendeu o quê?

– Todas as minhas ações da Calenture-Deutz. Há três dias.

– Bem, então você é um idiota.

– Você me disse para vender.

Ingram olhou para ele.

– Você está maluco? É claro que eu não disse isso... falei para você o oposto.

– Exatamente.

– Pare de dizer "exatamente" a toda hora.

Ivo chegou ameaçadoramente mais perto e por uma fração de segundo Ingram pensou que ele fosse dar-lhe um soco, mas o cunhado disse com voz trêmula:

– Você vai me pagar por isso. Vou arruinar você. – Ele se afastou na direção da saída, gritando imprecações sem olhar para trás. – Seu escroto! Nós somos parentes, seu babaca, parentes.

Ingram sentiu mais coceiras subindo pelo corpo: uma na nádega esquerda e outra no queixo. Ele esfregou ambos os lugares simultaneamente.

– Sr. Fryzer?

Era Pippa Deere; ela parecia um pouco preocupada, o nariz e as bochechas brilhando.

– O que há, Pippa? Não estou me sentindo muito bem, vou precisar pular o fac-símile.

– Desculpe? – O rosto de Pippa registrava incompreensão.

– Almoço. Vou pular o almoço.

– Há uns jornalistas aqui que querem falar com o senhor.

– Jornalistas? Para que precisam de mim? Já receberam o seu comunicado para a imprensa. Está tudo lá.

– Sim, eles receberam. Ainda assim, querem falar com o senhor.

– Diga a eles que eu recebo a imprensa na semana que vem.

– É sobre aquela "questão de ordem" que foi levantada.

– Pelo amor de Deus – Ingram olhou para o teto com uma expressão de súplica. – Algum biruta excêntrico, idiota, grita uma tolice disparatada, e eu preciso falar com jornalistas sobre isso? Nós temos sempre esses manifestantes. Ninguém quis falar comigo quando eu fui pichado com tinta verde. De qualquer forma, quem deixou aquele sujeito entrar? De que adianta contratar segurança?

Pippa Deere parecia prestes a chorar.

– Acontece que o homem que foi expulso do salão era um acionista. Quando foi atirado fora, ele se machucou... caiu da cadeira de rodas e teve um corte na cabeça. Ele deu uma entrevista a uns jornalistas. – Ela fungou. – Eu só ouvi a fita uma vez, mas ele diz alguma coisa sobre catorze criancinhas que morreram durante os testes com a Zembla-4. Lamento muito, sr. Fryzer, mas eu não sabia o que fazer.

Ingram se sentiu tomado pelo cansaço, coberto por um grande manto pesado de cansaço.

– É tudo uma enorme, abjeta, maliciosa tolice. Está bem, vamos aos cavalheiros da imprensa.

55

– Não posso agradecer a você o bastante, Primo – disse Jeff Nashe, com a voz quase áspera de sinceridade. – Foi absolutamente incrível. Eu não me sentia tão... *vivo* desde meu acidente.

– Você foi fantástico – disse Adam. – Não poderia ter se saído melhor.

Ele estava empurrando a cadeira de rodas de Jeff ao longo de Kingsway, a caminho de um ponto onde poderiam pegar um ônibus para Battersea. O corte na testa de Jeff recebera um curativo por parte de um dos seguranças que o haviam atirado para fora do centro de conferências. Era mais um arranhão do que um corte, e estava agora escondido por um esparadrapo, mas o fio de sangue que escorrera pelo rosto era um perfeito testemunho gráfico da violência de sua expulsão, com irrefletidas táticas de força bruta usadas pelos gorilas fascistas da segurança para fazer calar um velho semialeijado, preso a uma cadeira de rodas, e expulsá-lo de uma reunião à qual ele tinha todo o direito de assistir, e na qual ele estava meramente exercendo seus deveres como um acionista *bona fide* de uma companhia com investidores privados. Fora mais ou menos isso que Jeff declarara aos jornalistas que o haviam entrevistado – ele fora articulado, raivoso e expressivo. Dois dos jornalistas haviam tirado fotos de seu rosto ensanguentado, e Adam tinha grandes esperanças de que aquela imagem estivesse nos jornais do dia seguinte.

Fora Aaron Lalandusse que alertara seus colegas repórteres sobre o local e a hora da entrevista coletiva que a Calenture-Deutz daria à imprensa – e sobre aquele distúrbio em potencial. Jeff apimentara o que seria, de outro modo, um apagado exercício empresarial autoencomiástico – e estava amplamente respaldado pelas provas postadas no site Inpharmation.com. É claro que a Calenture-Deutz negaria tudo; sem dúvida já estava circulando o comunicado à imprensa sobre a proposta de compra da Rilke Pharma, mas agora já corriam boatos e contraboatos, com acusações e negativas suficientes para estimular a curiosidade e o prosseguimento de investigações. Aaron tinha tudo que necessitava para escrever seu artigo no *Global Finance Bulletin* – afinal de contas, o principal objeto daquelas iniciativas.

Como também acionista da Calenture-Deutz, Adam estivera no salão, do lado oposto a que Jeff se encontrava. Viera com Jeff de Battersea, num táxi com a cadeira de rodas e o cartaz, mas, enquanto esperavam pelo momento certo, Adam se concentrara no estado de espírito de lorde Redcastle. Não havia meio de dizer se seu pequeno estratagema funcionara, embora aquilo não fizesse muita diferença em relação à principal ação do dia. O estratagema nascera de algo que Aaron Lalandusse dissera quando os dois se encontraram. Precisamos de um plano B *simultâneo*, recomendara o jornalista, e não subsequente: quando você enfrentava um inimigo poderoso, era sempre prudente atacá-lo em mais de um flanco.

– Você sabe... vá na jugular com as duas mãos, mas dê uma joelhada nos colhões também.

Pelo que Adam concluíra ao estudar os membros da diretoria da Calenture-Deutz, lorde Redcastle parecia o mais óbvio alvo a ser desestabilizado – embora ele também tivesse ficado tentado pelo ex-ministro do gabinete – e por isso Ivo fora escolhido.

Enquanto a assembleia progredia, Adam mantivera os olhos em Redcastle; o lorde parecia sério e pensativo, aplaudindo quando devia, sempre seguindo a orientação dos outros, e nunca iniciando uma resposta. Em suas reações e comportamento não havia indício algum de que agora ele era um membro da diretoria mais rico, mas também sem ações, pensou Adam – imediatamente se repreendendo: qual seria a expressão de um homem após vender suas ações numa companhia? Talvez lorde Redcastle não houvesse vendido as ações, mas não parecera nem um pouco feliz quando Fryzer anunciara a compra da companhia pela Rilke Pharma. O principal era que o brado de questão de ordem dado por Jeff criara estardalhaço e tumulto suficientes para justificar as perguntas inconvenientes de Aaron Lalandusse sobre os testes clínicos com a Zembla-4. A Fase Um correra bem, muito bem.

Eles chegaram ao ponto de ônibus. Jeff Nashe levantou-se e dobrou a cadeira de rodas.

– Eu detesto andar de ônibus ou trem com esses trambolhos – disse ele à guisa de explicação. – Você não precisa se preocupar, Primo. Posso ir para casa sozinho.

– A Rita me convidou para jantar – disse Primo.

Rita preparara uma lasanha guarnecida por uma grande tigela de salada, queijo e passas para acompanhar. A preocupação inicial que ela mostrara com o ferimento do pai desapareceu quase que imediatamente diante da clara euforia de Jeff. Adam conheceu o irmão de Rita, Ernesto, que chegou dez minutos depois que ele e Jeff subiram a bordo do *Bellerophon*.

– O que você fez com ele? – perguntou Rita a Adam. – Eu nunca vi meu pai tão feliz.

– Renascimento, é como chamam isso, eu acho – disse Adam. – O velho radical dos anos 1960 está vivendo de novo. Ele foi fantástico, por falar nisso. Talvez até saia nos jornais amanhã.

Os dois estavam conversando na cozinha do navio, enquanto Rita controlava a lasanha; Adam estendeu os braços para ela e os dois se beijaram.

– Qual é esse lance, na verdade, Primo? – perguntou ela. – Por que você está pedindo que meu pai ataque uma companhia farmacêutica?

– Não atacar, apenas levantar uma pergunta inconveniente... Foi uma coisa que eu descobri no hospital – disse ele, tentando não mentir muito. – Algo está errado. E eu pensei... por que eles vão se safar disso? Mas não se preocupe, o Jeff já cumpriu seu papel. Seu momento de glória chegou e se foi. Agora a coisa já é de domínio público.

– Por que você mesmo não fez a pergunta?

Boa pergunta, pensou Adam.

– Por causa do meu emprego – disse ele, improvisando. – Não quero perder esse emprego. Conflito de interesses. A Calenture-Deutz despejou um caminhão de dinheiro no St. Bot's.

– É? – Ela olhou para ele, sem acreditar muito. – Eu nunca enxerguei você como alguém dedicado a fazer o bem.

– Nós todos deveríamos nos dedicar a fazer o bem, não é? – disse ele, um pouco defensivamente. – Na verdade, essa não é a descrição do seu cargo?

– *Touché* – disse ela, enxotando Adam para fora da cozinha.

Na sala, ele conversou com Ernesto sobre a próxima viagem que ele faria a Dubai.

– No momento, quarenta por cento dos guindastes de torre estão em Dubai – disse Ernesto. – É o paraíso dos guindastes de torre. Eu seria bobo se não aproveitasse a oportunidade, porque posso quadruplicar meu salário.

Jeff desceu a escada do tombadilho trazendo o cheiro exótico da maconha. Tinha na mão uma lata de cerveja Speyhawk.

– Primo – disse ele, meio cambaleante, embora a embarcação estivesse perfeitamente imóvel. – Você sabe por que eu batizei este navio de *Bellerophon*?

– Não faço ideia.

– Porque Belerofonte matou o monstro Quimera. Um monstro que soprava fogo, meio leão, meio bode, se minha mitologia clássica não está falhando.

Ele tomou um gole da lata.

– Bom nome.

– E hoje nós matamos a Quimera moderna.

– Matar seria um termo um pouco forte. Com um pouco de sorte, infligimos ferimentos. Graças a você.

Jeff brandiu um punho fechado por sobre a cabeça, e gritou com todas as forças: *Vinceremos!*

– Olá. – Rita apareceu com uma travessa fumegante de lasanha nas mãos. – Gente, o jantar está servido.

Adam comeu a lasanha e a salada bebendo vinho demais, a tal ponto que experimentou uma espécie de privação de sentidos benigna. Enquanto Jeff e Ernesto discutiam sobre as consequências morais de aceitar trabalho em uma ditadura dinástica tal como a de Dubai, e a vergonha moral de auxiliar um governo assim, e Rita tentava vagamente manter a paz. Para Adam, as vozes deles pareciam ir diminuindo e ficando abafadas. Ele se contentou em observar Rita servindo vinho e uma segunda porção de lasanha, como se ela estivesse dentro de algum tipo de bolha aural que só ele tinha o privilégio de acessar. Olhava enlevado para as feições fortes de Rita e para o modo decidido com que ela prendia os cachos de cabelo pendentes atrás das orelhas, extasiado com a graça e a agilidade com que distribuía travessas e tigelas por sobre a mesa, ou silenciava o pai com a palma da mão atravessada em sua boca, quando Jeff ficava muito inconveniente. Então teve aquela sensação familiar em que os intestinos parecem se derreter nas entranhas, aquela anulação do intelecto em prol da emoção.

Mas seu regozijo amoroso, autoindulgente e meio inebriado, foi estragado por uma pequena, insistente e aguda voz no fundo da mente, como o zumbido de uma mosca ou a débil sirene estridente de um mosquito. Tudo podia estar correndo bem hoje, mas havia ainda um outro problema: o que ele ia fazer a respeito de Vincent Turpin?

56

As folhas das plantas pareciam tão verdes e brilhantes que era como se tivessem sido recortadas de latão muito fino ou PVC, pensou Jonjo, e depois retocadas com um verniz brilhante. Ele deu uma olhadela para o saguão do Risk Averse Group: parecia haver ainda mais plantas nos jarros do que na sua última visita. Eles deviam ter alguém que entrava, tirava a poeira das plantas e as lavava; eram tão sadias e luxuriantes que pareciam artificiais, pensou ele, mas isso não condizia com a ideia de cultivá-las ali, absorvendo o gás carbônico do saguão e exudando oxigênio, ou fosse lá o que as plantas faziam, foto-qualquer-coisa...

A mente de Jonjo vagava dessa maneira porque ele estava entediado, cansado de esperar. Olhou para o relógio: já fazia quase quarenta minutos. Aquilo não estava certo – eles haviam *lhe* pedido que viesse se encontrar com o próprio major Tim Delaporte, pelo doce amor de Deus. Jonjo se levantou e se aproximou da garota loura na mesa de recepção.

– O major Delaporte chegará em cinco minutos – disse ela antes que ele pudesse pronunciar uma palavra. – Ele está numa teleconferência... e pede desculpas.

– Ah, está bem, não se preocupe.

– Posso lhe servir alguma coisa? Água? Soda? Cappuccino?

– Uma xícara de chá, por favor – disse Jonjo. – Com leite e dois tabletes de açúcar, obrigado.

O fato é que o major Tim ainda levou mais vinte minutos para terminar sua teleconferência. O chá foi consumido, como também os biscoitos de chocolate providenciados junto. Jonjo estava prestes a dizer que não poderia mais esperar, quando foi convocado por uma secretária e conduzido por um longo corredor curvo até a sala do major Tim.

Ele ainda estava ao telefone e fez sinal para que Jonjo sentasse. Jonjo ficou examinando detalhadamente suas dez unhas, enquanto o major terminava o telefonema; parecia que ele estava falando com a esposa sobre os convidados do jantar. Que inferno, pensou Jonjo.

– Jonjo. – O major Tim estendeu a mão por sobre a mesa para o cumprimento. – Desculpe ter feito você esperar... uma manhã maluca. Como vão as coisas?

Jonjo disse que as coisas iam bem, e que ele estava contente por aquela oportunidade de falar diretamente com o major Tim, já que mudara de ideia a respeito do Iraque, do Afeganistão, e na verdade de todos os outros países árabes, por falar nisso. Estava pronto para viajar, mais do que contente de...

O major levantou a mão e Jonjo parou de falar.

– São pessoas como você que fizeram do Risk Averse Group o que nós somos – disse o major Tim solenemente, com emoção. – Não teríamos crescido até o ponto em que estamos hoje, não teríamos nossa presença estendida a todo o mundo, ganhado tal reputação, sem homens do seu calibre e qualidade.

– O senhor foi o melhor oficial que já me comandou. Não há a menor dúvida quanto a isso.

Os oficiais sempre gostavam de ouvir isso.

– Isso só torna ainda mais difícil o que eu tenho para lhe dizer... Nós estamos dispensando seus serviços.

– Não entendi?

– Você está fora das operações, Jonjo. Estamos sobrecarregados de soldados jovens na casa dos vinte anos. Só Deus sabe quem está lá fora lutando por nós, de modo que aqui no RAG nós estamos reconfigurando nosso pessoal. Você sabe como é o Exército, Jonjo... Primeiro a entrar, primeiro a sair, infelizmente.

Ele se levantou. Jonjo notou que o terno dele era escuro, um azul-marinho tão intenso que poderia ser considerado preto, e que era apertado o paletó na cintura, a camisa branca contrastando com o tom damasco da gravata de seda.

– Eu queria lhe comunicar isso pessoalmente, de homem para homem, e não por meio de uma horrível carta formal. Queria agradecer a você como um camarada soldado. Você nos deixou orgulhosos, Jonjo, e eu tenho certeza que você concorda que nosso relacionamento foi mutuamente benéfico.

Jonjo sentiu um inusitado nó na garganta.

– O senhor não vai querer perder velhos soldados.

– Nós não vamos perder você, que ficará na nossa lista de reserva. – Ele deu uma risada seca. – Caso os ianques resolvam invadir mais alguns países. Não, isso agora é um negócio para gente jovem. Precisamos de soldados com qualificações em tecnologia de informação, telecomunicações, línguas e técnicas de administração. – Ele riu de novo, e arrematou: – Os velhos dias acabaram... nós não podemos simplesmente sair atirando e matando os escrotos.

De alguma forma, Jonjo foi sendo conduzido para a porta. O major Tim apertou-lhe a mão de novo e deu-lhe um tapinha nas costas.

– Há muitas organizações de segurança por aí, Jonjo. Não tão excitantes quanto o Risk Averse, mas lugares onde você pode ganhar um dinheiro decente. Nós poderemos lhe dar quaisquer recomendações que quiser, referências brilhantes etc.

Jonjo achou que valia a pena fazer mais uma tentativa, e abaixou a voz.

– Eu estou na cola do Kindred, senhor... estou quase pegando o sujeito.

O major Tim deu um sorriso vago.

– Não sei do que você está falando, amigão.

– O Kindred. Consegui uma nova pista. Uma placa de veículo. Pegar o sujeito é só uma questão de tempo.

– Não estou entendendo, Jonjo. Nossa comunicação falhou. – O major voltou para a sala, com a mão levantada. – Vamos manter contato. Boa sorte.

Jonjo foi se afastando vagarosamente ao longo do corredor curvo na direção da clareira verdejante do saguão, com o pensamento concentrado. Alguma coisa fedia horrivelmente, alguma coisa mais estava acontecendo ali, pensou ele... enquanto Jonjo Case levava um pé na bunda. Ele pronunciara o nome "Kindred" duas vezes. Se o major Tim não houvesse reconhecido o nome, não o repetiria? Kindred? Kindred quem? É isso que as pessoas fazem quando se deparam com um nome desconhecido. Era essa a expressão natural de ignorância: repetir o nome. "Nunca ouvi falar desse tal Kindred, Jonjo." Não, não acontecera nada disso, apenas um olhar inexpressivo e uma negativa inexpressiva, continuou pensando Jonjo, com uma pequena onda de ansiedade no peito. Não, ele sabia de quem eu estava falando. Portanto, quais eram os planos verdadeiros? Por que ele fora convocado para aquela reunião? Ele não acreditava naquilo... Vá se foder, major Tim. Ele já passara bem mais de uma hora ali, além do deslocamento, e tudo mais...

Fora do prédio, Jonjo telefonou para Darren. Sentia uma espécie de excitação crescendo no íntimo, passada a ansiedade. Estava experimentando a mesma descarga de adrenalina que sente quando esperava para entrar em combate.

– Darren, é o Jonjo.

– Jonjo, meu parceiro. Como vai você...

– O que está acontecendo? Que porra está acontecendo?

– Acontecendo? Nada... não sei...

– Pelo amor de Terry, então. Diz pra mim. Eu salvei a vida do Terry umas dez vezes. Ele nunca me deixaria na mão. Nunca.

Houve um silêncio.

– Você tem duas horas, calculo eu – disse Darren. – Provavelmente eles vão parecer policiais.

– Duas horas para quê?

– Duas horas para se mandar. Cair fora da porra da coisa. Eles marcaram você, parceiro.

 Jonjo desligou o telefone imediatamente.

* * *

Jonjo sentou e ficou observando sua casa durante trinta minutos, apenas para confirmar que o imóvel não estava ocupado, antes de caminhar até a porta da frente, destrancá-la e entrar.

O Cachorro ficou contente de vê-lo, e depois claramente intrigado pelo fato de Jonjo ignorá-lo e movimentar-se cuidadosamente por cada quarto. Eles tinham tomado cuidado, mas não tanto assim. As cadeiras estavam quase na posição original, e uma porta que antes estivera aberta fora fechada. O que eles estavam procurando?

Depois, lá na garagem, ele viu que todas as suas armas haviam desaparecido: a Tomcat, a 1911, seu .870 Express Security, e a munição. Procurou uma talhadeira e com ela soltou um tijolo parcialmente cimentado na parede dos fundos da garagem. A cavidade atrás do tijolo guardava, num embrulho de plástico grosso, uma Glock 9mm, 10 mil libras em dinheiro vivo e um telefone celular com carregador, ambos sem uso. Era tudo de que ele precisava. Se manda, dissera Darren. E ele ia fazer isso.

57

INGRAM SENTIA-SE UM POUCO ACABRUNHADO. UMA ENFERMEIRA entrou no quarto e disse que ele tinha uma visita. Foi seguida imediatamente por dois jovens que fizeram uma rápida vistoria e educadamente a escoltaram para fora. Depois Alfredo Rilke entrou com um buquê de flores, rosas completamente desabrochadas, quase já murchas, um sinal certo de últimos pensamentos. Rilke puxou uma cadeira para junto da cama enquanto os dois homens se postavam de pé na porta.

Depois ele tirou do bolso algo do tamanho de um fino e antiquado radiotransístor e ligou o aparelho. Ingram apurou o ouvido: silêncio.

– Ultrassônico – disse Rilke. – Interferência ambiental... ninguém pode nos ouvir.

– Alfredo – disse Ingram em tom de reprovação. – Este é um dos mais importantes e caros hospitais de Londres, para não dizer do mundo. Este quarto não está grampeado, juro pela minha vida.

Subitamente ele se arrependeu de ter dito isso, dado o seu atual estado de saúde.

Rilke o ignorou.

– Então, como é que você vai, Ingram?

– Eu me sinto perfeitamente bem, exceto por um estranho sintoma de vez em quando, mas aparentemente eu tenho um troço crescendo no cérebro. – Ele fez uma pausa. – Meu médico sugeriu uma varredura magnética do cérebro, e foi isso que descobriram.

Rilke fez uma careta de solidariedade. Depois falou em espanhol, quase murmurando, algo que Ingram não conseguiu entender. Parecia "*Madre de Dios*". Era muito raro Rilke falar espanhol.

– Ingram, Ingram, Ingram...

– Alfredo...

– O que nós vamos fazer?

– Eu realmente não sei.

– O que eu vou dizer a você agora... até me dói.

– Bem, eu estou prestes a ser submetido a uma cirurgia do cérebro, Alfredo. Minhas prioridades são muito claras. Minha capacidade de resistência está muito ampliada. Por favor, não se preocupe.

Rilke abaixou os olhos e brincou com a ponta do lençol em cima do peito de Ingram, depois levantou o olhar e encarou Ingram diretamente.

– Eu não vou comprar a sua empresa.

A despeito da capacidade de resistência de Ingram estar ampliada, ele se surpreendeu; a notícia o sobressaltou de certa forma. Ele pensou na iminente cirurgia no seu cérebro, que, nas palavras deles, seria "desinchado", mas depois readquiriu certa perspectiva e calma.

– Essas alegações malucas sobre crianças mortas... é só por causa disso?

– Não, não, não. – Rilke espantou moscas invisíveis de ambas as mãos. – Com isso nós podemos lidar. Você já está processando três jornais e duas revistas. Há um mandado judicial proibindo futuras especulações por parte da imprensa...

– *Eu?* Eu estou processando?

– A Calenture-Deutz está processando. Burton convocou os advogados e eles têm trabalhado com grande eficiência. É um escândalo.

Ingram achou que Rilke pronunciou a palavra de uma maneira muito pouco escandalosa, como se tivesse dito "é um floco de neve", "é uma salsicha", ou algo igualmente insignificante.

– São mentiras maliciosas, horríveis – disse Ingram. – É o lado sombrio do nosso negócio.

– Nós podemos lidar com mentiras facilmente. Teríamos "aguentado isso", sem problema. – Rilke pronunciou a frase como se houvesse acabado de aprendê-la. Sua expressão mudou, e Ingram só pôde interpretá-la como de tristeza. – Sim, nós temos essas acusações, toda semana, sobre nossos produtos. Nós lidamos com elas, e fazemos com que desapareçam. Mas desta vez, sinto dizer, há uma complicação.

– Uma complicação?

– O seu cunhado, lorde Redcastle.

– Ivo...

– Ele vendeu 400 mil ações dois dias antes do seu anúncio sobre a compra da Calenture-Deutz.

– Eu sei.

Rilke aproximou o dispositivo de segurança ultrassônico.

– Fico triste em saber disso – disse ele.

– Ivo é um imbecil, um completo idiota.

– Um idiota que parecia saber que alguma coisa iria acontecer. Que havia algo podre na barrica de maçãs. – Rilke explicou como a coisa lhe parecia do seu ângulo, do seu ponto de vista: Ivo vende as ações. Depois vem o anúncio da compra. Depois as alegações sobre as mortes das crianças. – Você viu a queda no preço das ações da Calenture-Deutz?

– Eu estou nas mãos dos médicos há dois dias. Exames, exames e mais exames. Vou ser submetido a uma cirurgia no cérebro.

– A sua companhia perdeu 82 por cento do seu valor.

– Isso é absurdo.

Rilke deu de ombros.

– O mercado não está gostando do que vê. Um membro da diretoria descarregando suas ações. Para todo mundo, parece que ele sabia que alguma coisa iria acontecer. Que havia algum tipo de camuflagem nos testes da Zembla-4.

– Mas não houve camuflagem, não é? – Ingram pensou imediatamente em Philip Wang. Parecia que uma condensação estava se dissipando vagarosamente num para-brisa embaçado pelo nevoeiro. O que Philip Wang descobrira?

– É claro que não há camuflagem alguma – disse Rilke em tom ferreamente afirmativo. – Mas a companhia vai ser examinada de alto a baixo, agora, revirada do avesso por causa do que seu cunhado fez. A Rilke Pharma não pode estar associada a ela, nessas circunstâncias. Tenho certeza que você entende.

– Ivo é um homem sem dinheiro. Ele perdeu uma fortuna em planos idiotas, levianos. Ele estava quebrado: precisava de dinheiro.

– Eu espero que você consiga apresentar uma boa defesa quando vier a investigação.

– Que investigação?

– A Autoridade de Serviços Financeiros. O Escritório de Fraudes Sérias, quem sabe? – Rilke reagiu à genuína incredulidade de Ingram. – Alguém realmente deveria ter contado isso a você, Ingram... as ações da Calenture-Deutz foram suspensas do pregão, e a companhia está sob investigação por parte da ASF.

Ingram tentou se enfurecer contra Ivo, mas, para sua vaga consternação, não conseguiu. Sentia um riso irônico se formando no peito, e abafou a risada com tosse.

Rilke abriu as mãos.

– Você vê minha posição... a Rilke Pharma tem que retirar sua oferta. Burton ficará na função de diretor-executivo-chefe para ver o que podemos salvar.

– Salvar?

– Nós gastamos muito dinheiro na Zembla-4, Ingram. Temos que encontrar um meio de recuperar nosso investimento. Podemos comprar o PRO-Vyril, o inalador de febre do feno e algumas de suas outras linhas de produtos, talvez. Nem tudo se perderá. – Ele estendeu o braço e apertou a mão de Ingram. – Está terminado, Ingram. Nós quase chegamos lá, quase. E a coisa teria sido magnífica.

Rilke chamou os dois homens e se levantou, desligando e colocando no bolso o seu dispositivo antigrampo.

– E quanto à Zembla-4? As licenças? A FDA? Certamente...

– A FDA rescindiu sua aprovação hoje. E aqui o Ministério da Saúde pôs tudo em compasso de espera diante do escândalo. Não haverá Zembla-4, Ingram. Não vamos curar a asma.

Rilke se inclinou e beijou o rosto de Ingram.

– Eu gosto de você, Ingram. Esperava o seu triunfo. E agora estou triste por causa da sua saúde. Desejo a você *buena suerte*.

Ele se retirou do quarto e um dos capangas fechou a porta atrás dele.

58

AARON LALANDUSSE FRANZIU AS SOBRANCELHAS E DEPOIS DEU DE ombros, resignadamente.

– Não há nada que eu possa fazer. Eles não vão publicar meus artigos sobre a Zembla-4 e a Calenture-Deutz. Não posso nem mesmo mencionar esses nomes. Há exércitos de advogados lá fora, só esperando para me massacrar.

– Mas isso é ultrajante – disse Adam.

– É claro que é – disse Lalandusse. – Mas até agora tudo é muito circunstancial, você precisa admitir. Nós não temos uma prova concreta. O que precisamos é de uma família atingida pela dor. Um memorando de circulação interna. Certo, está tudo na internet... Mas ali também estão dezenas de milhares de outras teorias conspiratórias. Eu acho que você topou com algo sórdido, e as forças jurídicas arregimentadas contra nós parecem indicar que isso realmente aconteceu... Mas, do ponto de vista jornalístico, nós estamos bloqueados.

Adam ficou sentado, pensando, enquanto o jornalista continuava falando.

– Se eu fosse você, relaxaria. A Calenture-Deutz teve suas ações suspensas do pregão. A Rilke Pharma abandonou o projeto de compra, ao que parece. Nenhuma agência de licenciamento de drogas no mundo vai ousar licenciar a Zembla-4, ainda mais com todos esses boatos correndo mundo sobre os testes e as crianças mortas. – Lalandusse sorriu. – Se eu fosse você, me sentiria muito satisfeito.

– Catorze crianças morreram durante os testes clínicos com a Zembla-4 – disse Adam. – Esses são os fatos nus e crus. E eles encobriram tudo a fim de conseguir uma licença que lhe permitiria ganhar bilhões e bilhões de dólares vendendo uma droga potencialmente fatal.

Adam gostaria de ter acrescentado que eles haviam encoberto a coisa a tal ponto que precisaram mandar assassinar o chefe da pesquisa e desenvolvimento quando ele descobriu o que estava acontecendo. Eles tinham tentado me matar, Adam Kindred, porque eu fui uma espécie de testemunha com uma prova fundamental; e, tentando me matar, eles mataram uma jovem chamada Mhouse e deixaram órfão seu filho. Mas ele se sentia impotente, e sentiu sua pequenez. O que podia fazer? Então só disse:

– Alguém deveria ser chamado a prestar contas. As pessoas deveriam ser processadas. O Fryzer deveria ir para a cadeia, processado por homicídio culposo.

– Uma causa nobre, Primo. Você vai enfrentar as falanges de advogados da Calenture-Deutz? Meu editor já jogou a toalha. Assim como o restante da imprensa britânica, ao que parece. – Lalandusse terminou a garrafa de cerveja. – Não me entenda mal... há uma história para ser contada, mas talvez leve algum tempo até a coisa vir à tona... Você se importa se eu sair? Preciso de um cigarrinho...

Adam e Lalandusse pararam diante do bar, debaixo de um toldo, observando uma persistente garoa cair, enquanto o jornalista acendia o cigarro com dificuldade. Ele soprou a fumaça como se fosse uma estudante, produzindo vastas nuvens desproporcionais de fumaça, como se houvesse acabado de aprender o que fazer com um cigarro.

– O que você acha que vai acontecer? – perguntou Adam.

– Acho que eles vão dividir a Calenture, fazer uma liquidação e vender suas linhas de produtos rentáveis. Já têm um novo diretor-executivo-chefe, e despediram o antigo, que está "doente", pelo que dizem.

– O Fryzer? – Adam esperou até que Aaron parasse de tossir.

– É... desculpe. "Licença médica"... o eufemismo mais à mão quando você destrói sua companhia.

– Que aconteceu com o Redcastle?

– Foi expelido da diretoria, de imediato. Fugiu do país antes de ser pego pelo Esquadrão Antifraude. Está na Espanha, assim ouvi dizer. Vai ficar se escondendo o resto da vida.

Adam permitiu-se um momento de relaxamento. Talvez todo aquele colapso por atacado significasse que ele finalmente estava seguro; agora aquelas pessoas, fossem quem fossem, parariam de procurá-lo, cessariam de querer matá-lo. Por que se preocupar com Adam Kindred quando não havia mais a Zembla-4 para proteger? Certamente a caçada seria cancelada... E ele se sentiu bem com esse pensamento, apesar de todas as perguntas não respondidas que lhe buzinavam a mente, e por toda a culpa que sentia acerca de Mhouse... E o que acontecera a Ly-on? Será que ele estava sob guarda de alguma instituição? Adotado? Pensar neles foi a experiência mais estranha: rememorar sua vida com Mhouse e Ly-on no Shaftesbury era como traçar a biografia de uma outra pessoa. Ainda assim, Ly-on devia estar em algum lugar por aí, e agora que as coisas pareciam estar se acalmando, ele deveria tentar descobrir o que acontecera com ele.

Lalandusse estava acendendo um segundo cigarro – precisou de três fósforos e outro acesso de tosse antes de conseguir seu intento. A prática leva à perfeição, pensou Adam.

– Preciso ir... tenho um compromisso – disse Adam, apertando a mão de Lalandusse. – Obrigado, Aaron... você me prestou uma ajuda fantástica.

– Não, eu é que agradeço a *você* – disse Lalandusse. – Tudo indica que você interrompeu a trajetória de uma droga assassina..

isso não acontece todo dia. Eu entro em contato quando escrever a matéria... Talvez saia um livro sobre o assunto, quando a poeira assentar.

– É, vamos ver se pegamos aquele escroto malvado do Ingram Fryzer.

– Isso mesmo.

Adam se despediu e seguiu para a estação do metrô.

Ele ficou sentado no banco perto da ponte Chelsea esperando Turpin, que estava atrasado. Já passava bem das onze horas, e o tráfego era calmo na avenida marginal. Ao chegar, ele ficara de pé na ponte durante algum tempo, olhando para o triângulo e lembrando. A maré estava virando, fazendo a forte correnteza voltar para o estuário e o mar. Enquanto esperava, ocorreu uma forte pancada de chuva que o obrigou a correr para debaixo das árvores perto do triângulo, à procura de abrigo. Umas poucas pessoas passavam apressadas, com as cabeças escondidas debaixo dos guarda-chuvas, mas as ruas estavam surpreendentemente vazias. Adam tirou um gorro de lã do bolso e colocou-o sobre o cabelo molhado, enterrado até as sobrancelhas. A noite estava fria, e ele estremeceu.

Ele telefonara para Rita, dizendo que ficaria trabalhando até tarde e que esperava chegar em casa por volta de meia-noite. Ela já tinha a chave do apartamento em Oystergate, e perguntara se ele ia querer alguma coisa para comer quando chegasse. Adam dissera que não, não se preocupe, não espere acordada, eu simplesmente me meto na cama.

Ficou excitado com o pensamento de se enfiar na cama com Rita, a ideia de estender as mãos por debaixo dos lençóis procurando o seu corpo quente. Então se levantou e ficou andando de cá para lá; como queria voltar para ela agora, sem esperar o encontro com o chantagista Vincent Turpin: aquela figura do seu passado ainda o assombrava, fazendo exigências. Aquele era o terceiro pagamento que ele fazia a Turpin, mais 200 libras, e ele já estava ficando sem dinheiro, pedindo emprestado a Rita para conseguir fechar as contas. Decidiu que aquele pagamento seria o último, agora que falara com Lalandusse e descobrira o que estava acontecendo na Calenture-Deutz – eles já tinham um caos empresarial bastante grande nas suas vidas para ficar se preocupando com a minha pessoa, pensou ele. A caçada só podia ter sido suspensa.

Ele viu Turpin cambaleando pela rua da ponte Chelsea, ziguezagueando pelas luzes de pedestres do outro lado do hospital Lister, levantando uma das mãos para deter a inexistente corrente de tráfego. Turpin diminuiu a marcha quando viu Adam, e tentou se aprumar. Adam viu que ele estava usando uma nova jaqueta de couro brilhante, comprida demais nas mangas. Então era para aquilo que seu dinheiro estava servindo.

– Tem um fuminho, John? – perguntou Turpin, o hálito carregado de cerveja.

– Não fumo – disse Adam, entregando-lhe o dinheiro e observando Turpin contar a quantia com dificuldade.

– Está faltando. Eu disse 300 libras.

– Você disse duzentas. Como da última vez.

– A coisa sempre aumenta um pouco, John. Mau menino. Vince não está nada contente.

– Você disse duzentas. Não é culpa minha.

– Sabe de uma coisa, meu querido. Você já deve ter um cartão de crédito, agora que está tão próspero. Vamos a um caixa eletrônico, ver quanto podemos conseguir. Como se diz, eu estou necessitando de fundos.

– Não, é só isso. Está terminado.

Turpin deu um suspiro histriônico.

– Você está me facilitando um jeito de ganhar duas mil pratas, John. Só preciso telefonar para o Sacana Feio, e dar a ele o número da placa do scooter. Por falar nisso, onde está o troço, você vendeu?

Turpin estava tagarela, um bêbado falastrão, e Adam ficou pensando... é claro, *é claro*. Ele *já* deu o número ao Malandro Feio. Já pegou as duas mil pratas. Por que faria algo honrado? Essa não era a vida de Turpin, nem era assim que ele lidava com o mundo. Adam se concentrou de novo e ouviu Turpin falar.

– E eu posso receber esse dinheiro de você ou dele. Tenho o número do telefone dele. Ligo, e dou o número da placa. Bingo.

Duas mil pratas para o sr. Turpin, muitíssimo obrigado. Não faz diferença para mim.

Adam pensou rápido: ele queria cair fora dali, fugir do triângulo. Será que valia a pena correr o risco de contentar Turpin com mais 100 libras? Ele poderia mantê-lo dócil: isso lhe daria mais tempo, mais tempo para imaginar como apagaria o rastro de Primo Belem de uma vez por todas. Um pequeno toque final de segurança. Mas talvez ele já estivesse seguro; o homem que o caçava, fosse quem fosse, não iria trabalhar de graça. E se a Calenture-Deutz estivesse contra a parede...

– Você decide. A pedida é sua.

– Muito bem – disse Adam, voltando-se na direção de Chelsea. – Há um caixa eletrônico na praça Sloane.

– Eu não sou imbecil, porra – disse Turpin em tom agressivo. – Não, eu sei de um outro. Você talvez tenha amigos esperando o velho Vince na praça Sloane. Não, vamos para Battersea, parceiro.

Eles partiram para atravessar a ponte, com Turpin tentando se apoiar no braço de Adam para se aprumar. Sua instabilidade alcoólica parecia ter se acelerado. Adam tirou o braço.

– Não me toque – disse ele.

Turpin parou, zangado, e pôs uma das mãos na balaustrada.

– Não fale comigo dessa maneira. O que eu sou? Sujo?... De qualquer maneira, é você que vai cair, seu puto imbecil. O cadarço do seu sapato está desamarrado. – De repente Turpin achou aquele fato muito engraçado e dobrou o corpo com uma risada fanhosa.

Adam olhou para baixo e viu que o cadarço do seu sapato direito vinha se arrastando na calçada molhada. Turpin, ainda rindo, inclinou-se sobre a pesada balaustrada de ferro fundido da ponte, roxa e branca, apoiado nos cotovelos – como um bebum descansando, à vontade, pensou Adam, apoiado num balcão. Um ônibus tardio passou rumorejando, as luzes do andar de cima refletidas no rosto cheio de marcas e rugas de Turpin.

– Hoje eu ouvi uma piada engraçada – disse Turpin. – Não foi de meio riso. É bom rir, limpa o sistema. Os médicos podem confirmar isso. Um tônico.

Adam curvou-se para amarrar o cadarço, enquanto Turpin começava.

– Uma assistente social está conversando com uma meninazinha, uma gatinha muito bonita. E diz... "você sabe quando sua mamãe está menstruada?" Você já ouviu essa piada antes?

– Não – disse Adam, começando a amarrar o cadarço do outro sapato, só por precaução.

– É boa pra cacete. É hilária. Então a meninazinha diz para a assistente social... – Nesse ponto Turpin assumiu um tom de voz de falsete anasalado: – "Sim, moça. Eu sei quando minha mãe está menstruada." A assistente social pergunta "como é que você sabe?" E a meninazinha diz: "porque o pau do papai fica com um gosto engraçado". – As risadas sacudiram o corpo de Turpin outra vez.

De repente, numa percepção relampejante, tudo ficou claro para Adam: o que ele podia de imediato fazer ali, e como aquilo seria fácil. No mínimo seria uma certa recompensa, alguma justiça nua e crua, por toda a infelicidade que Turpin infligira a suas várias esposas e seus filhinhos. Adam estendeu rapidamente as mãos, enquanto Turpin ainda balançava o corpo, bêbado de alegria com sua piada, e meteu dois dedos debaixo da bainha da perna direita da calça dele. Agarrou o pano com firmeza, e levantou subitamente da posição agachada em que se encontrava. Turpin ultrapassou a balaustrada tão rapidamente, e sem dificuldade, que só teve tempo de emitir um curto brado de surpresa, tentando inutilmente agarrar o ar. E então sumiu, caindo no escuro além das luzes da ponte. Adam ouviu o baque do corpo batendo na água. Pensou por um segundo em sair correndo para ver se havia algum sinal de Turpin corrente abaixo, mas a ponte Chelsea não era muito fácil de se atravessar – ele teria que ultrapassar duas barreiras estruturais de bom tamanho de cada lado da pista de rolagem – e, de qualquer forma, estava escuro e a correnteza era forte e crescente. Ele sabia que o rio carregaria o corpo de Turpin para longe com muita rapidez, e não ficou parado mais tempo; virou e foi andando na direção de Battersea. Tudo acontecera muito rapidamente – um mero segundo – não havia carros passando, nem alguém sobre a ponte. Num determinado momento havia dois homens, e no momento seguinte apenas um. Tão fácil. Turpin se fora, pensou Adam enquanto se afastava. Ele não sentia nada, para sua vaga surpresa, não sentia qualquer diferença em si mesmo, nem culpa. Foi um ato simples, uma decisão que lhe ocorrera espontaneamente, trazendo um fim para Turpin como se um telhado houvesse desabado na cabeça dele ou se ele tivesse sido atropelado por um carro em velocidade. Um acidente fatal. Adam saiu andando calmamente, o passo firme, na direção de Battersea e foi para casa de ônibus.

59

INGRAM CONCLUIU QUE A JORNADA DA VIDA ERA MUITO ESTRANHA, e que recentemente o levara a lugares que ele nunca pensara visitar em seu itinerário pessoal do berço à cova. Agora estava sentado naquela cama hospitalar, recostado numa gorda pilha de travesseiros, com a cabeça (raspada e intensamente cortada por cicatrizes) envolta em ataduras bem-arrumadas e apertadas, sob a forma de um turbante. Havia soro sendo injetado em seu braço, e, no olho esquerdo, um tampão preto feito o de um pirata – algo que ele mesmo exigira para suavizar o espetáculo de fogos de artifício que resplandeciam e brilhavam contra a evasiva poeira de mica cinzenta que era tudo que sua retina esquerda ainda lhe fornecia à guisa de visão. Quando a luz não entrava, a escuridão parecia amainar a pirotecnia. Apenas a ocasional explosão de uma supernova ou de uma bomba atômica lhe provocava um espasmo – a não ser por isso, ele se sentia muito bem, se 3 em 10 pudesse ser encarado como algo normal: náusea, garganta esturricada e transes fora do corpo não incluídos no inventário. Ele podia falar, podia ler (com um olho só), podia pensar, podia comer – embora nunca tivesse fome – podia defecar (com esforço e em pouca quantidade), podia beber. Ansiava por bebidas doces e frias, pedindo que todos os visitantes lhe trouxessem refrigerantes gelados: Pepsi, Coca-Cola, as marcas "próprias" dos supermercados, ele não discriminava nenhum.

Já haviam se passado três dias desde a sua operação – o urgente "desinchaço" do cérebro – e Ingram soubera que seu tumor fora removido junto com o outro tecido. Ele fazia quimioterapia e podia receber visitas. Sua esposa, Meredith, saíra dali cinco minutos antes, tentando inutilmente esconder as lágrimas.

Naquele momento, Lachlan McTurk estava sentado com todo o seu peso na cama, servindo-se do uísque maltado num copinho de escova de dentes que trouxera como presente.

– Você vai gostar disso, Ingram – disse McTurk. – Speyside. Aberlour. Eu sei que você não gosta de uísque da Costa Oeste.

– Obrigado, Lachlan. Eu aguardo ansioso.

McTurk serviu-se de mais uma dose.

– Quem foi seu cirurgião? – perguntou ele.

– O dr. Gulzar Shah – respondeu Ingram. O médico passara ali uma hora antes: um homem alto e magro, de fala macia e olhos negros em órbitas tão fundas que parecia haver aplicado sombra nas pálpebras.

– Ah, um sujeito bom. Dos melhores. Ele deu a você um diagnóstico final?

– Glioblastoma multiforme. – Ingram pronunciou as palavras cuidadosamente. – Acho que foi isso que ele disse.

– Ah... sim... Hum. Ah, meu querido... Sim...

– Você é incrivelmente tranquilizador, Lachlan. O dr. Shah disse que queria aguardar mais resultados da biópsia antes de confirmar o diagnóstico. Mas essa era a opinião provisória dele.

– Isso é algo que definitivamente ninguém quer ter, meu filho, é tudo que posso dizer. Muito ruim.

– Bem, parece que eu já tenho, ao que consta. Não tenho muita escolha.

– É, acho que sim.

– Você é o meu médico, Lachlan... Qual é o seu prognóstico?

Lachlan deu um pequeno gole no uísque, pensando e chupando os dentes.

– Bem... Se seguir o padrão costumeiro, você provavelmente estará morto em três meses. Mas não perca toda a esperança. Dez
por cento de todos os pacientes com glioblastoma multiforme experimentam a remissão da doença... Alguns já viveram cinco anos.

Quem pode dizer? Você pode ser a exceção. Pode provar que a ciência médica está errada, vivendo uma vida longa e proveitosa. Mas é um câncer raro e virulento. – Lachlan estendeu o braço e deu uns tapinhas na mão de Ingram. – Excepcionalmente. Ainda assim, eu aposto em você, Ingram. Pelo menos cinco anos.

– Muito obrigado.

Houve uma batida na porta.

– Vou me mandar, rapaz – disse Lachlan com um forte sotaque escocês, empurrando a garrafa de uísque na direção de Ingram. – Tome uma dose disso aí. Pouco adianta adiar a coisa, não é? Levante a cabeça.

Na saída, ele passou pelo contador de Ingram, Chandrakant Das, que entrava. Chandrakant estava em evidente estado de choque, e ficou algum tempo sem conseguir falar, com expressão derreada e olhos úmidos. Agarrou a mão de Ingram com ambas as suas, de olhar baixo e a respiração pesada. Passou um minuto se recompondo.

– Eu estou me sentindo surpreendentemente bem – disse Ingram, tentando fazer Chandrakant relaxar. – Sei que tudo está desmoronando à minha volta, mas eu me sinto com saúde suficientemente boa para querer perguntar qual é minha situação financeira. Foi por isso que eu pedi para você vir aqui. Peço desculpas.

Chandra conseguiu finalmente falar.

– A situação não está boa, Ingram. Nada boa, nada boa, nada boa, nada boa.

Ele explicou. As ações da Calenture-Deutz andavam sendo negociadas a 37 centavos, e estavam caindo. A Rilke Pharma fizera uma oferta de compra total aos outros acionistas a 50 centavos a ação, mas estava reconsiderando, pois a companhia se desvalorizava rapidamente. Fora votada a saída de Ingram como membro da diretoria e como diretor-executivo-chefe; somente a sua "crise de saúde" impedia o Escritório de Fraudes Sérias de iniciar uma investigação.

– Mas eu não ganhei um centavo com esse fiasco – disse Ingram. – Perdi uma fortuna. Então, por que eles estão atrás de mim?

– Porque o seu cunhado está foragido com um milhão e oitocentas mil libras – disse Chandra, angustiado. – Eles não podem alcançar o Ivo na Espanha, portanto estão atrás de você. É óbvio que você aconselhou seu cunhado a vender, dizem eles. Um caso claro de informação confidencial.

– Pelo contrário. Eu explicitamente aconselhei o Ivo a *não* vender.

– Você pode provar isso?

Ingram ficou em silêncio.

– Não quero que você se preocupe, Ingram. O Burton Keegan está aguentando as pontas, mantendo a polícia à distância. Pegaria muito mal prender e processar um homem tão perto da... tão seriamente doente.

– O bom Burton, meu chapa.

Chandra pegou de novo a mão de Ingram e disse com emoção verdadeira:

– Estou muito contente em ver você, Ingram, e sinto muito que isso tenha acontecido.

Ingram franziu as sobrancelhas, tirando suavemente a mão do aperto de Chandra.

– O problema é que eu realmente não entendo *como* isso aconteceu. É isso que me aborrece... tudo parecia bem encaminhado, tudo estava completamente em ordem.

Chandra deu de ombros, abrindo as mãos.

– Quem somos nós para falar? Para procurar as respostas? Quem pode prever o que a vida nos reserva?

– Isso é bem verdade.

Ingram pediu que Chandra lhe servisse uma pequena dose do uísque de Lachlan. Ele deu um gole, com a garganta ardendo. Sentiu o cheiro de cevada queimada, de turfa, e dos rios límpidos da Escócia. A bebida o deixou animado.

– Eu quero saber qual é a minha situação, Chandra. Saldo final. Não me poupe... agora que tudo foi por água abaixo.

– Antes de vir aqui eu fiz uma análise rápida – disse Chandra, a descrença retrospectiva distorcendo suas feições por um momento. – Não é boa... Mês passado você valia mais do que 200 milhões de libras. Agora... – Ele tirou o telefone do bolso e digitou uns números no aparelho. Por um instante Ingram pensou que fosse telefonar para alguém, mas lembrou que hoje em dia se pode fazer tudo com um telefone celular, tudo.

Chandra afastou o telefone do corpo como se duvidasse do que estava lendo.

– Agora eu diria que seus bens valem dez milhões de libras, com margem de erro de cem mil libras para mais ou para menos. São números aproximados. – Chandra sorriu. – É claro, não estou incluindo os seus imóveis.

– Então há um pouco de luz na escuridão.

– Um lampejo de luz, Ingram. Você ainda pode viver razoavelmente bem. Não é um homem pobre, mas deve ser prudente.

Ele entregou a Ingram alguns documentos para assinar. Ingram sabia que podia muito bem estar assinando a entrega total de seus bens, mas confiava em Chandra. E você não pode viver num mundo sem confiar nas pessoas, como ele tão recente e penosamente descobrira. Chandra tomaria providências para que ele ficasse bem, que Meredith e sua família ficassem bem com tudo que restasse. Seria preciso uma diminuição do padrão de vida, algum aperto de cinto, mas, como dissera Chandra, ele não era um homem pobre. Pelo menos tinha esperança nisso, pensou ele, subitamente menos animado. Quem poderia prever o que a vida nos reservaria? – como Chandra acabara de lhe lembrar.

Chandra recolheu todos os documentos, apertou a mão de Ingram e reassegurou-lhe que tudo ficaria bem. Quando saiu, uma enfermeira meteu a cabeça pela porta.

– Está disposto a receber mais visitas, sr. Fryzer? O dr. Shah mandou não cansar o senhor.

– Depende de quem é – disse Ingram, pensando que se for o Escritório de Fraudes Sérias, eu estou comatoso.

– É o seu filho.

– Ah, bem, está bem – disse Ingram, exclamando: – Guy, vamos, entre.

Fortunatus entrou no quarto.

– Infelizmente sou eu, papai.

Forty tinha na mão suja um buquê de flores roxo-escuro com folhas brilhantes que já exalavam um cheiro forte, enchendo o quarto. Ele entregou as flores.

– Que flores são essas? – perguntou Ingram, imensamente emocionado.

– Frésias. Minhas favoritas. Eu acabei de colher para você. Estou cuidando de um jardim perto daqui.

Parecia que Forty acabara de chegar da frente de batalha; a costumeira jaqueta militar suja sobre a calça jeans frouxa e sebenta, a cabeça agora raspada, lisa como um ovo. Ingram olhou para ele enlevado.

– Como você está, papai?

– Eu decidi adotar o seu corte de cabelo. Tentando ficar parecido com você.

Fortunatus deu uma risada nervosa.

– Eles rasparam todo o meu cabelo e depois me extraíram metade do cérebro.

– Sem necessidade de ir tão longe – disse Forty.

Os dois riram com a tirada. Ingram riu mais forte e sentiu o corpo reagir com um arquejo.

– Eu amo você, Forty – disse ele. – É por isso que quero ficar parecido com você.

– Papai – disse Forty, constrangido. – Por favor, não chore.

60

ERA ESTRANHO VER SEU RETRATO NO JORNAL, PENSOU JONJO, PRINCIPALMENTE se isso nunca acontecera antes. Ele calculava que aquela foto fora tirada cerca de quinze anos antes, quando ele estava no Exército Britânico, e tinha a seguinte legenda: "John-Joseph Case, procurado pela polícia para auxiliar no inquérito que tem por objetivo esclarecer o assassinato do dr. Philip Wang!" Ele amarrotou o jornal, fazendo uma bola que jogou na janela traseira da sua van. A bola de papel ricocheteou no vidro e caiu no soalho acarpetado. O Cachorro imediatamente avançou, pegou a bola com os dentes e trouxe-a de volta, deixando-a cair aos pés de Jonjo. Depois ficou esperando, abanando o rabo, que o novo jogo continuasse.

Jonjo levantou o Cachorro nos braços, virando-o de barriga para cima como se faz com bebês. O Cachorro gostou daquilo, e lambeu o rosto de Jonjo com sua grande língua úmida. Jonjo apertou o animal contra si, confuso com as emoções que estava experimentando e disse em voz alta:

– Desculpe, parceiro, mas não há outro jeito.

Depois pousou o bicho no chão de novo. Faltavam duas horas para a maré alta, e não fazia sentido esperar mais.

Perturbado com aquela publicidade pessoal, Jonjo foi até o pequeno toalete da van e olhou-se no espelho. A barba estava crescendo bem – o preto ainda intenso, embora ele talvez necessitasse tingi-la novamente dentro de alguns dias se os pelos continuassem a crescer daquele jeito. De uma maneira até engraçada, pensou que ficava bem de cabelos escuros: tinha melhor aparência do que com o costumeiro tom marrom-avermelhado cortado à escovinha, e ainda por cima sua característica mais facilmente identificável, o queixo partido, agora estava obscurecida por pelos faciais. Talvez devesse ter deixado a barba crescer anos atrás, mas pelo menos agora não estava nada parecido com a foto no jornal, felizmente. Era o exemplo de Kindred, pensou constrangido; estava aproveitando o exemplo de Adam Kindred em relação a desaparecimentos e evasões. Tudo em sua vida vinha correndo muito tranquilamente – sem queixas, muito obrigado – até a chegada de Kindred. Ele sobrevivera à Guerra das Malvinas, à Irlanda do Norte, à Guerra do Golfo II, ao Iraque e ao Afeganistão; só quando Kindred se intrometera é que a vaca fora pro brejo.

Fazendo força para se acalmar, Jonjo pôs a Glock no bolso e pegou a pá.

– Vamos, garoto. Caminhada.

Saiu da van e inalou o ar. Era uma tarde de tempo bom – o sol brilhava e finas nuvens altas invadiam o céu, vindas de sudeste. Era um dia de verão inglês com uma brisa fria soprando do estuário. Ele encontrara uma vaga em um novo local de acampamento, não longe do litoral, na ilha Canvey, Essex. Era um enclave curioso e baixo, protegido do mar por muralhas, no Tâmisa, entre Basildon e Southend-on-Sea; um estranho remanso com refinarias de petróleo abandonadas, estradas de concreto invadidas pelo mato e postes de luz enferrujados. Também havia ali enormes refinarias de petróleo em funcionamento e áreas de armazenagem, brilhantemente iluminadas durante a noite, soltando vapor e labaredas alaranjadas atrás de alambrados, servindo aos enormes petroleiros que ancoravam nos grandes píeres de metal que avançavam pelo estuário do rio. Espalhados ao longo da muralha da ilha Canvey se viam ocasionais cafés art déco, muito elegantes, que relembravam o passado da ilha como um conveniente refúgio para londrinos em férias. Mas agora, pelo que Jonjo percebera nos poucos dias em que vivera ali, aqueles estabelecimentos mantinham suas próprias horas estranhas e esporádicas para abrir e fechar: às vezes você tinha sorte, às vezes não.

Durante a estada na ilha Canvey, Jonjo se isolara, saindo para passear com o Cachorro, em volta da ilha pela rua que acompanhava a muralha, duas vezes, no sentido horário e no sentido anti-horário. Deliberadamente, procurava não chamar atenção dos vizinhos para sua van, tomando cuidado para que toda conversa fosse rápida, mas mesmo assim amistosa.

O problema era o Cachorro. Cães basset, era esse o problema; ele não conseguia dar dez passos sem que algum garoto parasse para afagar o animal, enquanto a mãe dizia, uau, que lindo cachorrinho, ou algum babaca tentasse exibir sabedoria sobre raças e criação de cães. Ele achou que poderia muito bem carregar um cartaz dizendo: "FUGITIVO PROCURADO PELA POLÍCIA COM UM INTERESSANTE E AMOROSO CÃO." O Cachorro era exatamente algo de que você não precisava quando a porra da polícia estava varrendo o país a sua procura. Ele se amaldiçoou por aquele apego: deveria ter deixado o Cachorro com Candy. Metido um bilhete por debaixo da porta pedindo a ela que cuidasse do animal, dizendo que ele "tivera que viajar para o exterior", ou algo assim, por alguns meses. Candy ficaria emocionada; a coisa teria sido mais fácil.

Ele e o Cachorro saíram do acampamento sem encontrar ninguém, e seguiram para leste, atravessando a cidade na direção de Smallgains Creek, onde ficavam a marina e o iate clube. Ultrapassaram a muralha e seguiram, passando pelo prédio do iate clube e pelo pátio dos barcos, procurando a trilha que levava através do pântano salgado da maré, as "salinas" como as chamavam, até Canvey Point, o promontório achatado situado na extremidade mais a leste da ilha.

Pensando no que acontecera, Jonjo percebeu qual teria sido o plano. Eles teriam vindo pegá-lo, conforme Darren alertara. Tendo removido o seu armamento antes, precisariam simplesmente prendê-lo e matá-lo silenciosamente, escondendo depois o corpo para que nunca mais fosse encontrado. Fim do problema, Plano A. Entretanto, como Jonjo não estava lá quando chegaram, porque se mandara, graças a Darren, recorreram ao plano B. O artigo no jornal lhe dissera tudo: na sua casa, quando a polícia deu a busca agindo de acordo com uma "denúncia anônima", encontraram uma fotografia do dr. Philip Wang e plantas do hotel Anne Boleyn, em Chelsea. Um relógio de ouro do dr. Wang também fora recuperado. Amostras de DNA na casa haviam coincidido com as fibras encontradas no apartamento do cientista.

Você não é idiota, disse Jonjo a si próprio enquanto seguia a trilha que se afastava do pátio dos barcos, e era por isso que ele sabia que estava fodido e mal pago. Mesmo que ao ser apanhado e preso ele lhes contasse a verdade, tudo que sabia, ainda assim seria acusado de assassinato. Não havia qualquer conexão que pudesse ser feita entre seus serviços como autônomo e o Risk Averse Group ou quem contratara a empresa para contratar Jonjo. Tudo que ele dissesse seria interpretado como uma acusação alucinada e desesperada. Talvez houvesse um pouco de constrangimento por parte do Risk Averse: ele podia ver o major Tim fazendo uma cara de pesar, expressando seu completo choque e surpresa. Mas um ex-soldado, recentemente demitido... quem poderia dizer que sentimentos paranoicos cultivava? Que tramas conspiratórias poderiam se formar num cérebro traumatizado?

Não, não havia o que fazer, ele precisava fugir e se esconder, isso era tudo. Como fizera Kindred. Jonjo reconheceu a ironia de novo, mas não a saboreou. Felizmente ele fora bem treinado; felizmente concebera planos para eventualidades imprevistas e para os mais desfavoráveis cenários. Com o celular jamais usado, ele dera um telefonema para seu amigo Giel Hoekstra, que morava perto de Roterdã. Ele e Giel haviam se conhecido durante a guerra da Bósnia, e entrado em algumas enrascadas juntos; os dois se davam bem, e tal como as coisas eram, tal como procediam todos os caras das forças especiais, tinham plena consciência da natureza arriscada e perigosa de suas vidas pós-exército. Assim, fizeram planos de ajuda mútua se tal fosse necessário: havia paraquedas, portas de saída em potencial deixadas entreabertas, casas seguras identificadas, portos amigos disponíveis em mares encapelados. Poderia ter telefonado para Norton em St. Paul, Minnesota; para Aled em Aberystwyth, no País de Gales; para Campbell em Glasgow, Escócia; para Jean-Claude, em Nantes, França; mas escolhera Giel como o homem mais à mão no momento, e apostara todas as fichas nele.

Tudo que dissera a Giel é que precisava sair da Inglaterra, imediatamente, clandestinamente. Por mar. Giel decidira o que fazer depois de pensar um momento: encontre um pequeno vilarejo litorâneo com o porto em funcionamento. A ilha Canvey, dissera Jonjo de pronto, relembrando suas férias de infância. É ali que você vai me encontrar: a ilha Canvey, no estuário do Tâmisa, em Essex. Eles acertaram uma data e hora, enquanto Giel esboçava mentalmente um plano. Da ilha Canvey para um outro vilarejo no litoral com porto e uma marina movimentada: Havenhoofd, como se chamava, perto de Roterdã. Dali de Roterdã para Amsterdã, num apartamento que a irmã de Giel possuía.

– Banque o turista por algumas semanas – dissera Giel. – Eu tenho muitos amigos. Há muito trabalho para alguém como você, Jonjo. Você pode ficar ocupado o quanto quiser, nós arranjamos um novo passaporte para você, você vira holandês.

Graças a Deus ele mantinha aquela reserva de dinheiro, pensou Jonjo. Desfizera-se do táxi, comprara uma van de quarta mão por duas mil libras em dinheiro e saíra de Londres, atravessando Essex para leste, na direção do litoral e da liberdade.

Ele estacionara em Canvey e esperava o encontro marcado com Giel Hoekstra. Sentia-se tanto satisfeito com sua engenhosidade como crescentemente raivoso pelo fato de precisar se valer dessa qualidade. O que aconteceria com sua casa, seus pertences? Nem pense nisso, refletiu ele: você está livre, o resto é história e lixo. Major Tim Delaporte, vá para o topo da lista de merdas. Não, não bem no topo – o lugar número um era permanentemente reservado a Adam Kindred.

Jonjo parou: já se afastara algumas centenas de metros do iate clube e do pátio de barcos. Tudo parecia bastante tranquilo. Foi levando o Cachorro para fora da trilha costeira e soltou-o da correia, abrindo caminho através da relva marrom e grossa do terreno salgado até sair numa pequena praia. Virou-se 360 graus e não viu ninguém. O Cachorro pulava pela areia, cheirando as plantas marinhas e caçando caranguejos, a cauda uma simples mancha veloz de tanta excitação. Jonjo olhou para o outro lado do estuário do rio e viu a alta chaminé da usina elétrica de Grain na península Hoo do lado oposto. Ali ficava Kent, pensou preguiçosamente, a quase dois quilômetros de distância. Ele caminhou de volta até os montículos de relva na beira da praia e, com a borda da pá, mediu um retângulo na terra fina, coalhada de conchas. Começou a cavar rapidamente, com facilidade, na massa arenosa e úmida ali embaixo, fazendo um buraco bem delineado do tamanho do animal, com sessenta centímetros de profundidade e alguns centímetros de água no fundo. Assobiou para o Cachorro e logo ouviu o animal ofegar vindo da praia.

– Vamos – disse Jonjo. – Entre aí.

O Cachorro cheirou a borda do buraco, claramente sem saber qual era a brincadeira. Jonjo encostou a bota na bunda do bicho e empurrou. O Cachorro caiu dentro do buraco.

– Sente – disse Jonjo. – Sente, garoto.

O Cachorro sentou, obedientemente.

Jonjo pegou a Glock. Manteve a arma junto à perna e examinou a área de novo; talvez algum transeunte estivesse indo para a ponta do outro lado das protuberâncias achatadas, marrom-escuras, do terreno salgado antes que a maré subisse. Não viu ninguém.

Do outro lado, na extremidade mais afastada da foz do córrego Benfleet, ficavam as ruas movimentadas de Southend's e o longo braço do píer. Ele se sentiu estranhamente sozinho: um homem com seu cão na ponta extrema, triste e salgada, de uma pequena ilha no estuário do Tâmisa. Ao mesmo tempo, aquele ambiente era opressivamente suburbano: Essex inteiro estava logo ali, bem do outro lado da água, a menos de mil metros de distância.

Jonjo abaixou o olhar para o Cachorro e de repente começou a experimentar sensações muito estranhas, como se sua cabeça estivesse fervilhando. Então apontou a arma para o Cachorro.

– Desculpe, parceiro – disse ele. – Eu amo você, você sabe disso.

Sua voz ficara esquisita e gutural. Jonjo percebeu que estava chorando. *Puta que pariu!* Ele estava desmoronando – não chorava desde doze anos de idade. Já dançara, já estava mais do que desgastado e velho: aquilo era patético, nojento. Não admira que o Risk Averse lhe houvesse dado um pé na bunda. Ele praguejou consigo mesmo – controle-se, sua *mocinha* patética, você é um soldado, você se diz a porra de um guerreiro, é isso que você é. Colocou a arma na altura da cabeça do Cachorro. O Cachorro levantou os olhos para ele, ainda ofegando ligeiramente devido ao esforço, piscando, imperturbável.

Aperte o gatilho. Vagarosamente.

Durante a maré alta, como fora combinado, Giel Hoekstra estava esperando por ele no cais de Brinkman's Wharf no Smallgains Creek, onde barcos visitantes podiam ancorar. Giel perambulava pelo cais, fumando: era um homem corpulento e atarracado, com o cabelo meio comprido amarrado num rabo de cavalo. Giel engordara desde que eles se viram pela última vez, pensou Jonjo: está com uma boa barriga agora. Os dois se abraçaram ligeiramente e bateram nos ombros um do outro. Giel mostrou-lhe o poderoso iate de cruzeiro atracado no cais com o qual acabara de cruzar o canal de Mancha: branco, de belas e simples linhas, dois grandes e maciços motores na popa.

– Chegaremos a Havenhoofd em três horas. Que marinazinha legal. Não fizeram perguntas. Sou amigo do encarregado. – Ele sorriu. – Vamos dizer... um novo amigo.

– Eu posso pagar por tudo isso – disse Jonjo, apresentando um grosso maço de notas. – Olhe, está tudo em euros.

– Não é preciso, Jonjo. – Giel se fingiu de ofendido. – Ei, eu faço isso por você, um dia você faz isso por Giel Hoekstra. Não há necessidade, por favor.

– Esse dinheiro é seu, Giel.

Havia algo diferente no seu tom de voz. Giel pegou o dinheiro.

Jonjo estava de pé na cabine com a roda do timão na mão – Giel descera até a proa para urinar – e apreciava a sensação de pilotar aquela poderosa embarcação, com a cremosa esteira fervilhante afastando-se da Inglaterra na direção do futuro. A vibração impiedosa dos motores gêmeos ressoando pelo tombadilho reforçava a ideia de um objetivo firme, de progresso suave e sem obstáculos, da inevitabilidade de sua chegada ao destino.

Jonjo inspirou fundo, e expirou. Retirara o Cachorro do buraco e amarrara a correia-guia na coleira, voltando para o iate clube e o pátio de barcos. Depois retirara a coleira (com o nome dele, Jonjo, e seu endereço impressos na moeda de aço pendente) e improvisara uma espécie de laço, atando o Cachorro na cerca do pátio. Dera uns tapinhas no animal, dissera um adeus gutural e se afastara. Olhara para trás, é claro, e vira o Cachorro sentado nas patas traseiras, lambendo algo no lado do corpo, completamente imperturbável. Jonjo jogara a coleira no córrego e fora embora. Um latido, um ganido – será que isso era esperar demais? Alguém tomaria conta daquele cachorro em dez minutos, isso era o que acontecia com a raça basset: eles eram irresistíveis.

Ainda assim, ele se sentia cheio de confiança, contente com sua fraqueza, sem se condenar, concentrado no ronco dos motores no tombadilho; a vibração subia pelas suas pernas, quase que fazendo surgir uma engraçada sensação sexual. Um objetivo silencioso, firme. Sim, esse seria o seu lema, agora que ele estava livre, agora que se livrara de todos e de tudo. E seu objetivo firme, silencioso, seria dirigido, decidiu ele, na direção de um alvo: encontrar Adam Kindred. Ele tinha o número da placa do scooter – pagara àquele merda mil libras pela informação – e só precisava disso. Aquela fora a perdição de Kindred; agora havia uma pista. Quando tudo se acalmasse, quando a poeira tóxica se depositasse, quando todo mundo esquecesse quem era John-Joseph Case, ele voltaria de Amsterdã para a Inglaterra, secreta e silenciosamente, para encontrar e matar Adam Kindred.

61

ALLHALLOWS-ON-SEA. UM BOM NOME PARA UM LUGAR, UM LUGAR no litoral de Kent, no estuário do Tâmisa. Adam parou e olhou para o norte, sobre quase um quilômetro de água até a ilha Canvey, na margem oposta, no litoral de Essex. Aquele era um lugar tão bom quanto qualquer outro, pensou ele, para afirmar que ali o rio terminava e o mar começava. Então virou-se para leste e olhou para as nuvens altas, cirrostratos, invadindo o céu vindas do sul, iluminadas por um forte sol de tarde do fim de verão. Podia ser sinal de mau tempo, ameaça de tempestades... Ali você se sentia na fímbria da Inglaterra, pensou ele, rodeado pelo mar, com a Europa continental logo ali no horizonte. O ar estava brilhante e enevoado, e havia apenas uma ligeira friagem trazida pela brisa do estuário. O outono se aproximava, finalmente; aquele ano de anos começava a chegar ao fim.

Adam, Rita e Ly-on haviam deixado Allhallows-on-Sea com seu enorme camping/parque de diversões e caminhado ao longo da trilha costeira na direção da baía Egypt. As grandes extensões planas dos pântanos de Kent, com seus tortuosos córregos salgados, diques e valões de drenagem, ficavam à esquerda; à direita, o largo rio brilhava com um reflexo nacarado. Suas sombras se projetavam vivamente na trilha atrás deles, quando o sol ocasionalmente surgia através da alta película de farrapos de nuvens. Eles iam levando sacolas de plástico com os ingredientes para um piquenique; de vez em quando Ly-on descia até as pequenas línguas de areia e pedrinhas para pegar alguma coisa ou lançar uma pedra na água. O garoto já estava mais alto e mais magro, pensou Adam, desde a última vez que o vira, tendo se livrado daquela pancinha. Mas Adam não tinha certeza se ele estava mais feliz.

Quando decidira procurar Ly-on, incitado pela consciência, ele relutara em retornar ao Shaftesbury. Era arriscado demais, havia gente demais que poderia reconhecê-lo, então ele fora novamente à Igreja de John Christ. Achava que, entre todos os lugares onde Mhouse era conhecida, aquele talvez tivesse guardado algum registro dela e do que acontecera com seu filho. Colocou seu distintivo, por conta dos velhos tempos, e se apresentou no escritório do bispo Yemi. Foi informado de que o bispo não estava lá, que chegaria tarde depois de uma reunião com o prefeito na sede da cidade. Adam disse que voltaria outro dia, mas ao sair viu que a porta estava sendo aberta para o serviço religioso da noite pela sra. Darling, "John 17" em pessoa, que também estava instalando a mesa de recepção, com alguns distintivos "John" não usados espalhados a sua frente, caso aparecessem alguns convertidos em potencial.

Adam se apresentou como John 1603.

– Eu me lembro de você – disse ela, com expressão desconfiada. – Você está mais elegante, John.

– Você se lembra da Mhouse? – perguntou ele.

– Claro que sim. Coitada da Mhouse. Que Deus a tenha. Coisa horrível que aconteceu. Horrível.

– Você sabe o que aconteceu com o filho dela?

– O Ly-on está muito bem, está sendo bem cuidado.

A notícia deixou Adam incrivelmente feliz. Ele se sentiu inundado por uma torrente de alívio, tão intensa que achou que precisaria sentar.

– Onde está ele? Você sabe?

– Está no orfanato da Igreja de John, em Eltham.

– Será que posso visitar o garoto?

– Você terá que falar com o diretor... mas como você é um "John", acho que ele vai permitir.

– Quem é o diretor?

– Espere um pouco, eu tenho uma carta com o nome dele.

Ela encontrou um papel timbrado e apontou para o nome: Kazimierz Bednarczyk, "Diretor de Projetos Especiais". Adam observou o volume das letras do timbre em alto relevo, gravadas em púrpura: "A IGREJA DE JOHN" e o logotipo do sol explodindo, bem destacado, com o registro de instituição de caridade. Algumas celebridades da lista-C estavam na relação como "patrocinadores de honra": um devoto membro da Câmara de Comuns, um entrevistador de TV, um "renascido" componente de uma banda de garotos. A Igreja de John não estava sentada nos louros conquistados, isso era certo. Uma avenida de brilhantes amanhãs se estendia à frente do bispo Yemi.

Mais tarde naquele mesmo dia, Adam telefonara para o número do papel timbrado e fora informado por uma amável jovem de que eles realmente tinham um garoto pequeno no orfanato de Eltham chamado Ly-on, "Ly-on Smith", pois ninguém sabia seu sobrenome, inclusive o próprio garoto, portanto ele fora chamado de "Smith", esperando uma futura adoção. Adam disse que era um amigo da família e que gostaria de levá-lo a passear por um dia, se fosse possível. Ah, sim, nós encorajamos visitas e passeios fora do orfanato, foi o que disseram. Era preciso uma breve entrevista com o sr. Bednarczyk, primeiro, e, é claro, o pagamento de uma taxa de 100 libras.

– Uma taxa?

– É, essa é a taxa por um dia fora.

Adam deu seu nome e marcou uma entrevista para o sábado seguinte.

Então Adam e Rita alugaram um carro, e Rita foi dirigindo até Eltham no sábado seguinte, no meio da manhã. Adam dissera a Rita que queria apenas ver o garoto novamente, saber como ele estava indo, certificar-se de que estava feliz e que estavam cuidando bem dele. Rita disse que estava totalmente preparada para servir-lhes de motorista, achou que era uma ideia excelente e que desejava mesmo conhecer Ly-on. No caminho, os dois pararam num supermercado para comprar comida e bebidas – sanduíches, tortas, ovos escoceses, pão, água, refrigerantes, sucos, um tapetinho, copos e pratos de papel, além de algumas facas e garfos de plástico. Num capricho, passando por uma loja de brinquedos a duas portas do supermercado, Rita sugeriu que eles comprassem uns jogos de praia – um frisbee, diabolô e raquetes com uma bolinha.

O orfanato da Igreja de John – Adam notou a ausência cada vez mais frequente da expressão "John Christ" à luz da nova prosperidade da igreja – em Eltham era uma villa de tijolos em estilo vitoriano, isolada dentro de um grande jardim com estacionamento na frente, onde antes fora um gramado. Rita disse que esperaria no carro enquanto Adam entrava no prédio para a entrevista com o sr. Bednarczyk.

Lá dentro, era como se ele estivesse entrando numa escola antiga, pensou Adam. Havia um cheiro de comida sendo preparada, soalho coberto de borracha vulcanizada, radiadores poeirentos e pintura descascada nas paredes. Uma escola particular de ensino fundamental que já vira melhores dias, lutando para sobreviver, e cujo efetivo de alunos estava inexoravelmente diminuindo, foi a imagem que lhe veio à mente. Por uma janela nos fundos, Adam entreviu meia dúzia de garotos pequenos, com calças jeans e jaquetas de lã verde-esmeralda, jogando futebol em um retângulo de relva variegada circundado por uma sebe de altos ciprestes. Ele ouviu um piano sendo mal tocado num aposento no andar de cima: teclas acionadas pesadamente, notas erradas. Uma jovem de rosto afogueado, metida num macacão de náilon, descia ruidosamente a escada com um rodo e um balde.

– Estou procurando o sr. Bednarczyk – disse Adam.

– Lá no corredor, primeira à esquerda.

Adam seguiu a orientação e encontrou uma porta com um nome escrito numa plaqueta plástica: "K.Bednarczyk". Ele bateu e uma voz convidou-o a entrar.

Kazimierz Bednarczyk estava sentado a uma escrivaninha coberta de papéis e pastas; atrás dele, podia-se ter uma vista parcial

do estacionamento do orfanato através das lâminas balouçantes, poeirentas e feias de uma veneziana vertical. Adam avistou o carro que haviam alugado e viu Rita andando por ali, tomando ar e se exercitando, girando os braços como um moinho. O cabelo oxigenado e a bem aparada barba loura de Bednarczyk não conseguiram disfarçar o homem que Adam conhecera como Gavin Thrale. Os dois ficaram olhando um para o outro durante alguns segundos. Thrale permaneceu completamente impassível.

– Sr. Belem – disse ele, estendendo a mão. – Por favor, sente-se.

Eles se cumprimentaram e Adam se sentou.

– Quais são seus planos para o dia de hoje?

– Eu achei que poderíamos ir até o litoral, escolher uma praia, fazer um piquenique.

– Parece maravilhoso. Ly-on precisaria estar de volta às seis horas.

– Não será problema... eu compreendo.

– Basta preencher isso, e assinar... aqui. – Thrale empurrou um formulário sobre a mesa na direção de Adam. – Acho que podemos dispensar a taxa... Por você ser quem é você.

– Obrigado – disse Adam.

Enquanto Adam preenchia o formulário, Thrale pegou o telefone, digitou um número e perguntou:

– O Ly-on está pronto? Encontramos com ele no hall de entrada.

Os dois ficaram sentados olhando um para o outro.

– Como vai? – perguntou Adam.

– Eu estou surpreendentemente bem, em face das circunstâncias. E você?

– Estou bem.

– A igreja tem sido muito boa para mim – disse Thrale, cautelosamente. – Creio que lhe ofereceram esta mesma oportunidade.

– É. Mas não era o momento apropriado.

– O bispo Yemi é um homem muito flexível.

– Pode-se dizer um homem notável.

– Você ouviu dizer que ele vai concorrer ao parlamento? Por Rotherhithe East. No partido Conservador.

– Ele *é* um homem notável – disse Adam.

– Meus amigos me chamam de Kazio – disse Thrale.

– Eu sou Primo.

– Que tal nos encontrarmos um dia desses, Primo? Tomarmos um drinque. Conversarmos.

– Não sei se isso seria uma boa ideia, Kazio.

– É... Provavelmente você tem razão. Engraçada, aquela nossa antiga vida, hein? – disse Thrale se levantando.

Eles cruzaram o corredor até o hall de entrada, onde Ly-on estava esperando, com o mesmo uniforme de calça jeans e jaqueta de lã verde-esmeralda dos outros garotos.

– John! – gritou ele quando viu Adam, correndo na direção dele. Adam apoiou-se nos joelhos e os dois se abraçaram.

– Eu sei que você vir por Ly-on – disse ele, dando um sorriso largo. – Bacana, bacana, cara.

Adam se levantou, um pouco emocionado, enquanto Ly-on ia buscar sua sacola.

– Você conheceu a mãe dele, acho eu.

– É. Às vezes, ela costumava servir a comida, na igreja. Você provavelmente se lembra dela – disse Adam.

– Tudo daquela época ficou um pouco embaralhado, tenho de confessar – disse Thrale, enquanto Ly-on voltava. – Aproveite o seu dia, sr. Belem.

– Muito obrigado, sr. Bednarczyk.

E assim Adam, Rita e Ly-on seguiram de carro para Rochester e Chatham até que Adam viu um letreiro indicando o caminho para a península Hoo e disse:

– Vamos para Hoo. Parece interessante.

– Hoo – repetiu Ly-on. – Hoo, hoo, hoo.

Eles seguiram as indicações de trânsito até que viram uma que dizia "Allhallows-on-Sea" e "Praia" e atravessaram o vilarejo até que chegaram a um beco sem saída perto do camping. Contornaram o camping com suas fileiras de trailers estáticos, a piscina coberta e o centro de lazer, e estacionaram o carro onde a rua metalizada se transformava numa trilha. Então descobriram que os diversos jogos que haviam trazido (o frisbee, as raquetes de tênis acolchoadas com a bola, e o diábolo, também chamado de ioiô chinês) haviam sumido. Rita se lembrou de ter colocado as sacolas no chão da loja, mas pensou que Adam as tivesse apanhado e guardado na mala do carro. Talvez ainda estivessem na loja, arriscou Adam; eles poderiam passar por lá na volta para casa, pouco importava, podiam improvisar. Assim, levando as sacolas de plástico que continham os itens do piquenique, eles foram caminhando ao longo da trilha na direção da baía Egypt.

Encontraram um lugar na borda da baía e estenderam o tapetinho. Comeram os sanduíches e tortas, bebendo os refrigerantes gasosos. Adam sentiu que estava numa espécie de deformação temporal – os pântanos planos ali atrás, o refulgente estuário ali na frente, e, mais além, a massa enevoada do litoral de Essex, a ilha Canvey, as Maplin Sands, Foulness. Ly-on tirou a calça jeans e vestiu seu short de banho atrás de uma toalha segura por Adam. Depois foi chapinhar na água rasa, gritando: – Lembre que você prometeu me ensinar a nadar, John!

Adam olhou para os dois lados da margem do rio. Havia um petroleiro temporariamente ancorado ao largo, a linha d'água bem alta, e aquilo fez Adam lembrar que, depois das Guerras Napoleônicas, era ali que ficavam fundeados todos os cascos penitenciários: embarcações de três tombadilhos, velhas e enferrujadas, sem a mastreação, cheias de prisioneiros à espera da deportação para a Austrália... Austrália, onde seu pai, irmã e sobrinhos viviam. Era melhor não pensar nisso. Então, Adam ficou imaginando o que deveria ter sido a vida dos condenados dentro dos cascos, olhando para aquela paisagem, sua última visão da Inglaterra, o litoral plano de Kent e os escuros pântanos Cooling, com as mentes repletas de desesperados pensamentos de fuga...

– Ele parece bem – disse Rita, apontando para Ly-on. – Não fala sobre a mãe.

– É – disse Adam. – Espero que sim.

Rita pôs os óculos escuros e deitou de costas para aproveitar o sol, fraco mas acalentador. Adam sentia um turbilhão de emoções quando sentou ali observando Ly-on, os braços em volta dos joelhos, e, estimulado pelos pensamentos de condenados escapando dos cascos penitenciários, ele se viu imaginando se o corpo de Turpin chegara tão longe assim, levado pela correnteza.

Pensara muito pouco sobre Turpin desde o último encontro com o chantagista, e não sentia a consciência culpada. Às vezes ficava pensando se havia algo de errado nele que explicasse sua falta de remorso a respeito do que fizera, como se sua nova vida e tudo que lhe acontecera nos últimos meses o tivessem mudado de uma forma crucial, tornando-o duro. Talvez isso tivesse realmente acontecido – talvez ele *fosse* uma pessoa diferente, de modo significativo, em relação ao homem que já fora. Mas não havia o que lamentar no que dizia respeito a Turpin – Adam não conseguia imaginar as mulheres e filhos daquele homem sentindo falta do marido e pai, especulando por que motivo Vince desaparecera de suas vidas tão de repente. De qualquer forma, tudo que ele fizera fora jogá-lo no rio, afinal de contas. Ele simplesmente tinha esperança de que Turpin fosse um daqueles corpos que o rio leva consigo, juntamente com o restante de detritos, e que o seu cadáver já tivesse ultrapassado a grande alça meridional da ilha Dogs, com suas correntezas reversas e poços de coleta d'água, e que a maré vazante daquela noite já o tivesse carregado além de Greenwich, Woolwich, Thamesmead e Gravesend, despejando-o, por fim, nas frias águas insondáveis do mar do Norte. Num determinado ponto, o corpo viria à tona, inchado e putrefato, e seria largado em uma língua de terra calçada de pedrinhas, em algum lugar, na ilha Foulness ou no estuário do Medway, ou até ainda mais distante, nas praias do Norte da França, Bélgica ou Holanda – mas não haveria muito estardalhaço sobre o afogamento de Vincent Turpin.

Adam se virou, deitou junto a Rita e beijou suavemente os seus lábios.

– Você está muito quieta – disse ele.

– Eu estive pensando – disse ela, se sentando. – Você se lembra do assassinato que eu mencionei para você? Aquele corpo que foi achado em Chelsea?

Adam disse que sim – eles haviam falado sobre o assunto algumas vezes, Adam sem dizer muita coisa, apenas escutando. Aquilo simplesmente provava o que ele sempre suspeitara: que as

miríades de conexões entre duas vidas independentes – próximas, distantes, sobrepostas, tangenciais – jazem ali quase inteiramente desconhecidas, inobservadas, formando uma grande rede invisível do perto, do quase, do poderia-ter-sido. De tempos em tempos, na vida de todo o mundo, a rede é entrevista por um momento ou dois, e a ocasião é reconhecida com um arquejo de assombro feliz ou um tremor de desconforto sobrenatural. A complexa interconexão da existência humana podia transmitir confiança ou perturbação, em igual medida. Quando Adam percebera que Philip Wang desempenhara um papel tanto na vida de Rita como na dele mesmo, ficara atordoado a princípio; conforme o tempo fora passando, porém, aquilo começara a parecer quase uma coisa corriqueira. Quem sabia que outros invisíveis encontros, afinidades, ligações e laços entre eles estavam por ali? Quem poderia localizar com precisão nossas respectivas posições na grande malha que nos une?

– O que tem ele?

– Você já viu isso? – Ela pegou na bolsa um recorte de jornal e mostrou a Adam.

Era a foto de um homem, um soldado em uniforme de combate. A legenda dizia que ele se chamava John-Joseph Case, e estava sendo procurado pela polícia para auxiliar nas investigações relacionadas ao assassinato, em Chelsea, do dr. Philip Wang.

Adam olhou para a fotografia, tentando manter a expressão inalterada. Era a imagem de um homem mais moço do que aquele que ele encontrara, aquele que ele vira desacordado nas pedras da viela atrás do Hotel Grafton; já o olhar agressivo, o queixo fraco e rachado, eram inquestionavelmente do homem que o vinha caçando todas aquelas semanas e meses. O Sacana Feio, como o chamara Turpin.

– Que tem isso? – perguntou Adam, cautelosamente.

– Esse foi o homem que eu prendi – disse Rita. – Aquele com duas pistolas automáticas. Aquele que eles libertaram.

– Certo – disse Adam, sentindo a nuca endurecer.

– E agora ele está sendo procurado por assassinato. Aquele assassinato específico. Você não acha que é uma coincidência espantosa?

– Você deveria dizer isso a eles – disse Adam. – Eles prenderam o cara, graças a você, e depois soltaram. Um escândalo. Para mim, isso parece uma conspiração.

– Você é muito impulsivo – disse Rita. – Talvez eu não deva mais cutucar a onça. Já contei a você o que aconteceu quando eu tentei forçar a barra.

– E daí? – disse Adam rapidamente, e depois explicou sua certeza. – Ouve aqui, você é que decide. Mas me parece que as pessoas não deveriam se safar depois de cometer erros terríveis como esse. Se ele é culpado, deve ser processado.

– Erros? Achei que você falou em conspiração. – Ela pensou por um momento, franzindo as sobrancelhas. – Talvez isso explique o que ele estava fazendo em Chelsea. Talvez o dr. Wang estivesse envolvido em alguma coisa ultrassecreta...

– Talvez.

Nesse momento Ly-on se aproximou, vindo da praia, com a mão fechada em torno de alguma coisa. Abriu-a parcialmente e mostrou um pequeno caranguejo semitransparente.

– É uma aranha-do-mar – disse ele. – Eu peguei ela.

Adam e Rita lhe deram parabéns e sugeriram que ele devolvesse o bichinho à água. O garoto concordou e voltou para a beira da praia.

Adam estava pensando rápido: se esse tal de John-Joseph Case é o sujeito que eles estão procurando, talvez eu possa ficar livre novamente. Talvez eu realmente esteja livre – já, neste momento – pensou ele. Eu poderia ser Adam Kindred de novo... Ele levantou o olhar para as nuvens que se agrupavam lentamente.

– Primo? – disse Rita. – Você está se sentindo bem?

– Eu estava só pensando, sonhando, imaginando uma coisa...

Rita colocou a fotografia de volta na bolsa, levantou-se, espreguiçou-se e suspirou.

– Eu simplesmente não entendo – disse ela, em tom de queixume.

– Quem pode predizer o curso da vida? – disse Adam. Então, de repente, ele olhou por cima do ombro para os pântanos.

Rita riu dele.

– Calma, garoto.

– Eu não sei. Pensei que havia alguém nos vigiando.

– Ah, é. Algum monstro vai sair do pântano e nos pegar, virar nossa vida de cabeça para baixo.

– Sabe que isso já aconteceu antes? – Ele pegou as mãos de Rita e fez com que ela sentasse de novo a seu lado. Ela deitou de costas.

– O quê? – perguntou ela. – A sua vida virou pelo avesso?

– Ei, John! – gritou Ly-on lá da praia. – Encontrei outro.

– Por que ele chama você de John? – perguntou Rita, beijando-lhe o rosto.

– É só um apelido que tínhamos.

– Ah, é?

– É.

Ele a beijou nos lábios, a língua tocando-lhe os dentes, a mão no seio dela. Rita moveu a coxa contra o corpo dele.

– Você acha que poderíamos morar aqui? – perguntou ele em voz baixa, com os lábios encostados na garganta dela. – O que acha?

– Aqui? O transporte para a cidade seria um pesadelo, não é?

– Acho que seria, mas há qualquer coisa nesse lugar...

– Você gostaria de morar num trailer?

– Não, não. Numa casa. Eu estava pensando que poderíamos comprar um casinha em Allhallows. Um chalé. Juntar nossos rendimentos, fazer um empréstimo hipotecário, e viver aqui no estuário.

– Juntar nossos rendimentos, conseguir um empréstimo, comprar uma casa? – Rita se afastou alguns centímetros de Adam para poder olhá-lo diretamente nos olhos. – Isso é um pedido de casamento?

– Acho que é – disse Adam. – O que você diz?

Ela o beijou, e disse:

– Tudo é possível. Quem pode predizer o curso da vida?

– Bem colocado.

Eles ficaram um tempo deitados em silêncio ali de costas, lado a lado na relva do litoral de Kent do estuário do Tâmisa, com as amplas extensões planas dos pântanos por trás. Ele pegou a mão dela e os dedos dos dois se entrelaçaram.

– Eu amo você, Rita – disse ele em voz baixa, sentindo sua enorme fraqueza diante da enorme necessidade que tinha dela.

– E eu amo você – disse Rita com serenidade.

Ele sentiu um suspiro interno de alívio e libertação. Aquilo fora dito de maneira tão calma e direta, como se o sentimento que eles tinham um pelo outro fosse parte da natureza, tão óbvio como os pântanos às suas costas, o largo rio a seus pés e as nuvens do céu sobre suas cabeças.

– E tenho certeza que seu nome é Adam.

Foi a vez de Adam se afastar um pouco e olhar para ela.

– O que você disse?

– O quê?

– O que você acabou de dizer?

Ela pensou, intrigada com a necessidade de repetir o que dissera.

– Eu disse, "Tenho certeza que trouxe aqueles jogos. Eu tinha eles comigo".

– Certo, é, aqueles jogos...

– O frisbee, as raquetes, o diábolo. Não posso acreditar que deixei aquelas coisas na loja. Alguém deve ter roubado tudo.

– Não, não, não. Nós estávamos bem apressados – disse Adam em tom tranquilizador, ganhando tempo para poder se acalmar. – Todas as coisas que compramos. Comida, bebidas, garrafas, copos de papel, o tapetinho para piquenique. Nós tínhamos um monte de sacolas. Devemos ter esquecido aquelas coisas...

– Vamos conferir na volta para casa.

– Vamos.

Adam ergueu o corpo devagar, até sentar ereto, percebendo. Ela ia descobrir, pensou ele, sem largar a mão dela. A rede de conexões estava se revelando. E ela era uma jovem inteligente, uma policial, esperta e astuciosa demais para não descobrir, um dia, um dia próximo, e agora que os dois estavam morando juntos, inevitavelmente surgiriam demasiadas pistas involuntárias em conversas casuais, demasiados papos francos, demasiadas provas circunstanciais de uma outra vida anterior para que uma jovem inteligente deixasse de perceber, deixasse de tirar suas conclusões, deixasse de deduzir. Talvez ele devesse simplesmente contar a ela um dia, confessar...

De repente ele teve uma sensação de leveza, de ausência de peso, como se fosse flutuar para longe, se largasse a mão dela. Saudaria aquele dia, pensou ele, que seria um fim, uma conclusão como que milagrosa.... Durante alguns segundos, Adam ficou sem respiração, sentindo uma alegria fulminante; talvez com a ajuda de Rita ele pudesse recuperar sua antiga vida, voltar a ser Adam Kindred e fazer com que as nuvens vertessem sua chuva. Foi tomado pela forte sensação de que tudo ficaria bem agora, até mesmo admitindo para si mesmo, simultaneamente, que sabia muito bem que era impossível que tudo ficasse bem nessa vida complicada, difícil e mortal que nós levamos. Mas pelo menos ele tinha Rita, e isso era tudo que realmente importava: agora ele tinha Rita. Sempre havia isso, pensou ele, isso, o sol e o mar azul além.

Este livro foi impresso na Editora JPA Ltda.,
Av. Brasil, 10.600 – Rio de Janeiro – RJ,
para a Editora Rocco Ltda.